Nicoletta Verna

Der Wert der Gefühle

NICOLETTA VERNA

DER WERT DER GEFÜHLE

ROMAN

Aus dem Italienischen von Ingrid Ickler

TransferBibliothek
FolioVerlag

And she gave away the secrets of her past
And said „I've lost control again"
And of a voice that told her when and where to act
She said „I've lost control again"

Und sie enthüllte die Geheimnisse ihrer Vergangenheit
Und sagte: „Ich habe wieder die Kontrolle verloren"
Und eine Stimme, die ihr auftrug, wann und wo sie das tun sollte
Sagte: „Ich habe wieder die Kontrolle verloren"

Ian Curtis (Joy Division)
She's Lost Control

1

Selbst die Tatsache, dass sich meine Mutter hin und wieder umbringen will, ist zur Gewohnheit geworden, wie fast alles.

Die Klinik ruft mich an, ich nehme mir rasch ein Taxi, und wenn ich da bin, braucht sie ein bisschen, um zu begreifen, wer ich bin, sie hat dann diesen leeren Blick. Ich sage zu ihr: „Ich bin da", auch wenn ich weiß, dass ihr das ziemlich egal ist. Sie verzieht die Mundwinkel zu einem angedeuteten Lächeln, das das genaue Gegenteil von Heiterkeit ist, und mehr werde ich heute nicht von ihr bekommen.

Das erste Mal hat sie es an dem Tag versucht, an dem sich das *Unglück* jährte, am 11. Juni 1989. Es war brüllend heiß und schwül, und ich saß mit meinem Vater auf der Holzbank hinten an der Treppe, in die Stella und ich mit dem Schustermesser unsere Namen geritzt hatten, wofür wir schlimmen Ärger und zwei Wochen Fernsehverbot bekamen. Es war Stellas Idee gewesen, aber man gab mir die Schuld, oder umgekehrt, daran erinnere ich mich nicht mehr, es gehört zu den Nebensächlichkeiten, die mein Gedächtnis hat ziehen lassen. Mein Vater legte die Hand auf die Bank und starrte auf die Kuckucksuhr am Eingang.

„Es beginnt um elf, wir müssen los", sagte er wie zu sich selbst.

Mit „es" meinte er die Gedenkmesse. Ich schaute zum oberen Stockwerk und stellte mir vor, dass meine Mutter sich die Haare mit dem Stiel des Kamms richtete und unsichtbare Staubkörnchen von ihrer Satinbluse entfernte. Es war das erste Mal seit Monaten, dass sie das Haus verließ, und sie legte Wert auf Äußerlichkeiten. Denn Äußerlichkeiten waren das Einzige, was ihr geblieben war.

„Ja", antwortete ich.

Die Haare klebten mir an der Stirn, ich leckte mir über die Hände und fuhr mir mit den Fingern über den Kopf, um sie in Form zu bringen. Ich strich die Falten meines Cordrocks glatt, der für diese schwüle Hitze viel zu warm war, und dachte, dass meine Mutter mich auf mein Zimmer schicken würde, damit ich mich umziehe. Ich überlegte mir schon eine Ausrede – alle anderen Röcke sind dreckig oder mir zu klein –, aber dann wurde mir klar, dass auch das zu den Dingen gehörte, die ihr inzwischen egal waren.

Mein Vater sagte: „Die Verwandten warten." Und ich sagte wieder: „Ja."

Einen Moment lang sah ich die Ansammlung von Menschen in der Kirche vor mir, stellte mir ihren Mundgeruch und die schweißnassen Gesichter vor, die ich küssen musste. Die Leidensmiene oder die aufgesetzte Heiterkeit, mit der sie mich begrüßen würden, die Zumutung *noch* einer Messe, nur diesmal ohne Sarg, also noch sinnloser. Der Kuckuck rief Viertel vor elf.

Mein Vater nahm eine Autozeitschrift aus dem Korb und fächelte sich damit Luft zu. Ich starrte auf unsere im Holz eingeritzten Namen, „Stella" in ihrer weiten und sicheren Handschrift und darunter „Bianca", kleiner, zitternder, fast eine Randbemerkung.

„Bianca, geh doch mal schauen, wo zum Teufel Mama bleibt", sagte er schließlich.

Ich rannte nach oben, kam am verschlossenen Zimmer von Stella vorbei und lief bis zum Schlafzimmer meiner Eltern. Meine Mutter war nicht da. Vorsichtshalber sah ich auch in meinem Zimmer nach, dann ging ich zum Badezimmer und schob vorsichtig die angelehnte Tür auf.

Die schillernde Flüssigkeit, die aus dem Badezimmer lief und sich auf dem Boden ausbreitete, bemerkte ich zuerst gar nicht, ich realisierte nicht, was es war. Ich stakste hindurch ins Bad. „Mama", rief ich leise, dann lauter. „Mama." Dann sah ich sie. Zuerst nur die Fußspitzen, die aus der Badewanne ragten, sie wirkten wie kleine sandige Inseln in einem roten Flammenmeer, und dann den ganzen Rest. Die Hand, die über den Rand der Wanne hing, mit den frisch manikürten Nägeln und dem Opalring am Finger, die hellen Sandalen mit dem quadratischen Absatz und die Tasche und die

Jacke aus Satin, ihre sorgsam ausgewählten Kleider, frisch gewaschen, perfekt gebügelt, alles blutgetränkt. Schließlich fiel mein Blick auf das Gesicht, ihre Lippen waren leicht geöffnet, sie sah entspannt aus, irgendwie einladend. Ich stürmte zum Treppenabsatz, rutschte auf der Blutlache aus, umklammerte das Treppengeländer und schrie: „Papa, Mama ist tot!“ Er stand nicht gleich auf, sondern blieb auf der Bank sitzen, unfähig, sich zu bewegen, mit der Autozeitschrift in der Hand. Dann ließ er sie fallen und rannte fluchend nach oben, nahm mich bei der Hand und zog mich schnell die Treppe hinunter, fast mit Gewalt, als ob es etwas an der Sache oder deren Folgen ändern würde, wenn man sich davon entfernte. Wieder sang der Kuckuck.

„Wir müssen ihr etwas geben“, sagt die Krankenschwester und nähert sich mit einem Rollwagen voller Medikamente dem Bett meiner Mutter. „Würden Sie einen Moment hinausgehen?“

„Was ist passiert?“, frage ich leise, das „dieses Mal“ spreche ich nicht aus, aber es schwingt in meiner Frage mit.

„Schlafmittel. Wir können es uns nicht erklären, wir sind immer sehr vorsichtig, aber …“

„Sicher. Machen Sie sich keine Gedanken. Ich weiß.“

Durch den Türspalt sehe ich, wie sie ihr etwas in den Arm spritzen, und konzentriere mich auf die Liste der Abfälle. Eine Spritze, ein Wattebausch, Desinfektionsmittel, drei Einweghandschuhe, einer ist beim Überstreifen geplatzt und sie musste einen neuen nehmen. Alles Restmüll, oder nein: Medizinische Abfälle werden extra entsorgt, das darf ich nicht vergessen. Auf dem metallenen Nachttisch liegt noch der gedünstete Apfel, den sie zum Frühstück bekommen hat. Der kommt in den Biomüll. Ein Einweglöffel aus Polypropylen, der ist Plastikmüll, genau wie die Frischhaltefolie. Ich beobachte, wie sie gekämmt wird. Haare im Kamm, tote Zellen der Kopfhaut, alles Biomüll.

Die Krankenschwester nickt mir zu, ich darf wieder ins Zimmer. Meine Mutter hat die Augen geschlossen, und für einen Augenblick kann ich einen gelösten, ruhigen Ausdruck in ihrem Gesicht erkennen, wie bei ihrem ersten Suizidversuch. Ich frage mich, wie jedes Mal, ob sie damals gewusst hat, dass ich nach oben gehen würde, denn die Treppen hochzulaufen und jemanden zu holen war eine typische Aufgabe für uns Mädchen.

Und das einzige übrig gebliebene Mädchen war ich.

2

Ich habe nicht viel Fantasie.

Ich mache jeden Tag das Gleiche und habe jede Nacht den gleichen Traum. Es regnet, und ich bringe Stella um. Heute Nacht habe ich sie mit dem weißen Ciao, ihrem Mofa, umgefahren, es regnete und ich fuhr zu meinen Eltern nach Grambate, um es ihnen zu sagen, aber dort standen nur die sechs Fernseher meiner Mutter, in denen allesamt die sinnlosen Sendungen liefen, die sie immer ansah. Dann kam Carlo und deutete auf einen weiteren Fernseher oben an der Treppe, in dem Stellas Gesicht zu sehen war. Ich dachte, sie sei wütend, weil ich sie umgebracht hatte, aber sie wirkte genauso ruhig wie immer, auf einmal war sie wieder ein kleines Mädchen. Carlo nahm sie in den Arm, und in diesem Moment kam meine Mutter aus der Reinigung zurück, und er sagte feierlich zu ihr: „Hier ist deine Tochter!“ Meine Mutter küsste sie, und ich bemerkte, dass es nicht mehr regnete.

Ich erwache mit leichtem Herzrasen, schalte die Nachttischlampe ein und drehe sie so, dass ihr Schein den schlafenden Carlo nicht stört. Wie jeden Tag bringe ich ihm das Frühstück ans Bett, wir trinken dort Kaffee und bereiten uns auf unseren Arbeitstag vor.

Ich transkribiere Interviews. Ich arbeite sechs Stunden in einem Marktforschungsinstitut, eine absurde Geldmaschine, ohne deren Plazet niemand mehr auch nur einen Cent investiert. Wenn die Fleischkonservenfabrik nicht mehr so viel verkauft wie gefordert, dann wendet sie sich an meinen Arbeitgeber. Eine Menge Berater mit einem Abschluss in Marketing, Kommunikation, Psychologie und anderem Blödsinn, die Gruppensitzungen mit dem Target, dem Musterkunden, organisieren. „Target“ heißt Ziel, Opfer, und zwar im kriegerischen, oder besser, im waffentechnischen Sinne. Menschen, auf die man zielt und schießt.

Die Berater stellen diesen Menschen, die Kategorien zugeordnet sind, Fragen: Es gibt die Mutter der Musterfamilie, die Musterkarrierefrau, den Mustersingle usw. Sie setzen sie an einen Tisch und wollen von ihnen wissen, ob der Spot sie dazu anregt, Tonnen eines bestimmten Produktes zu kaufen. Tatsache ist, dass die Leute keine Fleischkonserven kaufen, weil sie aus widerlichen Fleischabfällen hergestellt werden, aber das wird nicht berücksichtigt, in der Sitzung kommt heraus, dass das wahre Problem woanders liegt, vielleicht fühlt sich das Target nicht *euphorisch* genug, wenn es die Dosen kauft, weil es Schuldgefühle empfindet, nicht etwas Vernünftigeres und Besseres gekocht zu haben. Die Berater hören aufmerksam zu und stellen weitere Fragen. Das Target ist die Wahrheit und der Retter. Bevor man ihm in die Stirn schießt, wird es wie ein Gott verehrt. Diese Sitzungen, die auch „focus group" genannt werden, nimmt man auf, damit sie hinterher transkribiert werden können, sodass die Berater sie studieren und schließlich dem Kunden eine Werbung vorschlagen können, die darauf abzielt, dass der gemeinsame Genuss von Fleischkonserven das *moralisch* Höchste ist, was einer Familie passieren kann.

Ich bin für das Transkribieren zuständig. Carlo meint, ein solch mieser Job sei eine Verschwendung meiner Ressourcen, aber das ist einer der wenigen Fälle, in denen ich ihm nicht recht gebe, denn er ist bei Weitem das Beste, was ich bisher gemacht habe. In meinem letzten Job habe ich in einem Lurex-Bikini die Felder eines riesigen Kreuzworträtsels gedreht, jetzt trage ich Armani und schreibe am Computer. Ich kenne niemanden, der einen solchen intellektuellen Aufstieg in seinem Berufsleben erlebt hat.

In der Pause laufe ich bis zur Stazione Termini und kaufe die *New York Times.* Rasch blättere ich durch die Seiten und finde ihn sofort, von einem Foto lächelt er mich an und wirkt fast ein bisschen weniger attraktiv, als er tatsächlich ist. Ich lese seine bedeutungsschweren Sätze, in denen der natürliche Glaube an den Fortschritt mitschwingt. Ich schicke ihm eine Nachricht: „Das Interview ist der Hammer, heute Abend feiern wir", zusammen mit einem dieser idiotischen Emoticons, die als unsinniger Ersatz für ein Gefühl oder einen Gesichtsausdruck lächeln. Carlo antwortet „Vielversprechende Aussichten“ und schickt ein augenzwinkerndes Gesicht. Ich gehe zu Fuß ins Schwimmbad, vorbei am Kolosseum, das wegen Renovierungsarbeiten eingezäunt ist, und umrunde den Müll und die Hundehaufen auf dem Bürgersteig. Von den dürren Pinien des Colle Oppio steigt ein Schwarm schwarzer Vögel auf, die über Rom herfallen, und ich versuche in ihrem Chaos die wild entschlossene Natur zu erkennen, die sie überleben lässt. Ich lasse mich langsam ins Wasser gleiten, wie jeden Tag, seitdem ich sieben Jahre alt bin. Zu warm, und sofort danach zu kalt, das gleiche unerträgliche Gefühl wie immer, ich schwimme los. Die ersten Bahnen Brust, um mich aufzuwärmen, dann kraule ich, erst am Ende schwimme ich Delfin. Das mache ich schon immer so, von Anfang an. In Grambate war das Schwimmbad ein alter Plattenbau hinter der Schule, mit einem Nichtschwimmerbecken für die kleinen Kinder und einem tieferen Becken für die Schwimmer. Jeden Nachmittag fuhr ich mit Stellas altem Hollandrad zum Training, mein Magen war wie zugeschnürt, mir war übel. Die anderen Mädchen kamen mit ihrer Mutter, die ihnen beim Duschen und Haare-Föhnen half. Sie unterhielten sich darüber, warum sie so lange zum Umziehen brauchten oder sich die Haare nicht zum Zopf binden lassen wollten, oder über all die anderen kleinen Dinge, über die man mit einer Mutter redete. Dann setzten sie sich an den Eingang und aßen etwas, die Mütter holten belegte Brötchen und Focacce aus der Tasche, und ich betrachtete sie durch meinen zotteligen Pony, der mir bis über die Augen reichte. Ich atmete den Duft von Schinken ein, aber ich war nicht neidisch oder hatte Sehnsucht, das waren Gefühle, und Gefühle hatte ich schon damals kaum. Es war, wenn überhaupt, ein Gefühl des Nichtdazugehörens. Dann zog ich mir zwei Tüten Chips aus dem Automaten. Eine aß ich zusammen mit den anderen Mädchen, die andere hob ich mir für später auf. Zu Hause döste meine Mutter im Sessel, und mein Vater holte die Reste vom Imbiss aus dem Kühlschrank und machte sie warm. Das war das Abendessen. Wenn die Reste zu alt waren, sagte ich, ich hätte keinen Hunger, und ging in mein Zimmer. Ich nahm die Tüte Chips aus der Schwimmbadtasche und aß ein Stück nach dem anderen und hinterließ keine Krümel.

Ich lege eine Flasche Dom Pérignon in den Kühlschrank, um das Interview zu feiern, und bringe den Fisch auf unsere beheizte Terrasse. Ich bin elegant gekleidet, wie für eine Gala. Als Carlo nach Hause kommt, mustert er mich aufmerksam, sein Blick bleibt an meinem Ausschnitt hängen, aber er bleibt dabei weich, es ist kein Raubtierblick. Ich lächle ihn an, er betrachtet meinen abgebrochenen Schneidezahn, den er an mir so aufregend findet, wie er sagt. Er ist ausgesprochen gut gelaunt.

„Dann feiern wir wirklich."

Ich fülle die Sektflöten und greife nach der *New York Times* auf dem Tisch.

„A success story from Italy. Carlo Del Re's work is supposed to change healthcare forever."

Er unterbricht mich. „Ist gut. Ich weiß es ja."

„Und jetzt wissen es auch alle anderen."

Laut der *New York Times* ist er einer der wichtigsten Ärzte der Welt. Der Herztumor ist die unbekannteste Tumorart und eine der kompliziertesten. Er frisst sich meistens durch die linke Herzkammer, ohne dass man es bemerkt, und wenn er diagnostiziert wird, hat er in der Regel schon nicht wiedergutzumachenden Schaden angerichtet, oder er ist inoperabel, oder er ist operabel, aber die Folgen sind verheerend. Carlo ist auf diese Operationen spezialisiert und führt minimalinvasive Eingriffe durch, nach den neuesten Erkenntnissen der Kardiochirurgie. Er dringt ins Innere der Patienten ein, ohne an etwas zu rühren, was nicht sein muss, hinterlässt nur winzige tränengroße Narben. Seine Patienten verehren ihn, er ist eine Art heidnischer Gott, der ihnen das Leben zurückgibt, nachdem sie den Preis von Todesangst, Verzweiflung und Dunkelheit bezahlt haben. Ich weiß es, weil es für mich genauso ist.

„Warum ausgerechnet das Herz?“, habe ich ihn einmal gefragt.

„Reiner Zufall.“

Das stimmt nicht. Das Herz ist der Ort, wo alles anfängt und alles zu Ende geht. Der Herzschlag bestimmt, ob ein Embryo lebt oder stirbt, es ist das Zentrum des Lebens, ohne das es nicht geht. Und genau dort sieht Carlo seinen Platz.

„Del Re's research activities are focus especially on the new borders of robotic surgery“, lese ich weiter, während er die Scheren des Hummers mit dem Nussknacker aufbricht und mit einer klitzekleinen Gabel vorsichtig die Fleischstückchen herausholt. Der Hummer wird lebendig gekocht, die Scheren werden dabei zusammengebunden, denn wenn er ins kochend heiße Wasser geworfen wird, versucht er verzweifelt, sich zu befreien. Man weiß, dass sein Todeskampf schier unerträglich ist.

„Köstlich“, sagt er und rollt zufrieden mit den Augen. Ich mache in Gedanken eine Liste der Abfälle: eine Glasflasche, sechs Austernschalen, Eingeweide und Karkassen der Meeresfrüchte, Zitronen- und Orangenschalen, vier Papierservietten.

„Apropos *robotic surgery*, warum hast du nicht über Mazinga gesprochen?“

„Nenn ihn nicht so, sonst werde ich ihn früher oder später in der Öffentlichkeit auch so nennen.“ Er lacht.

„In Ordnung. Warum hast du nicht über deinen Wie-heißt-er-noch-Roboter gesprochen?“

„Weil Vera mich umgebracht hätte. Bis das Ministerium uns die Genehmigung erteilt, ist er ein Staatsgeheimnis, das weißt du.“ Er trinkt sein Glas aus und schenkt sich sofort nach. „Er heißt übrigens IOK-1.“

„IOK-1?“

„Das ist eine sehr weit entfernte Galaxie, die man vor einigen Jahren entdeckt hat. Sie wollten mit dem Namen daran erinnern, dass er etwas ist, was man sich bis gestern noch gar nicht vorstellen konnte. Dass eine große Entfernung nicht bedeutet, dass man etwas nicht erreichen kann.“

Ich stelle mir Tausende von Fokusgruppen vor, die mit den Targets in Los Angeles zusammengesessen haben, um diesen idiotischen Namen zu finden. Immerhin ist IOK-1 ein hochkomplizierter Roboter, der es Carlo ermöglichen wird, in Bereichen des Herzens zu operieren, die heute noch unerreichbar sind, und wahrscheinlich ist das der nächste potenzielle Schritt in der Zukunft der Herzchirurgie. Der Roboter hat das Gemelli-Krankenhaus zwei Millionen Euro gekostet, Geld, das man von anderen Projekten und Fachgebieten abgezogen hat. In Carlo und keinen anderen zu investieren war eine politische Entscheidung.

Ich lege den Kopf in den Nacken und habe das Gefühl, durch die Luft zu laufen. Rom liegt uns zu Füßen, das Kolosseum und die Spitzen der Palmen der Villa Aldobrandini erheben sich vor dem Sonnenuntergang. Von hier sieht die Stadt wie verzaubert aus. Aus der Ferne hat mein Leben etwas Märchenhaftes.

„Und Mazinga ist bereit?"

Carlo fixiert mich mit seinem sanften Blick, in dem auch der Durst nach greifbarem Ruhm liegt. „Natürlich. Er kann es nicht erwarten, der Menschheit Gutes zu tun."

Wieder hebe ich das Glas. „Und du fängst an, der Menschheit Gutes zu tun."

Er schiebt mir das Kleid über die Hüften, und wir legen uns auf den Tisch, zwischen die Austernschalen und die Orangenschnitze. Unsere Terrasse liegt am höchsten, niemand kann uns sehen.

Danach gehen wir schwimmen, und Carlo sagt, dass er gerne einen Jacuzzi auf der Terrasse hätte.

„Warum nicht?", antworte ich. Ich massiere ihm langsam den Rücken und lehne meinen Kopf gegen die gemütliche Vertiefung zwischen seinen Schulterblättern.

„Es ist unglaublich, wie alles, was passiert, fast genauso ist, wie ich es mir gewünscht habe", murmelt er.

„Wusstest du schon als Kind, dass du Arzt werden wolltest?"

Er seufzt leise. „Ja. Und was wolltest du werden?"

Ich wollte eine Wäscherei eröffnen, wie meine Mutter.

„Ich? Entdeckerin."

Die Wäscherei war von Montag bis Samstag geöffnet, von acht bis zwölf und von drei bis sieben. Der Wecker meiner Mutter klingelte um halb sechs, und sie bügelte dann noch die Teile, die sie am Vortag nicht fertig bekommen hatte, eine Falte nach der anderen.

Manchmal hörte ich ihre hastigen Schritte in der Küche und stand ebenfalls auf. Stella schlief noch. Ich starrte wie hypnotisiert auf das Bügeleisen, das über den Stoff glitt, und auf den Dampf, der nach Trichlor roch. Sie bat mich darum, die fertigen Stücke auf den Tisch zu legen, dabei fuhr ich ehrfürchtig über die Stoffe, voller Bewunderung für die Veränderung, für die sie sorgte: Die raue, knittrige und unruhige Oberfläche verwandelte sie zuverlässig in eine weiche Struktur.

Manchmal nahm meine Mutter mich und Stella mit in die Wäscherei, damit wir die Arbeit kennenlernten. Wir sortierten die Teile nach Stoffen und Fleckentypen: Das ist Fett, das wird chemisch gereinigt, das ist Blut, das muss von Hand gewaschen werden. Es gab unlösbare Flecken, die keine Wäscherei herausbekommen würde. In dem Fall legte meine Mutter das Kleidungsstück in eine durchsichtige Tüte und erklärte der Kundin, dass nichts mehr zu machen sei, dabei schwang eine Spur persönlichen Scheiterns mit. Es gab Flecken, die man chemisch reinigen konnte, in einer zukunftsweisenden Maschine, die dreißig Kilo Wäsche aufnehmen konnte und für die sich meine Mutter in Schulden gestürzt hatte. Sie funktionierte mit Tetrachlorethen, ein krebserregendes Lösungsmittel, das in das Gewebe eindrang und das Fett löste, das Hautfett und die Fettflecken, die man beim Essen machte, den Schweiß. Das Tetrachlorethen wurde zu Dampf destilliert, während der Dreck im Filter zurückblieb, eine Vivisektion der Flecken, eine chirurgische Fleckenentfernung, die das Gute vom Schlechten trennte, die Reinheit vom Rest.

Wir steigen aus dem Becken, Carlo zieht den Schlafanzug an und geht in sein Arbeitszimmer.

„Sag nicht, dass du jetzt noch arbeiten musst."

„Ich habe einen Call mit Vera in Los Angeles wegen dieser Ministeriumssache, nur zehn Minuten, versprochen."

„Gut, ich warte auf dich."

Aus dem Arbeitszimmer ruft er: „Du bist bezaubernd."

Er liebt die Sorgfalt, mit der ich mich stets zurücknehme, mich für ihn aufopfere, er liebt die Hingabe, die es mir erlaubt hat, genau das Leben um ihn herum zu schaffen, das er sich wünscht.

Und ich liebe die Tatsache, dass ich es getan habe, weil das der einzige Weg ist, um Stella wiederzubekommen.

3

Es gibt Tage, an denen einem gleichzeitig das Maximum an Euphorie, Verzweiflung, Stolz und Scham widerfährt und die deshalb unvergesslich bleiben. Ein solcher Tag war der 29. Mai, genau zwei Wochen vor dem *Unglück*. Niemand konnte sich vorstellen, was kurz danach geschehen sollte, und wenn ich daran zurückdenke, fällt mir vor allem eines ein: die unverzeihliche Unbeschwertheit, mit der ich diesen Tag erlebt habe, genau wie alle anderen, die an dieser Tragödie beteiligt waren, die man nicht einmal ansatzweise voraussehen konnte.

Meine Eltern hatten gerade ein neues Auto angeschafft, einen weißen Fiat Regata, der nach diesem Tag Grambate nie wieder verlassen sollte. Mein Vater hatte den Fiat 126 verkauft und das neue Auto auf Raten finanziert, was zu Diskussionen mit meiner Mutter geführt hatte, die lieber in die Wäscherei investieren wollte. Am Ende meinte er, wir Mädchen würden größer werden, und deshalb bräuchten wir ein neues Auto. Damit hatte er sie überzeugt. Sie suchten es gemeinsam aus und kamen gut gelaunt mit dem Regata zurück. Sie verkündeten, dass wir am folgenden Sonntag nach Sestri fahren würden. Stella und ich schauten uns ungläubig an, es war eine Seltenheit, dass meine Eltern mit uns irgendwohin fuhren, aber dann umarmte mich Stella und sagte mit glänzenden Augen, dass sie so glücklich sei wie noch nie. Sie war die Einzige in der Familie, die ihre Gefühle so offen zeigte, und es waren meist positive Gefühle. Daher waren sie und ihr Glück so wichtig für uns.

Meine Mutter schloss die Wäscherei eine halbe Stunde früher und fuhr mit uns ins Einkaufszentrum, um Badesachen zu kaufen. Stella suchte zwei gelbe Bikinis in zwei unterschiedlichen Größen aus, einen für sich und einen für mich. Zusammen probierten wir sie in der Kabine an und waren begeistert. Wir beschlossen, im Bikini zu Abend zu essen.

„Was sind denn das für neue Sitten?“, fragte mein Vater wenig begeistert. „Geht auf euer Zimmer und zieht euch um!“

Stella schenkte ihm ein strahlendes Lächeln. „Komm schon, Papi, nur heute Abend.“

„Ihr seid wirklich zwei verrückte Hühner, ihr beiden“, sagte er und begann zu essen. Unter dem Tisch suchte ich nach der Hand meiner Schwester, und wir verschränkten unsere Finger.

Nach dem Abendessen kuschelten wir uns alle auf dem Sofa zusammen und schauten einen Film, wie jeden Abend. Ich war zu klein, um ihn bis zum Ende zu sehen, deshalb musste ich nach der ersten Hälfte ins Bett, Stella erzählte mir am nächsten Morgen beim Frühstück das Ende. Stella lag quer auf meinen Eltern, der gelbe Träger des Bikinis blitzte aus ihrem Schlafanzugoberteil. Sie legte ihre schmalen Arme um den Hals meiner Mutter und betrachtete sie.

„Kann Liliana auch mit ans Meer kommen?“, fragte sie.

„Wenn im Auto noch Platz für den Rollstuhl ist, ja.“

Liliana war Stellas beste Freundin. Als Kind war sie vom Balkon gefallen, als sie gerade laufen gelernt hatte, sodass sie danach nicht mehr laufen konnte. Als Stella sie kennenlernte, saß sie bereits zwei Jahre im Rollstuhl, mit dem sie bestens umgehen konnte. Schon seit frühester Kindheit war das Leben für Liliana das Abfallprodukt einer Welt, in der alle glücklich und privilegiert waren, und sie reagierte auf diese frustrierende Situation mit Verachtung, einer unterdrückten Wut, die sie kratzbürstig werden ließ. Für Stella war das eine Gabe, die Liliana einzigartig machte, auf gewisse Weise besonders. Sie schaute sie voller Bewunderung an, wenn sie in ihrem Rollstuhl auf und ab fuhr oder Tricks vorführte, die andere mit ihren Beinen machen konnten. Sie liebte Lilianas Entschlossenheit, ihre Gesten, mit denen sie hin und wieder ihre Zuneigung für Stella zeigte. Und nur für sie.

Am Ende der Mittelstufe begann Liliana ein obsessives Interesse für Jungs zu entwickeln. Während meine Mutter in der Wäscherei war, hörte ich sie im Wohnzimmer miteinander sprechen.

„Ich komme in die Oberstufe und habe noch nie einen Jungen geküsst. Stell dir das mal vor!“, sagte Liliana den Tränen nahe.

Stella schnitt zwei Stücke von dem Kuchen ab, den meine Mutter gebacken hatte, eins für sich und eins für Liliana. „Ich auch nicht. Na und?“

„Nicht ‚na und‘. Du musst dir nur einen aussuchen, das weißt du doch.“

Sie schubste den Kuchen vom Tisch, die Marmelade klebte am Boden. Stella fing an, sanft auf sie einzureden, bis sie sich wieder beruhigt hatte, und dann lachten sie wieder.

„Du wirst immer meine Freundin bleiben, verstanden?“, sagte Liliana.

Stella nickte. „Ich werde immer bei dir bleiben.“

Sie wischte die Marmelade vom Boden und schnitt ein weiteres Stück Kuchen ab und rief nach mir. Danach machten wir alle drei Hausaufgaben am Küchentisch, bis meine Mutter aus der Wäscherei kam und Liliana nach Hause schickte. Sie kontrollierte unsere Hefte, ich war besser in der Schule als Stella, sie hatte mehr Fantasie. „Gut. Deckt den Tisch, gleich wird gegessen“, sagte sie und band sich die Schürze um.

Am Abend vor dem Ausflug ans Meer erzählten uns unsere Eltern, dass die Bertis auch mitkommen würden, Freunde der Familie mit einem Sohn, der in Stellas Alter war und Rodolfo hieß. Er war groß gewachsen und hager, schlaksig und verschlossen. Ich dachte mir noch, dass er sich bei den Mädchengesprächen von Stella und Liliana bestimmt langweilen würde, und dann schlief ich ein.

Wir fuhren in der Frühe los, und schon auf der Küstenstraße wusste ich, dass es ein wunderbarer Tag werden würde. Ich war sieben Jahre alt und fuhr das erste Mal in meinem Leben ans Meer. Bei strahlendem Sonnenschein, die klare und helle Linie des Meeres in der Ferne sah aus, als hätte sie nur auf mich gewartet, damit ich mich vollständig und erfüllt fühle. Es war ein Zeichen des leidenschaftlichen und gesunden Egoismus von Kindern, ein herrliches Gefühl, das ich danach nie wieder haben würde.

Wir parkten den Regata in der Nähe eines kleinen Pinienwäldchens und gingen zum Strand. Durch Stellas Haare wehte die Meeresbrise, sie kniff wegen der Sonne die Augen zusammen und schob Lilianas Rollstuhl mühelos über den Weg. Wir befestigten die Sonnenschirme in einem Spalt zwischen einigen dunklen Steinen und zogen uns um. Stella enthüllte ihre weiße Haut, den flachen Bauch mit der kleinen Senke des Bauchnabels und die angedeuteten Brüste unter dem gelben Oberteil. Im Glanz der Sonne wirkten ihre Augen so klar wie Wasser. Sie band ihre Haare, die sich durch die salzige Luft kräuselten, zu einem Pferdeschwanz zusammen und warf Rodolfo einen beiläufigen Blick zu. Er machte ein Gesicht, als würde er gleich in Ohnmacht fallen, drehte sich zur Seite und zog das T-Shirt aus.

Das Meer lag wie eine einladende unbekannte Fläche vor mir, und ich wünschte mir, mich sofort ins Wasser zu stürzen. Ich zog meine Schwester am Arm, sie machte einige Schritte und blickte dann zu Liliana, die unbeweglich unter dem Sonnenschirm saß.

„Vielleicht später", sagte sie mit einem Hauch Bedauern in der Stimme.

Ich wurde lauter. „Komm schon, Stella, warum denn?"

Unerwartet schaltete sich Rodolfo ein. „Wenn du magst, gehe ich mit dir ins Wasser", stammelte er. Ich war überrascht, sonst sprach er mit niemandem und schon gar nicht mit mir, aber ich nickte und wir rannten in Richtung Wasser. Wir schwammen schnell hinaus, bis der Strand hinter einem Felsen verschwunden war. Da sagte Rodolfo: „Wenn du es niemandem verrätst, zeige ich dir etwas."

„Wo denn?" Ich wusste nicht, was ich sagen sollte, und schließlich sagte ich doch Ja, während etwas in meinem Bauch Purzelbäume schlug. Wir kamen an einen Felsen mit einem langen Riss, er reichte mir eine Hand und zog mich unter Wasser. Wir tauchten unter die Klippe, ich dachte, mir würde die Lunge platzen, und tauchten dann in einer Grotte wieder auf. Rodolfo zog mich auf einen Felsen und setzte sich neben mich, ich konnte seine nasse kalte Haut an meiner spüren. „Gefällt es dir?", fragte er. Die Sonne drang durch die Felsspalten, und alles war in ein surreales türkisblaues Licht getaucht.

„Es ist fantastisch." Ich wollte lächeln, schämte mich aber wegen meines abgesplitterten Schneidezahns.

Wir plauderten über Belangloses, irgendwann kniff er die Augen zusammen, als könnte er das Licht nicht mehr ertragen, und biss sich wütend die Fingernägel ab. Als sein Zeigefinger zu bluten begann, steckte er ihn ins Wasser und schrie dann: „Aua." Das Salzwasser brannte, und er meinte, ohne mich dabei anzusehen: „Wenn wir zurückkommen, sag deiner Schwester, dass ich mit ihr reden will."

Die nassen Haare klebten ihm auf der Stirn, und unter seinen himmelblauen Augen konnte man ein paar Sommersprossen erahnen. Ich fand ihn sympathisch.

„Und Liliana? Stella schleppt sie überallhin mit."

„Wenn du sie bittest, dann nicht."

Ich fühlte mich allmächtig. „Gut."

Als wir an den Strand zurückkamen, ging Stella gerade auf der anderen Seite des Strandes ins Wasser. Während der halben Stunde, die wir weg gewesen waren, waren mehr Leute ins Wasser gegangen, aber sie schwamm mit leichten Bewegungen zwischen ihnen hindurch, in regelmäßigen exakten Bahnen, sie ließ die Menge hinter sich, und man konnte ihrem Weg durch die kleinen Schaumkronen leicht folgen. Ihre Bewegungen waren sicher und mühelos, im Chaos des Lebens schienen allein ihre Gesten etwas Vernünftiges zu haben. Rodolfo und ich schauten ihr nach, bis sie am Horizont verschwunden war, dann gingen wir zu den Sonnenschirmen.

Am Nachmittag erzählte ich Stella, was mir Rodolfo gesagt hatte. Liliana sah verärgert aus. „Er wird knutschen wollen."

Sie lag auf dem Rücken wie ein riesiger Fisch, den es an Land gespült hatte, und Stella saß neben ihr und baute komplizierte Vorrichtungen aus Handtüchern und Stöcken, um ihr Gesicht vor der Sonne zu schützen.

„Rodolfo? Ach was“, antwortete sie, und bevor sie noch etwas sagen konnte, tauchte er vor ihr auf, feuerrot im Gesicht. Er schwitzte.

„WillstdueinEis?“, fragte er atemlos.

Stella schaute erst Liliana, dann ihn an. „Ja.“

Liliana und ich beobachteten die beiden auf ihrem Weg zum Kiosk am Anfang des Strands, dann drehte sie den Kopf zur Seite und machte die Augen zu. In diesem Moment beschloss ich, Rodolfo zu helfen. Ich weiß nicht, warum ich auf diese Idee kam, vielleicht weil er wegen der Sache mit der Grotte mein Freund war oder weil ich mich auch als Hauptperson in etwas fühlen wollte, genau wie Stella. Auf jeden Fall ging ich zum Kiosk, kaufte zwei Eis mit dem Namen „Sunkiss“ und brachte sie ihnen. Sie schauten mich überrascht an. „Ihr wolltet doch einen Kuss haben? Liliana hat das jedenfalls gesagt.“

Ich erinnere mich noch genau an die schreckliche Stille danach, gefolgt von Stellas ungläubigem Blick auf das Eis, und das prustende Lachen. Sie hielt sich den Bauch, hatte Tränen in den Augen und auch Rodolfo lachte. Vielleicht hatte er sich anstecken lassen oder wollte bloß die Peinlichkeit überspielen. Ich lief zurück zum Sonnenschirm, und da erst begriff ich, dass das das Dümmste gewesen war, was ich je in meinem Leben gemacht hatte. Ich hoffte, Stella und Rodolfo würden nie zurückkommen. Aber sie kamen zurück, sie lachten nicht mehr. Beide legten sich auf ihr Badetuch, ohne sich anzusehen. Rodolfos Versuch war sicher missglückt, mit meiner kleinen Einlage hatte ich alles ruiniert. Stella erzählte Liliana die Geschichte mit dem „Sunkiss“, aber statt wie erwartet zu lachen, blickte Liliana meine Schwester ernst an und meinte, Rodolfo würde ihr gefallen.

Stella schaute sie fassungslos an. „Warum hast du nichts gesagt?“

„Weil ich es selbst erst seit heute weiß.“

Und so endete dieser Tag mit seinen besonderen Vorzeichen damit, dass jeder mit seinem eigenen Kummer nach Hause ging.

Rodolfo wegen seiner gescheiterten Annäherung, Liliana wegen ihres Neids auf Stella, Stella aus Angst, Liliana verletzt zu haben. Und ich. Ich hatte nur den mir bis dahin unbekannten Wunsch, der mich von da an begleiten würde: Ich wollte verschwinden, mich in Luft auflösen, um keine Fehler mehr zu machen, keine Schuld mehr auf mich zu laden. Im Bett legte ich mir das Kissen aufs Gesicht und weinte, ich wollte nicht mehr atmen. Gerade als mir klar wurde, dass das nicht reichen würde, um mich verschwinden zu lassen, kam meine Mutter ins Zimmer. Das machte sie sonst nie, sie schaute fern und ging dann ins Bett, in Gedanken schon bei der Bügelwäsche für den nächsten Tag. „Was ist los?", fragte sie, und ich erzählte ihr alles. Es war das einzige Mal, dass ich mich ihr anvertraute. Ich erwartete ihren typischen Satz: „Na komm, Schluss mit dem Unfug, jetzt wird geschlafen." Aber stattdessen strich sie mir über den Kopf und sagte, dass doch nichts Schlimmes passiert sei, und schob augenblicklich die Schicht aus Scham und Unwohlsein zur Seite, die sich mir auf die Brust gelegt hatte. Von nun an, beschloss ich, würde ich ihr alles sagen, ich spürte, dass sie mir immer zuhören würde.

Das war am Sonntag, den 29. Mai. Am 11. Juni geschah das *Unglück,* und meine Mutter hörte nie wieder etwas oder jemanden.

Wenn die Erinnerungen mir das Weiterleben unmöglich machen, suche ich nach einer Ablenkung. Ich kann mich im Schwimmbad verausgaben oder mit prüfendem Blick durch die Wohnung gehen, ob Akio sie auch so gereinigt hat, wie gewünscht, oder etwas kaufen. Irgendetwas, und dann eine Liste mit Abfällen machen. Ich interessiere mich sehr für Abfälle. Für alles, was sich morgen an einem fernen afrikanischen Strand auflösen wird oder ganz im Gegenteil noch weiterexistieren wird, wenn wir schon längst ausgestorben sind. Ich habe eine angeborene Faszination für das notwendige Übel des Menschen, Reste, Überbleibsel, Müll und Ausdünstungen abzusondern. Wie jemand, der an Schwindel leidet und vom Abgrund angezogen wird.

Heute muss ich Gegenstände einkaufen. Gegenstände verleihen einem die konkreteste Idee von Unsterblichkeit, die uns zur Verfügung steht. Sie sagen dir auf subtile Weise: Du lebst noch so lange, dass du so viel einkaufen musst, wie du kannst, damit es dir auch morgen an nichts fehlt. Und sie überzeugen dich, dass es dieses Morgen immer geben wird.

Eine halbe Stunde von unserer Wohnung entfernt hat das größte Einkaufszentrum Italiens eröffnet. Wenn das Schicksal es gut mit mir gemeint hat, dann war es beim Zusammentreffen mit Carlo und bei der Entscheidung, dieses riesige Gebäude gerade hier anstatt an tausend anderen möglichen Orten zu eröffnen. 150.000 Quadratmeter, 223 Geschäfte, 62 Restaurants und ein Supermarkt mit 70 Kassen. Überall Gegenstände. Der beruhigende Beweis dafür, am Leben zu sein: Gegenstände. Das Chaos, der Gestank, der Krach im Hintergrund betäuben meine Sinne, und mich überfällt ein instinktiver Überlebenswille. Die Ware zielt auf das Herz des Konsumenten, zieht ihn aus, bis er seinem ureigentlichsten Wunsch zum Opfer fällt: einem alles verschlingenden Drang nach Besitz.

Carlo hält nichts von Einkaufszentren und lässt Akio oder den Portier einkaufen, aber heute, keine Ahnung, wieso, kommt er auf die Idee, mich zu begleiten. Ich suche nach Strategien, damit ich unbemerkt unsinniges Zeug kaufen kann, und zähle darauf, dass es wichtigere Dinge gibt, mit denen er sich beschäftigt. In der Parfümerieabteilung gibt es ein Haarfärbemittel namens Rendezvous im Angebot, nichts Besonderes, etwas für Rentnerinnen und Immigrantinnen, die sich keinen Friseurbesuch leisten können. Sie haben keine Ahnung, was ein Rendezvous ist, und sprechen den Namen falsch aus, wenn sie mithilfe der Farbmuster auf der Karte mit den künstlichen Haaren ihren Farbton aussuchen. Ich entscheide mich für die Nuance „Rouge Hantise", leidenschaftliches Rot, und lege sie in den Wagen: Restmüll, wegen des hohen Ammoniak- und Formaldehydanteils könnte man sogar annehmen, dass es gesondert entsorgt werden muss.

An der Kassenschlange nimmt ein Junge vor uns das Haarfärbemittel aus unserem Wagen und legt es in den seiner Mutter. Ich lächle und erwarte, dass auch Carlo lächelt, vertrauenswürdig wie immer, aber stattdessen greift er verärgert nach der Packung, und als die Mutter sich entschuldigt, antwortet er nicht einmal.

„Warum hast du so reagiert?", frage ich ihn, als wir vor dem Supermarkt stehen.

„Hast du sie nicht erkannt? Das sind die aus dem dritten Stock", sagt er. „Der Junge hat alle Pflanzen im Innenhof kaputtgemacht, das sind die Leute mit den schlechtesten Manieren, denen ich je begegnet bin."

„Im dritten Stock wohnt eine Familie mit Kind?", frage ich nach.

„Leider ja. Seit letztem Monat."

Ich hatte vergessen, dass das Chaos in Einkaufszentren ihn so nervös macht.

Wir legen die Sachen in den Kofferraum, und ich bin voller Vorfreude auf die Liste der Abfälle, die mir dieser Einkauf schenken wird. Acht Päckchen Wellpappe, sieben Glasflaschen, zwölf Meter Backpapier, vier Aluschalen. Dann das Beste der Polymere: drei Schachteln aus Polypropylen, 24 Flaschen aus PVC, zwei PET-Flaschen. Viele Meter Polyethylen. Bald wird es sie nicht mehr geben. Zwei Tetrapacks. Ich liebe Tetrapacks. Sie werden mich überleben, alle anderen, die ich kenne, und sogar deren Kinder, es wird Dutzende von Generationen dauern, bis dieses diabolische Gemisch aus Karton und Aluminium von der Zeit auch nur minimal angegriffen wird. Ich wünschte mir, alles im Leben wäre so sicher und stabil, ohne daran denken zu müssen, dass es jeden Moment vorbei sein kann, so wie bei Stella.

Zu Hause greift Carlo nach der Packung Rouge Hantise.

„Wann hast du dich entschieden, deine Haare leidenschaftlich rot zu färben?", fragt er.

„Ach, das ist Haarfärbemittel? Ich dachte, es wäre Shampoo", erwidere ich beiläufig.

Carlo wirft die Packung in den Restmüll.

„Wir kaufen jede Menge unsinniges Zeug, Einkaufszentren sind tückisch."

„Aber es war im Angebot, also fast geschenkt."

„Aber wenn wir es wegwerfen müssen, was ist dann daran geschenkt?"

Ich weiß, wann es an der Zeit ist, einen Fehler zuzugeben, und das ist es, was mich von den Milliarden von Frauen unterscheidet, die Carlo haben könnte, von anderen unwichtigen Eigenschaften einmal abgesehen. „Entschuldige, du hast recht. Ich sollte mich von dieser Fixierung auf Einkaufszentren lösen." Ich reiße die Papierverpackung der Bierflaschen sorgfältig in gleich große Stücke und lege sie in den Papiermüll.

Beim Abendessen gibt er sich freundlich, doch er ist immer noch verärgert, vielleicht wegen des Färbemittels oder des Sohnes der Nachbarn oder beidem. Ich sichte in der Zeitung das Kinoprogramm. „Im Farnese läuft eine Fellini-Retrospektive. Wollen wir uns das ansehen?"

„Ehrlich gesagt muss ich noch ein bisschen arbeiten."

„Ich darf mir nicht mal ein Haarfärbemittel kaufen, aber du darfst den ganzen Abend vor dem Scheißcomputer sitzen? Das ist ungerecht, und du bist ein widerlicher Egoist, dass dir das nicht mal auffällt", sollte ich jetzt sagen. Stattdessen antworte ich: „Natürlich, dann schaue ich noch kurz fern."

„In Ordnung, mein Schatz."

„Frohes Schaffen, Schatz."

Wenn er abends noch arbeiten muss, dann zappe ich durch die Kanäle und suche nach Finalsendungen von Talent- oder Realityshows. Ich blicke gebannt auf die Gesichter der Kandidaten, während sie auf das Ergebnis der Abstimmung der Zuschauer warten, genieße die Musik vor dem Urteil. Ich beobachte, wie die Hoffnungen derer zerstört werden, die ausscheiden müssen, das einstweilige Ende der jahrelangen Auftritte in Werbespots, der Probeaufnahmen, vorbei der Traum, das große Geld zu machen, obwohl man nur Mittelmaß ist oder vielleicht gerade deswegen: der große Traum von allen. Ich betrachte die Tränen des Weiterkommenden, die Arroganz, die in jeder Träne liegt. Er weiß, dass er in diesem Monsterkabinett der Schlimmste ist und deshalb der Beste. Ich weiß nicht mal, um was es geht, vielleicht ums Kochen oder wer es am längsten auf einer Insel aushält, um Singen oder Tanzen. Aber der Moment des Ausscheidens ist der wahrhaftigste Moment, den man uns zeigt.

Heute Abend gibt es eine Sondersendung über ein riesiges Kreuzfahrtschiff, das vor der Insel Giglio auf Grund gelaufen ist, danach eine politische Talkshow und später ein gar nicht mal so uninteressantes Finale. Es ist ein Wettkampf darum, wer mit Coupons die meisten kostenlosen Produkte sammeln kann, und der Favorit hat in zwölf Jahren 4.128 Waschmittelproben gesammelt. Schätzungsweise kann er dreimal in der Woche für wie viele Leben auch immer waschen, aber er nutzt sie nicht. Sie stehen aufgereiht in Regalen im ehemaligen Zimmer seines Sohnes, und er präsentiert sie voller Stolz. Allerdings kann man den Raum wegen des unerträglichen Seifengestanks kaum betreten. Für ihn sind die Proben wie Kinder.

„Was läuft?", fragt Carlo nach einer Weile aus dem Arbeitszimmer.

„Eine Reportage der BBC über Kindersoldaten in Afghanistan. Und was machst du?"

„Das Übliche."

Wie ich.

4

Die Fokusgruppe dieser Woche betrifft das Produkten innewohnende Altern, die Tatsache, dass Waschmaschinen, Fernseher oder Bügeleisen so hergestellt werden, dass sie kurz nach der Garantiezeit kaputtgehen. Bei der Produktion wird eine Software eingebaut, die sie nach genau 24 Monaten technologischen Kamikaze begehen lässt und auf diese Weise den Markt am Laufen hält. Ich höre dem Interview gebannt zu. Die Gegenstände werden minderwertig produziert, damit ihr Ableben erleichtert und ihre Lebensdauer verkürzt wird. Das ist die Apotheose der Verschwendung, eine unendlich lange Liste an Abfällen.

Die Targets sind junge Konsumenten mit mittlerem bis hohem Einkommen, die entspannt darauf warten, dass ihr Smartphone kaputtgeht, damit sie sich ein neues kaufen können. Ihnen gefällt es, dass die Dinge irgendwann überholt sind: So fühlen sie sich immer auf der Höhe der Zeit, immer up to date. Der Kunde ist ein Unternehmen, das die teuersten Staubsauber auf dem Markt herstellt, eine Art Armageddon für Milben, zehnmal teurer als ein normaler Sauger und hundertmal teurer als ein Besen. Die Geräte sind so kostspielig, dass man sie nicht nach zwei Jahren kaputtgehen lassen kann, und deshalb ist das Unternehmen in der Krise.

„Das Produkt muss sich von einem programmierten Altern und Verschleißen hin zu einem *wahrgenommenen* Veraltetsein entwickeln", erklärt der Berater. „Das Gerät muss nicht zwangsläufig kaputtgehen, es genügt, wenn es in den Augen des Konsumenten *obsolet* wird, wenn er für andere Modelle Interesse zeigt. Sie müssten uns eine Marketingstrategie empfehlen, die den Kunden davon überzeugt."

Die Targets beginnen zu diskutieren, und ich gehe ins Internet, um sofort zwei Staubsauger zu kaufen, den zweiten als Reserve, falls der erste mir obsolet erscheint.

Ich transkribiere die Überlegungen der Fokusgruppe und denke daran, dass der erste Selbstmordversuch meiner Mutter, sorgfältig vorbereitet und genau ein Jahr nach dem *Unglück*, auch ein innewohnendes Veraltetsein war. Nur dass das Räderwerk nicht plötzlich kaputtgegangen ist, sondern bereits seit Langem nicht mehr richtig funktionierte und wir es alle mehr oder weniger ahnten.

Der Versuch wurde als Folge eines traumatischen Trauerfalls gewertet, einer Depression, die mit dem Tod Stellas begonnen hatte und sich langsam verschlimmerte. Stella war das Beste in unserem Leben, heute weiß ich, dass wir sowohl sie selbst als auch ihr reines und glückliches Wesen geliebt haben, das uns das Gefühl gegeben hat, dass auch wir glücklich sein konnten. Ihr Tod war das Ende jeder noch so verborgenen Illusion von Glück.

Als Erstes stellte meine Mutter eine junge Frau in der Wäscherei ein, als Ersatz. Sie sagte, sie müsse sich von dem *Unglück* erholen, aber nach und nach begriffen wir, dass sie sich nie wieder erholen würde. Es kostete sie unglaubliche Kraft, das Haus zu verlassen, ihr war zu kalt, zu heiß, zu alles. Vor allem Menschen waren ihr lästig. Sie hasste die Vorstellung, dass sie dem Zerfall ihrer Familie beiwohnen könnten oder sie, wenn auch nur zufällig, daran erinnerten, wie wunderbar und schön ihr Leben einmal gewesen war.

Stella verbarg sie an einem geheimen Platz in ihrem Herzen und in ihrer Erinnerung, einem Ort, den niemand betreten durfte, der aber langsam alles andere mit sich riss, ihre Klarheit, ihre Hingabe an den Haushalt, die Entschlossenheit, mit der sie uns Kinder erzogen hatte, die eiserne Durchsetzungskraft, mit der sie sich bei meinem Vater für die Eröffnung der Wäscherei eingesetzt hatte. Wenige Monate nach dem *Unglück* traf sie die Entscheidung, nur noch morgens zu öffnen und dann nur noch jeden zweiten Tag, um irgendwann ganz zu schließen. Die Maschinen wurden an die Wäscherei des Einkaufszentrums auf der anderen Seite des Flusses verkauft. An diesem Tag fuhr ich mit dem Rad bis zum Laden und schaute das letzte Mal die Waschmaschinen und die Bügelbretter an, die Wäschekörbe, mit denen Stella und ich immer wieder neue Spiele erfunden hatten. Ich nahm das Bild ab, das ich meiner Mutter zwei Jahre zuvor zum Geburtstag geschenkt hatte und das an der Wand hinter dem Tresen hing. Ich wollte es selbst in den Müll werfen, das sollten nicht die Packer machen. Und dann sah ich ihnen schweigend zu, wie sie meine Kindheit ausräumten.

Der Verkauf der Wäscherei, der den Worten meiner Mutter zufolge mehr Freizeit bringen sollte, ließ sie nur noch lethargischer werden. Nach und nach hörte sie auf, sich um mich zu kümmern, mich für die Schule anzuziehen, für mich zu kochen. Auf den Regalen lag eine dicke Staubschicht, die Tischdecke, die sie sonst jeden Tag gewechselt hatte, wurde zu einer Landkarte voller ekliger dunkler Flecken. Mein Vater begann sich um den Einkauf, die Küche und die überlebenswichtigen Dinge zu kümmern, aber es war klar, dass er damit nicht gut zurechtkam. Er entfernte sich immer mehr vom undurchdringlichen Schweigen meiner Mutter, von der Tatsache, dass ich größer wurde und er keine Ahnung hatte, wie er damit umgehen sollte. Das zeigte sich daran, dass er die einfachsten Dinge vergaß, wie mir etwas zu essen einzupacken oder mich vom Schwimmen abzuholen. Eines Morgens fiel ihm nicht mal auf, dass ich in Pantoffeln und nicht in festen Schuhen zur Schule ging, und als er es im Auto endlich bemerkte, war es zu spät, um noch einmal umzukehren. Mir graute vor der Vorstellung, wieder nach Hause zu gehen. Ich stand die ganze Zeit nicht auf, damit niemand die Pantoffeln sah, selbst als ich aufs Klo musste, und schließlich machte ich mir in die Hose. Wenn ich meine Kindheit nach dem *Unglück* in einem Bild zusammenfassen müsste, dann wäre es dieses: das Kichern der Kinder, während mich die Lehrerin aus dem Klassenraum brachte, mein schamrotes Gesicht und die verpinkelten Pantoffeln.

Am ersten Jahrestag des *Unglücks* hatten meine Eltern eine Messe *zum Gedenken an Stella* organisiert. Ich wusste, dass das ein langer schmerzhafter Tag werden würde, aber wie sehr, hatte ich mir nicht vorstellen können. Es war Sonntag, ich stand leise auf und frühstückte. Meine Mutter kochte. Sie trug eine Schürze und das Haarnetz, das sie dabei immer aufhatte, und war sehr beschäftigt, genau wie früher. Ich blickte sie überrascht an.

„In fünf Minuten ist die Crostata fertig, Bianca. Wasch dir die Hände."

Die Crostata war Stellas Lieblingskuchen gewesen, und der Duft aus dem Ofen erinnerte mich so sehr an früher, war so überwältigend, dass mir übel wurde.

„Ja", brachte ich heraus.

Ich hörte, dass mein Vater mit irgendetwas in der Garage beschäftigt war, ich hatte keine Ahnung, ob er schon Bescheid wusste. Mama ging es wieder gut. Aber ich hatte Angst, ihn irgendetwas zu fragen, mich auch nur zu rühren, als ob ich mich zwischen empfindlichem Kristallglas bewegte, das sofort zerbrechen würde, wenn man es beiseiteschob.

„Ich lese dir jetzt eine Geschichte vor", sagte meine Mutter, nachdem ich die Crostata gegessen hatte. Das hatten wir vor dem *Unglück* oft gemacht.

„Gut."

„Such dir etwas aus."

Wir gingen in mein Zimmer, um ein Buch auszusuchen, aber keines, das ich herauszog, gefiel ihr.

„Gehen wir rüber, da sind mehr Bücher."

Rüber, das war Stellas Zimmer. Niemand hatte es seitdem betreten, und ich spürte meine Ablehnung, es war fast ein Sakrileg.

Sie öffnete die Tür und rief nach mir. „Komm schon, welches Buch hättest du gerne?"

Stellas Zimmer war nach ihrem Tod eingefroren. Die Hefte auf dem Schreibtisch und die Turnschuhe in der Ecke neben dem Bett. Ich spürte, wie mich eine untröstliche Verzweiflung überkam.

„Gar keines, Mama, ich möchte nicht."

„Such dir ein Buch aus, Bianca."

„Aber …"

Unvermittelt fing sie an zu schreien. Ich hatte sie schon seit Monaten nicht mehr schreien gehört. „Ich habe gesagt, such dir ein Buch aus."

Ich griff nach irgendeinem, ein altes Märchenbuch mit einem knittrigen Einband. Auf das Vorsatzblatt hatte Stella ihren Namen geschrieben. Ihre Handschrift zu sehen ließ mich schwindeln.

„Komm", sagte meine Mutter und setzte sich aufs Bett. Ich folgte ihr.

„Ein Kaufmann hatte drei Töchter, und er musste verreisen, um seine Geschäfte zu pflegen. Er sagte zu den Töchtern: ‚Bevor ich abreise, mache ich euch ein Geschenk, denn ich möchte, dass ihr zufrieden seid. Sagt mir, was ihr euch wünscht.' Die Mädchen überlegten und antworteten, dass sie Gold- und Seidenfäden zum Spinnen haben wollten. Der Vater kaufte ihnen das Gewünschte und reiste ab."

Mein Vater kam und rief uns zur Messe. Er starrte meine vorlesende Mutter erstaunt an.

„Die kleinste der drei Schwestern hieß Giricoccola und war die schönste unter ihnen, und die beiden anderen Schwestern waren immer neidisch. Nach dem Mittagessen setzten sich alle drei ans Fenster und begannen zu spinnen, und die Leute, die vorbeigingen und sie anschauten, blickten schließlich immer nur die jüngste an. Die beiden älteren Schwestern vergingen vor Wut."

„Entschuldigt, aber in einer Stunde ...", sagte mein Vater, der in der Tür stand, aber er kam nicht weiter, denn meine Mutter las, ohne auf ihn zu achten.

„Die Schwestern packten Giricoccola und sperrten sie im Kornspeicher ein. Das arme Mädchen weinte, und als der Mond hinter dem kleinen Fenster auftauchte und einen Strahl zu ihr hineinschickte, sagte er: ‚Komm.' Er ergriff ihre Hand und nahm sie mit sich."

„Die Messe", konnte mein Vater einschieben und betrat das Zimmer. Meine Mutter las weiter.

„Die Schwestern suchten nach Giricoccola, aber sie war nicht mehr da. Sie schickten nach einem Astrologen, damit er herausbekäme, wo ihre Schwester sei. Der Astrologe sagte, dass Giricoccola sich im Haus

des Mondes befände und es ihr noch nie so gut gegangen sei. ‚Aber wie können wir sie sterben lassen?', fragten die Schwestern." Ich sprang erschreckt auf. „Es ist spät! Wir müssen los!" Und bevor sie antworten konnte, rannte ich die Treppe hinunter.

Meine Mutter legte das Buch ins Regal und zog sich um. Wir warteten fast eine Stunde auf sie, bevor mein Vater mich nach oben schickte, um nachzusehen, was sie trieb.

Ich gehe zu Fuß durch die Fori Imperiali nach Hause zurück. Ich ähnle dieser Geisterstadt, deren Schönheit darin liegt, dass sie weiß, dass sie für immer der Vergangenheit angehört, genau wie mein altes Leben. Ich betrachte die Pinien, die zwischen den Ruinen und den Palazzi wachsen und unzusammenhängende und doch perfekte Muster bilden. Nach dem Lärm der Fußgängerzone trete ich in die plötzliche Stille ein, die durch eine Polizeisirene durchbrochen wird, komme an Touristenpaaren vorbei, die Selfies vor der Trajan-Säule machen und steige dann die Treppe zur Via Magnanapoli hinauf, es stinkt nach dem Essen aus der Bar und Zigarettenkippen, die ordentlich zwischen den Pflastersteinen und der riesigen Plastikeistüte stecken. Das ist einer meiner Lieblingsorte in Rom, die stumme Schönheit der antiken Stadt, die unter der Gewöhnlichkeit begraben wird, die Trajan-Säule, die sich zwischen den Umrissen der Eistüte und den Plastikplanen der Renovierungsarbeiten in die Luft reckt. Ich erreiche den Largo Magnanapoli, laufe an den Trajan-Märkten vorbei, durch die lärmend und kreuz und quer die Autobusse fahren. Die Busse sind voller Menschen, die ins Leere starren oder wegen etwas, das sie gerade auf dem Handydisplay gelesen haben, vor sich hin lächeln. Ich laufe über die Pflastersteine, zwischen denen sich immer wieder kleine Inseln aus Asphalt ausbreiten, komme an zwei Japanern vorbei, die überrascht auf das Chaos blicken, das sie umgibt, und von dem sie nicht wissen, wie sie ihm begegnen sollen, ihre aufgesetzte Freundlichkeit hilft ihnen nicht. Ich gehe die Via Panisperna hinauf, bis ich zu Hause bin, und es fühlt sich an, als knipste ich die Unordnung aus.

Der Innenhof des Palazzos ist in beruhigende Stille getaucht, ein Wohnraum mit Kletterpflanzen, Mosaiken und alten Möbeln. Der Aufzug führt direkt in unser Penthouse, Carlo ist im Arbeitszimmer, im Hintergrund läuft klassische Musik.

„Heute Abend bringen Nicola und Marta Sofia zu uns", sagt er lächelnd.

„Sehr gut."

Er zögert ein wenig. „Ich habe ihr ein Geschenk gekauft."

„Noch eins?"

„Es ist einfach zu schön, sieh selbst."

Carlo öffnet die Tür zu dem ockerfarbenen Zimmer, das eines Tages das Zimmer unseres Kindes sein wird. Er hat die Möbel an die Wand geschoben und ein riesiges Planschbecken mit Plastikbällen in der Mitte aufgestellt. Er schaut mich an wie ein Kind, das seine Mutter fragt, ob es noch ein zweites Eis bekommen kann.

„Als ich es gesehen habe, konnte ich nicht widerstehen."

„Es ist großartig. Vielleicht ein wenig … ausladend."

Ich greife nach den Bällen und lasse sie durch die Finger gleiten. Kiloweise Plastik, wahrscheinlich PVC. Ich stelle mir den ekelhaften Gestank vor, wenn sie in der Müllverbrennung verbrannt werden.

„Drei Meter auf drei Meter. Sofia wird ausflippen."

Es klingelt, und Sofia ruft: „Da bin ich, Onkel!" Dann wirft sie sich in Carlos Arme.

„Du kannst auch Bianca guten Tag sagen, oder?", meint Marta, ohne jemanden zu begrüßen.

Sofia lässt ihre Schuhe fallen und legt sich auf das weiße Sofa, Nicola starrt Carlo mit seinem leicht melancholischen Blick an.

„Dem Interview nach bist du ein wichtiger Mann", sagt er.

„Stimmt."

Sie haben die gleiche Statur, die gleichen dichten schwarzen Haare und auch ihre Gesten sind sich mit der Zeit immer ähnlicher geworden. Nicola legt ihm die Hand auf die Schulter. Eine Geste, die Männer machen, wenn sie eng miteinander verbunden sind, einen Augenblick lang schenkt er ihm ein aufrichtiges Lächeln voller Vertrauen.

„Glückwunsch."

Vielleicht würde er noch mehr sagen, an die Vergangenheit erinnern und daran, wie Carlo dorthin gekommen ist, wo er jetzt ist, aber Sofia unterbricht sie.

„Ich war beim Friseur, wie sehe ich aus?"

Carlo fährt durch das Knäuel an Zöpfen, die sie ihr um den Kopf gelegt haben. „Du siehst umwerfend aus, Canarina."

Als ihre Eltern gegangen sind, schaut Sofia sich um, sie sucht nach einer Überraschung. Carlo hat fast immer eine Überraschung für sie.

„Mach die Augen zu", sagt er und bringt sie ins ockerfarbene Zimmer.

Sie reißt die haselnussbraunen Augen auf. „Was ist das?", ruft sie und taucht in die Bälle. Dann: „Onkel, komm!" Er stürzt sich zwischen die Bälle, präzise, gut frisiert und noch mit Krawatte. Er taucht mit zerzausten Haaren wieder auf, sie kitzelt ihn. Ich gehe in die Küche und koche. Obwohl ich die Tür geschlossen habe, kann ich ihr Lachen hören. Wir sitzen auf dem Sofa und sehen uns einen Zeichentrickfilm an, sie schläft ein, den Kopf auf Carlos Brust. Er nimmt sie vorsichtig auf den Arm und trägt sie ins ockerfarbene Zimmer.

Ich wünschte, dass man so zu einem Kind kommen könnte, es läutet an der Tür und rennt in die Wohnung, genau wie es Sofia heute Abend gemacht hat. Ich räume automatisch die Unordnung auf, die sie im Wohnzimmer hinterlassen hat, stecke die Bälle aus dem Plastikbecken, die in jede Ecke gerollt sind, in den Plastikmüll.

Als ich ins Schlafzimmer komme, schläft Carlo schon. Ich ziehe ihm die Decke bis zum Hals und richte sorgfältig sein Kissen, wie bei einem Kind, das wir nicht haben.

Wie jeden Abend mache ich in Gedanken eine Abfallliste und lasse mich in die Erinnerungen an Stella sinken. Anfangs sind sie nur ein kurzer Augenblick im Magma der Gedanken, dann gelangen sie immer mehr in den Fokus, wie bei einem Objektiv einer hochtechnisierten Kamera. Es ist der 11. Juni, der Tag meines Schwimmwettkampfs, der Tag des *Unglücks.* Ich sehe sie vor mir, wie sie langsam zu atmen aufhört.

Obwohl es alle gerne wissen würden, weiß niemand genau, wie und warum es passiert ist.

Sie verstehen nicht, dass das Wissen über etwas so Schlimmes das Leben für immer zur Hölle macht.

Aber ich weiß es.

5

Seit die *New York Times* auf Carlo aufmerksam geworden ist, bekommt er auch in Italien mehr Aufmerksamkeit, und die Zeitungen und Nachrichten liefern sich einen Wettkampf um ein Interview. Die Kommentare der Frauen auf sein Foto im Internet sind fast schon unanständig, aber Carlo lacht darüber, er kann mit dem Erfolg umgehen, weil er ihn nicht überbewertet oder, im Gegenteil, für selbstverständlich hält. Wir frühstücken und lesen dabei ein Interview im *Corriere della Sera,* dann verlassen wir die Wohnung und steigen in den Aufzug. Es ist eng, der Notar, der einige Stockwerke unter uns wohnt, kommt auch dazu. Wir küssen uns unter der Jungfernrebe, die die Hausfassade nach oben klettert, er steigt auf das Motorrad, setzt den Helm auf und schenkt mir sein strahlendes, beruhigendes Lächeln. Als er in der Via dei Serpenti verschwindet, ziehe ich das Handy heraus und rufe Morganti an.

„Ich sollte einen Termin mit dem Professor vereinbaren", sage ich und betone jedes Wort.

„Das wird etwas dauern. Ich schaue mal nach", die Sekretärin klingt gereizt. „Ach nein, am Dienstag ist gerade ein Termin frei geworden, Sie haben Glück."

„Perfekt." Ich zögere. „Wobei, nein, das stimmt gar nicht, wissen Sie."

„Was stimmt nicht?"

„Dass ich Glück habe."

Ich denke daran, wie anstrengend ein Wiedersehen mit Morganti sein wird und dass ich aushalten muss, was er mir zu sagen hat. Aber ich werde es ertragen, wie immer, weil Überleben und Erfolg weder etwas mit Intelligenz noch mit Talent, noch mit einer irgendwie gearteten Form von Glück zu tun haben, sondern vielmehr mit Entschlossenheit. Das weiß ich schon, seitdem ich klein bin, Stella hat es mir beigebracht.

Carmine kam aus Süditalien, sein Vater war im Gefängnis. Er kam zu Weihnachten zu uns in die Klasse und setzte sich in die erste Reihe in die Bank neben meiner. Er schaute niemanden an, sprach mit keinem, aber in der Pause wurde er aktiv und machte unsere Stifte und die Lineale kaputt oder bewarf uns mit Steinen. Nach nicht einmal einem Monat saß er beim Direktor, weil er ein Kind aus der dritten Klasse beinahe erwürgt hatte. Seine Mutter musste kommen. Wir sahen eine winzige Frau, schwarz wie Tinte, die kaum ein Wort Italienisch konnte, genau wie ihr Sohn. Nachdem sie mit dem Direktor gesprochen hatte, wartete sie am Ausgang auf Carmine und zog ihn an den Haaren zu dem Jungen, den er fast erstickt hätte, damit er sich entschuldigte. Dann musste er die Hände an einen Baum legen. Sie holte einen Riemen aus der Tasche und fing an, ihn vor allen zu schlagen. Wir schauten wie erstarrt zu, und als seine Mutter fertig war, rannte Carmine mit gesenktem Blick davon, wie ein wildes Tier.

Von diesem Tag an wurde er noch grausamer, aber auch besser darin, sich nicht erwischen zu lassen. Er wurde ein kleiner Tyrann, der meine Pausenbrote stahl und mich zwang, seine Hausaufgaben zu machen. Dann schlug ich mir ein Stück Zahn aus, und ab diesem Tag hänselte er mich und nannte mich Monster. Ich begann eine tiefe Abscheu gegen ihn zu hegen, und eines Tages, als er mir sein Heft gab, damit ich seine Hausaufgaben machte, schrieb ich nur falsche Lösungen hin. Die Lehrerin kontrollierte die Aufgaben und rief ihn an die Tafel. Es kam heraus, dass er gar nichts konnte, er setzte sich wieder und blickte mich lange an und gab mir mit Gesten zu verstehen, dass er mir einen weiteren Zahn ausschlagen würde. Aber das tat er nicht. Die Rache war subtiler und grausamer.

Er versteckte sich am Ausgang der Schule hinter einem Busch und nahm mir den Ranzen weg. Ich sah ihm nach, wie er davonrannte, und dachte, dass er ihn mir am nächsten Tag zurückbringen würde. Allerdings würde ich keine Hausaufgaben machen können und mich vor allen blamieren. Ich rannte nach Hause, damit niemand merkte, dass ich keinen Ranzen dabeihatte, und nach dem Mittagessen warf ich mich aufs Bett. Ich war wie gelähmt und wusste nicht, was ich machen sollte.

Nach einer Weile kam meine Mutter ins Zimmer.

„Warum liegst du im Bett?"

Ich vergrub das Gesicht im Kissen.

„Ich habe Kopfschmerzen", log ich und wurde rot.

„Du wirst doch nicht etwa krank? Du bist ganz rot."

Sie berührte mit den Lippen meine Stirn, um zu sehen, ob ich Fieber hatte. Dann sagte sie: „Nein, Fieber hast du nicht."

„Es ist …", eine Mischung aus Scham und Ohnmacht überkam mich, weil mir nichts Besseres einfiel, was ich tun konnte.

„Was denn?"

„Ich weiß nicht, ob ich meine Hausaufgaben heute machen kann."

Meine Mutter verließ das Zimmer. Im Flur sagte sie: „So ein Quatsch. Du ruhst dich aus, dann bittest du Stella, dir zu helfen."

Sie ging in die Wäscherei, und Stella kam nach Hause.

„Warum willst du keine Hausaufgaben machen?"

Damals wusste ich nicht, wie man ein Geheimnis für sich behielt, die große Verantwortung, die eigenen Gedanken verbergen zu müssen, und erzählte ihr sofort die ganze Geschichte. Sie band sich die honigblonden Haare mit einem Gummi zusammen, löste sie wieder und band sie erneut zusammen.

„Okay. Was willst du machen?"

Es gab keinen Zweifel, ich musste der Lehrerin alles sagen, damit er die verdiente Strafe bekam und vielleicht noch einmal von seiner Mutter mit dem Riemen verprügelt werden würde.

„Ach was", sagte Stella, „das bringt doch nichts."

Sie überlegte eine Weile und sagte dann: „Heute Nacht schleichen wir uns zu ihm und holen den Ranzen zurück."

„Was?"

„Dann kapiert er, dass er dich respektieren muss."

Ich schaute sie erschrocken an.

„Ganz ruhig", sagte sie und strich mir übers Haar, „alles wird gut." Das war einer ihrer Lieblingssätze. Der letzte, den ich von ihr hören würde, aber das wusste ich damals noch nicht.

Verwirrt ging ich ins Bett. Stimmte das, was Stella sagte? Ich konnte es nicht glauben. Aber gegen zwei Uhr nachts betrat sie mein Zimmer. Sie trug die dicke Jacke und den Rucksack mit den gelben Streifen. „Bist du bereit?", sagte sie hinter dem Schal, ihre Augen glänzten. Ich hatte Angst, Ja zu sagen, aber nicht mitgehen konnte ich auch nicht. Sie half mir, mich anzuziehen, öffnete das Fenster und sagte, ich solle ihr alles nachmachen. Dann stellte sie einen Fuß auf die Glyzinie und kletterte unter das Fenster, hangelte sich bis nach unten und sprang dann auf eine Mülltonne. Sie wartete auf mich. „Mach das Fenster zu", flüsterte sie. Es war einfach, von zu Hause wegzulaufen.

Stella zog eine Taschenlampe aus dem Rucksack und lief rasch los, bei ihr wirkte immer alles ganz leicht. Sie musste wissen, wo Carmine wohnte, denn sie war mit seinem Bruder in einer Klasse, und ich folgte ihr. Alles kam mir vor wie ein Traum. Die Kapuze meines Anoraks war heruntergerutscht, und ich bat sie, mir zu helfen. Mit ihr durch die Nacht zu laufen würde zu einem meiner immer wiederkehrenden Träume werden, doch auch das konnte ich damals noch nicht wissen.

Wir liefen an den Stadtrand, bis wir vor einer baufälligen Mietskaserne standen, deren Vorgarten mit Müll und Hundehaufen bedeckt war.

„Da sind wir", sagte Stella, und endlich stellte ich ihr die Frage, für die ich die ganze Zeit zu feige gewesen war.

„Wie kommen wir in seine Wohnung?"

Stella begann das Haus zu inspizieren.

„Er hat ihn nicht mit in die Wohnung genommen. Wenn seine Mutter ihn findet, bringt sie ihn um."

„Warum ist sie so böse?"

„Weil sie nachts in der Fabrik arbeiten muss. Wenn man nicht schläft, kriegt das Gehirn einen Schaden."

Wir stiegen die Treppe zu einem Hof hinunter, in dem haufenweise Zeug herumlag. Wir suchten zwischen den Sachen, und schließlich sah ich ihn. Mein Ranzen lag auf einem kaputten Gasofen, hinter einem Nachttopf versteckt. „Ja!", rief Stella und streckte die Hand aus, damit ich einschlagen konnte.

Euphorisch rannten wir die Treppe wieder nach oben, aber als wir die Eingangstür öffneten, standen wir auf einmal vor Carmines Mutter, die von der Nachtschicht zurückkam. Wir waren alle drei fassungslos, standen stocksteif da und schauten uns an. „Und wer zum Henker seid ihr?", fragte sie noch wütender und grausamer, als ich sie in Erinnerung hatte. Ich zitterte vor Angst, aber ich hörte, wie Stella mit freundlicher Stimme sagte: „Wir sind Freundinnen von Carmine, Signora."

Ich sah, wie sie in der Tasche nach etwas suchte, und war mir sicher, dass sie den Riemen oder vielleicht sogar eine Pistole herausziehen würde, und bekreuzigte mich. Aber es war nur eine Zigarette.

„Wir haben heute ein Spiel gemacht", fuhr meine Schwester fort. „Er hat unseren Ranzen versteckt, und wir haben gewettet, dass wir ihn wiederfinden würden."

„Erst bringe ich ihn um und dann euch", sagte sie.

Stella kümmerte sich gar nicht um die Drohung. „Wenn Sie unbedingt wollen, aber dann fangen Sie mit uns an. Meine Schwester hat ihn provoziert. Ich glaube ja, die beiden sind ein bisschen verliebt ineinander. Bianca ist immer ganz begeistert, wenn sie von Carmine spricht."

Ich starrte Stella entsetzt an, ich spürte, wie ich feuerrot wurde.

„Erzählt Carmine nie von ihr?", fragte Stella in ihrer heiteren und sanften Art.

Plötzlich veränderte sich der Gesichtsausdruck der Frau. Es war, als hätte etwas Warmes und Tröstendes die Spannung gelöst, ihre Einsamkeit, ihre Abwehr.

„Er sagt, dass ihm eine bei den Hausaufgaben hilft."

„Das stimmt nicht, er zwingt mich dazu", wollte ich einwerfen, aber natürlich sagte ich das nicht, Stella sprach weiter, worüber, weiß ich nicht mehr. Ich weiß nur, dass Carmines Mutter ihr zuhörte und dann auch etwas sagte. Sie sagte, dass er eine Cousine in einem Heimatdorf hatte, die mir ein bisschen ähnlich sah, und er mich vielleicht deshalb mochte. Sie sagte, dass er nicht in den Norden hatte gehen wollen und deshalb so böse war. Und dass ihnen allen ihr Zuhause fehlte, sie aber nie wieder zurückgehen würden.

Ich hörte diesem surrealen Dialog zu, eine entwürdigte und angriffslustige Frau, die sich einem Mädchen von dreizehn Jahren anvertraute, das sie nachts um vier zufällig auf der Treppe getroffen hatte. Ich wunderte mich, wie Stella in die Welt der Erwachsenen eindringen konnte, ohne im Mindesten ihre Kindlichkeit, ihre Unschuld, ihre Leichtigkeit zu verlieren, wie sie die Erwachsenen akzeptieren und verstehen konnte, wo sie sich selbst doch noch nicht einmal verstanden. Schließlich zog Carmines Mutter zwei Bonbons aus der Jackentasche und sagte etwas in ihrem Dialekt, das so viel hieß wie, dass wir zwei brave Mädchen wären. Wir gingen nach Hause, und ich dachte verstört darüber nach, was gerade passiert war. Ich fühlte mich unbesiegbar und mutig, auch wenn ich wusste, es lag nur daran, dass Stella dabei war. Sie konnte das Beste in den Menschen hervorbringen, sie hatte die außerordentliche Macht, sie sich besser fühlen zu lassen.

Wir kletterten die Glyzinie wieder nach oben, meine Schwester half mir schnell bei den Hausaufgaben. Und als mich meine Mutter weckte, fragte ich mich, ob das alles nur ein Traum gewesen war. Aber dann sah ich den Ranzen auf dem Schreibtisch.

Als ich nach Hause komme, begrüßt mich der Portier freundlich. „Sie haben Post, Signora."

Es ist ein Brief mit einer amerikanischen Briefmarke, eine Einladung zur Hochzeit, einmal auf Italienisch, einmal auf Portugiesisch. Wie es aussieht, heiratet Serena in einem Monat einen dreißig Jahre älteren Mann, den sie im Internet kennengelernt hat.

Sobald Carlo die Wohnung betritt, wedle ich mit der Einladung vor seinem Gesicht herum. Er liest sie und verzieht dann überrascht das Gesicht. „Ach was", sagt er, „warum so übereilt?"

„Zum Beispiel weil der Bräutigam schon so alt ist und sie sich beeilen müssen, damit er vor der Hochzeit nicht stirbt."

Carlo lacht. „Meinst du, sie feiern die Hochzeit und die Beerdigung zusammen?"

Ich lache auch.

Wenn ein Freund jemand ist, der alles über dich weiß, der dir in schwierigen Situationen hilft oder mit dem du auch einfach nur einen schönen Abend verbringen kannst, dann hatte ich noch nie Freunde. Wenn ein Freund dagegen jemand ist, mit dem du wichtige Momente erlebt hast und deshalb deine Geringschätzung ihm gegenüber nicht zeigen willst, dann habe ich Serena. Und sie hat mich. Sie ruft mich jede Woche aus den USA an und erzählt mir im Detail, wie ihr Leben verläuft.

Ihr Egozentrismus hat so viele Facetten wie ein Haufen Wolken. Er nimmt unvorhergesehene Formen an, die dem komplizierten Tagesrhythmus des Wettbewerbs und der Neurosen folgen, die sie quälen, er nährt sich aus dem Aufstieg auf der Karriereleiter und strengt sich an, nicht ihrem desaströsen Liebesleben zu unterliegen. Sie hatte schon immer nur Durchschnittsmänner und beschwert sich ständig darüber, aber ich bin mir sicher, dass Serena sie so *will*, damit sie immer sicher sein kann, dass sie der bessere Part ist. Wenn sie mich anruft, um mir von dem Ingenieur zu erzählen, der sie zum Partnertausch zwingt, oder von dem Fünfzigjährigen, der sie vor seiner Mutter verheimlicht, lasse ich sie reden und schaue dabei ganz leise Talkshows im Fernsehen. Am Ende sage ich immer, dass ich sie verstehe und für sie da bin, wenn sie mich braucht. Serenas zukünftiger Ehemann ist Portugiese, ein gebrechlicher alter Musikwissenschaftler. Sie hatte gerade wieder eine ihrer katastrophalen Beziehungen hinter sich, und anfangs schien er nicht mal ihr Typ zu sein. Doch dann, während der Premiere von *Rigoletto* im Civic Theatre von San Diego, hat er ihr irgendetwas Idiotisches über

Selbstbefriedigung erzählt, und ihr ist bewusst geworden, dass er der Mann ihres Lebens ist und so weiter.

„Wir warten noch, bis wir uns etwas zum Anziehen kaufen, sie könnte noch kurz vorher feststellen, dass er doch der Falsche ist."

„Wie viele falsche Männer hatte Serena bereits, seitdem du sie kennst?"

„Es ist zu kompliziert, sie zu zählen. Ich muss erst mal etwas essen."

Ich wärme das Essen auf, das Akio vorbereitet hat. „Übrigens", rufe ich aus der Küche, „am Dienstag habe ich einen Termin bei Morganti."

Es ist immer schwer, das Terrain der Oberflächlichkeit von Gesprächen hinter sich zu lassen, die man schon oft geführt hat, aber ich habe die Gabe des entwaffnenden Lächelns.

Carlo regt sich nicht mal auf. „Ich kann nicht mitkommen. Am Dienstag stehe ich den ganzen Tag im OP."

„Kein Problem, mein Schatz. Ich kann alleine hingehen", sage ich sanft.

Ich entdecke etwas Blaues hinter dem Kühlschrank, ein kleiner Plüschelefant, der Sofie gehört. Ich ziehe ihn heraus, schneide mit der Schere die Augen heraus, die ich in den Plastikmüll werfe, dann entferne ich die Füllung aus Hirsespelz, die in den Bioeimer kommt, und alles Übrige stecke ich in den Restmüll.

6

Die Targets diskutieren heute über eine App, die dich warnt, wenn du auf deinem Weg zur Arbeit dein Kind im Auto vergisst. Wenn das Kind nicht in der Kinderkrippe ankommt, klingelt das Handy der Eltern so lange, bis jemand abnimmt.

„Man nennt das vorübergehendes geistiges Blackout", erklären die Berater. „Das ungewollte Vergessen von Kindern im Auto ist eine Folge dieses Phänomens."

Die Targets sind junge berufstätige Mütter, die immer viel zu tun und zu viel im Kopf haben. Eine von ihnen regt sich sofort auf und sagt, sie empfinde schon die bloße Vorstellung, man könnte sie in diese Gruppe einordnen, als Beleidigung. Sie schreit herum, dass ihr das niemals passieren würde und dass man besser keine Kinder bekommen sollte, wenn man keine Zeit habe, sich um sie zu kümmern.

„Ich behaupte nicht, dass Ihnen das passiert, ganz gewiss nicht", sagt der Berater. „Aber wir alle leben heute eine chaotische Routine. Das Gehirn glaubt, alltägliche Aufgaben bereits erledigt zu haben, aber dabei hat es das gar nicht. Beruhigt Sie der Gedanke nicht, dass es ein elektronisches Gerät gibt, das Sie auf dieses Fehlverhalten hinweist?"

Die Vorzeigemutter antwortet nicht, die anderen bekommen plötzlich Angst. Eine von ihnen gibt zu: „Mich würde das beruhigen."

„Mich auch", sagt eine andere.

Die Technik gibt uns die Illusion, dass wir alles kontrollieren können, deshalb vertrauen wir ihr so wichtige Bereiche unseres Lebens an.

„Und was ist, wenn das Handy nicht aufgeladen ist?"

„Genau. Und wenn ich das Handy mit dem Kind im Auto vergesse?"

Sie schauen sich erschrocken an.

„Und wenn ich das Klingeln nicht höre? Ich schalte es immer stumm."

„Finden Sie das jetzt nützlich oder nicht?", fragt der Berater, aber niemand hört ihm mehr zu.

Alle sind jetzt in Panik, die Entdeckung des vorübergehenden geistigen Blackouts macht ihnen Angst.

„Und wenn es klingelt und ich nicht mehr weiß, *warum* es klingelt? Ein Blackout ist ein Blackout."

Die Vorzeigemutter sagt, dass das ihrer Meinung nach alles Blödsinn ist, nur jemand ohne Verstand würde den Kindern gegenüber so nachlässig sein. Die anderen bringen sie zum Schweigen, sie schreien sie an, dass sie sich kein Urteil erlauben dürfe. Der Berater versucht sie zu beruhigen, aber am Ende meint er, dass sie besser eine Pause machen und die Diskussion später fortsetzen sollten. Ich nehme die Kopfhörer ab, drücke die Stopptaste und mache ebenfalls Pause.

An dem Tag, an dem ich meine Mutter mit aufgeschnittenen Pulsadern in der Badewanne fand, habe ich mich nicht gefragt, ob sie den Verstand verloren hatte oder nachlässig gewesen war: Ich habe gar nichts gedacht. Mein Vater rief den Notarzt, er hatte keine Zeit, mich irgendwo unterzubringen, deshalb packte er mich ins Auto, und wir fuhren zusammen dem Krankenwagen hinterher bis zur Notaufnahme. Ich wusste, dass sie sterben würde, ich fühlte es. Aber ich wusste auch, dass ich an den Tod gewöhnt war, und ich war mir sicher, dass ich nach Stellas Tod auch jeden anderen Schmerz ertragen würde. Die Hoffnung, dass meine Mutter gerettet werden würde, machte mir auf eine gewisse Art Angst, ich hatte das Gefühl, es sei eine gefährliche Vorstellung, und ich wollte mich ihr nicht hingeben, denn die anschließende Enttäuschung wäre unkontrollierbar. Ich stellte mir jedes Detail der Beerdigung vor, die mich erwarten würde, genau ein Jahr nach Stellas. Der übliche Gestank in der Kirche, die üblichen Leute, die dich in den Arm nehmen und dir sagen: „Ich weiß nicht, was ich sagen soll." Warum redet ihr dann, wenn ihr es nicht wisst?

Bevor der Krankenwagen kam, schaffte ich es noch in Stellas Zimmer und nahm das Buch, das meine Mutter nur eine Stunde zuvor gelesen hatte. In der Küche roch es noch nach Crostata, dabei kam es mir vor, als wären hundert Jahre vergangen. Ich saß im Warteraum der Notaufnahme und schlug das Buch dort auf, wo wir aufgehört hatten zu lesen.

„Aber wie können wir sie sterben lassen?', fragten Giricoccolas Schwestern. ‚Lasst mich nur machen', antwortete der Astrologe. Er verkleidete sich als Zigeuner und trat unter das Fenster des Mondes und bot seine Waren an. Giricoccola schaute hinaus, und der Astrologe sagte: ‚Möchtest du schöne Haarnadeln?' Giricoccola ließ ihn ein. ‚Warte, ich stecke dir eine ins Haar', sagte der Astrologe und bohrte sie ihr in den Kopf. Sofort wurde die junge Frau zu einer Statue. Der Astrologe lief davon und erzählte alles den Schwestern."

Mein Vater rief die Verwandten an. Ich beobachtete, wie er sich mit den Fingern durch die schütteren Haare fuhr, er sprach langsam. Nicht einmal er glaubte daran, dass meine Mutter es schaffen würde, das war deutlich zu sehen.

„Als der Mond nach seinem Weg um die Erde nach Hause kam, fand er das Mädchen als Statue vor und wollte sagen: ‚Ich habe dir doch erklärt, dass du niemandem öffnen sollst, du hast mir nicht gehorcht und hättest es verdient, so zu bleiben.' Aber schließlich hatte er Mitleid und zog ihr die Nadel heraus. Giricoccola wurde wieder lebendig und versprach, dass sie nie wieder jemandem öffnen würde."

Ein Arzt erschien und sprach mit meinem Vater. Er folgte ihm ins Behandlungszimmer, während ich weiterlas. Giricoccolas Schwestern versuchten sie noch auf viele andere Arten und Weisen zu töten und verwandelten sie immer wieder in eine Statue, und der Mond erweckte sie immer wieder zum Leben. Doch am Ende hatte er keine Lust mehr.

„Dieses Mal hatte der Mond genug. Er verkaufte die Statue für wenig Geld an einen Schornsteinfeger. Dieser band die Statue auf seinen Esel und zog mit ihr durch die Stadt, bis der Königssohn sie entdeckte und sich in sie verliebte. Er ließ sie in Gold aufwiegen und kaufte sie

zu diesem Preis, stellte sie in sein Zimmer und verbrachte Stunden damit, sie zu bewundern."

Mein Vater kam aus dem Arztzimmer auf mich zu. Es war heiß, sein Hemd war durchgeschwitzt und ich konnte den säuerlichen Schweißgeruch riechen. „Mama geht es gut, sie wird bald wieder nach Hause kommen", sagte er und legte mir eine Hand auf die Schulter. Er wirkte erschöpft, seine Augen waren eingefallen, er schien unendlich mutlos. Ich konnte nicht die Spur von Erleichterung oder Dankbarkeit in seinem Gesicht erkennen, die diese Nachricht ihm doch hätte geben müssen. Ich klappte das Buch zu und ließ es auf der Bank der Notaufnahme liegen. Ich habe nie erfahren, wie die Geschichte ausgeht.

Nach einer Woche wurde meine Mutter entlassen. Die neuen Medikamente schienen ihr anfangs zu helfen, sie wirkte lebendiger als vorher und schien weniger Angst vor Begegnungen mit anderen Menschen zu haben. In dieser Zeit begann ihre Fixierung auf Stellas Freundin Liliana.

„Wir müssen Liliana anrufen, wir sehen sie gar nicht mehr. Bianca, ruf sie an und lade sie zu einem Stück Kuchen ein."

Sie schickte mich zum Bäcker, um eine Crostata zu kaufen, kämmte und schminkte sich und setzte sich an den Küchentisch, um auf Liliana zu warten. Sie kam, widerspenstig wie immer, und meine Mutter fing an, sie mit Fragen über Stella zu bombardieren. Sie erkundigte sich nach Fotos oder Briefen, die sie sich fotokopieren könnte, stellte ihr peinliche Fragen, ob Stella geraucht oder einen Freund gehabt hatte. Liliana erzählte ihr widerwillig alles, was sie wusste, und meine Mutter nahm alles gierig auf, als wollte sie die Reste des Lebens ihrer Tochter in sich einsaugen, alles, was ihr die Menschen erzählten, die mit ihr zu tun gehabt hatten, weil Stellas Lebensweg zu Ende war, ihr blieb nur, um Erinnerungen zu betteln und sie zu einer Art makabrem Puzzle zusammenzusetzen. Ich wusste nicht, was schlimmer war: gar nichts mehr von Stella zu haben oder dieser verwirrende Zustand von Euphorie, diese Obsession, immer und immer wieder von ihr zu sprechen. Tatsache war, dass

Liliana nach wenigen Monaten immer öfter Ausreden fand, um uns nicht mehr besuchen zu müssen. Schließlich hörte meine Mutter auf, sie einzuladen, und wir sahen sie nicht mehr wieder. Wir erfuhren, dass sie jetzt Rollstuhlbasketball spielte, der Trainer von Cantù hatte sie gefragt, ob sie in die Mannschaft kommen wollte. Es zeigte sich, dass sie eine fantastische Spielerin war, und nach einigen Saisonen nahm sie sogar an den Paralympics teil.

Da wir Liliana nun nicht mehr sahen, und vielleicht auch bedingt durch die Stimmungsschwankungen, die ihre Krankheit hervorrief, verfiel meine Mutter in einen Zustand völliger Apathie. Sie verschlief ganze Tage oder saß unbeweglich auf dem Sofa, die Augen starr auf etwas gerichtet, von dem wir nicht wussten, was es war. Hin und wieder bat sie um ein Glas Wasser, trank einen Schluck und ließ es dann auf den Boden fallen. Sie trug den seidenen Morgenmantel, in dem sie vor dem *Unglück* immer die gereinigte Wäsche gebügelt hatte.

Jede Woche kam eine Psychologin der Krankenkasse und versuchte sie zum Reden zu bringen, ihr zu helfen, den Käfig der Qual zu durchbrechen, in den sie sich offensichtlich eingeschlossen hatte. Nachdem die Psychologin mit meiner Mutter gesprochen hatte, unterhielt sie sich mit mir. Sie ließ mich Zeichnungen machen und fragte mich dann, was sie bedeuteten. „Was ist das? Ein Haus? Ist das dein Haus? Welche Gefühle löst es in dir aus? Schmerz? Wut?"

„Gar nichts", antwortete ich.

Die Wohnung verwahrloste, der Müll stapelte sich Tag für Tag auf dem Küchenboden, die Unordnung wurde immer belastender, immer schwieriger in den Griff zu bekommen. Das Bad war mit einer dicken braunen Schicht bedeckt, die Bettwäsche wurde erst nach Monaten gewechselt und stank.

Eines Nachts, gegen Ende der Mittelstufe, stand ich auf und ging in die Küche, um mir ein Schmerzmittel gegen meine Regelschmerzen zu holen. Ich knipste das Licht an und sah einen Haufen Küchenschaben, die rasch verschwanden. Ich nahm eine Tasse aus der schmutzigen Spüle und dachte an die glänzende Sauberkeit, die bei meiner Mutter früher geherrscht hatte. In diesem Moment beschloss ich, dass ich mich um den Haushalt kümmern würde. Ich fing mit einfachen Sachen an, die ich auch gemacht hatte, als Stella noch lebte, Geschirr abräumen, abwaschen. In diesen alltäglichen Tätigkeiten lag die Entschlossenheit, die ich von ihr gelernt hatte, der gleiche Wunsch, durch kleine konkrete Gesten Freude zu schaffen. Ich wischte die Fliesen, putzte die Fenster und die Böden. Ich lernte kochen, ich wusch und bügelte. Am Anfang war vieles angebrannt, und ich zerbrach mehrere Gläser. Das sorgte bei meiner Mutter für schlechte Laune, und ich hatte Angst, dass sie sich noch einmal das Leben nehmen würde. Deshalb strengte ich mich an und versuchte den Schmerz zu ignorieren. Jeden Tag dachte ich an die schlimmsten Dinge in meinem Leben, stellte mich vor den Spiegel und zählte sie auf: der ekelhafte Geruch des Schwimmbads, die Wäscherei, die für immer geschlossen war, meine Mutter mit den aufgeschnittenen Pulsadern in der Badewanne und Stella, Millionen Mal Stella, bis all das seine Bedeutung verlor und der Schmerz verschwand, wie alle anderen Gefühle auch. Ich war nicht traurig, das, was ich empfand, war nicht das Gegenteil von Glück, es war das Gegenteil von Leben.

Eines Nachmittags, es war Samstag, kam mein Vater mit sechs Kartons im Auto nach Hause. Darin befanden sich sechs Fernseher. Er trug sie ins Wohnzimmer, und ich beobachtete neugierig, wie er jeden in ein Zimmer stellte. Meine Mutter begann den Dingen zu folgen, die im Fernsehen gezeigt wurden, kleine einfache Welten, in denen alle Probleme lösbar waren. Erst Telenovelas, dann Quizshows und Nachrichtensendungen. Anders als ich und mein Vater hatte das Fernsehen immer etwas zu sagen. War es etwas Interessantes, etwas Wahres? Das spielte keine Rolle. Das Fernsehen begann den Rhythmus unserer Familie zu bestimmen. Nach der Schule gab es das Nachmittagsprogramm, während der Vorabendsendungen kochte ich. Dann kam mein Vater heim, und wir aßen bei den Nachrichten, in denen über Unglücke berichtet wurde, die mindestens genauso schlimm waren wie unseres.

Schließlich wurde es Abend. Es gab keine Filme am frühen Abend mehr wie früher, als wir alle gemeinsam auf dem Sofa gesessen hatten. Meine Mutter und ich hockten vor zwei verschiedenen Fernsehern, bis sie vor irgendwelchen Talkshows einschlief, dann schloss mein Vater die Tür ab und fuhr mit dem Fahrrad weg. Er drehte ein paar Runden durch Grambate, und meist endete er im Vereinsheim der Jäger und trank dort einen Grappa. Und noch einen. Er kam mitten in der Nacht zurück und trug mich ins Bett, wenn ich vor dem Fernseher eingeschlafen war. Er ging durch die Zimmer und schaltete die Fernseher aus, kontrollierte, ob meine Mutter ihre Medikamente genommen hatte, und legte sich ins Bett, in der Hoffnung, auch so bald wie möglich einzuschlafen.

„Interessiert Sie ein Fernsehspot auf dieser App? Wie müsste der aussehen?", fragt der Berater die Targets gerade. Die Vorzeigemutter ist gegangen, die anderen tun abwechselnd ihre Ansichten zum Produkt kund, erzählen von tragischen Geschichten über Ablenkung, Fahrlässigkeit oder das Schicksal. Aber das Schicksal gibt es nicht, das ist ja klar.

Carlo wartet bei Roberto auf mich, einer kleinen Pizzeria in einer Seitenstraße der Via dei Serpenti, die merkwürdigerweise nicht von Touristen heimgesucht wird, die ins Monti-Viertel strömen. Ihm gefällt die einfache und ursprüngliche Atmosphäre dort. Er setzt sich an einen der Tische unter den gerahmten Fotos von Sordi und Totò, manchmal auch an den Tresen, um ein wenig mit dem Besitzer zu plaudern, und fühlt sich einen Moment lang von seiner riesigen Verantwortung befreit. Ich stehe vor der mit Efeu überwachsenen Tür, als ich hereinkomme, sitzt er schon am Tisch. „Ich muss dir etwas sagen", beginnt er, ohne zu warten, bis ich meinen Mantel ausgezogen habe.

Er informiert mich darüber, dass er gerade die Bewilligung für Mazinga vom Ministerium bekommen hat. Es ist ihm gelungen, alle bürokratischen Hürden zu überwinden, er kann anfangen, wann er will. Man kann hören, wie aufgeregt und glücklich er ist, er erklärt jedes Detail. Ich spüre, wie seine Worte mir wieder vergegenwärtigen, warum ich mit ihm zusammen bin, warum ich ausgerechnet ihn ausgewählt habe: die Gewissheit, dass man Menschen *retten* kann, ihnen die Verzweiflung nehmen und die Hoffnung auf das Überleben schenken kann, ihre Ängste lindern. Er sieht den Fleck, den sonst keiner sieht, und entfernt ihn.

„Wunderbar, mein Schatz. Was sagt Vera?"

„Sie ist begeistert. Und hat dann Salven dieser amerikanischen Ausdrücke benutzt, du weißt schon, *great, wow.*"

„Wow."

Vera Brown ist die Vorstandsvorsitzende des amerikanischen Unternehmens, das Mazinga produziert. Sie hat ihm beigebracht, wie man einen Roboter benutzt, aber vor allem, wie man seine Arbeit managt, finanzielle Ressourcen und Personal generiert, um die Unternehmensziele zu erreichen.

„Und jetzt?"

„Es ist alles neu, ich muss vorsichtig vorgehen. Ich muss mit einem einfachen Fall anfangen, ich stehe unter Beobachtung. Ein falscher Schritt und tschüs."

„Ach was, tschüs. Es wird wunderbar klappen. Mit wem hast du gesprochen?"

Er schließt die Augen, legt den Kopf schief, sodass ihm seine dunklen Haare in die Stirn fallen.

„Nur mit Nicola."

Ich fahre mit der Zunge über den abgesplitterten Zahn, ich weiß, dass es ihm unangenehm ist, mit Nicola über seine Erfolge zu sprechen, auch wenn es gar keinen Grund dafür gibt.

Carlo und Nicola haben am selben Tag ihren Universitätsabschluss gemacht, beide mit Bestnoten. Sie besuchten die gleichen Vorlesungen, lasen die gleichen Bücher, bereiteten sich auf die gleichen Prüfungen vor und erzielten die gleichen Ergebnisse. Nach der Habilitation erfuhren sie, dass die Abteilung für Chirurgie der Harvard Medical School in Boston einen Austausch mit der Cattolica vereinbart hatte und aus ganz Italien nur ein einziger Student aufgenommen würde. Carlo und Nicola bereiteten sich wie immer gemeinsam vor und kamen mit den gleichen Voraussetzungen zur Prüfung. Dort war Carlo besser. Nicht viel besser, nur gerade so viel, dass er gewann. Sie waren eben nicht gleich: Auf irgendeine Art, aus irgendeinem Grund, den beide nicht kannten, war Carlo besser.

Nach der Bekanntgabe der Ergebnisse gingen sie gemeinsam in Trastevere essen. Carlo zahlte. Es gibt ein Foto von diesem Abend, beide sitzen in einem Restaurant im Getto, verschwitzt und völlig betrunken halten sie sich im Arm. Aber dieses Foto zeigt er niemandem. Nach zwei Wochen reiste er nach Boston ab, spezialisierte sich und lernte Vera kennen. Heute ist Nicola Anästhesist in Ostia und führt eine kleine Firma, die die Wirkung von Curare erforscht. Ständig kämpft sie ums Überleben, weil es an finanziellen Mitteln fehlt. Seit Jahren wartet er darauf, Oberarzt zu werden, aber aus irgendwelchen Gründen kommt die Beförderung einfach nicht. Carlo leidet darunter, er begreift nicht, dass ihre Leben so unterschiedliche Richtungen genommen haben, dabei hatten sie doch die gleichen Voraussetzungen. Jedes Jahr spendet er anonym viele tausend Euro für Nicolas Forschung, damit die Firma überlebt, aber das weiß außer mir niemand.

Auf dem Nachhauseweg erzählt mir Carlo, dass das Display seines Handys gebrochen ist und er sich morgen ein neues kaufen wird. Ich liste die Abfälle auf, Elektroschrott, diverse Plastiksorten, Glas, Lithium, Bromid, Beryllium, Kadmium. Software und Apps, die uns das Leben erleichtern. Ein im Auto vergessenes weinendes Kind, während das Handy, das es retten sollte, kaputt ist. Ein Kind, das aufhört zu weinen und später nicht mehr atmet, von Schuldgefühlen zerfressene Familien. Die Gewissheit, beide Arten des Schmerzes ganz genau zu kennen.

7

Es ist Samstag, und wie jeden Samstag räume ich die Wohnung auf, stelle ein paar Gegenstände um, damit es aussieht, als würde nicht alles komplett stillstehen, sondern sich verändern.

Ich hebe die Flasche mit der getrockneten Rose hoch, die Carlo mir bei unserem ersten Rendezvous geschenkt hat, um darunter abzustauben, dabei rutscht sie mir aus der Hand und fällt zu Boden. Sorgfältig lese ich die Scherben und die Blütenblätter auf und setze alles auf die Liste der besonderen Abfälle, der Abfälle mit emotionalem Wert.

Dann beschließe ich, Serena anzurufen. „Glückwunsch, meine kleine Braut."

„Ja, es stimmt, es ist verrückt", sagt sie ohne jede Begrüßung, „er hat eines Abends in Santa Monica um meine Hand angehalten, und ich habe Ja gesagt. Das war's. Die Zeit, die wir damit verschwenden, Entscheidungen, die uns glücklich machen, nicht zu treffen, gibt uns keiner zurück, oder irre ich mich? Außerdem ist José ein außergewöhnlicher Mann, das verstehst du nicht."

Einer von Serenas typischen Sätzen ist, dass niemand auch nur einen Bruchteil dessen versteht, was sie versteht. In ihren Augen waren auch alle ihre grausamen Ex-Lover außergewöhnlich. Dieser hier hat bis jetzt weder versucht, sie zu vergewaltigen noch sie zu verprügeln, Josés Show muss wirklich gut sein. Während der Flitterwochen wird er sie bei lebendigem Leibe häuten und sich aus der Haut eine Aktentasche machen lassen, die er dann auf seine musikwissenschaftlichen Kongresse mitnimmt.

„Serena, das ist ja wunderbar."

Ich schalte den Fernseher ein und den Ton leiser. Gerade läuft die Wiederholung von *Schiffbruch einmal anders*, eine Realityshow, in der sechs Behinderte auf einer einsamen Insel im Indischen Ozean überleben müssen. Meine Lieblingskandidatin ist eine Autistin, aber es ist klar, dass der Mann im Rollstuhl gewinnt, behinderte Frauen bringen keine Quote, dazu gibt es zu viele. Im Studio sitzen Gäste und Guia Nocentini, die, vom Botox mal abgesehen, immer noch genauso ist wie damals, als sie nach „drei vertikal“ im Kreuzworträtsel von *Ballo & Pupe* fragte. Gleicher motivierender Tonfall, gleiches tröstendes Lächeln. Der Erfolg des Werbefernsehens beruht darauf, dass es sich in vierzig Jahren nicht verändert hat, was beruhigend auf Menschen wirkt. Das Fernsehen altert nicht, und wir damit auch nicht.

„Wir heiraten in Florenz, und dann verbringen wir eine Woche in der Emilia Romagna an Orten, die mit Verdi in Verbindung stehen. Kurz gesagt, eine echte traditionelle Hochzeit made in Italy.“

„Kurz gesagt“ ist einer von Serenas Lieblingsausdrücken. Und es gibt viele davon.

„Ich weiß, was alle sagen: Er ist *alt*. Die Leute nehmen gerne pathetische gedankliche Abkürzungen, selbst denken ist anstrengend. Meine Güte, es ist anstrengend, mich daran zu erinnern, dass ich einen Haufen wesentlich jüngerer Männer hatte und alle Idioten waren. Und weißt du was? Das Alter macht Angst. Es ist ein Tabu, etwas Schambehaftetes, Bianca. Er ist alt? Warum stirbt er nicht? Aber das ist mir egal. José ist ein so ... also, nicht ...“

„Ich kann das nicht nachvollziehen, klar! Ich freue mich sehr für euch. Wirklich.“

Ich mache den Ton lauter, und gerade als die Autistin aus dem Wettbewerb fliegt, teilt Serena mir mit: „Da wir gerade miteinander sprechen, ich möchte dich etwas Wichtiges fragen.“ Sie hält inne, um die Spannung zu steigern, aber ich erwarte nichts. „Carlo und du, wollt ihr meine Trauzeugen sein?“

Nur drei Minuten Werbung trennen die junge Frau von ihrem Schicksal, sie scheidet aus.

„Was für ein netter Gedanke! Aber gerne. Ich hoffe nur, dass wir dieser Aufgabe auch gerecht werden.“

„Das hoffe ich auch. Wir heiraten quasi vor den Augen der Welt. Ach, natürlich, das kannst du nicht verstehen. Weißt du, dass auch JM Bishop kommen wird? Der Nobelpreisträger, ja. Ich bin ihm auf einem Kongress über Genetik in Chicago begegnet. Ich habe mein Projekt vorgestellt, und in der Pause kam Bishop und meinte, dass er seit Jahren keine so brillante Arbeit gehört hätte, und schon nach kurzer Zeit haben wir Nummern und so ausgetauscht. Natürlich habe ich ihm erzählt, dass ich Carlo gut kenne, und er war begeistert. Sie werden sich an der Hochzeit ja kennenlernen. Bei dir alles okay?"

„Alles gut, danke."

„Gut, meine Lieben, ihr seid also meine Trauzeugen, es ist offiziell. Gebt euer Bestes, bye-bye."

Die Tatsache, dass Serena uns als Trauzeugen ausgesucht hat, lässt meine Hoffnung, dass ich mich mit irgendeiner Ausrede vor der Trauung drücken kann, schwinden. Meine Liste mit Abfällen: Zeit, Geld, sehr viel mehr Energie, als dieses Ereignis verdient, unendlich große Langeweile.

Die Autistin aus *Schiffbruch mal anders* hat im Televoting hauchdünn gegen den Mann mit Chorea Huntington gewonnen, und nach der Zusammenfassung seiner Erlebnisse auf der Insel schaltet man ins Studio. Er sagt unter Tränen zu Guia Nocentini, dass es trotz allem ein großer Sieg für ihn sei, und sie antwortet: „Ich kann nur sagen, du bist großartig, Valerio", während im Studio D Applaus aufbrandet. Im Studio D wurde auch *Balli & Pupe* aufgezeichnet, wahrscheinlich hat die Nocentini diese dreißig Quadratmeter seitdem nicht verlassen. Sie isst dort, schläft dort, lässt Fotos für die Klatschpresse machen, wie sie mit einem zwanzig Jahre jüngeren Mann flirtet. Auch wenn sie fast sechzig ist, ist sie immer noch die Königin des Trash-TV, sage ich mir. Das verdankt sie *Balli & Pupe* und damit indirekt auch mir. Als ich im Bikini die riesigen Felder des Kreuzworträtsels umgedreht habe, sind die Einschaltquoten dieser dämlichsten Sendung aller Zeiten nach oben gegangen. Die Leute riefen an und fragten nach dem Begriff für „zwei vertikal", und die Nocentini las die Frage vor. Wenn der Anrufer richtiglag, musste ich die Felder mit dem richtigen Wort umdrehen. Die tiefste Tiefe: C, sehr gut, Michela! Wenn sich das Feld auf der anderen Seite des Rätsels befand, musste ich das Studio durchqueren, und die Kamera hielt auf meinen Hintern, und wie es schien, war das der Höhepunkt der Quoten. Ich war siebzehn, hatte einen perfekten Körper und einen Knopf im Ohr, durch den mir der Regisseur Wort für Wort sagte, was ich zu tun hatte. „Sehr gut, Bianca, jetzt dreh dich langsam zur Vier und lächle."

Bei *Balli & Pupe* mitzumachen war nicht wirklich meine Entscheidung gewesen, aber auch kein Zwang und noch weniger Schicksal. Es war eher eine Reaktion, eine *Antwort* auf die Situation bei mir zu Hause. Ich war im vorletzten Jahr der Fachoberschule Wirtschaft, und mit der Zeit hatte ich mich in eine Art Alien verwandelt. Während die Frauen in meinem Alter Männerbekanntschaften machten, chinesisch essen gingen und die Disco besuchten, war ich nur damit beschäftigt, schwimmen zu gehen, Stella zu betrauern und mit der grausamen Gewissheit zu leben, dass sie wegen mir von uns gegangen war. Ich hatte keine Freunde, weil ich mich schämte, jemanden zu uns nach Hause und zu meiner Mutter einzuladen, ich hatte keinen Freund, weil mich diese Art von Gefühlen kaltließ. Ich ging in die Schule, zum Schwimmen und nach Hause. Ich räumte auf und setzte mich dann mit meiner Mutter vor den Fernseher, in einem apathischen Zustand, der ihrem langsam nicht unähnlich wurde. Einmal im Monat bekam ich meine Tage und hatte so starke Schmerzen, dass ich nicht mal aufstehen konnte. Ich lernte rasch die Unterschrift meiner Mutter zu fälschen, meine Entschuldigungen selbst zu schreiben und mich mit dem Apotheker in Verbindung zu setzen, um möglichst starke Schmerzmittel zu bekommen. Ich hatte nur einen Wunsch, der alles andere erstickte: meine Eltern etwas weniger unglücklich zu sehen, ihnen etwas von dem zurückzugeben, was ihnen genommen worden war. Aber das, was bei anderen Eltern zu funktionieren schien, super Noten, keine Drogen, gut im Sport, schien auf sie überhaupt keinen Effekt zu haben. Deshalb wartete ich einfach darauf, dass sich etwas verändern würde, und wusste, dass ich dabei keine besondere Rolle spielte, ich atmete gerade so viel Sauerstoff ein, um zu überleben, in einer Nische aus Zwängen und Entbehrungen und Kompromissen, die auf ihre Art gemütlich war, so wie sich die Mädchen in der Ming-Dynastie irgendwann daran gewöhnten, in den klitzekleinen Schuhen zu laufen, die sie tragen mussten, damit ihre Füße nicht wuchsen.

Mein Vater sagte nicht mehr, meiner Mutter würde es eines Tages wieder gut gehen, und er ertrug ihre gleichbleibend schlechte Stimmung mit einer Gemütsruhe, die auf der Überzeugung gründete, dass man nichts mehr ändern konnte. Sie versuchte noch ein paarmal, sich das Leben zu nehmen, aber nie ernsthaft, sodass ihr schließlich niemand mehr glaubte.

Und dann geschah eines Abends etwas Außergewöhnliches. Ich deckte den Tisch, dabei erzählte ich meiner Mutter irgendwas Unwichtiges, während sie eine Vorabendserie schaute, in der Paare vorgaben, sich zu streiten. Eine Frau regte sich darüber auf, dass ihr Mann sich seit Monaten die Zähne mit Schuhcreme putzte, weil er sie für Zahnpasta hielt. Der Moderator zwinkerte, das Publikum lachte Tränen und die Konkurrenten grinsten. Und plötzlich lächelte meine Mutter. Sie betrachtete die Szene und lächelte, wie schon seit Jahren nicht mehr. Ich hörte auf zu reden und starrte auf den Bildschirm, und mir wurde schlagartig klar, was ich zu tun hatte.

In der folgenden Woche nahm ich den Zug nach Mailand 2 und machte Probeaufnahmen für *Balli & Pupe*. Stella hatte mir ihre unbestreitbare Schönheit hinterlassen, die wohlgeformten Beine und das gleiche weiche runde Gesicht. Als kleines Mädchen war ich unscheinbar, aber nach dem *Unglück* begann ich mich zu verändern. Das Erstaunlichste waren die Augen. Sie veränderten sich und verfärbten sich langsam zum Blau von Stella, zu einem besonderen Himmelblau wie der klare Himmel, nachdem es gerade geregnet hat, klar und hell und doch sich verflüchtigend. Ich saugte ihre Schönheit auf wie ein Vampir das Blut. Auch wenn es keiner auszusprechen wagte, dachten es in Grambate alle. Das Einzige, was uns unterschied, war mein kaputter Zahn, der Schneidezahn, den ich mir als kleines Mädchen abgebrochen hatte. Damals hatten meine Eltern gesagt, dass sie ihn richten lassen würden, aber dann kam das *Unglück,* und niemand erinnerte sich mehr daran.

In Mailand 2 stellte ich mich mit den anderen Mädchen in die Reihe, zog den Bikini an und machte Probeaufnahmen. Als ich lächeln sollte, entschuldigte ich mich für meinen Zahn. Ich sagte, ich könnte ihn richten lassen, aber sie meinten, ich sollte ihn so lassen, das wäre das Faszinierendste, wie das Muttermal, das die Perfektion zerstört und Millionen von Menschen denken lässt, man sei erreichbar. Sie stellten mir zwei dumme Fragen und wollten wissen, ob ich singen könne. Ich sagte Nein, aber ich könnte es lernen.

„Es geht auch, wenn du es nicht lernst", sagten sie.

Nach ein paar Wochen rief ein Typ vom Sender an und meinte, ich hätte bei den Probeaufnahmen überzeugt und könnte im September bei *Balli & Pupe* anfangen. Ich ging ins Wohnzimmer und erzählte es meiner Mutter. Sie riss überrascht die Augen auf. „Du im Fernsehen?"

Sie stand auf, drehte den Ton am Fernseher leiser und wollte mich in den Arm nehmen. Dann rief sie Verwandte an, nachdem sie seit Monaten mit niemandem gesprochen hatte. „Bianca geht zum Fernsehen, genau. Überregional, jeden Nachmittag." Sie sprach deutlich, sie gestikulierte. Zwei Tage später unterschrieb ich den Vertrag.

Im Sommer schickten sie mich in eine Tanzschule, und im September startete die Sendung. Morgens ging ich zur Schule, danach nahm ich direkt den Zug nach Mailand 2. Sie schminkten mich und zogen mich an, und nach einer Stunde war ich bereit, mich meiner Mutter und den drei bis vier Millionen Idioten zu zeigen, die das beliebte Nachmittagsprogramm schauten. Mein Paradestück bestand darin, dass ich als Pausenfüller *Unforgettable* sang. Ich sang nicht gut und enthüllte damit die unendliche Leere hinter meiner Schönheit, eine nicht zu leugnende Dummheit und die Tatsache, dass es mir nichts ausmachte, mich vor dem ganzen Land zu demütigen. Die Leute liebten es, denn genau deshalb mochten sie das Fernsehen: das unvergleichliche, beruhigende Gefühl der Euphorie, das man empfindet, wenn man sich besser fühlt als jemand anderer. Für mich war das demütigend, aber in gewissem Sinne ebenfalls beruhigend. Fernsehen basiert auf einer unverbrüchlichen Routine. Wenn man jeden Tag das Gleiche macht, ist alles unter Kontrolle, es gibt keine Überraschungen oder Emotionen. Es war beruhigend, nüchtern, eine leicht zu erreichende und gut verkäufliche Perfektion zu kleinem Preis.

Mein abgesplitterter Schneidezahn wurde zum Symbol für eine herbe Sinnlichkeit, die man im Fernsehen so normalerweise nicht sah, und diese plötzliche Berühmtheit brachte die Einwohner Grambates aus dem Konzept. Es war, als wäre Stellas Gespenst auf Millionen von Bildschirmen erschienen und würde leichtfüßig und lächelnd über der Stadt schweben. Es hieß, ich sei eine Art Autistin wie meine Mutter, mein Lächeln im Fernsehen sei falsch und scheinheilig, ich sei ein Emporkömmling. Die Leute begannen mich zu meiden, meine Klassenkameradinnen verhielten sich mir gegenüber kalt, ich war ihnen peinlich. Und das gefiel mir.

Während der ersten Monate von *Balli & Pupe* schien es meiner Mutter besser zu gehen. Wenn ich nach Hause kam, immer noch geschminkt wie eine kleine puppenhafte Prostituierte, sprach sie über die Folge und bat mich, ihr zu erzählen, was hinter den Kulissen passiert war. Ich erzählte ihr, dass Guia Nocentini eine Hypochonderin war, die sich obsessiv die Hände wusch, wie sie die Maskenbildner und Friseure beschimpfte, weil sie nicht gut genug waren und sie nicht besser aussehen ließen. Meine Mutter hörte zu und nickte, manchmal summte sie *Unforgettable* und sagte, das sei wirklich ein schönes Lied. Danach wechselte sie den Kanal, dann noch einmal, und ich ging auf mein Zimmer, um nachts Hausaufgaben zu machen, wie damals, als ich mit Stella meinen Ranzen zurückgeholt hatte.

Carlo ist noch im Krankenhaus, er ruft mich an, um mir zu sagen, dass ich mir keine Sorgen machen soll, wenn es später wird bei ihm. Ich mache mir keine Sorgen, sonst müsste ich mein ganzes Leben lang Panik haben, wenn Carlo später kommt. Carlo kommt fast jeden Abend später und ruft deshalb an: Das ist dic Art der Fürsorge, auf die wir uns unausgesprochen geeinigt haben. Er weiß, dass er machen kann, was er will, und vor allem, dass ich ihm das Alleinsein oder die einsamen Abendessen vor dem Fernseher nicht vorwerfe. Ich warte auf ihn, lasse ihn sich auf eines der Sofas im Wohnzimmer setzen (auf das Ledersofa, das kleine, auf dem wir uns eng zusammenkuscheln müssen, damit wir die Beine auf die Kissen legen können) und frage ihn, wie sein Tag war, lasse mir alles erzählen und schaue ihn dabei stolz und konzentriert an.

„Ah, eins noch", sagt er, bevor er auflegt, „Sofia hat ein Plüschtier verloren, einen blauen Elefanten, sie ist sicher, dass sie ihn bei uns vergessen hat."

„Ich glaube nicht, dass ich ihn gesehen habe, ich werde Akio fragen."

„Ja, bitte, es ist ihr Lieblingsplüschtier, sie hat ihn seit ihrer Geburt und braucht ihn zum Einschlafen. Sie ist ganz verzweifelt."

Wer ist das nicht, würde ich gerne erwidern, sage es aber nicht und stelle den Ton lauter, während ich nach einer Realityshow suche.

8

Der Tag, an dem ich ein Jahr zuvor Dottor Morganti kennengelernt habe, war am zwölften Zyklustag, und ich stand wie immer unter Oxycontin. Dieses sanfte Opiat gibt mir ein leichtes Glücksgefühl, weil die körperlichen Schmerzen verschwinden und ich deshalb dem gesamten Universum gegenüber freundlich gesinnt bin.

Seine Praxis befand sich in einem Jugendstil-Palazzo im Corso Trieste, der elegante Innenhof war voller Palmen, ein ebenso heimtückischer wie unschuldiger Ort, um das Leiden zu verringern. Ich erklärte ihm mein Anliegen, und er bat mich, den Rock und die Unterhose abzulegen. Als ich auf der Liege lag, schob er irgendein Ding in mich hinein, das erste in einer unendlichen Reihe, die in den nächsten Monaten folgen würden, immer empfindlichere, schmerzhaftere und intelligentere Geräte, die meine Krankheit in allen möglichen Details untersuchten. Er machte ein Ultraschall und sprach mit mir, ohne mich dabei anzusehen.

„Sie sind hier, weil Sie keine Kinder bekommen können, richtig?"

„Ja."

„Haben Sie einen schmerzhaften Zyklus?"

„Ja."

Schon als Kind habe ich mich mit Schmerzmitteln vollgepumpt. Ich nahm mir Ibuprofen aus der Schublade meiner Mutter und beneidete Stella, die überhaupt keine Schmerzen hatte. Einmal hatte ich eine solche Krise wenige Stunden vor der Aufnahme bei *Balli & Pupe.* Im Nachbarstudio wurde eine Medizinsendung gedreht, und man rief den Arzt, der als Gast eingeladen war. Er gab mir zwei Tabletten Oxycontin und sagte: „Das sollte ich eigentlich nicht tun, sie ist noch minderjährig." Der Schmerz verschwand. Seitdem ist kein Monat mehr ohne Oxycontin vergangen, und deshalb dachte ich nicht, dass der Schmerz auf eine Erkrankung hinweisen könnte. Aber so war es.

„Sie haben eine schwere Form von Endometriose. Deshalb haben Sie auch diese Schmerzen im Becken“, sagte Morganti.

„Kann ich Kinder bekommen?“

„Das ist kein gutes Krankheitsbild.“

„Kann ich Kinder bekommen?“

„Versuchen Sie es schon lange?“

Wenn es nach mir gegangen wäre, hätte ich es sofort *versucht*, seit dem Moment, als ich Carlo das erste Mal gesehen habe, in der Hotelhalle in Portofino. Aber in den ersten Jahren meinte er, es sei noch zu früh, ich wäre zu jung, ich müsste erst einen Job finden, und dann würde ich verstehen, dass ein Kind Verantwortung bedeuten würde und wir bereit sein müssten. Als er dann endlich bereit war, dachte ich, dass es ganz natürlich klappen müsste, ohne dass man groß darüber nachdachte, wie bei allen normalen Menschen. Ich weiß nicht, warum ich mich immer noch in die Kategorie der normalen Menschen einordne.

„Seit einem Jahr.“

„Machen Sie diese Untersuchungen, und kommen Sie in sechs Monaten wieder.“

Ich kam nach sechs Monaten wieder. Er las reglos die Berichte und bestätigte, ich hätte eine Endometriose im Stadium IV, die schwerste Form von allen. Er sagte, im Uterus sei ein riesiges Fibrom, das man so schnell wie möglich entfernen müsste, aber er könne nicht garantieren, dass das das Problem lösen würde.

Morganti führte den Eingriff durch, Carlo schaute ihm im OP schweigend dabei zu, wie er mich aufschnitt und den Uterus dann wieder zunähte, wie ein Kleidungsstück, das man stopfen musste. Dann empfahl er mir eine Progesterontherapie, machte weitere Ultraschalluntersuchungen und meinte, ich solle nach sechs Monaten wiederkommen. Also heute.

„Es hat sich ein neues Fibrom gebildet, sechs Zentimeter groß. So etwas habe ich noch nie gesehen“, sagt er und betrachtet die Untersuchungsergebnisse.

„Was heißt das genau?“

„Das bedeutet, dass die Hormontherapie nicht effektiv war. Die Endometriose ist zu weit fortgeschritten."

Er spricht seine abscheulichen Sätze ohne jede Vorwarnung oder Freundlichkeit aus.

„Sie haben Herde an den Eierstöcken, im Uterus, im Rektum, überall."

Ich frage, ob unsere Schwierigkeiten, Kinder zu bekommen, daran liegen könnten. Er schaut mich genervt an.

„Das ist offensichtlich."

Auch ich schaue ihn an und warte auf den nächsten Schritt in diesem unangenehmen Gespräch.

„Ich verschreibe Ihnen ein Medikament, das Sie vorzeitig in die Wechseljahre schickt. Das hilft gegen die Schmerzen und sollte das Wachstum des Fibroms hemmen. *Es sollte.* Wenn die Schmerzen nicht besser werden, muss die Gebärmutter entfernt werden."

Ich spüre einen stechenden Schmerz im Unterleib, bis in die Nieren, als würde man mir ein Tier ausreißen.

„Vor der künstlichen Menopause möchte ich eine künstliche Befruchtung versuchen", sage ich.

Er zieht die Augenbrauen hoch, und das erste Mal, seitdem ich ihn kenne, kann ich eine Gefühlsregung in seinem Gesicht erahnen. Mitleid.

„Wenn Sie jemanden finden, der bei diesem Krankheitsbild die Verantwortung übernimmt, bitte."

Ich schleppe mich die Mauer der Villa Torlonia entlang, passiere atemlos die Autos auf dem Bürgersteig, als ob ich tagelang gelaufen wäre, monatelang, ohne einmal stehen zu bleiben. Es war eine Bestätigung, weil ich nie daran geglaubt habe, dass es Schicksal ist, dass das Kind nicht kommt. Und doch ist es die schlimmste Nachricht, die er mir geben konnte. Das würde alles nur noch quälender machen.

Carlo ist zu Hause, normalerweise fragt er mich, was los ist, ob es ein Problem gibt, wenn ich später zu Hause bin als er. Aber dieses Mal sagt er nichts, er hat völlig vergessen, dass ich einen Termin bei Morganti hatte.

Ich spüre noch den Schmerz in den Nieren, aber nicht mehr so stark. Mein Körper ist das Abbild meines Herzens, und mein Herz gewöhnt sich an alles.

„Nächsten Monat kommt Vera nach Italien", teilt er mir gut gelaunt mit, „sie meinte, sie müsste mit mir über einige wichtige Fragen sprechen."

„Und über was?", frage ich, ohne ihn anzusehen.

„Keine Ahnung, du weißt ja, wie Vera ist. Sie gibt nur das Notwendigste preis."

Carlo und Vera Brown haben sich in Boston kennengelernt, als er seine Spezialisierung in Harvard beendet hat. Ihre Firma war gerade dabei gewesen, letzte Hand an Mazinga anzulegen, und man hatte ihr Carlo als den vielversprechendsten Kardiologen der Medical School vorgestellt. Sie empfing ihn, um ihn mit der Roboterchirurgie vertraut zu machen, und zwar in jeder Hinsicht. Sie begannen quasi sofort eine Affäre. Vera war gerade zum zweiten Mal geschieden und war etwa zehn Jahre älter als Carlo, aber sie ging selbstbewusst damit um, denn die Jahre waren der Spiegel ihrer Erfahrung und ihrer Macht. Er zog nach Los Angeles, um ein Praktikum in ihrer Firma zu machen, und in ihrer wenigen freien Zeit fuhren sie für Weinproben durchs Napa Valley oder verbrachten ein Wochenende in San Francisco. Carlo hatte die kleinen oberflächlichen Affären satt, die in ihm immer leichte Schuldgefühle auslösten, denn er war sich seiner umwerfenden Wirkung auf Frauen bewusst, die Beziehung mit Vera tat ihm gut, weil endlich er einmal der Schwächere war. Sie dauerte etwa ein Jahr, dann verließ sie ihn für einen anderen, der ihr dritter Ehemann werden sollte, und kurz darauf lernte Carlo mich kennen. Anfangs war Vera gegen Carlos Entscheidung, nach Italien zurückzukehren, doch nach und nach gefiel ihr die Aussicht, ihr Business mit Mazinga auch auf Europa auszudehnen. Mittlerweile hat sie dafür gesorgt, dass das Gemelli über die außerordentlichen Möglichkeiten verfügt, den Roboter zu kaufen, und wartet darauf, wie Carlo ihre Geschäfte voranbringt.

Nach dem Abendessen legt er sich ins Bett und liest eine seiner kardiologischen Fachzeitschriften. Er hat sich noch immer nicht an den Termin bei Morganti erinnert. Ich binde meine Haare zusammen, schließe mich im Badezimmer ein und wische mit dem Schwamm über die Kacheln und Armaturen. Zwei Milliliter Reinigungsmittel, acht Milliliter gegen Kalk auf dreißig Liter Wasser. Ich sehe Carlos Boxershorts auf dem Boden liegen, Akio hat sie vergessen, deshalb weiche ich sie sorgfältig in Seifenlauge ein. Ich weiß, wie es geht, ich kann mich gut erinnern, wie meine Mutter die empfindlichen Stücke der Kunden mit der Hand gewaschen und sortiert hat. Es heißt, die Geheimnisse der Menschen, auch die intimsten, werden auf der Piazza, beim Friseur oder während der Gespräche in der Bar bei einem Kaffee ausgetauscht, aber das stimmt nicht: Es sind die Wäscherinnen, die die Geheimnisse der Menschen kennen. Meine Mutter wusste, wer sich ein neues Kleidungsstück gekauft, es einmal angezogen und dann zu meiner Mutter zum Reinigen gebracht hatte, und sie danach bat, das Etikett wieder dranzumachen, damit sie es ins Geschäft zurückbringen konnte. Sie wusste, wer ihr die Wäsche brachte, die man nicht zu Hause waschen konnte, weil man sie bei einem Treffen mit Geliebten oder Prostituierten getragen hatte. Sie wusste, wer die Kleidung stopfen ließ, damit sie wieder wie neu wirkte, und wer nachlässig damit war.

Sie wusch, ohne Fragen zu stellen, leerte die Taschen der Kleidung und fand darin die unverwechselbaren Spuren der Träger. Sie erkannte die Menschen an der Geografie der Flecken, ihren Gerüchen und den Spuren, die sie auf den Stücken hinterließen. Sie wusste alles von allen, denn das sind die wahren Geheimnisse: nicht wie viel Geld du auf der Bank hast, sondern wie dreckig du unter deiner eleganten Kleidung bist.

„Ich fasse es nicht, was machst du denn da?", fragt Carlo.

„Ich wische nur rasch über die Armaturen, Schatz."

„Kann das Akio nicht morgen machen?"

„Aber es ist ekelhaft, morgen früh müssen wir uns darin waschen."

Carlo hat diese Stimmlage, wenn er ärgerlich ist, es aber nicht zeigen will. „A, ich finde das nicht schlimm, B, und selbst wenn, spielt es keine Rolle, und C, solltest du dich daran gewöhnen, dich auch in einem weniger sterilen Bad zu waschen."

Steril. Das ist nicht gerade die glücklichste Wortwahl, um es mal so zu formulieren. „Wie du meinst."

Ich gehe ins Schlafzimmer, und wie jeden Abend nimmt er mich in den Arm und schläft sofort ein. Immer wenn ich als Kind nicht schlafen konnte, ging ich zu Stella und legte mich zu ihr ins Bett.

„Was ist los, Bianca?"

„Ich habe Angst im Dunkeln."

„Und warum? Es verschwindet sofort. Schau."

Stella knipste die Nachttischlampe an.

„Siehst du? Du brauchst keine Angst vor etwas zu haben, das man so schnell verschwinden lassen kann."

So ist es bei allem, aber das wusste ich damals noch nicht.

„Sag mal", sagte ich nach einer Weile, „können wir uns die Füße waschen?"

Das waren die Sauberkeitsregeln meiner Mutter, niemals ins Bett gehen, ohne sich das Gesicht und die Füße zu waschen, damit sie das Bettlaken nicht schmutzig machten, aber ich war faul gewesen und hatte nur das Wasser laufen lassen und so getan, als würde ich mich waschen. Und dann hatte ich ein schlechtes Gewissen bekommen.

„Gut."

Leise schlichen wir uns ins Bad, Stella nahm meine Füße in die Hand und fuhr mit dem Schwamm darüber. Sie wusch mich sanft, steckte die Finger zwischen meine Zehen, um den Dreck herauszuholen, und trocknete mich mit den strahlend hellen Handtüchern meiner Mutter ab. Dann gingen wir in ihr Bett zurück.

„Jetzt mach die Augen zu und denk an etwas Schönes."

Ich dachte an die Sonntagsausflüge auf ihrem Mofa, daran, wie meine Mutter uns mit einer frisch gebackenen Crostata empfing.

Jetzt weiß ich, dass das Glück war, damals wusste ich es noch nicht. Das ist das Dumme am Glück, man erkennt es erst, wenn es vorbei ist, man lebt ein Leben voller Unverständnis und Schuldgefühle, und diese Erinnerung schmerzt nur.

9

Ich rufe auf der Arbeit an, um Bescheid zu sagen, dass es mir nicht gut geht, dann nehme ich ein Taxi und fahre zur Villa degli Aceri. Ich habe lange nachgedacht und beschlossen, dass das die einzige vernünftige Lösung ist, auch wenn Carlo darüber nicht glücklich sein wird. Das Taxi steht im Stau auf der Via Salaria und biegt dann auf die Via di Tor San Giovanni ab, Richtung stadtauswärts. Wir fahren an den Wiesen mit dem Löwenzahn und den Eichen vorbei, bis wir vor dem Raumschiff mit den verspiegelten Fenstern stehen bleiben, das der Professor hier im Naturpark der Marcigliana gebaut hat, mithilfe welcher Machenschaften auch immer. Ich betrete die Mischung aus sphärischer Hintergrundmusik, Pastellfarben und Blütenessenzen in der Halle und betrachte die Pärchen, die auf den Ledersofas sitzen. Sie haben ihre Krankenakte neben sich auf dem Boden stehen, die Auflistung ihres Leidens, und tun so, als würden sie sich etwas auf dem Handy ansehen, damit sie mit niemandem sprechen müssen. Sie hoffen nur, dass kein Paar mit Kind die Halle betritt, jemand, der es schon geschafft hat und sich bei dem Professor bedanken möchte, denn das würde ihr empfindliches Gleichgewicht zusammenbrechen lassen, das sie sich mühevoll aufgebaut haben. Die Kinder der anderen sind die Quelle des schlimmsten Schmerzes in ihrem Leben. Wenn ich nur eine Spur Mitgefühl, Wohlwollen oder Zärtlichkeit empfinden könnte, dann für sie.

Ich gehe auf eine der Sekretärinnen zu und sage, dass ich den Professor sprechen möchte.

„Haben Sie einen Termin?"

„Nein."

Sie mustert mich mit einem bornierten Gesichtsausdruck.

„Ich habe die strikte Anweisung, niemanden vorzulassen."

„Ich bin nicht niemand. Sagen Sie ihm, Bianca Lombardi sei hier."

Misstrauisch greift sie nach dem Hörer, aber während des Gesprächs mit ihm verändert sich ihr Gesichtsausdruck. Mit einem eisigen Lächeln bittet sie mich nach oben und beobachtet mich mit einem Röntgenblick durch die Scheibe. Wahrscheinlich hält sie mich für seine Geliebte oder eine Schauspielerin, die sich die Eizellen einfrieren lassen möchte, falls sie mit fünfzig der unstillbare Drang nach Mutterschaft überkommt. Ich sehe, wie sie meinen Namen im Internet sucht. Sie wird enttäuscht sein, wenn sie entdeckt, dass ich nur eine kleine Soubrette aus den 1990ern bin, deren Spuren sich danach verlieren.

Der Professor kommt fast sofort aus seinem Sprechzimmer und verabschiedet sich von zwei Frauen, einem Paar in meinem Alter. Er ist noch genau so, wie ich ihn in Erinnerung habe, voller kindlichem Vertrauen ins Leben, Lavendelduft und ein zärtliches Lächeln im Gesicht. Er schaut mich begeistert an und kommt mit weit ausgebreiteten Armen auf mich zu.

„Du bist es wirklich, ich konnte es nicht glauben."

„Ciao, Franco. Ich freue mich sehr, dich zu sehen." Wir umarmen uns, er hält mich sehr viel länger fest als unter diesen Umständen üblich.

„Du bist noch zauberhafter als in meiner Erinnerung, meine Liebe."

Keiner liebt die Schmeichelei so sehr wie er. Alle, von der Schwester bis zum Tankwart an der Autobahn, sind „mein Schatz", „mein Lieber" oder „meine Freude".

„Du siehst auch nicht schlecht aus."

Er streicht mir über das Gesicht.

„Wie geht es dir?", frage ich.

Er deutet auf sein riesiges Zimmer mit den Wänden voller gerahmter Abschlusszeugnisse und Radierungen von Lucio Fontana. „So."

Sein Geschäft mit der künstlichen Befruchtung hat ihn zum Millionär gemacht, deshalb hat er sich auf die aussichtslosen Fälle spezialisiert. Zu ihm kommen die Alten, die lesbischen Paare, Paare, die schon alles versucht haben, die Haus und Auto verkauft haben und keine Freunde mehr treffen, weil sie nicht einmal den Geruch eines Kindes ertragen können, und sich jetzt in Schulden stürzen, weil sie noch einen *allerletzten Versuch* starten wollen, wie sie sich vornehmen. Und für diesen *allerletzten Versuch* suchen sie ihn auf. Er hat blindes Vertrauen in die Wissenschaft, einen unerschütterlichen Glauben an sich und den gesunden Sinn der Allmacht, den man braucht, um diesen Job zu machen: Dort, wo das Schicksal, die Natur, Gott gescheitert sind, hat er Erfolg. Er empfängt die verzweifelten kinderlosen Paare mit der Arroganz des mitleidigen Retters und nährt ihre Hoffnungen. Er stellt geschönte Prozentzahlen seiner Erfolge zur Schau, die Wahrheit interessiert ihn nicht, denn er weiß, dass die Menschen sie nicht brauchen, sondern er zieht die Fotoalben mit den Neugeborenen hervor, die Kinder der Mütter, denen man gesagt hat, dass nichts mehr zu machen sei. Die Paare blättern darin, bezaubert von seiner flötenden Stimme und seinem beruhigenden Lächeln, während er ihnen das Einzige verkauft, das sie von ihm haben wollen: das Vertrauen in die Zukunft.

Mitte der 1990er-Jahre hatte er Schwierigkeiten mit der Justiz, die seine goldenen Hände jedoch in einen entscheidenden Karrieresprung verwandeln konnten. Eine Patientin starb mit ihrem Baby im siebten Schwangerschaftsmonat durch ein Lungenödem. Sie litt unter Herzinsuffizienz, und die Familie verklagte den Arzt, weil er die künstliche Befruchtung nicht hätte vornehmen dürfen. Es gab einen Prozess, die Sache kam ins Fernsehen. Er beauftragte die besten Anwälte Roms und hielt eine flammende Verteidigungsrede, die ihn berühmt machte. In seiner typischen Unverfrorenheit legte er dar, dass die Mutterschaft der größte Wunsch der Frau gewesen war und sie sich der Risiken völlig bewusst war. Und wer war er, sich gegen den ausdrücklichen Wunsch eines anderen Menschen zu stellen? Er sagte, dass das Recht auf Gesundheit keine Pflicht werden dürfe und dass er stolz darauf war, das höchste Gut dieser Frau geschützt zu haben: ihre Freiheit.

Es war die Zeit zu Beginn der Euthanasie-Bewegung und des selbstbestimmten Sterbens, und dieser Mann, der nicht den Hauch eines Skrupels kannte, wurde zum tapfersten Hüter der Rechte der Kranken. Er war entlastet und eröffnete eine zweite Klinik, noch größer und luxuriöser, in der er heute noch praktiziert.

Er setzt sich hinter den Schreibtisch und blickt mich schmachtend an. „Wie lange haben wir uns nicht gesehen, Bianca?"

Ich zähle im Geiste kurz durch: Das ist insgesamt das sechste Mal in meinem Leben, dass ich meinen Schwiegervater sehe.

Er ruft die Sekretärin an und bittet darum, unter keinen Umständen gestört zu werden, und fängt dann an, mir einen Haufen Fragen zu stellen, wie es uns geht, was es Neues gibt. Er hat die Zeitungsartikel über Carlo gelesen und platzt vor Stolz. Als Egoist und Karrierist atmet er Überheblichkeit aus jeder Pore seiner immer braun gebrannten Haut, aber er verehrt seinen Sohn und vermisst ihn furchtbar.

Ich warte auf die unausweichliche Frage, die am Ende auch kommt. „*Noch* habt ihr keine Kinder, oder? Ich hoffe, dass ihr mir wenigstens das mitgeteilt hättet."

Dieses „noch" lässt vermuten, dass Kinderlosigkeit nur ein vorübergehender Zustand ist, sicher sagt er das in seinen Gesprächen immer so. Mit kalkulierter Zurückhaltung senke ich den Blick.

„Nein. Deshalb bin ich hier."

Er weiß Bescheid, das ist offensichtlich, und sagt mit weicher Stimme, die an das Buttermännchen erinnert, das die Kutsche ins Spielzeugland fährt: „Erzähl mir alles, meine Liebe."

Ich spreche über die Endometriose und die Unfruchtbarkeit, er stellt mir direkte und präzise Fragen, ich antworte mit den gebotenen Details, damit er alles so gut wie möglich versteht. Er will die Untersuchungsergebnisse sehen, und ich breite Morgantis Akte vor ihm aus. Er geht die Untersuchungen durch, liest die Diagnosen, lässt sich ganz genau die Entfernung des Fibroms vor drei Monaten schildern.

„Ein hoffnungsloser Fall, oder?", sage ich schließlich.

„Sonst wärst du nicht hier."

Ich deute auf die Unterlagen.

„Morganti meint, man würde niemanden finden, der eine künstliche Befruchtung durchführen würde."

„Sicher nicht." Er nimmt die Brille ab und legt sie auf den Schreibtisch.

„Lassen wir Morganti beiseite. Hör zu: Erstens, du musst schnell sein. Das Fibrom wächst zwei Zentimeter im Monat und innerhalb eines Jahres wird es deinen Uterus zerstört haben."

„Schnell?"

„Du musst im nächsten oder spätestens übernächsten Zyklus beginnen, eine andere Möglichkeit haben wir nicht."

Ich staune, mein höfliches Lächeln verwandelt sich in Unbehagen.

„Und zweitens?"

„Zweitens gibt es Risiken."

„Welcher Art?"

„Schau hier." Er greift nach dem Ultraschallbild und deutet auf einen schwarzen Ball auf dem milchweißen Hintergrund der Gebärmutter. „Das ist das Fibrom. Es ernährt sich von Östrogenen, die du während des Eisprungs produzierst. In der Schwangerschaft wird davon besonders viel produziert, deshalb wird es riesig groß. Es besteht deshalb ein hohes Risiko einer Fehlgeburt oder einer Frühgeburt."

Ich schließe die Augen.

„Aber das wahre Problem ist der Eingriff, den du gerade hinter dir hast. Aus diesem Grund würde niemand auch nur im Traum an eine künstliche Befruchtung denken. Die Narben sind noch ganz frisch, die Gebärmutter kann beschädigt werden, und wenn sie reißt, kann das schwerwiegende Folgen haben."

Er hält inne und versucht sanft zu bleiben. „Schwerwiegende Folgen, meine Liebe, möglicherweise tödlich für Mutter und Fötus. Wenn die Gebärmutter reißt, wird das sehr wahrscheinlich irreversible Folgen für das Neugeborene haben."

Ich lege meine Hände auf die Augen und drücke so fest, dass ich nur noch bunte tanzende Punkte vor mir sehe.

„Aber mit den richtigen Vorsichtsmaßnahmen können wir es probieren. Das ist das Wichtigste, was du wissen musst."

Ich lege die Hände auf den Schreibtisch, schweigend streichelt er darüber. Er kennt die immer gleiche Verzweiflung der Unfruchtbaren und behandelt sie taktvoll.

„Das passt für mich."

Ich drücke seine Hände und halte den Blick noch gesenkt.

„Geh nach Hause, besprich das mit Carlo. Wir telefonieren in den nächsten Tagen."

„Ich habe schon nachgedacht, und für mich passt das."

Er scheint zu zögern und fragt unerwartet: „Warum hat Carlo dich nicht begleitet?"

„Ich … ich wollte ihn nicht grundlos beunruhigen."

„Einen Grund gibt es allerdings, da kannst du sicher sein."

Ich nicke.

„Er wollte mich nicht sehen, oder? Und du hast nicht erwartet, dass eure Hoffnungen mit jemandem verbunden sein würden, den er hasst."

Ich schüttle entschieden den Kopf. „Er hasst dich nicht. Er hat höchstens *Angst*, dich zu hassen."

„Wo ist da der Unterschied?"

Das wäre ein nicht endender Dialog, und keiner der beiden hatte, aus verschiedenen Gründen, die Energie, ihn anzustoßen. Er sagt, dass ich so schnell wie möglich mit Carlo sprechen soll und er für alle etwaigen Fragen zur Verfügung steht, „wenn schon nicht als Vater, dann als Experte". Er sagt das mit einer plötzlichen Bitterkeit, die seine Überheblichkeit einen Moment lang ins Wanken bringt.

„Ich brauche deine Hilfe, Franco", sage ich, bevor ich gehe.

„Und ich deine."

Er schaut mich dankbar an, aber vielleicht ist das nur ein Gesichtsausdruck, in dem seine Wehmut liegt.

Während das Taxi durch das Ahornwäldchen fährt, das die Villa umgibt, denke ich darüber nach, dass es nicht so einfach ist, ganz genau zu sagen, wann und wie Carlo die Ablehnung, die fast panische Angst seinen Eltern gegenüber entwickelt hat.

Seine Mutter kommt aus einer Unternehmerdynastie, die ihr Geld in der Versicherungsbranche gemacht hat und die laut einer Forbes-Liste von vor einigen Jahren zu den hundert reichsten Familien Italiens gehört. Nach der Scheidung von Carlos Vater hat sie die Firma verlassen und einen englischen Baron geheiratet. Sie leben auf einem Anwesen in Wales, wo sie eine seltene Rasse Vollblüter züchtet. Mit 47 Jahren hat sie von ihrem zweiten Ehemann durch künstliche Befruchtung einen Sohn bekommen. Sie löchert uns mit Fragen, wann sie endlich Großmutter wird, obwohl sie weiß, dass ihr dieses hypothetische Kind völlig egal sein wird. Wir verbringen immer die Weihnachtstage bei ihr, dabei bin ich durch literweise Punsch und Eggnog, die mir aufgenötigt werden, die meiste Zeit halb betrunken, deshalb gleiten ihre Worte noch rascher ab als alles andere.

Carlos Vater ist das vierte Kind und der einzige Sohn einer Bauernfamilie aus der Po-Ebene. Als junger Mann interessierte er sich nur für die Jagd und Mädchen, Aktivitäten, die häufig gut zusammenpassen. Es heißt, er hätte eine dreißig Jahre ältere Freundin gehabt und ihre fünfzehnjährige Tochter geschwängert, die das Kind dann in großer Heimlichkeit abgetrieben habe. Aber vielleicht ist das nur Klatsch und Tratsch. Tatsache ist, dass er mit achtzehn zur Uni geschickt wurde. Er ging nach Rom, wo mein Schwiegervater entdeckte, dass er ein unglaubliches Talent für das Studium und eine unstillbare Gier nach Ruhm hatte. Seine zukünftige Frau lernte er auf einer Wohltätigkeitsveranstaltung kennen, bei der es um die Verhinderung ungewollter Schwangerschaften ging. Er begriff sofort, dass diese zarte, schwerreiche und unattraktive junge Frau sein Trojanisches Pferd in die strahlende Welt war, die er sich erträumte. Sie lernten sich kennen, begegneten gemeinsam dem Groll und der Überraschung ihrer Familie diesem unpassenden Verlobten gegenüber und nach sechs Monaten waren sie verheiratet.

Sie wurde zur engagierten Unterstützerin ihres Mannes. Sie stellte ihm Minister, Bankdirektoren und Universitätsrektoren vor und baute ihm so das Sprungbrett für eine steile Karriere. Man könnte diese entschlossene Einmischung als demütigend betrachten, aber ihm tat sie gut, denn er war ein Karrierist und hatte keinerlei Bedenken.

Carlo kam in einem kleinen Palazzo hinter der Piazza Navona zur Welt. Er hatte einen Haufen Kindermädchen, die ihm bereits im Alter von sechs Jahren drei Fremdsprachen und grundlegende Anstandsregeln beigebracht hatten. Er wuchs inmitten von Kunstwerken auf, die sein Großvater, der Gründer der Versicherungsgesellschaft, im Laufe seines Lebens als reicher Ästhet gesammelt hatte. Wenn die Kindermädchen im Bett waren und nach und nach die Lichter im Haus ausgingen, schlich Carlo sich in die Galerie zwischen den Wohn- und den Schlafräumen, in denen zahlreiche Bilder von Turner und Pollock hingen.

Er stand vor kleinen Statuen von Giacometti und erkannte die ganze Leere und Einsamkeit, dann ging er weiter in das Zimmer, das er am meisten hasste, das ihn aber auch anzog, dort befand sich die Waffensammlung seines Vaters. Dort standen die 91er Muskete, mit der sein Großvater als Schwarzhemd im Krieg gekämpft hatte, und der Colt Kaliber 45 aus dem Jahre 1911 und seine Lieblingswaffe, ein doppelläufiges Gewehr aus dem 19. Jahrhundert mit dem mit blühenden Zweigen dekorierten Hahn. Er betrachtete alles mit einer Art freudloser Verehrung und ging dann mit schlechtem Gewissen ins Bett, als hätte er die Aufmerksamkeit seiner Eltern geraubt.

Als er sechzehn wurde, nahm ihn sein Vater das erste Mal mit zum Schießstand. Es war noch nie vorgekommen, dass er etwas mit seinem Sohn unternommen hatte, und Carlo war verwirrt. Er legte ihm den Revolver in die Hand und die Hände auf die Schultern. „Und jetzt zielen, siehst du? Denk an gar nichts."

Carlo umklammerte verunsichert die Pistole.

„Nimm eine entspannte Haltung ein. Je wohler du dich fühlst, desto sicherer zielst du. Steck die andere Hand in die Tasche, genau so. Jetzt halt den Atem an, das Atmen lenkt ab. Umfass die Waffe, schau durch das Zielfernrohr."

Carlo hob den Arm und begann zu zittern. Sein Vater massierte seine Schultern.

„Das ist normal, die Muskeln ermüden, kämpf nicht gegen das Zittern an, sondern geh mit, bis es sich beruhigt. So, siehst du? Zieh den Abzug, aber nicht so schnell, ganz ruhig. Und jetzt schieß."

Carlo schoss, Unwohlsein erfüllte ihn, aber er traf mitten ins Ziel.

Am Ende der Mittelstufe schickten ihn seine Eltern auf ein renommiertes internationales Wirtschaftsgymnasium. Es war die erste Wahl, um in die Versicherungsgesellschaft der Familie einzusteigen, und Carlo konnte genau spüren, dass die Zäune um ihn herum hochgezogen wurden. Während seiner Gymnasialzeit drohte er immer mehr an den Erwartungen seiner Eltern, an dem Wunsch, aus ihm das Ergebnis ihrer Projektionen und Träume zu machen, zu ersticken. Er suchte nach einem Ausweg und fand ihn schließlich auch.

Der Abend, den sie alle, wenn auch aus unterschiedlichen Gründen, nie vergessen würden, war Santa Lucia, und Carlo war im letzten Jahr im Gymnasium. In Rom wurde der Feiertag nicht begangen, und Carlos Vater beklagte sich immer, dass ihm die Traditionen aus dem Veneto fehlten. Deshalb hatte seine Mutter eine Idee, die so gar nicht zu ihrer üblichen Kälte passte: Sie kaufte Geschenke und legte sie unter den Baum, rief ihre Schwiegermutter an, um sich das Rezept für Pearà geben zu lassen, zu trinken gab es einen Amarone della Valpolicella aus der Enoteca Trimani. Carlo hatte gerade noch für Privatrecht gelernt und bereitete sich auf das Überraschungsfest vor, als sein Vater anrief und sagte, er würde später aus dem Büro kommen, weil er noch etwas fertig machen müsse. Carlo versuchte unauffällig darauf zu bestehen, er möge kommen. „Kannst du das nicht auf morgen verschieben?"

„Es tut mir leid, mein Schatz, aber es geht nicht."

Carlos Mutter schaute wehmütig auf den reich gedeckten Tisch und sagte: „Geduld." Aber ihr war deutlich anzusehen, dass sie traurig war. Deshalb machte Carlo den Vorschlag, seinem Vater eine noch größere Überraschung zu bereiten, sie würden einfach mit dem Essen, den Geschenken und dem Wein zu ihm ins Büro fahren. Seine Mutter überlegte eine Weile und stimmte dann zu, denn im Grunde war das eine fabelhafte Idee. Sie ging ins Bad, um sich zu schminken, und Carlo packte die Pearà und den Rinderbraten in eine Tasche. Als sie das Haus verließen, begann es gerade zu schneien, was für Rom höchst ungewöhnlich war. Seine Mutter meinte, es sei besser, zu Hause zu bleiben, aber Carlo bestand darauf, sie hätten doch jetzt alles vorbereitet, und er wolle den Abend mit seinem Vater verbringen. Es kam selten vor, dass er so bestimmt auftrat, deshalb rief seine Mutter den Chauffeur, und sie fuhren los.

Carlo konnte sich an die Fahrt von der Piazza Navona bis zur Villa Borghese erinnern, wo sie ihm nach seiner Spezialisierung auf die Gynäkologie eine Praxis gekauft hatte. Der Schnee war nass, aber die Beete hatten eine weiße Decke, sodass die ganze Stadt etwas Zauberhaftes bekam. In einem Hauseingang schlief ein Bettler, der womöglich erfrieren würde, ein junges Paar lief Hand in Hand und lachte freudlos, zwischen seinen Füßen stand die Tasche mit dem warmen Essen und neben ihm saß seine Mutter, die wegen der Überraschung, die sie ihrem Mann bereiten würden, ganz aufgeregt war. Das war das Eindrücklichste für Carlo: die kindliche Freude auf dem Gesicht einer Frau, die ihre Gefühle nie zeigte, eine Zufriedenheit, die er danach nie wieder sehen würde. Sie gingen im Schneegestöber Richtung Praxis und stiegen die Treppe nach oben, doch die Tür war verschlossen. Sie holte die Ersatzschlüssel heraus, steckte den Kopf durch die Tür und rief: „Überraschung!" Doch plötzlich veränderte sich ihr Gesichtsausdruck, sie wich zurück und zog Carlo hinter sich her. Und noch Jahre später würde sie sich daran erinnern, wie sie noch vor der Wut ein Gefühl von Lächerlichkeit empfunden hatte, als sie bei dem Ausruf „Überraschung!" ihren Mann mit einer Zwanzigjährigen auf der Untersuchungsliege erwischte. Der Schnee fiel dichter, der Braten glitt aus ihren Händen und fiel auseinander, und sie schüttete die Pearà wie einen Pudding auf das reine Weiß. Carlos Vater kam angerannt und schrie: „Warte!“, er trug nur ein Hemd, das sich auf der Höhe seines Penis öffnete, und Carlo empfand eine gewisse Genugtuung darüber, dass auch er sich lächerlich machte und nicht allein seine Mutter. Carlos Vater lief ihnen hinterher, dabei versuchte er, das Hemd zusammenzuhalten, bis er auf dem See aus Pearà ausrutschte und halb nackt und mit ausgestreckten Beinen im Schnee lag. Als sie wieder im Auto saßen, tat Carlo so, als bedauere er das alles, während er seiner Mutter anvertraute, dass er seinen Vater schon immer in Verdacht gehabt hatte, auch wenn er nicht erklären konnte, wieso.

Im Vormonat war er bei ihm in der Praxis gewesen, er war gerne bei den Geräten und roch den Duft der Desinfektionsmittel, die ihm eines Tages so vertraut werden würden.

„Wir haben heute in der Schule über die Universität gesprochen, die vorläufige Einschreibung ist im Februar“, hatte er zu seinem Vater gesagt. Er hatte gerade die Ultraschallaufnahme einer Gebärmutter in Augenschein genommen.

„Gut, wenn du in Italien bleiben willst, kannst du an die Bocconi gehen. Wenn nicht, ist Oxford die beste Fakultät.“

Carlo betrachtete einen Moment die rätselhaften Striche der Ultraschallaufnahme und sagte dann: „Mich interessiert die Wirtschaft nicht. Ich möchte Arzt werden, genau wie du.“

Er dachte, das wäre die beste Formulierung, um an den Vaterstolz zu appellieren, aber sein Vater war ganz und gar nicht begeistert.

„Wie ich? Als *ich* mich für Medizin entschieden habe, hatte ich keine sichere, ernsthafte und brillante Zukunft vor mir wie du.“

„Aber die will ich nicht.“

Franco kniff die Augen zusammen und fragte fast spöttisch: „Ach nein? Und was willst du dann?“

Carlo dachte nach und sagte dann ungewohnt emotional: „Ich möchte Menschenleben retten.“

Sein Vater lachte. „Dann werde Manager in Mamas Unternehmen. Damit kannst du eine Menge Leute beschäftigen. Ist das nicht auch Leben retten?"

Carlo antwortete nicht.

„Das ist die beste Chance, die du in deinem ganzen Leben bekommen wirst. Wenn dir das nicht reicht, dann ist es noch dazu die Verpflichtung unserer Familie gegenüber. Das ist *alles*, was wir dir als Eltern geben können. Versetz dich doch mal in die Lage deiner Mutter, wem soll sie denn sonst das Unternehmen vererben?"

Er spürte, wie ihm die Schamesröte ins Gesicht stieg, das war ungerecht und setzte ihn emotional unter Druck. Sein Vater machte eine Fotokopie des Ultraschalls, aber der Kopierer streikte.

„Kein Papier. Hol doch bitte einen Karton aus dem Lager."

Er öffnete den Schrank und entdeckte hinter den Papierkartons zwei besondere Yves-Saint-Laurent-Handtaschen. Zwei identische Modelle. Er schloss den Schrank wieder, dabei spürte er eine gewisse Unruhe, aber auch Erleichterung. Nach einigen Tagen bekam seine Mutter eine der Taschen geschenkt. Eines Nachmittags ging er wieder in die Praxis und schaute im Schrank nach: Die andere Tasche war verschwunden.

Am nächsten Tag war Santa Lucia. Und im Februar trennten sich seine Eltern, und er schrieb sich für Medizin ein.

10

Heute ist Sant'Antonio, und wie jedes Jahr zu Sant'Antonio wird im Landhaus von Nicolas Familie gefeiert. Carlo stellt den Wecker auf fünf Uhr und steht voller Enthusiasmus auf, während es draußen noch dunkel ist. Er lädt Wanderschuhe und Anoraks ins Auto. Wir tragen warme Kleidung, die ich am Vorabend bereitgelegt habe, Wanderschuhe, Thermopullis, und um halb sechs sitzen wir im Auto und fahren Richtung Settebagni, wo wir uns mit den anderen treffen. Wir steigen an diesem eiskalten Januarmorgen aus dem Wagen, Mario nimmt Carlo mit Tränen in den Augen in den Arm. Wenn Nicola der Bruder ist, den Carlo nie gehabt hat, dann ist Mario sein Vater, besser als der Vater, den Carlo hatte.

„Als sie mir das Interview in dieser amerikanischen Zeitung vorgelesen haben, habe ich fast geweint."

„Du wirst alt." Carlo lacht und betrachtet ihn zärtlich.

„Du auch. Du bist jetzt eine wichtige Persönlichkeit."

„Fahr doch bei uns mit, bei euch ist es so eng."

Ich beobachte, wie sich Rom auflöst, die Häuser, der Asphalt, sie machen plötzlich der Natur Platz und schließlich den stummen und bedrohlich wirkenden Bergen. Diese Straße hat mich schon immer unruhig gemacht, auch wenn ich es Carlo nie gesagt habe.

„Wie viele sind es dieses Mal?", fragt Carlo an Mario gewandt.

„Nur wenige, Ca. Insgesamt zwei." Er legt ihm seine knubbelige Hand auf die Schulter. „Ich freue mich, dass ihr auch dieses Jahr dabei seid."

Carlo hat sich Nicola und Mario in der Phase seines Lebens anvertraut, als er sich einsam und verloren fühlte: in den ersten Jahren an der Uni, als er darum bemüht war, sich von den falschen Freunden aus den besten Kreisen zu befreien, die er als Kind gewonnen hatte, aber auch die Machtbesessenheit abzulegen, die ihm seine Eltern weiterzugeben versucht hatten. Nachdem er sich für

Medizin eingeschrieben hatte, warf ihn seine enttäuschte und nachtragende Mutter zu Hause raus und kaufte ihm die Dachwohnung in Monti, in der wir heute noch leben. Sie liegt in einem dekadenten, efeubewachsenen Palazzo, einem römischen Sinnbild für Sehnsucht und Stillstand, das die Touristen so schätzen. Er zog aus, ohne seine Familie danach jemals zu vermissen. Er war überzeugt, dass die Verantwortung für das Debakel vor allem bei seinem Vater lag, der unmoralisch und egoistisch gehandelt hatte, und entfernte sich immer mehr von ihm, bis er den Kontakt zu ihm ganz abbrach. Schluss mit den Spazierfahrten im Lamborghini und dem Schießen. Er begann in den Studentenbars in San Lorenzo zu verkehren, und am Ende des ersten Studienjahrs besuchte er ein kleines Fitnessstudio in Primavalle, das einen Vertrag mit der Uni hatte. Auf dem Laufband neben ihm bemerkte er einen Typ, der das gleiche Anatomiebuch las wie er. Der junge Mann war direkt, aber höflich, wahrscheinlich war er früher einmal schüchtern gewesen und vermittelte einen Hauch von Melancholie. Sie tranken nach dem Training ein paar Bier zusammen und bereiteten sich gemeinsam auf die Prüfung vor, sie halfen sich gegenseitig bei den Dingen, die der jeweils andere nicht so gut verstand, und schließlich bestanden beide mit Auszeichnung. Carlo war berauscht von dem authentischen Leben, das er plötzlich führte, und spornte Nicola an, weniger pessimistisch und entschlossener zu sein. Nicola seinerseits war geschmeichelt, dass ein Typ wie Carlo ihn als Freund ausgewählt hatte, und bewunderte ihn für seine Willenskraft, seine Selbstsicherheit, seine sanfte Freundlichkeit. Ihre Freundschaft wurde enger, sie eiferten sich gegenseitig nach, was aber nichts mit Neid oder irgendeinem anderen negativen Gefühl zu tun hatte.

Carlo lernte Mario kennen und es fiel ihm leicht, sich ihm anzuvertrauen, bei ihm fühlte er sich wohl. Nicolas Mutter war gerade gestorben, und es schien, als ob Carlo das plötzliche Ungleichgewicht wieder ausgleichen würde und ganz natürlich den Fortgang ihrer Familie sichern würde. Es gibt ein Foto, das Carlo über alles liebt und das im Arbeitszimmer zwischen den Kletterpflanzen und den Hunderten von Büchern steht. Nicola und er sitzen am Tisch, vor ihnen ein riesiger Teller mit Pasta all'amatriciana. Im Hintergrund sieht man Mario, der noch mehr Bucatini ins kochende Wasser wirft. Das Haus ist bescheiden, aber sauber, und der Tisch ist sorgfältig gedeckt. Die Szene strahlt Wärme aus, ein Gefühl für Familie, das man sich bei Carlo zu Hause nicht einmal hatte vorstellen können. Auf dem Foto lachen Nicola und er über irgendetwas und sind das Abbild von Heiterkeit und Leichtigkeit.

„Wie lange noch?“, frage ich und schlage die Augen auf. Ich habe ein Schläfchen gemacht und sehe jetzt die Hochplateaus der Monti Reatini, die Bauernhäuser verstreut in der rauen Natur. Es ist kalt, aber sonnig.

„Noch fünf Minuten, mein Schatz.“

Nach ein paar Kurven taucht in der Ferne Marios Haus auf. Es ist ein großzügiges Anwesen aus dem Ende des 19. Jahrhunderts, das aus drei klar voneinander abgegrenzten Teilen besteht, ein Haupthaus, rechts und links Lager und Ställe. Marios Bruder Alvaro und seine Familie leben noch hier.

Wir parken auf der Schotterstraße, und die Familie begrüßt uns herzlich. Ekelhafter Stallgeruch schlägt uns entgegen, aber ich atme tief ein und aus, denn diese Luft ist das Beste an diesem Tag. Später wird der Blutgeruch alles überdecken.

Alvaro und der andere Bruder, Jole, sind da, zusammen mit den Kindern und den Enkeln. Sie empfangen uns mit großen Tassen Kaffee und dicken Scheiben Hefekranz und Gläsern, randvoll mit Rotwein. Heute werden wir nur Wein trinken, widerlichen Landwein, der uns heute Abend den Schädel spalten wird, aber Carlo ist glücklich wie ein Kind und würde ihn nie ablehnen, und er trinkt ihn, als wäre es der Barolo oder der Sagrantino, den ich ihm jeden Abend serviere.

Mario umarmt seine Brüder, Sofia betrachtet aus sicherer Entfernung die Kinder von Nicolas Cousins und nähert sich ihnen vorsichtig. Sie hat im Auto geschlafen und ist etwas benommen, aber als ihr ein gleichaltriges Mädchen ihre Playstation zeigt, wird sie etwas lebhafter.

„Also, es ist schon fast acht, lasst uns anfangen", sagt Carlo.

Marta verzieht angewidert das Gesicht. „Gut, viel Spaß."

Sie geht mit den Kindern ein Stockwerk höher. „Entschuldigt, aber das ertrage ich einfach nicht."

„Sie tun immer so empfindlich, aber den Schinken essen sie schon", sagt Mario.

„Sogar die Bäckchen und den Nacken, wenn wir schon dabei sind", stimmt Nicola zu.

Ich gehe mit den anderen in die Tenne, sie sind schwer beschäftigt, sie freuen sich das ganze Jahr auf dieses Fest. Ich trage die weiße Schürze und die Handschuhe, die Jole mir gegeben hat, und warte höflich, dass sie mir sagen, was ich machen soll. Ich denke an Morganti und an sein Urteil, das irgendwie auch eine Erleichterung ist: Ich bin unfruchtbar. Schluss mit den Erwartungen und unsinnigen Versuchen, Schluss mit der Obsession, jeden Monat ein Kind zu suchen. Ein Kind zu suchen, was für ein idiotischer Ausdruck. Man kann nur nach etwas suchen, das man verloren hat, und nicht nach etwas, das man nie hatte.

Die Schweine schlafen in ihrem Stall. Seit zwei Tagen hat man sie wie kleine Könige behandelt, sie verwöhnt, damit sie heute ruhig und willig sind.

Alvaro und seine Söhne packen das erste Tier und binden ihm einen Strick um den Hals, ziehen es hinter sich her, während es misstrauisch ausschlägt, dann scheint es sich zu beruhigen und trottet gehorsam bis ins Zentrum der Tenne. Erst das zweite Schwein wird rebellieren, durchdringend schreien wie ein Mensch, denn es versteht, was los ist.

„Wie schön es ist", sagt Mario.

„Das ist Porro, das bessere von beiden. Fast hundertfünfzig Kilo, was, Porro?" Alvaro streichelt Porro gutmütig, dann legt er ihm eine Schlinge um die Beine und nimmt die Pistole aus einer alten Holzkiste.

„Komm, mein Schatz, komm zum Onkel."

Er schießt rasch und präzise in die Schläfe, Porro fällt mit einem Röcheln ins Gras, wodurch das andere Schwein im Stall aufwacht. Es beginnt zu schreien, was ein wenig an das Weinen eines Menschen erinnert, nur rauer und stärker.

„Schön, sehr gut, Alva."

Carlo, Nicola und die Cousins packen das Schwein und hängen es kopfüber an die Haken der Traktorschaufel. Das Schwein schaukelt langsam hin und her, die Beine von sich gestreckt. Carlo ist an der Reihe.

„Ich sag's euch, wir haben für dieses Schwein den besten Chirurgen der Welt hier", sagt Mario.

Alle lachen und gießen sich ein Glas Wein ein. Ich schaue auf das Thermometer am Stalleingang, es sind null Grad. Ich spüre, wie mir die Kälte in die Knochen kriecht, und bewege die Finger, damit sie mir nicht einfrieren. Carlo geht auf das Schwein zu, man kann die Wölkchen seines Atems sehen, sein Blick ist ruhig und ernst, seine Bewegungen sind vorsichtig. Er weiß genau, was zu tun ist, wie in allen anderen Situationen seines Lebens. Ohne zu zögern greift er nach dem Schlachtermesser, findet den Brustkorb und durchtrennt rasch die Schlagader. Das Schwein ist vom Schuss benommen, vielleicht begreift es nicht, dass es gerade geschlachtet wird, vielleicht hat es auch eine kurze unerklärliche Ahnung. Ich muss an Stella denken und versuche sofort andere, erträglichere Gedanken zu finden, um sie wegzuschieben, aber ich habe keine.

Carlo beginnt oben mit der abgeschrägten Klinge zu schneiden, präzise wie ein kartesisches Koordinatensystem. Es ist Mathematik, es ist das Leben in seiner verständlichsten Form. Er dreht das Messer, aus dem Hals des Schweins dringt eine karmesinrote Welle, die in den Eimer unter dem Tier fließt. Ein kleiner Blutfleck spritzt auf Carlos dunkle Haare, aber das bemerkt er gar nicht.

„Das wird eine Blutwurst, mit der man Tote aufwecken kann", bemerkt Jole zufrieden.

Carlo trinkt einen Schluck und wischt mit einem weißen Baumwolltuch sorgfältig die blutige Klinge ab.

„Apropos Schwein, hört euch an, was sie mir gestern Abend im Circolo erzählt haben", sagt Mario.

Carlo dreht sich zu ihm und blickt ihm in die Augen. Er lacht.

„Da ist dieser Typ, der aufs Land fahren möchte. Er kommt an einem Bauernhof an, geht näher und sieht ein Schwein mit einem Holzbein. Das weckt seine Neugier und er fragt den Bauern: ‚Entschuldigen Sie, ist das Ihr Schwein?'

‚Ja, das ist meins.'

‚Und warum hat es ein Holzbein?'

Und der Bauer: ‚Ach, wir haben es wirklich liebgewonnen, deshalb essen wir es Stück für Stück.'"

Carlo lacht und wirft den Kopf in den Nacken, lacht weiter, kommt auf mich zu, dann streift er plötzlich die Handschuhe ab und küsst mich auf den Mund. Der Blutspritzer in seinen Haaren ist schon fast geronnen.

„Wie geht es dir?"

„Sehr gut."

„Ist dir kalt?"

„Ein bisschen."

„Es ist fast vorbei, jetzt kommt der Topf, und wir wärmen uns auf."

Wir setzen uns auf eine zerkratzte Holzbank und warten, bis das Schwein ausgeblutet ist. Carlo streicht mir mit eiskalten Händen durchs Haar, dann rollt er eine Locke zwischen Zeigefinger und Daumen. Wir sehen die Kinder an den Fenstern des Bauernhauses auftauchen, und Sofia ruft: „Was machst du, Onkel?" Marta zieht sie sofort ins Innere zurück. Dann taucht sie am Fenster auf. „Alles okay?"

„Alles bestens", sagt Nicola, „kannst du noch mal Kaffee aufsetzen, mein Schatz?"

Mario betrachtet das Schwein und streicht ihm dann über den riesigen leeren Bauch. „Es ist kein Blut mehr da, wir können mit dem Häuten anfangen."

Er startet den Traktor und lässt ihn in Richtung Tenne rollen, wo das Wasser in einem riesigen, gusseisernen Topf kocht. Jole und ich schöpfen mit zwei kleineren Töpfen Wasser heraus und gießen es über den riesigen Körper. Der Dampf lässt uns nur schwer atmen, lässt unsere Haare zu Berge stehen, es stinkt. Mario und Nicola schaben die Borsten ab und lösen anschließend mit regelmäßigen Messerbewegungen die gekochte Haut.

„Wer reißt das Horn von der Klaue?"

„Das mache ich", antworte ich.

Sie reichen mir den Metallhaken, ich umklammere mit einer Hand die Klaue und ziehe nacheinander das Horn ab. Das ist der einzige Teil des Tieres, der weggeworfen wird, der einzige auf der schmalen Liste der Abfälle heute. Die Augen des Schweins sind weit aufgerissen, wie in Panik, es sieht aus wie ein Kind oder ein junger Erwachsener, seine Haut hat die Farbe von Menschenhaut.

Ohne Carlo etwas zu sagen, habe ich jeden Monat meine fruchtbaren Tage berechnet, und wenn die Gelegenheit günstig war, habe ich ihn mit Gewalt ins Bett gezwungen. Er hat nie etwas gesagt, dazu ist er zu feinfühlig, aber auch er muss diesen Zwang gespürt haben, genau wie die Unruhe, die die Grenzen meiner üblichen Ernsthaftigkeit überschritt. Und dann bekam ich meine Regel. Ein, zwei, drei Monate. „Das ist normal", sagte Carlo, „man kann nicht einfach ein Kind wollen, und es klappt gleich beim ersten Versuch."

Fünf Monate. Ich war verzweifelt, und Carlo nahm mich in den Arm und strich mir übers Haar. „Mach dir keine Sorgen, die Kinder kommen schon, warum diese Eile?"

Sechs Monate. „Weißt du, dass Martas Cousine Elisa schwanger ist?" oder auch „Es ist ein Albtraum, Bianca, meine beiden Anästhesistinnen sind im Mutterschutz."

Acht Monate. Carlo kommt ins Bad und sieht, wie ich auf dem Rand der Badewanne sitze und wütend das Blut in meinem Slip anstarre. Er sagt fast vorwurfsvoll: „Bianca, nimm dir das nicht so zu Herzen. Fixier dich nicht so sehr darauf."

Was für eine Erleichterung, dass es jetzt keine Zweifel und kein Warten mehr gibt. Jetzt gibt es nur noch ein Problem: Und das Beruhigende an Problemen ist, dass man anfangen kann, sie zu lösen. Wir werden eine In-vitro-Fertilisation machen lassen, Untersuchungen, Spritzen, Eingriffe. Alles sauber und antiseptisch, wie ich es mag. Ich reiße das letzte Horn von der Klaue und werfe es zu den anderen in den Eimer. Biomüll.

Alvaro klappt den Lederkoffer mit den in zerschlissene Lappen gewickelten Werkzeugen auf.

„Bist du bereit?", fragt er Carlo.

„Sicher."

Er greift nach dem kleinen Messer und macht einen tiefen Schnitt, um die Wirbelsäule zu durchtrennen. Mit einem dumpfen Geräusch fällt der Kopf zu Boden, sie heben ihn sofort auf und hängen ihn an einen Balken, von wo er uns ein wenig bedrohlich anschaut.

Sie füllen die Gläser, wir trinken. Alvaro holt ein altes Transistorradio und meint, wir bräuchten etwas Musik.

„Mögt ihr Julio Iglesias?"

„Sperrt die Hunde ein, der Geruch macht sie wahnsinnig", sagt Carlo. Dann nähert er sich mit einem kleinen spitzen Stilett dem Schwein. Plötzlich hören alle auf zu reden, wie wenn bei der Messe die Hostie verteilt wird.

Carlo schneidet präzise um den After und achtet darauf, dass er den Darm nicht verletzt. Vorsichtig schiebt er ihn heraus, als würde er eine Flasche einer teuren Spirituose entkorken.

Manchmal bin ich ein Schwein und manchmal ein guter Mensch, singt Julio Iglesias.

Manchmal weiß ich nicht, wie ich mich ertragen soll.

Carlo umwickelt die Hoden mit einer Binde und schneidet sie ab, er zieht den Penis lang und entfernt ihn an der Wurzel. Die anderen schauen ihm begeistert zu, sie halten den Atem an.

Ich werde es dir sagen
Ich leihe dir die Seele oder das Herz

Ich bin ein Pirat und ein feiner Herr
Mehr Liebe für mich selbst als Scham
Mit einer Hand zieht er die Haut unter dem Brustbein lang und bohrt die Klinge hinein, schneidet gerade durch den Bauch, in der Mitte der Brust entlang, bis zu den beiden Hinterbeinen. Die Organe fallen heraus, riesig und glänzend, fast ohne ein Geräusch zu machen, wie Schnee. Mario greift nach dem Eimer und liest sie auf.
Ich werde es dir sagen
Ich liebe den Mond und die Sonne
Ich bin ein Pirat und ein Herr
Ich bin ein Profi in der Liebe
Er erreicht den Hohlraum nahe der Leiste und zieht ihn nach unten. Die verdaute Nahrung, der Stuhl, der noch im Darm ist, tritt mit einem ekelerregenden Gestank nach draußen.

Er zieht vorsichtig das Fettgewebe heraus, die Nieren und den Magen, und löst das Herz und die Leber aus dem Gewebe, das sie umgibt. Das komplizierte Körpersystem eines Tieres ist ein Mysterium, das sich rasch in klar abgegrenzte und kontrollierbare Teile zerlegen lässt. Als das Schwein komplett leer ist, trennt Carlo mit einem entschlossenen Schnitt den Körper in zwei gleich große Hälften.

In diesem Moment kommt Marta mit den Kindern herunter.

„Sie wollen hierbleiben, ich kann sie nicht mehr bändigen", sagt sie.

Staunend betrachten sie das ausgenommene Schwein.

„Schön sieht das nicht aus. Und dann dieser Gestank", sagt Marta.

Mario schüttelt den Kopf. „Als ich klein war, war das Schweineschlachten ein Fest. Heute werden Kinder in Watte gepackt."

Nicola nickt, dann geht alles ganz schnell. Das zweite Schwein durchbricht plötzlich den Zaun und rennt wie verrückt durch die Tenne.

„Scheiße!", schreit jemand. „Fangt es!" Das Schwein ist wie von Sinnen, verrückt vor Angst, es rennt mit gesenktem Kopf direkt auf Alvaros jüngsten Enkel zu, der es wie versteinert anstarrt.

„Nein!“, schreien wir.

Kurz bevor es ihn überrennt, hört man einen dumpfen Schuss, und das Schwein sinkt zu Boden, die Beine in die Luft gestreckt. Der Junge rennt vor Angst weinend mit weit aufgerissenen Augen zu seiner Mutter. Carlo legt die Pistole auf die Bank und sieht nach, ob es dem Jungen gut geht. Er streicht ihm übers Haar.

„Alles klar?“

Der Junge vergräbt das Gesicht zwischen den Beinen der Mutter.

„Was für ein Abenteuer, überleg mal, wenn du das deinen Klassenkameraden erzählst.“

Er hebt den Kopf und hört auf zu weinen.

„Mir geht's gut.“

Dann hört man wieder die Stimme von Julio Iglesias.

Heute bin ich traurig
Und morgen, ach, wer weiß
Deshalb ist mein Leben
Jetzt noch nicht vorbei

Da kommt Jole.

„Was ist denn los?“

„Onkel Carlo hat das Schwein erschossen, es wollte Francy umbringen“, sagt Sofia.

„Hast du es echt erschossen?“, fragt sein älterer Cousin Carlo.

„Nein, es war nur ein Bolzen, um es zu betäuben“, antwortet Sofia.

Das Schwein scheint langsam den Kopf zu bewegen, aber vielleicht bilde ich mir das auch nur ein.

„Wir schlachten es sofort“, sagt Alvaro.

„Warte, schieß noch einmal, ich bin mir nicht sicher, ob ich es richtig erwischt habe.“

„Dann wird es eben leiden, ist mir doch egal. Es hätte fast meinen Enkel umgebracht.“

Sie packen es an den Beinen und reichen Carlo das Messer. Unvermittelt färbt sich das Gras rot, der Eimer füllt sich, durchsichtige glänzende Blasen an der Oberfläche.

Es ist Abend, ich wälze mich im Bett herum. Das Zimmer ist riesig und eiskalt.

„Was uns das Schwein für eine Angst gemacht hat", sage ich zu Carlo.

„Stimmt."

„Wie konnte es ausbrechen?"

Carlo scheint an etwas zu denken, aber dann macht er eine Geste, als wolle er den Gedanken beiseiteschieben.

„Es war nicht bewusstlos, weißt du. Während ich es aufgeschnitten habe, habe ich ein Zittern gespürt. Das geht mir nicht aus dem Kopf."

„Ach nein, das war bestimmt nur ein Gefühl."

Er runzelt die Stirn, es beschäftigt ihn.

„Ja, lass uns schlafen, Bianca."

Ich weiß, dass er recht hat. Das Schwein hat schreckliche Schmerzen durchlitten, während es aufgeschnitten wurde.

Gegen zwei wecke ich Carlo. Draußen ist es still.

„Vor zwei Tagen war ich bei Morganti", sage ich unvermittelt.

Wie eine Feder schnellt er nach oben und setzt sich auf.

„Scheiße, stimmt ja. Ich bin ein Idiot."

„Mach dir keine Gedanken."

„Im Moment ist es eben …"

„Mach dir keine Gedanken."

„Warum hast du es mir nicht gleich gesagt? Wie war es?"

Ich lege den Kopf auf seine Brust und spreche ins Dunkel, eingehüllt in seine enge und beruhigende Umarmung. Es ist stockfinster, durch die Läden dringt kein Lichtstrahl, das ist ungewohnt für uns.

„Tja, wie ist es gewesen. Ich bin unfruchtbar."

Carlo sagt nichts, er hält mich noch fester.

Ich erzähle ihm alles, was sein Vater gesagt hat, vermeide aber sorgfältig, seinen Namen zu nennen. Ich spreche über das Fibrom, die Komplikationen, die Risiken. Er betrachtet alles vor dem Hintergrund seiner immensen medizinischen Kompetenz und sagt dann: „Wir müssen noch andere Meinungen einholen."

Ich nicke und knipse die Nachttischlampe an.

„Aber wenn Morganti sich so dezidiert geäußert hat, gibt es wenig Anlass für Optimismus", fügt er hinzu.

„Wir müssen ein Zentrum für künstliche Befruchtung finden, und zwar schnell, die Zeit drängt."

Carlo sieht mich überrascht an. „Künstliche Befruchtung?"

„Eine andere Wahl haben wir nicht."

Er schweigt, massiert sich die Schläfen und spricht dann als Chirurg, direkt, aber immer sorgsam darauf achtend, keine unnötigen Wunden aufzureißen. Der Roboter versucht seine Arme freundlich in mein Innenleben zu stecken, ohne mir dabei wehzutun. Er findet den Fleck und möchte ihn vorsichtig entfernen.

„Doch, haben wir."

„Wie meinst du das", frage ich leise.

„Wie ich das meine? Eine Schwangerschaft zu riskieren erscheint mir unvernünftig", sagt Carlo.

Ich spüre einen so stechenden Schmerz, dass ich vermeine, mein Körper wird aufgeschlitzt, wie bei dem Schwein heute. Ich warte darauf, dass Carlo nach dem Messer greift und zusticht.

„Die Entscheidung für ein Kind lässt sich allein mit Vernunft nicht messen", entgegne ich.

Carlo streicht mir über den Kopf. „Ich messe gar nichts. Ich überlege einfach nur mit dir gemeinsam."

Ich seufze. „Vernunft, Nachdenken. Aus diesem Muster kommst du nicht raus."

„Im Angesicht von Problemen ist das Denkvermögen das Einzige, was wir haben, Bianca", sagt er ruhig.

„Nein. Im Angesicht von Problemen verfügen wir vor allem über die *Entschlossenheit,* sie zu lösen. Das weißt du auch."

Sonst hätte ich mir nicht gerade dich ausgesucht, würde ich gerne hinzufügen, aber ich tue es nicht. Ich laufe auf einer menschenleeren Straße, es ist dunkel, ich habe meinen Ranzen auf dem Rücken und Stella leuchtet uns mit der Taschenlampe den Weg.

„Mein Schatz, wir müssen diese Nachricht erst einmal beide verdauen. Das ist ein komplexes Thema, ich möchte jetzt nicht darüber reden.“

Ich würde gerne weinen, wie normale Menschen, aber ich kann nicht. Ich habe nicht mehr geweint, seitdem ich meine Eltern verlassen habe, um in Mailand zu studieren. Ich stehe auf, im Zimmer ist es eiskalt. Ich gehe in Alvaros Bad, betrachte die unzähligen Fläschchen und Flakons, die auf der Kommode stehen. Dann nehme ich eines nach dem anderen und werfe sie zu Boden. Das Glas splittert in alle Richtungen, der Raum füllt sich langsam mit einer ekelerregenden Mischung aus verschiedensten Düften. Carlo klopft an die Tür. „Alles in Ordnung?“

Ich öffne mit einem engelsgleichen Lächeln die Tür. „Ich habe nach dem Klopapier gesucht und ein heilloses Chaos angerichtet. Ich kehre die Scherben auf und komme dann.“

Ich finde ein Paar Latexhandschuhe, streife sie über und mache in Gedanken die längste und detailreichste Liste der Abfälle meines Lebens.

11

Heute wurde der Jacuzzi auf der Terrasse installiert. Durch die gläsernen Wände des weißen Wohnzimmers kann man jetzt auf einen Minipool Silverwood blicken, der zwischen den Ficus- und den Zitronenbäumen steht, wie ein riesiger Tresor auf einer Insel aus Plastik. Ich gieße mir ein Glas Rosé ein, drehe die 24 Massagedüsen auf und lasse mich ins Wasser gleiten. Ich denke daran, was Carlo gesagt hat, an meinen Schwiegervater, an das wilde Tier in meinem Uterus, das dort statt eines Kindes haust, und vor allem daran, wie ich das alles mit meinem *Plan* verbinden kann. Denn der Plan ist das Einzige, was zählt, das wusste ich schon immer, ich wusste es, bevor ich es wusste. Als ich es zum ersten Mal bemerkt hatte, war es Sommer, damals war alles noch vage. Ich hatte gerade Abitur gemacht, die erste Staffel von *Balli & Pupe* war zu Ende, ich verbrachte die Tage mit Schwimmen und mit meiner Mutter vor dem Fernseher. Ich ging nur selten aus und mied andere Menschen, genau wie sie. Ich wusste, dass ich nicht an die Uni gehen würde, und wenn ich einmal zu alt wäre, um als Soubrette aufzutreten, würde ich als Redakteurin für die Talkshows am Sonntag arbeiten, damit wäre dann der Gipfel meiner Karriere erreicht. Mit ein wenig Glück und etwas Nachhilfe wäre ich bis dahin vielleicht schon tot.

Eines Nachmittags klingelte es. Wir hatten seit Jahren keinen Besuch mehr bekommen, wahrscheinlich die Zeugen Jehovas oder ein Marokkaner in Shorts, aber es war Liliana. Ich schaute sie überrascht an.

„Darf ich reinkommen?“, und noch bevor ich antworten konnte, rollte sie ins Haus. Ich hatte sie schon lange nicht mehr gesehen, aber sie hatte sich nicht verändert. Sie war lediglich kräftiger geworden, wahrscheinlich durch das Basketballspielen, und hatte längere Haare. Sie war nie besonders hübsch gewesen, und das war sie auch jetzt nicht, aber sie hatte noch immer den intensiven und scharfsinnigen Blick, den Stella so gemocht hatte. Ich wusste, dass sie gerade ein nationales Rollstuhlbasketballturnier gewonnen hatte und schon seit Langem mit Rodolfo Berti zusammen war, der ihr schon früher gefallen hatte, der damals aber in Stella verliebt gewesen war. Vielleicht war das ihre Art, auf das *Unglück* zu reagieren. Auf die plötzliche Leere, die beide gespürt hatten und die nur der jeweils andere verstehen konnte. Vielleicht war ihre Liebe aber auch echt, und sie waren ein glückliches Paar, ein wunderbarer Gefallen, den Stella ihnen getan hatte.

Liliana begrüßte freundlich meine Mutter, die auf den Bildschirm starrte und nur einsilbig antwortete. Sie plauderte ein wenig und sagte dann: „Gut, wenn du magst, dann machen wir einen Spaziergang am Fluss entlang."

Wir gingen nach draußen, ich schob den Rollstuhl durch die glühend heiße Stadt, so wie Stella es immer gemacht hatte. Liliana erzählte von sich und Rodolfo. Sie würden nach Ferragosto heiraten, auch wenn seine Familie dagegen war.

„Ich kann sie verstehen, welche Familie würde da Hurra schreien? Eine Mutter will immer das Beste für ihr Kind und bestimmt keine Behinderte."

„Es ist nicht einfach zu wissen, was das Beste ist", antwortete ich, nur um irgendetwas zu sagen.

„Hast du einen Freund?"

„Nein, hatte ich auch noch nie."

Außer unseren Stimmen war am Fluss nur das Sirren der Zikaden zu hören. „Und wenn du eines Tages einen hast, dann wirst du verstehen, dass es immer um Kompromisse geht. Um Toleranz, *do ut des*, ein paar Frustrationen im Austausch gegen die Sicherheit, nicht allein zu sein."

„Deine Vorstellung von Liebe ist nicht sehr romantisch."

„Ganz im Gegenteil. Du irrst dich, ich bin sehr romantisch. Dieser Kompromiss, den die meisten Liebe nennen, ist unsere einzige Überlebenschance. Ich kann ohne Rodolfo nicht leben. Und er nicht ohne mich."

Wir kamen zu einer Bank unter drei vertrockneten Bäumen, und Liliana bat mich, stehen zu bleiben. Sie zündete sich eine Zigarette an und bot auch mir eine an. Wir rauchten schweigend und betrachteten das bleigraue Wasser des Flusses unter uns, dann warf sie den Stummel auf den Boden und bat mich, ihn auszutreten. „Hör mal“, fragte sie unvermittelt, „kommst du zu unserer Hochzeit?“

Ich war überrascht. Wir hatten seit Jahren keinen Kontakt mehr, und ich verstand nicht, warum sie mich das fragte. Ich suchte schon nach einer Ausrede, als sie hinzufügte: „Es wäre mir sehr wichtig.“

Ich dachte, sie würde so großen Wert darauf legen, weil das der einzig denkbare Ersatz für Stella wäre, und fühlte mich verpflichtet hinzugehen. Dabei war der Grund ein ganz anderer, aber das konnte ich nicht wissen.

Die Hochzeit war der erste Anlass nach dem *Unglück,* an dem ich mich in der Öffentlichkeit zeigte, und ich hatte keine Ahnung, wie ich mich verhalten sollte. Ich war schon früh in der Kirche und sah Rodolfo stocksteif mit dem Brautstrauß auf dem Kirchplatz stehen, danach trafen die anderen Gäste ein. Ich kannte fast alle vom Sehen, doch fast niemand kam auf mich zu, keiner wusste so recht, wie er mit mir umgehen sollte. Ich bekam auf einmal ein Gefühl von Beklemmung, die Vorahnung, dass etwas geschehen würde, ich wusste nicht, was, aber ich würde unter den Trümmern liegen bleiben. Vor der Messe kamen Rodolfos Eltern zu mir, um mich zu begrüßen. Sie umschifften sämtliche Themen, die man besser nicht anschnitt, und sagten, ich sei sehr hübsch, würde meine Sache im Fernsehen sehr gut machen und ganz Grambate sei stolz auf mich. Sie sehen auch gut aus, log ich. Rodolfos Mutter war blass, ihr Mund zu einer missmutigen Grimasse verzogen. Von fern sah sie Lilianas Familie, zwang sich zu einem Lächeln und wandte dann den Blick ab.

Ich setzte mich in die letzte Reihe, die Messe begann. Lilianas Vater schob den Rollstuhl zum Altar, wo Rodolfo schon wartete, noch verwirrter und ungeschickter, als ich ihn in Erinnerung hatte. Als er sagen musste: „Ich, Rodolfo, nehme dich, Liliana, zu meiner Ehefrau“, fing er an zu stottern, und Liliana blickte ihn mitleidlos an. Ich bemerkte, wie Rodolfos Mutter die Hände vors Gesicht schlug.

Ich saß mit der Rollstuhlbasketballmannschaft an einem Tisch, vielleicht die einzige Mühe, die man sich für mich an diesem Abend gemacht hatte. Sie wussten nichts über mich, und auch wenn sie etwas gewusst hätten, wäre es ihnen egal gewesen. Sie alle hatten mit ihrer eigenen Behinderung zu tun, an einer weiteren Eskalation war keiner interessiert. Querschnittsgelähmte, Spaltwirbel, eine tote Schwester: nur unterschiedliche und zufällig verteilte Formen menschlichen Unglücks.

Die Familien der Brautleute saßen sich im Saal gegenüber, während Rodolfo und Liliana an einem runden Tisch in der Mitte positioniert waren. Die Band spielte den Hochzeitsmarsch, dann war es an der Zeit für das Abendessen. Es war sehr still. Eine Basketballspielerin erzählte mir, dass Liliana und ihre Schwiegermutter sich nicht gut verstanden, deshalb wären auch beide Schwiegermütter in Streit geraten, und die Beziehung sei sehr schlecht. Zwischen dem ersten und dem zweiten Gang wollte Liliana eine Rede halten. Sie hatte zu viel getrunken, die Worte waren schwer zu verstehen. Sie begann mit: „Tut mir leid, dass ich für diese Rede nicht aufstehe“ und wartete darauf, dass jemand lachte, aber niemand gab ein Geräusch von sich. Sie leierte ein paar Sätze über die Bedeutung der Ehe und die gegenseitige Unterstützung von Mann und Frau herunter. Anschließend schaute sie ihre Schwiegermutter an und sagte, wie dankbar sie sei, eine zweite so freundliche und verständnisvolle Mutter gefunden zu haben. Rodolfos Mutter wurde leichenblass. Sie ging auf Liliana zu, beugte sich schweigend hinunter und küsste sie auf die Stirn. Liliana lächelte eisig, der Sänger der Band bat um Applaus, dann aßen wir schweigend weiter.

Nach dem Essen spielte die Band draußen auf einer improvisierten Bühne, aber niemand tanzte. Das Hochzeitspaar betrat die

Tanzfläche, Rodolfo versuchte ungeschickt mit Lilianas Rollstuhl ein paar Tanzschritte zu mimen, aber es gelang ihm nicht. Mitten im Stück ließ Liliana Rodolfo stehen und rollte auf mich zu.

„Ich muss dich um einen Gefallen bitten."

„Mich?"

„Sing *Unforgettable.*"

Ich starrte sie flehend an. „Nein, bitte nicht."

„Bitte, wir wären alle so *glücklich*. Mach mir dieses Geschenk."

Stella hätte es gemacht, Stella hätte ihr geholfen, wie immer. Ich musste es also tun.

Ich stieg auf die Bühne. Der Sänger küsste mir die Hand und sagte: „Auch unter uns gemeinen Sterblichen haben wir einen Star. Direkt aus dem *Balli-&-Pupe*-Studio, hier für Sie, Bianca Lombardi!"

Jetzt begriff ich, dass alles geplant war, dass Liliana mich nur deshalb eingeladen hatte, ein Starlet, um die Stimmung auf dieser katastrophalen Hochzeit zu heben, aus ihr etwas zu machen, an das man sich erinnerte. Ich schaute zu Rodolfo, der zu Boden blickte. Er war der Einzige, dem das Ganze noch unangenehmer war als mir, und ich konnte ihn verstehen, wie damals in der Grotte.

Das Playback begann. *Unforgettable, that's what you are,* sang ich wie ein dressierter Affe. Jemand lachte, aber die meisten Gäste waren begeistert. Diejenigen, die mich eben noch voller Verlegenheit gemieden hatten, klatschten im Rhythmus in die Hände und sangen den Refrain mit. Auch Rodolfos Mutter schien endlich die Anspannung loszulassen. Die unscharfe Aura des Fernsehens lässt die Menschen strahlen, verkleinert einen Moment lang alle Probleme, man fühlt sich mit dem Star auf Du und Du. Als die Musik verstummte, gab es langen Beifall, die ganz Mutigen drückten mir die Hand. Die Band stimmte ein heiteres Stück an, ein paar Gäste begannen zu tanzen. Der Zaubertrick war gelungen.

„Danke", sagte Liliana, und ohne eine Antwort abzuwarten, fragte sie: „Was machst du im September? Gehst du an die Uni?"

Vielleicht hatte sie sich daran erinnert, dass ich als Kind immer Klassenbeste gewesen war.

„Nein. Ich werde einen neuen Vertrag bei *Balli & Pupe* unterschreiben."

Sie dachte nach. „Das Fernsehen muss dir gefallen", sagte sie schließlich.

„Nicht wirklich. Aber es scheint mir der beste Weg zu sein."

„Der Weg *wohin*?"

Ich sah, wie Lilianas Eltern aufstanden, um zu tanzen.

„Ich habe kein Ziel. Ich mache das nur, damit meine Mutter glücklich ist."

„Aha. Und ist sie glücklich? Für mich sieht das nicht so aus."

Ich spürte, dass sie recht hatte. Die Art Glück, die sie von mir brauchte, musste stärker sein, weniger unmittelbar und direkt. Dauerhafter. Aber eine genaue Vorstellung davon hatte ich noch nicht.

Liliana fuhr fort. „Warum denkst du nicht über dein eigenes Glück nach, statt über das deiner Mutter?"

„Weil ich nicht weiß, wie", antwortete ich.

Ich erkannte einen Hauch Menschlichkeit an ihr, oder vielleicht fühlte sie sich auch nur verpflichtet, mir zu helfen: Liliana war überzeugt davon, dass sie auf ewig ein Anrecht auf Glück in der Welt hatte, aber an diesem Abend hatte ich einen Teil der Schulden dafür bezahlt, indem ich auf ihrem erbärmlichen Fest gesungen hatte. Deshalb gab sie mir ein paar gute Ratschläge, *do ut des*, wie in sentimentalen Geschichten.

„Du wirst doch irgendeinen Ehrgeiz haben, ich zum Beispiel habe Basketball. Vielleicht ist es für dich das Fernsehen. Vielleicht aber auch die Uni oder ein Job, wo es auch auf Intelligenz ankommt. Oder eine Familie mit vielen wunderhübschen Kindern, was weiß ich."

„Keine Ahnung, über die Uni habe ich noch nie nachgedacht, genauso wenig wie über einen Job oder eine Familie mit Kindern."

„Gut", sagte sie leicht genervt, „das heißt, du hast noch nie über die Zukunft nachgedacht?"

Und ob ich über die Zukunft nachgedacht hatte, ich dachte ständig darüber nach. Ich hasste sie, sie stieß mich ab, ich schob sie beiseite. Ich lehnte sie ab. Aber Lilianas Worte ließen mich zum ersten Mal begreifen, dass die Zukunft einen Sinn haben könnte, dass es einen Grund gab, weshalb man sie erleben sollte. Ich erkannte, dass in der Zukunft eine Art Schublade mit Werkzeugen aus der Vergangenheit stand.

„Vielleicht sollten wir anfangen, über die Zukunft nachzudenken, was meinst du?“, fuhr sie fort. „Du kannst dich nicht weiter durchs Leben schleppen, du musst erkennen, was dein *Plan* ist, und ihn dann umsetzen.“

Mein Plan war, Stella wiederzufinden, sie meinen Eltern zurückzugeben, ohne mich dafür entschuldigen zu müssen, sie ihnen genommen zu haben, meinen Fleck reinzuwaschen. Die Gewissheit, dass ich den Plan wirklich verfolgen konnte, kam erst sehr viel später, in diesem Augenblick bekamen die Wut und die Verzweiflung, die sich in meinem Herz festgesetzt hatten, einen Sinn. Irgendwo gab es einen Plan. Und mit *Balli & Pupe* würde ich ihn nicht umsetzen.

Am folgenden Abend teilte ich meinen Eltern mit, dass ich an die Universität gehen wollte. Meine Mutter sagte, das sei eine gute Idee, dabei schaute sie ein Quiz im Vorabendprogramm. Dann drehte sie den Ton lauter, um das Finale des Champions gegen den Herausforderer nicht zu verpassen.

„Und was sagst du?“, fragte ich meinen Vater.

„Ich muss noch ein wenig darüber nachdenken“, meinte er, aber er schien getroffen zu sein. Ich ging in mein Zimmer und steckte mir eine Zigarette an, dann hörte ich, wie meine Tür geöffnet wurde. Ich schmiss die Zigarette weg, und mein Vater kam herein. Er tat so, als würde er den Rauch nicht bemerken, und sagte: „Ich möchte mit dir reden.“

Ich wartete auf das, was er zu sagen hatte, vielleicht würde er mir sogar zu meinem Entschluss gratulieren.

„Mama muss wieder neu eingestellt werden. Es wird schlimmer.“

Ich weiß nicht, ob Enttäuschung ein Gefühl ist. Ich weiß, dass ich wie immer nichts gefühlt habe. „Ja.“

„Morgen ist der Termin bei der Psychiaterin. Sie braucht etwas Sauberes zum Anziehen."

„Ja."

Er wandte sich zum Gehen und drehte sich wieder um, als ob ihm etwas Wichtiges eingefallen wäre.

„Und hör mal."

„Ja?"

Er zögerte und sah mich dann erschöpft an. „Ich nehme heute Abend dein Rad, meins hat einen Platten."

Zwei Tage später ging ich zum Studentensekretariat der Uni Mailand und ließ mir ein Studienverzeichnis geben. Ich schloss die Augen, ließ den Finger kreisen und tippte auf die Liste. Dann schrieb ich mich für Biologie ein.

Ich steige aus dem Jacuzzi und decke den Tisch im blauen Wohnzimmer, einem kleinen Esszimmer mit türkisfarbener Tapete, die Carlo über alles liebt.

Ich muss heute Abend noch einmal mit ihm reden. Ich muss das Thema der künstlichen Befruchtung noch einmal anschneiden, mit einer gewissen Leichtigkeit, aber entschlossen, sodass er sich damit auseinandersetzen muss. Während ich die Wein- und die Wassergläser symmetrisch perfekt ausrichte, klingelt das Telefon. Es ist Carlo. Er klingt ungewohnt verkrampft.

„Mario hatte einen Schlaganfall. Wir fahren nach San Camillo", sagt er rasch. Das Glas rutscht mir aus der Hand, ich kann es gerade noch auffangen und es davor bewahren, dass es auf der Abfallliste landet.

Ich lege mich auf das weiße Sofa und vergrabe die Füße zwischen den Satinkissen. Es läuft eine russische Realityshow, in der die Frauen ihre Jungfräulichkeit versteigern, und die Gewinnerin muss den kompletten Akt vor der Kamera mit einem zufällig ausgelosten Zuschauer vollziehen. Ich stimme für eine Orientalin mit falschen Brüsten, die ständig lächelt und wahrscheinlich ihren Pass gefälscht hat, um als volljährig durchzugehen.

Im Bett versuche ich an etwas Schönes zu denken, wie mir Stella immer geraten hat, wenn wir nebeneinanderlagen und ich ihr meine kalten Füße an die Knie legte. Ich glitt sofort in sanfte unzusammenhängende Gedanken, kurz bevor ich einschlief. Heute geschieht alles ganz plötzlich. In der einen Sekunde bin ich wach und denke an sie, dann falle ich in einen unruhigen Schlaf voller Albträume.

12

Mein Schwiegervater lädt mich zum Mittagessen in ein Fischrestaurant in der Via Merulana, in der Nähe meines Büros, ein. Er steigt aus dem Taxi und trägt einen extravaganten bodenlangen Kamelhaarmantel, in der Hand hält er einen kleinen Schirm mit messingfarbenem Griff, er sieht aus wie einem Mary-Poppins-Film entsprungen. Er küsst mich und achtet dabei darauf, dass auch jeder sieht, dass er mit einer so schönen Frau unterwegs ist. Wir setzen uns.

„Hast du mit Carlo gesprochen, mein Püppchen?"

Ich bestelle einen Fischsalat und er *Linguine allo scoglio*, dazu eine Flasche Franciacorta.

„Es gibt ein Problem, Carlo möchte nicht."

„Ach du meine Güte."

Mein Schwiegervater breitet die Arme aus.

„Wie viele Leute sterben jedes Jahr auf seinem OP-Tisch?"

Die plötzliche Heftigkeit seiner Worte überrascht mich. „Ich weiß es nicht."

„Dann sage ich es dir. Eine winzige Zahl im Vergleich zu denen, die er rettet, sonst hätte er kein Interview auf der ersten Seite der *New York Times* gehabt. So ist die Medizin. Die Risiken sind inalienabel."

„Aber hier geht es um Risiken für mich. Und das möchte er nicht."

„Ach was, wenn ich sage, dass man es riskieren kann, dann ist es möglich, Schluss, aus! Warum vertraut er mir nicht?"

Ich trinke einen Schluck Wein, damit mich der Alkohol in den Zustand eines leichten Benebeltseins versetzt, sodass ich über diese unangenehmen Themen sprechen kann, ohne die Folgen abzuwägen.

„Ich habe ihm noch nicht gesagt, dass wir uns getroffen haben."

Mein Schwiegervater saugt geräuschvoll den Kopf einer Riesengarnele aus.

„Mit mir zu sprechen ist den Teufel anrufen, was?"

Sein Lachen ist viel zu laut und passt nur allzu gut zu dem übertriebenen Positivismus, der sein Leben bestimmt. Plötzlich verstehe ich, warum er für so viele Frauen attraktiv ist. Er besitzt eine leutselige Frechheit, die Sicherheit und irgendwie auch Wärme vermittelt, eine Art Liebe.

„Natürlich nicht, aber dein Auftauchen muss gut geplant sein, oder?"

Er rückt die Seidenkrawatte zurecht und legt eine Hummerkarkasse auf den Teller. „Ich kümmere mich darum, du kannst ganz beruhigt sein."

Benommen vom Wein kehre ich ins Büro zurück, freue mich, dass ich aus dem Fenster die Statuen von San Giovanni sehen kann, die zwischen den Dächern hervorschauen wie aufgereihte Zinnsoldaten, wie Spielzeug. Ich mache mich wieder an das Interview, das ich vor dem Mittagessen zu transkribieren begonnen habe. Der Kunde ist eine Universität, deren Einschreibungen stark zurückgegangen sind. Die Studenten bevorzugen die Nachbaruni, in der niemand durchfällt. Doch an der Universität lehren berühmte Dozenten, die man nicht zwingen kann, Hinz und Kunz einen Abschluss zu geben. Die Targets sind Schüler in ihrem letzten Oberstufenjahr.

„An welchen Kriterien orientieren Sie sich bei der Wahl der Universität? Was muss Sie Ihnen bieten, um überzeugend zu sein?", fragt der Berater.

Als ich an die Uni gegangen bin, wusste ich nicht, was sie mir bieten musste. Meine Eltern sagten nur „Viel Glück für alles", wie man es einer zufälligen Zugbekanntschaft wünscht, mit der man auf der Fahrt ein wenig geplaudert hat. Ich nahm den Zug nach Mailand, ich weiß noch, dass es draußen warm war, aber regnete, und ich ein schreckliches Verlustgefühl hatte, genau das gleiche wie heute, aber heute ist es alt und vertrocknet, es ist nicht einmal mehr der Schatten eines Gefühls. Als der Zug abfuhr, brach ich in

Tränen aus, meinen Kopf hatte ich an die Scheibe gelegt und ich beobachtete die Tropfen, die durch den Wind beim Aufkommen auf die Scheibe sofort ihre Form veränderten. Das war das letzte Mal, dass ich geweint habe.

Von den Einkünften von *Balli & Pupe* hatte ich mir eine Einzimmerwohnung in San Babila gemietet und ich begann die Vorlesungen zu besuchen. Die Themen, die an der Universität behandelt wurden, fesselten mich mehr als die in der Schule. Chemie, Physik, Genetik waren nicht greifbar, paradoxerweise betrachteten sie das Leben auf die abstrakteste Art und Weise. Mich faszinierten die Analysen von Krankheiten, die Veränderungen des Organismus. Die Abweichung von der Norm, der genaue Moment, wenn etwas aufhört, so zu funktionieren, wie es soll, der Riss in der Perfektion des menschlichen Körpers. Im Studium war ich so präzise und methodisch wie immer, ich hatte eine eiserne Disziplin, die ich beim Fernsehen gelernt hatte, ich veränderte nie etwas, aus Angst, es könnte schlechter werden. Ich hörte die Vorlesungen, lernte, ging in dem kleinen Schwimmbad schwimmen, das ich hinter dem Verwaltungsgericht entdeckt hatte, und damit erschöpfte sich mein Sozialleben, ja, mein Leben überhaupt. Die anderen Studenten waren ein Mikrokosmos, ich betrachtete sie wie ein Ornithologe, der eine aussterbende Vogelart beobachtet. Sie vermittelten Freiheit und Leichtigkeit, wurden angezogen vom Leben, ohne genau zu wissen, warum, und ohne seine Dynamiken zu kennen. Sie schienen sich ihres Glücks nicht bewusst zu sein, dieses Lebens ohne Leid, ohne Tragödien, kümmerten sich nur um oberflächliche Probleme, ob sie durch eine Prüfung fallen könnten, wie teuer das Leben in Mailand war oder um die Rechte von Homosexuellen. Sie waren Lichtjahre von der Realität entfernt, vom Leben, wie es sich wirklich zeigte, in all seiner Grausamkeit. Auch deshalb konnte und wollte ich keine Freundschaften schließen, nicht mal Bekanntschaften machen. Sie teilten mein Gefühl der Ablehnung und machten keine Versuche, sich mir zu nähern. Sie hielten mich für überheblich, ich war ein Star aus dem Fernsehen, unantastbar im echten Leben. Ich war ebenso schön wie Stella, aber während ihre Schönheit die Menschen angezogen hatte und dafür sorgte, dass sie sich wohlfühlten, war meine abschreckend, ließ die anderen schwach und fehl am Platz erscheinen. Nach drei Jahren begann mich Grambate wieder in den Abgrund zu ziehen. Mit der Ausrede, meine Eltern zu besuchen, fuhr ich von nun an einmal in der Woche nach Hause, schließlich zweimal. Für sie änderte sich nichts, sie steckten in ihrem Sumpf fest, aber genau das hatte eine warme, einladende und gefährliche Anziehung auf mich. Man wollte nichts von mir, und man erwartete auch nichts. Am Ende des vierten Jahres ging ich kaum noch zu Vorlesungen und verbrachte immer weniger Zeit in Mailand. Dann lernte ich Serena und über sie Carlo kennen. Und bekam eine Idee für den Plan, der mich retten konnte.

Mario ist immer noch in einem kritischen Zustand, Carlo verbringt seine wenige Freizeit bei ihm im Krankenhaus. Aber er hat mir versprochen, dass er heute früher nach Hause kommt und wir zusammen zu Abend essen. Und tatsächlich kommt er um sieben zurück, mit einem so finsteren Gesichtsausdruck, wie ich ihn an ihm noch nie gesehen habe.

„Mein Vater hat mich angerufen", sagt er und legt zornig die Schlüssel auf die Ablage im weißen Wohnzimmer.

„Dein Vater? Und was wollte er?"

„Er hat uns zu seinem Geburtstag zum Abendessen eingeladen, nächste Woche", sagt er.

Ich lächle ihn aufmunternd an. „Sieh an, eigentlich freust du dich doch."

Doch dann bemerke ich, dass Carlo wirklich wütend ist. „Wie sollte ich, das übliche scheinheilige Abendessen, bei dem wir so tun, als würden wir uns mögen."

„Das *übliche* Abendessen? Wir haben ihn seit Jahren nicht gesehen."

Carlo zieht die Schuhe aus und legt sich auf das weiße Sofa. Ich gehe in die Küche und gieße zwei Gläser Rosé ein.

„Genau. Er wird einen Grund haben."

Ich drehe den Ton des Fernsehers leiser. „Der Grund ist, dass du deinen Vater nicht wirklich kennenlernen willst", antworte ich mit etwas schwankender Stimme. Ich habe Carlo noch nie so deutlich widersprochen.

„Ich kenne ihn gut genug, danke sehr. Seinen Hochmut, seine Egozentrik, die unehrenhafte Arbeit, die er macht."

„Unehrenhaft?"

„Wenn man einem verzweifelten Paar für die vage Hoffnung auf ein Kind dreißigtausend Euro abknöpft, ist das etwa ehrenhaft?" Er wird lauter. „Wenn er sie dazu bringt, sich zu verschulden, um ihnen etwas zu verkaufen, was er laut seinem Berufsethos verschenken sollte?"

„Ich bitte dich, er erpresst doch kein Geld", sage ich, „das Wichtigste ist diesen Menschen doch das Kind und nicht das Geld."

Carlo trinkt sein Glas aus und bringt es in die Küche. „Und das Wichtigste für ihn ist es, Geld zu verdienen. Das bestärkt ihn in seiner Vorstellung, Gott zu sein."

Jetzt werde auch ich lauter. „Damit? Er ist der Beste auf seinem Gebiet, das kannst du nicht leugnen."

„Er ist nur der Beste, weil er keine Skrupel hat."

„Er ist der Beste, weil er der Beste ist. Punkt. Du hast gerade für dich festgestellt, dass du nichts von künstlicher Befruchtung hältst, und bist deshalb vielleicht nicht objektiv."

Carlo verzieht das Gesicht, er sieht aus wie ein wildes Tier, das seine Beute fixiert. Er zielt, wie sein Vater es ihm im Schießstand beigebracht hat, und schießt.

„Die Tatsache, dass du von der Vorstellung besessen bist, ein Kind zu bekommen, macht auch dich nicht objektiv, wenn wir schon davon sprechen."

Ich reiße überrascht die Augen auf. „Besessen?"

„Natürlich, Kontrollzwang. Das Kind will nicht kommen? Gut, dann machen wir eben eins im Reagenzglas. Die Chance, dass alles glattgeht, ist eins zu tausend, eins zu einer Million? Was soll's."

Es verschlägt uns die Sprache. Das erste Mal, seit wir uns kennen, haben wir den Punkt überschritten, wir diskutieren nicht mehr, um etwas zu lösen, sondern wir spüren den unerklärlichen Drang, einander zu verletzen.

Mir ist schwindlig, und ich gehe ins Bad. Kontrollzwang. Ich öffne den kleinen Mülleimer neben der Toilette und ordne den Inhalt auf dem Badewannenrand. Zwei Abschminkpads, drei Fäden Zahnseide, ein Wattebausch voller Nagellackentferner, eine halb volle Tube Zahnpasta, dreckiges Klopapier, sechs Wattestäbchen. Ich lasse sie über meine Finger rollen, um ihre Konsistenz zu spüren, rieche am Toilettenpapier, um herauszufinden, warum es benutzt wurde, es riecht säuerlich, wahrscheinlich Urin. Ich sortiere alles ein und warte, bis ich mich wieder beruhige, dann lege ich den Müll zurück und gehe ins Wohnzimmer. Carlo sitzt mit einem weiteren, randvollen Glas Rosé auf dem Sofa.

„Entschuldige, ich wollte nicht laut werden", sagt er und schaut mich nicht an.

Ich setze mich neben ihn. „Wir haben ein wenig die Beherrschung verloren, das kommt vor."

Carlo streicht mir rasch über das Gesicht. Ich glaube, das Beste wäre jetzt, mit ihm zu schlafen, deshalb küsse ich ihn und knöpfe sein Hemd auf, und dann vollziehen wir unseren unnützen Beischlaf auf dem Sofa.

Kontrollzwang, denke ich, während er sich wieder anzieht.

13

Die Fokusgruppe, die ich heute transkribiere, betrifft ein neues Produkt für die Mundhygiene von Hunden. Es handelt sich um einen essbaren Kaugummi auf Fluorbasis, der beim Kauen probiotische Fermente abgibt, um das Immunsystem zu stärken. Der Kunde hat um eine Untersuchung gebeten, um die besten Geschmacksrichtungen aus vier Pilotversionen herauszufiltern (Kaninchen mit schwarzen Oliven, Foie gras, Biogeflügel Jägerart und Lamm in Kräuterkruste), daraufhin hat man eine Targetgruppe von Hundeverrückten ausgewählt. Die typischen Hundebesitzer, die keine Kinder haben und ihre Tiere als Ersatz sehen, mit dem Unterschied, dass diese Hundekinder ihnen keinen Ärger machen, keine Drogen nehmen, sie nicht beleidigen, wenn sie doch nur helfen wollen, sondern sie jedes Mal voller Bewunderung ansehen, wenn man sie jeden Tag ihres Lebens zum Pinkeln nach draußen bringt. Kinder ohne die Nachteile von Kindern. Fehlerbereinigte Kinder, die genaue Antithese von Kindern. Ein Gefühl, für das sie so dankbar sind, dass sie sogar den ekelhaften Gestank von Hunden ertragen. Na gut.

Nach zwei Stunden ist das Problem gelöst. Da die Zielgruppe der Hundeverrückten nahezu deckungsgleich mit der Zielgruppe der Veganer ist, möchte einer auch eine vegane Geschmacksrichtung. Ja oder nein? Und wenn ja, was? Tofu mit Safran? Seitan-Mortadella? Um diese Frage zu klären, braucht es mindestens noch zwei andere Fokusgruppen. Und man muss die Kunden davon überzeugen, dass man kein Hundefutter kauft, sondern die Idee des größtmöglichen denkbaren Glücks.

Das erste Mal, dass ich den Drang empfand, unbedingt etwas haben zu wollen, war am Maskenball, den Stella und ich in der Garage meiner Eltern organisierten, als ich sieben war. Es war kurz nach Weihnachten, und meine Mutter meinte, sie würden ein Fest zu Silvester geben, und auch wir Kinder könnten in der Garage ein Fest feiern.

„Ein *eigenes* Fest?“, fragte Stella ungläubig.

Meine Mutter wollte gerade zu einem Konzert in die Kirche gehen und war so elegant gekleidet wie bei einer Premiere in der Scala. Ihre Augen waren geschminkt, und sie lächelte offen und heiter, genau wie Stella, während ich eher meinem Vater ähnelte, unsere Gesichter waren lang und unser Blick immer leicht misstrauisch. Später war das anders, aber als Kind sah ich so aus.

„Sicher. Ihr organisiert es selbst und räumt auch hinterher auf. Und wenn das nicht klappt, wird es keine weiteren Feste mehr geben, verstanden?“

„Und wen laden wir ein?“, fragte Stella, immer noch verblüfft.

„Die Bardi-Zwillinge und Rodolfo natürlich. Ihre Eltern sind bei uns zum Abendessen.“

„Und sonst?“

„Keine Ahnung, mein Fräulein. Ich kann Rodolfo fragen, ob er Freunde mitbringen möchte.“

Meine Eltern verließen das Haus, und Stella war unerklärlicherweise völlig aus dem Häuschen. Sie rief Liliana an, die mit ihren Eltern in den Bergen war.

„Ja, ein Fest. Ja, bei uns in der Garage. Wir müssen alles organisieren. Ein Fest!“

Die Zeit bis zum 31. Dezember verflog mit Vorbereitungen. Stella wollte, dass das Fest etwas Unvergessliches würde, sie organisierte es perfekt, am Ende sollten alle zufrieden sein. Ich half ihr, Lieder aus dem Radio aufzunehmen, die Werkzeugkästen unseres Vaters ordentlich in einer Ecke der Garage aufzustapeln und das Poster, das Stella aus ihrem Zimmer geholt hatte, über einem Riss in der Wand aufzuhängen. Mein Vater reparierte eine alte Discokugel, die wir unter Begeisterungsschreien an die Decke hängten. Dann bereitete Stella eine kleine Silvesteraufführung vor. Damals hatte sie Gitarrenstunden und meinte, zu Mitternacht sollten wir *Jingle Bells* singen. Wir probten, sie spielte Gitarre, ich sang und schüttelte ein kleines Glöckchen, das an den Schlitten des Weihnachtsmanns erinnern sollte. Sie gab mir wohlwollend zu verstehen, an welchen Stellen ich falsch war, aber damals konnte ich es nicht besser und lernte es nie richtig.

Am Vorabend, bei der Generalprobe, war auch Liliana dabei, die gerade aus den Bergen zurückgekommen war.

„Was macht ihr?"

„Eine Aufführung, hör mal", sagte Stella fröhlich.

Liliana hörte sich das Lied an, und wir schauten sie erwartungsvoll an.

„Und?"

„Ihr singt total falsch."

„Ach was", sagte Stella.

„Stellt euch mal die Bardi-Zwillinge vor, die sind richtig groß geworden, und die sollen sich dieses kindische Liedchen anhören?"

„Was meinst du mit groß geworden?", fragte ich.

„Die haben schon ihre Regel", antwortete sie, „sie haben Brüste, wie junge Mädchen."

Am liebsten wäre ich in Tränen ausgebrochen, aber Stella sagte schnell: „Wir singen *Jingle Bells*, Bianca. Das wird sicher sehr nett. Alles wird gut."

Liliana schnaubte. „Wer kommt noch?"

„Rodolfo Berti."

„Wow, Rodolfo Berti, der Partylöwe."

„Und er bringt Freunde mit."

„Hoffentlich nicht diese Langweiler, mit denen er immer in die Kirche geht."

Stella lachte. „Eigentlich ist Rodolfo nett. Ein bisschen schüchtern, aber nett."

„Ein *bisschen* schüchtern?"

Am Morgen des 31. Dezember nahm Mutter uns mit in die Wäscherei und bat Stella zu bügeln. Sie zeigte ihr das Dampfbügeleisen und erklärte ihr, wie sie die Kleider hinlegen musste, damit sie keine falschen Falten hineinbügelte, während ich es mir auf dem

Haufen dreckiger Kleidung gemütlich machte. Nach einer Weile kam Stella zu mir.

„Sie bügelt jetzt die Kleider für die Silvesterfeier, das ist zu schwer für mich."

„Mädchen", rief meine Mutter, „seht euch das an." Sie hielt uns ein schwarzes Etuikleid aus Satin mit Puffärmeln entgegen, mit einem Samtband am Rückenausschnitt.

„Oh!"

„Es gehört der Tochter der Fogliettis."

Den Fogliettis gehörte das Haus, in dem sich die Wäscherei befand, und sie hatten eine Tochter in Stellas Alter, die immer wie die spanische Infantin gekleidet war.

Ich rief: „Stella, bitte probier es mal an." Und bevor meine Mutter Einwände erheben konnte, nahm sie ihr das Kleid aus der Hand und verschwand hinter der Waschmaschine. Und dann kam sie wieder hervor, sie sah strahlend schön aus.

„Du bist wunderschön", sagte ich leise.

„Und jetzt zieh es wieder aus", sagte meine Mutter.

Genau in diesem Moment klingelte das Telefon, das Hausmädchen der Fogliettis gab Bescheid, dass die Familie schon nach Cortina aufgebrochen war und das Kleid heute nicht mehr fertig werden musste. Meine Mutter legte auf und schaute zu Stella, die noch immer das Kleid trug. Und zu mir, die Stella wie verzaubert anstarrte.

„Gut", sagte sie, „aber nur heute Abend. Und wehe, du machst es dreckig."

Wir riefen „Hurra!" und wälzten uns in der dreckigen Wäsche, vollkommen außer uns. Bis zum Fest dauerte es noch ein paar Stunden, und die Wartezeit war so aufregend, dass mir fast schwindlig wurde, aber auch herrlich.

Als Erstes kam Liliana, kurz darauf Rodolfo Berti mit zwei anderen Jungen. Stella schob das Garagentor auf. Sie trug dieses himmlische und völlig unpassende Kleid, und alle starrten sie an, mit ihren Fantaflaschen in der Hand. „Frohes neues Jahr", stammelte Rodolfo, der unbeweglich an der Tür stand.

„Kommt rein“, sagte Stella lässig wie eine Erwachsene. Sie warfen die Anoraks auf einen Stuhl. Stella und Liliana traten etwas beiseite.

„Glückwunsch“, sagte Liliana wütend, „hast du gedacht, dass sie dich nicht lange genug ansehen würden, wenn du dir etwas Normales anziehst?“

Stella antwortete: „Nein, ich schwöre!“

„Das hast du absichtlich gemacht, damit ich mich noch blöder fühle. Das machst du immer so.“

„Das stimmt nicht“, sagte Stella. In diesem Moment klopfte es, und Stella ging zum Tor, um die Bardi-Zwillinge hereinzulassen. Endlich kam der einzige Gast in meinem Alter, ein Mädchen, das bei uns in der Nähe wohnte und mit dem ich hin und wieder spielte. Sie war total verwöhnt, weil sie einen angeborenen Herzfehler hatte und ihr Vater außerdem einen Spielzeugladen besaß.

„Hast du die Magic-Hair-Barbie?“, fragte sie, ohne mich zu begrüßen, und noch bevor ich antworten konnte, zog sie eine magentafarbene Schachtel aus der Tasche. Sie wusste, dass alle im Viertel sie beneideten und wir auch eine Fehlbildung und diese ganzen Spielzeuge haben wollten, deshalb war sie grausam.

„Was ist an der so besonders?“, fragte ich.

Sie zog die Augenbrauen hoch. „Da ist ein Zaubermittel dabei. Sie hat lockige Haare, aber wenn du sie mit diesem Pulver wäschst, werden sie glatt. Und wenn du sie dann wieder wäschst, sind sie wieder lockig. Siehst du das nicht?“

Auf der Rückseite der Schachtel war eine Barbie mit glatten und eine mit lockigen Haaren zu sehen. Beide sahen wunderschön aus. „Lass uns spielen“, sagte ich, aber sie hatte keine Lust und legte sie neben den Kassettenrekorder. Die Magic-Hair-Barbie hatte ein sanftes, engelsgleiches Gesicht und sah mich mit ihrer würdevollen Schönheit aus ihrer Verpackung heraus an. Sie war das Verlockendste, was ich je gesehen hatte, und sosehr ich mich bemühte, das Fest zu genießen, das Stella und ich so sorgfältig organisiert hatten, ich konnte an nichts anderes denken.

„Komm, wir waschen ihr die Haare, nur einmal“, flehte ich.

„Nein, ich spiele morgen im neuen Jahr mit ihr.“

Wir spielten eine Runde Monopoly, und gegen zehn wurde sie müde, ließ sich abholen und nahm die Barbie mit. Ich beobachtete verzweifelt die Großen, die den Besentanz tanzten. Alle Jungen wollten mit Stella tanzen, aber sie nahm mal den einen, mal den anderen und drehte sich in ihrem unglaublichen Kleid. Dann setzte sie sich neben Liliana, die am Kassettenrekorder saß und die Musikstücke wechselte, und kurz danach tanzte keiner mehr.

„Was machen wir jetzt?“

„Wahrheit oder Pflicht“, schlug eine der Bardis vor. Wir stellten die Stühle im Kreis auf und begannen eine Flasche am Boden zu drehen, um zu entscheiden, wer anfangen musste. Es traf eine der Zwillinge.

„Wahrheit oder Pflicht?“

„Wahrheit.“

„Gut“, sagte Liliana, „hast du schon mal einen Jungen geküsst? Mit Zunge, meine ich.“

Die Bardi lachte. „Natürlich. Das macht doch jeder, das wirst du auch noch verstehen.“

Liliana senkte den Blick, der Zwilling ließ die Flasche kreisen und Stella war dran.

„Wahrheit oder Pflicht?“

„Wahrheit.“

„Wen findest du in diesem Raum gut?“

Stella wurde rot. „Niemanden.“

„Das gilt nicht, du musst einen Namen sagen.“

„Also Pflicht“, sagte sie sofort.

„Gut“, meinte einer von Rodolfos Freunden. „Du musst Rodolfo küssen. Auf den Mund.“

Rodolfo riss erschreckt die Augen auf und riss sich mit solcher Gewalt einen Fingernagel ab, dass ich dachte, der ganze Finger hinge noch dran.

„Nicht auf den Mund“, sagte Stella feuerrot, „auf die Wange.“

Alle protestierten, aber sie näherte sich Rodolfos Gesicht und berührte rasch mit den Lippen nah am Ohr die Wange.

Alle blicken sich an und klatschten.

„Es reicht, spielen wir etwas anderes."

Ich wartete, dass Stella mich rief, um *Jingle Bells* zu singen, aber das tat sie nicht, und schließlich schlief ich ein. Um Mitternacht weckte sie mich auf, um mit den Erwachsenen das Feuerwerk abzubrennen. Ich griff nach einem Knallfrosch, warf ihn halb verschlafen in die Luft und ein Funke fiel auf Stellas Kleid und hinterließ ein kleines Loch mitten auf der schwarzen Schleife. „Nein!", schrie sie verzweifelt, während meine Mutter mir einen wütenden Blick zuwarf.

14

Ich rufe jeden Tag im Pflegeheim meiner Mutter an, frage die Schwestern, wie es ihr geht, doch nur selten spreche ich persönlich mit ihr, weil sie häufig zu abwesend ist oder keine Lust hat. „Der Zustand ist stabil, sie spricht gut auf die Medikamente an", sagen sie und schicken mir Fotos aufs Handy. Meine Mutter beim Fernsehen, meine Mutter am Tisch mit anderen Demenzkranken. Jeden zweiten Sonntag gehe ich sie besuchen, und wenn Carlo keinen Dienst hat, kommt er mit.

Die Entscheidung, sie in ein Heim zu bringen, trafen wir, bevor wir nach Rom zogen. Um es mir einfach zu machen, könnte ich sagen, dass die Entscheidung, sie aus Grambate, aus ihrer Heimat zu reißen, schmerzlich war, aber sowohl sie als auch ich haben eine ziemlich verzerrte Wahrnehmung von „Schmerz", weshalb sich das nicht so sagen lässt. Ich hatte Carlo gerade kennengelernt, wusste aber bereits sehr genau, welche Rolle er in meinem Leben spielen sollte. Als er die Stelle an der Sapienza bekam, fragte er mich, ob ich mit ihm zusammenleben wollte, und ich sagte ohne nachzudenken Ja.

Zu Hause schien es besser zu laufen, mein Vater hatte eine Pflegerin eingestellt, eine energische Rumänin mit blondierten Haaren, die das Heft in die Hand nahm und Ordnung schuf. Sie hängte die Schaukel vom Kirschbaum ab, die Stella und ich im Sommer benutzt hatten, warf den Nippes und anderen Dekokram weg, der seit meinem Weggang nach Mailand eingestaubt war. Dann ging sie in Stellas Zimmer, nahm alle ihre Sachen und packte sie in Plastiktüten, dann verstaute sie sie in Schränken und in der Garage. Jeden Abend, wenn ich zu meinen Eltern kam, hatte sich das Haus wieder ein Stückchen verwandelt, meine Mutter wurde immer apathischer, mein Vater war merkwürdigerweise ganz ruhig, er wirkte fast erleichtert.

Dann kam der Moment, meinen Eltern zu sagen, dass ich nach Rom ziehen würde, und vor allem der Moment, ihnen von Carlo zu erzählen. Bis jetzt hatte ich noch nicht den Mut dazu gehabt. Ich kam morgens, gab der Pflegerin einen Tag frei und kochte das Mittagessen. Als mein Vater um eins nach Hause kam, stand die Pasta auf dem Tisch, und ich war entspannter als sonst. Als ob die Sicherheit, dass ich Carlo hatte und damit die Möglichkeit, meine Schuld abzubüßen, mir die Chance gegeben hätte, mich den einen Millimeter von ihnen zu lösen, den es gebraucht hatte, dass meine Anwesenheit bei ihnen sich leichter anfühlte. Die Atmosphäre beim Essen war fast heiter. Als ich das Obst zum Tisch brachte, stellte ich auch den Ton des Fernsehers leiser. „Ich habe euch etwas zu sagen", fing ich an und erzählte ihnen, dass ich einen Freund hätte.

„Sieh an", meinte meine Mutter.

Ich spürte ein leichtes Unwohlsein, nur so winzig wie ein Nadelöhr, das sich jedoch in einen Strudel verwandelte, sobald ich sie ansah. Aber sie wirkte ganz ruhig, deshalb erzählte ich von Carlo, und sie hörten mir zu.

„Ich freue mich für euch", meinte mein Vater und griff nach seiner Jacke, um zu gehen. Ich dachte, dass meine Mutter vor dem Fernseher ein Schläfchen machen wollte, wie jeden Nachmittag, aber stattdessen begann sie mir ganz viele Fragen zu stellen, wer Carlo war, was er machte, und irgendwann fragte sie, ob ich ihn nicht mal zum Abendessen einladen wollte. Ich spürte, dass es das Richtige und Stella ganz nah war. Ich hörte auf, den Tisch abzuräumen, und setzte mich neben meine Mutter.

„Und dann", begann ich zögerlich, „ist es so, dass Carlo und ich nächsten Monat nach Rom ziehen. Er hat dort eine wichtige Stelle bekommen und … nichts weiter."

Meine Mutter lächelte. „Natürlich, Bianca, das ist doch ganz normal. Das macht ihr ganz richtig", fügte sie hinzu, „vielleicht komme ich dann auch mal nach Rom."

Ich fuhr mit einer gewissen Leichtigkeit nach Mailand zurück. Ich sagte Carlo, dass meine Eltern ihn kennenlernen und ihn bald zum Abendessen einladen wollten, und er freute sich darüber. Nach einigen Tagen fuhr ich sie besuchen, kaufte eine Auswahl an

Gebäck zum Nachtisch und als ich zu Hause ankam, war es schon fast Abend.

Ich öffnete die Tür und bemerkte sofort, dass alle Fernseher ausgeschaltet waren. Ich vermutete, die Pflegerin sei gerade einkaufen. Als ich in die ungewöhnliche Stille hinein nach meiner Mutter rief, bekam ich keine Antwort. Ich ging nach oben Richtung Schlafzimmer und knipste das Licht an. Sie lag auf dem Treppenabsatz, völlig nackt in ihrem Blut. Sie hatte sich am ganzen Körper geschnitten und sich ausgezogen, sodass sie besser an die Haut kam, und war durch das Haus gelaufen, bis sie ohnmächtig geworden war. Ich beugte mich über sie, um zu prüfen, ob sie noch lebte, und rief den Notarzt. Die Ärzte sagten, dass sie womöglich nicht überlebt hätte, wenn ich nicht so prompt reagiert hätte. Das war der einzige ihrer zahlreichen Selbstmordversuche, bei dem sie tatsächlich fast gestorben wäre.

Ich sagte den Psychiatern, dass ich ihr kurz zuvor von Carlo erzählt hatte, und sie meinten, das sei ein Akt der Eifersucht gewesen, der sehr gut zu ihrem Krankheitsbild passte. Meiner Meinung nach wollte sie mir eher zeigen, dass ich ein schlechtes Gewissen haben sollte, weil ich noch am Leben war, aber das sagte ich ihnen nicht.

Sie kam in die Psychiatrie, und eine Woche später rief mich mein Vater vom Bahnhof aus an und teilte mir mit, er würde mit der Pflegerin nach Bukarest gehen. „Ich halte das nicht mehr aus, das ist schlimm von mir, ich weiß." Ich habe ihn nie wiedergesehen.

Ich begann sofort nach einem Pflegeheim in Rom zu suchen, und als ich ihr sagte, dass ich sie dort unterbringen würde, reagierte sie nicht. Wir schlossen die Haustür ab, während Carlo mit dem Kofferraum voller Gepäck im Auto wartete. Bei dieser Gelegenheit lernte sie ihn kennen, während er auf der Autobahn nach Rom fuhr, sie war wegen der Schnitte am ganzen Körper verbunden.

„Gehen wir meine Mutter besuchen?", frage ich Carlo. Wir haben gerade zu Mittag gegessen, Carlo liegt auf dem Sofa und liest den *New Yorker*, die Geschirrspülmaschine rauscht leise und beruhigend vor sich hin, im Hintergrund läuft Jazzmusik.

„Natürlich."

Zum Ausgleich für das viele Geld, dass wir ihr im Monat zahlen, begrüßt uns die Direktorin immer voller Schmeicheleien.

„Sie wird sich freuen, Sie zu sehen", lügt sie uns an.

„Daran habe ich keinen Zweifel. Wo ist sie?"

Sie bringt uns in den Saal im Erdgeschoss. Hier sitzen diejenigen, die noch einen Funken Verstand haben, die sich miteinander beschäftigen und noch selbstständig laufen und essen können. Sie verbringen ihre Zeit meist damit, unzusammenhängende Gespräche zu führen und die Glaswand anzustarren, um zu sehen, ob vielleicht jemand zufällig vorbeikommt, um sie zu besuchen. Wenn sich ihr Zustand verschlechtert, verlegt man sie in den ersten Stock, dort sind diejenigen, die nicht mehr bei Verstand sind. Man setzt sie in ihren Rollstühlen in einer Reihe vor eine riesige Leinwand, auf der Cartoons für Kleinkinder gezeigt werden. Vier Puppen tanzen zu der hypnotischen Musik irgendwelcher Liedchen. Sie tragen Pantoffeln und schauen sich die Filme an, drei Mal am Tag kommen Pflegerinnen und lassen sie aus einem Strohhalm eine pürierte Pampe trinken, wechseln ihnen die Windeln, und um sechs stecken sie sie mit einem Schlafmittel ins Bett, damit sie erst am nächsten Morgen wieder aufwachen.

Der größte Wunsch meiner Mutter ist es, in den ersten Stock verlegt zu werden, wo sie das Recht auf mehr Psychopharmaka hat als jetzt und den ganzen Tag ohne unnötige Unterbrechungen vor dem Fernseher sitzen kann. Aber so schlecht geht es ihr noch nicht, deshalb muss sie im Erdgeschoss bleiben. Carlo und ich gehen an den Alten vorbei, die auf den Sofas schlafen, oder die uns begrüßen, weil sie uns mit ihren Eltern verwechseln. Einer von ihnen war früher Bankdirektor und hat mir einmal, als ich in der Halle auf meine Mutter gewartet habe, einen Kredit angeboten. Ein anderer macht Pupsgeräusche und dreht sich dann hoffnungsvoll um, ob die anderen es auch bemerken. In der hintersten Ecke sitzt meine Mutter und schaut fern, sie versinkt fast in ihrem Sessel, so durchgesessen ist er.

„Hallo, Mama."

Einen Moment hebt sie den Blick, ihre Augen sind erloschen, man kann sich kaum vorstellen, dass sie einmal strahlend und hellblau waren.

„Wie geht es Ihnen?", fragte Carlo, aber sie sieht weiter auf den Bildschirm. Eine Frau versucht einen Mann zu umarmen und schreit verzweifelt: „Du kannst mich nicht verlassen, Michael. Dieser Junge ist auch dein Sohn." Der Mann befreit sich von ihr und geht, ohne sich noch einmal umzudrehen. „Das wirst du bereuen, du verdammter Bastard." Die Frau holt eine Pistole aus der Handtasche und schießt. Rauchender Lauf in Großaufnahme. Abspann.

„Dieser Michael hat es darauf angelegt, was?", meint Carlo.

Meine Mutter spricht langsam, sie schaut ihn nicht an. „Er stirbt nicht, er ist nur gelähmt, das steht in der Fernsehzeitung."

Sie deutet mit ihrem dürren Finger auf einen Haufen Zeitschriften zu ihrer Rechten. Auch in Grambate war das Wohnzimmer voll mit Fernsehzeitschriften. Als ich noch bei *Balli & Pupe* war, gab es auch Artikel über mich, anfangs schnitt meine Mutter sie noch aus, aber schon bald hatte sie keine Lust mehr darauf.

Oben auf dem Stapel liegt eine Zeitung, auf der Carlo zu sehen ist.

„Schau mal, wer da ist."

Sie wirft einen raschen Blick darauf. „Ich weiß, hier spricht man nur von Ihnen, Carlo."

Seit Jahren bietet Carlo ihr das Du an, aber sie hat es immer abgelehnt.

„Und sie fragen mich: Bist du *glücklich,* einen solchen Schwiegersohn zu haben?"

Meine Mutter wäre nur *glücklich,* wenn sie sterben würde oder man sie zumindest in den ersten Stock verlegte. Heute wirkt sie noch verwirrter und erschöpfter als sonst, ihre Hände zittern, was ich zuvor noch nie bemerkt habe. Es ist, als ob man die Zeit mit einer Beißzange zusammendrückte, für die Umsetzung des Plans bleibt mir nur wenig Zeit.

Carlo erzählt von seiner Arbeit, aber sie schläft ein, vielleicht tut sie auch nur so, damit wir möglichst schnell wieder verschwinden. Sie mag Carlo nicht. In Wahrheit gefällt ihr gar nichts, aber Carlo noch weniger. Vielleicht erinnert sie sich und negiert damit die Existenz einer Parallelwelt, in der Stella noch lebt und sie verheiratet ist und Samstagabend in Grambate für alle das Abendessen kocht, anstatt in diesem Fünf-Sterne-Pflegeheim vor sich hin zu vegetieren.

Im Auto sage ich zu Carlo: „Meine Mutter hat Stella schon immer vorgezogen."

Er zuckt zusammen, ich spreche nur selten von Stella.

„Das ist doch Unsinn."

„Es ist wahr. Sonst würde sie nicht sterben wollen. Ich bin keine valide Motivation, um weiterzuleben. Dabei bin ich auch ihre Tochter."

„Eine Tochter ist keine ‚Motivation', Bianca."

„Natürlich, Stella war eine."

Er legt mir eine Hand auf den Oberschenkel, die intimste und beruhigendste Geste, die ich kenne. „Sie idealisiert sie, das ist normal. Das liegt an dieser seltsamen Überzeugung, dass der, der geht, immer besser war als der, der bleibt."

Natürlich ist der, der geht, besser als der, der bleibt: Er gibt seinen Egoismus auf und hört auf, das instabile Gleichgewicht des Planeten zu zerstören, indem er Abfälle produziert. Aber wenn Carlo dieser Meinung wäre, könnte er den Beruf, den er ausübt, nicht machen.

Wir kommen zu Hause an, und ich denke weiter an den, der geht, und an den, der bleibt, und an ihren offensichtlichsten *trait d'union:* die Gegenstände. Das deutlichste Bild des Todes sind die Gegenstände, die die Menschen zurücklassen, und damit ihr emotionaler Wert. Gegenstände, die man in der Überzeugung gekauft hat, dass man sie verwenden würde. Gegenstände, die bleiben, während du nicht mehr da bist, grausame und merkwürdig unsinnige Dinge, die dich überdauern und den, der bleibt, vage an dein

Leben erinnern, stabile Gegenstände im unverständlichen Magma der Erinnerungen. Deshalb lieben wir sie und sind gleichzeitig niedergeschlagen.

Die wichtigsten Gegenstände in meinem Leben haben nie mir gehört. Der erste war die Barbie, die ich an Silvester nicht einmal genau anschauen durfte, der zweite das Kleid, das Stella an diesem Abend trug und das ich selbst gerne getragen hätte.

Nach dem Essen ging ich ins Schlafzimmer meiner Eltern, um mich zu entschuldigen, dass ich das Kleid mit dem Böller ruiniert hatte. Meine Mutter sagte, sie sei zu müde, um mir Vorwürfe zu machen, und dass wir morgen darüber sprechen würden. Am nächsten Tag schien sie es jedoch vergessen zu haben. Sie war guter Laune, bereitete das festliche Mittagessen vor und hatte die rote Tischdecke mit der Aufschrift „Frohes neues Jahr“ auf den Tisch gelegt.

Ich hatte nur einen Gedanken: die Barbie. Als meine Mutter die Suppe auf den Tisch brachte, konnte ich mich nicht mehr zurückhalten und sagte: „Ich möchte die Magic-Hair-Barbie.“

„Die was?“, fragte mein Vater.

„Das ist eine Puppe, sie hat erst lockige und dann glatte Haare. Bitte.“

Meine Mutter brachte den Topf in die Küche und setzte sich an den Tisch.

„Du hast zu Weihnachten ein Fahrrad und einen Spielzeugherd bekommen. Vergiss es.“

„Bitte.“ Ich ließ nicht locker.

„Nein.“

„Aber das ist ungerecht.“

Meine Mutter wurde lauter. „Heute Nacht hast du ein Kleid für fünfhunderttausend Lire ruiniert, das Kleid einer Kundin. Und das ist das Einzige, was du im Kopf hast? Du fragst nach einem Geschenk?“

Ich brach in Tränen aus und schrie: „Ich habe es nicht mit Absicht gemacht!“

„Ja und?“

„Was hat das denn mit der Barbie zu tun? Du bist gemein!“

Die Ohrfeige war so heftig, dass mein Gesicht im Teller landete und die Suppe spritzte. „Du bist unverschämt, geh auf dein Zimmer!“, schimpfte meine Mutter.

Ich ging in mein Zimmer. Noch nie in meinem Leben war ich so verzweifelt gewesen. Ich hätte alles dafür gegeben, der Barbie die Haare zu waschen und den Zauber zu sehen, dass sie erst glatt und dann wieder lockig wurden, dann wieder glatt und so weiter, bis in alle Ewigkeit.

Am nächsten Tag sagte meine Mutter zu Signora Foglietti, dass sie aus Versehen mit einer Zigarette ein Loch ins Kleid gebrannt hatte, und bot an, es ihr zu ersetzen. Aber sie meinte, das sei nicht nötig, sie könne das Kleid behalten, wenn sie wolle. Meine Mutter stopfte das Loch in der Schleife, und Stella war überglücklich.

„Du hast das Kleid geschenkt bekommen, warum kann ich die Barbie nicht haben?“, fragte ich Stella am Abend, während sie sich im Spiegel bewunderte.

„Das ist nicht der richtige Moment, um sie zu fragen. Im Augenblick geht es Mama ums Prinzip.“

„Was bedeutet das?“

„Lass es gut sein.“

Ich sprach die Barbie noch ein paarmal an, aber meine Mutter hörte mir nicht zu. Die Weihnachtsferien gingen zu Ende, wir kehrten in die Schule zurück und danach passierte etwas, das unser Leben für immer verändern sollte, aber im Grunde eine unbedeutende Tatsache war. Niemand hatte sich das vorstellen können. Bei der schulärztlichen Untersuchung wurde bei mir ein frühes Stadium einer Skoliose festgestellt. Der Arzt sagte, ich solle schwimmen gehen, damit meine Wirbelsäule gerader würde, und meine Mutter meldete mich im Schwimmverein an. Mir wurde klar, dass ich Schwimmbäder hasste. Der Chlorgestank versursachte mir Übelkeit, und ich fand es ekelhaft, in einem Becken mit vielen Leuten zu schwimmen und das Wasser zu schlucken, in das andere hineingepinkelt hatten. Ich hatte das Gefühl, durch eine Flüssigkeit zu gleiten, die mich nicht sauber, sondern schmutzig machte, ich bekam schlecht Luft, bei jedem Zug hatte ich das Gefühl zu ersticken. Wenn ich zum Schwimmen musste, war mir schon morgens schlecht, ich hatte Magenkrämpfe. Wenn es an der Zeit war, aufzubrechen, blieb ich stehen und sagte zu meiner Mutter, es ginge mir nicht gut, aber sie ließ sich davon nicht beeindrucken und forderte mich auf, ins Auto einzusteigen.

Eines Nachmittags schwamm ich meine Bahnen neben Carmine, dem Jungen, der mir den Ranzen gestohlen hatte. Der Arzt hatte gemeint, dass ihm ein wenig Sport helfen würde, besser mit seinen Aggressionen umzugehen, und auch er musste seine Runden drehen. Er fing sofort an, mich zu quälen, biss mir unter Wasser in die Beine und spuckte mich an. Ich war verzweifelt und weinte unter der Dusche und in der Umkleidekabine, in dem Wissen, dass die Qual des Schwimmens niemals enden würde. Und ich kann heute sagen, dass ich recht hatte.

Nach zwei oder drei Wochen wartete Carmine, bis ihn keiner sah, und drückte meinen Kopf unter Wasser. Ich zappelte und trat mit den Beinen, aber er ließ nicht los. Ich spürte deutlich, dass ich ersticken würde, und einen Augenblick, bevor ich das Bewusstsein verlor, schubste der Trainer Carmine beiseite und zog mich aus dem Wasser. Er legte mich auf das Bett in der Krankenstation, gleichzeitig kam meine Mutter.

„Was ist passiert?"

Ich weinte an ihrer Schulter, meine Tränen fielen auf ihren Kaschmirbademantel.

„Ich will nicht mehr ins Schwimmbad gehen."

Sie hielt mich fester.

„Nur Mut, bald schaut sich der Arzt deinen Rücken noch mal an, und dann sehen wir weiter. Du musst nur noch ein bisschen durchhalten."

„Nein, nein, bitte."

Meine Mutter strich mir übers Haar und sagte entschlossen: „Wir machen es folgendermaßen, du machst den Schwimmkurs zu Ende und danach bekommst du ein schönes Geschenk."

Ich hob den Kopf und sah sie an.
„Alles, was ich will?"
„Nun ja, schauen wir mal."
Ich wischte mir die Tränen aus den Augen.
„Die Magic-Hair-Barbie?"
„Du lieber Himmel, immer diese Barbie. In Ordnung, na gut."
Ich lief sofort zu Stella. Ich musste ihre Zustimmung, ihr Vertrauen haben.
„Ich habe eine tolle Nachricht! Carmine hat heute versucht, mich zu ertränken."
„Was ist daran toll?"
„Halt, warte. Am Ende des Kurses schenkt Mama mir die Barbie!"
Ich erzählte ihr von der Abmachung, und Stella dachte kurz nach. Dann sagte sie: „Schaffst du es denn bis zum Ende?"
Ich dachte keine Sekunde lang nach. „Ja."
Und Stella sagte ihren Lieblingssatz: „Alles wird gut."
Ich betrachtete ihren sicheren und klaren Blick. „Kann ich bei dir schlafen?"
„In Ordnung."
Ich schlief in ihren Armen ein, ein tiefes Glücksgefühl durchflutete mich und unsere Verbundenheit wurde in den folgenden Monaten noch stärker. Mir war klar, dass ich nicht wegen der Barbie weiter schwimmen ging, sondern wegen der Vereinbarung zwischen mir und Stella, um ihre Zustimmung zu haben, um ihr zu zeigen, dass ich groß war, so entschlossen, wie sie es sich wünschte. Ich weinte nicht mehr vor dem Schwimmen, sondern wartete schon mit der Tasche über der Schulter und unbewegtem Gesicht auf meine Mutter. Ich wusste, dass mich Stella jetzt nicht nur liebte, sondern mich auch bewunderte. Dieses Gefühl blieb mir als einer meiner besten Momente in Erinnerung, obwohl ich wusste, dass das Ganze auch einen ekelhaften Beigeschmack haben sollte. Der Anfang vom Ende.

15

Serena lernte ich eines Sonntagmorgens in meinem vierten Studienjahr kennen, in meinem Apartment in Mailand. Ich hatte meine Tage, lag im Bett und träumte dank des Oxycontins, dass ich Stella im Schwimmbad von Grambate ertränkte.

Serena klingelte, und ohne weiter abzuwarten, begann sie gegen die Tür zu hämmern. Ich stand auf und öffnete, noch völlig benommen.

„Ich wohne über dir, eine Wasserleitung ist leck. Wahrscheinlich läuft das Wasser bald in deine Wohnung."

Wir rannten zusammen ins Bad. Der Fleck an der Decke wurde rasch größer, und das Wasser tropfte bereits bei mir auf den Boden.

„Oh scheiße, scheiße, scheiße. Wo bleibt dieser Scheißklempner?"

Sie zog das Handy aus ihren eng anliegenden Jeans und wählte eine Nummer, erreichte aber niemanden. Dann warf sie das Telefon wütend auf den Boden.

„Ah, dieser Idiot. Ich versuche ihn schon seit sieben zu erreichen."

„Es ist Sonntag", sagte ich.

„Und am Sonntag verstopfen die Klos nicht, oder was? Die Leitungen sind nicht leck? Die Welt bleibt stehen, es ist ja Sonntag."

Sie versuchte es wieder und schaute mich dabei aufmerksam an.

„Warte, du arbeitest doch bei dieser Scheißsendung im Fernsehen."

„Ja, das bin ich."

„Weißt du, dass ich auch mal beim Fernsehen war? Ich war das Pepita-Käse-Mädchen. Erinnerst du dich? ‚Pepita e mi lecco le dita.' Zu lustig, du verstehst n… Hallo? Na endlich!"

Sie beschimpfte den Klempner, dann lief sie ohne ein Wort des Abschieds wie eine Furie aus der Wohnung.

Ich traf sie ein paar Wochen später in einer Anatomie-Vorlesung wieder, direkt am Eingang zum Auditorium maximum.

„Sieh an, du studierst Biologie? Ich habe dich vorher noch nie gesehen", sagte sie.

In dieser Zeit war ich fast immer in Grambate. „Ich besuche im Moment keine Vorlesungen, bis auf diese, die ist Pflicht."

„Wie geht es mit dem Fleck?"

Ich zuckte zusammen. „Mit welchem Fleck?"

„An der Decke im Bad."

„Ach so."

„Vielleicht ist es ein Urinfleck, der Klempner meinte, es sei das Abflussrohr gewesen."

Der Fleck war riesig, die ganze Decke war mit einer kurvigen Struktur bedeckt, die an verdrehte Gedärme erinnerte. Es sah aus wie im Film, das einzig Fantasievolle in meinem sonst nackten Zimmer.

„Sehr gut", antwortete ich, „kaum noch zu sehen."

Wir betraten den Hörsaal, und sie setzte sich neben mich. Sie betrachtete meine ordentlichen Notizen, meine strenge Handschrift. „Hör mal", sagte sie, „nächsten Montag kann ich nicht kommen, würde es dir etwas ausmachen, mir deine Notizen zu kopieren?"

Serena war die Erste, die seit Beginn meines Studiums mit mir sprach. Ich sollte erst im Nachhinein verstehen, dass das nicht an ihrer sozialen Ader lag, sondern reiner Egoismus war. Sie war ausgesprochen selbstbewusst und ließ sich nicht im Geringsten von meinem Aussehen und der Aura, die ich um mich herum errichtet hatte, einschüchtern.

Sie schätzte die anderen so wenig, dass sie sie am Ende paradoxerweise doch beachten musste, weil sie von ihrem Ego, das alles aufsaugte, meilenweit entfernt waren. Für Serena war ich unsichtbar. Und deshalb sah sie mich.

Am Montag wartete sie am Ausgang auf mich.

„Hast du Notizen gemacht?"

„Ja."

„Sehr gut. Ich lade dich als Dankeschön auf ein Bier ein."

Serena kam aus einem winzig kleinen Dorf in der Nähe von Brescia, wohin sie immer gerne zurückkehrte, um bei ihren Freunden mit ihrem Sprung in die Großstadt anzugeben, und sonntags noch lieber wieder verschwand, um klarzustellen, dass ihr Leben etwas viel Besseres war. Ihr Vater war in den 1980er-Jahren aus der Ciociaria gekommen und hatte eine Fabrik für Damenwäsche gegründet und war damit einigermaßen wohlhabend geworden, sodass ihre Mutter ihre Stelle bei der Post aufgegeben und sich ganz der Erziehung ihrer einzigen Tochter gewidmet hatte. Als Serena ihren Abschluss gemacht hatte, kauften ihre Eltern ihr eine Wohnung in Mailand, und sie schrieb sich für Biologie ein, weil sie Wissenschaftlerin werden wollte. Sobald sie die Aura der Provinz verlassen hatte, konnte sie ihren unwiderstehlichen Drang, sich zu zeigen, ausleben, und das tat sie auch. Sie schrieb sich in die praktischen Übungen bei den berühmtesten Dozenten ein, machte Seminare in Oxford und Cambridge. Sie war gut in ihrem Studienfach, aber ihr größtes Talent war das Marketing, wo sie ihre Unverschämtheit beiseiteließ und sich in eine fleißige Studentin verwandelte und die passenden Gelegenheiten für sich nutzte. Ich unterstützte sie in ihrem Wunsch, gut zu sein, und stellte sofort klar, dass sie die Bessere von uns war, und deshalb mochte sie mich. Auf meine Art mochte ich Serena auch. Sie fragte mich nie etwas, war völlig desinteressiert an meinem jetzigen oder früheren Leben. Sie fragte mich nie nach *Balli & Pupe*, sie fragte auch nicht, wenn ich einfach verschwand und erst nach einigen Tagen wieder auftauchte. Doch am wichtigsten war, dass Serena für mich dachte und Entscheidungen traf. Was ich abends unternahm, was ich lernte und wann. Ich hatte mich von Kindheit an immer alleine entscheiden müssen, und jetzt war ich erleichtert. Indem ich mich mit Serena traf, begann ich aus dem Himmel der Starlets herabzusteigen und auf den Gleisen der Normalität unterwegs zu sein. Ich lernte, über die idiotischen Witze ihrer Freunde zu lachen und sie mit zwei Wangenküssen zu begrüßen, wie sie es auch machte, sie auf die Feten in den Studentenheimen hinter der Piazza Piemonte oder in Famagosta zu begleiten, sie frischte mein Lächeln wieder auf, mit dem ich bei *Balli & Pupe* so erfolgreich gewesen war. Die anderen Studenten an der Uni fingen an, mich wahrzunehmen, was daran deutlich wurde, dass mich sogar einige Männer ansprachen und mit mir ausgehen wollten. Ich kann nicht sagen, dass ich Serena wirklich gernhatte, aber ihre Gesellschaft brachte einige angenehme Aspekte mit sich. Und das war etwas Neues für mich.

An Ostern lud sie mich ein, ein paar Tage bei ihren Eltern zu verbringen. Sie lebten in einem Landhaus voller peinlicher Fotos aus ihrer Kindheit und Jugend, und über dem Kamin hing ihr gerahmtes Abiturzeugnis, daneben ein weiterer, noch leerer Rahmen, der, wie mir ihre Mutter unter Tränen erzählte, für ihren späteren Universitätsabschluss gedacht war.

Ich war im Gästezimmer untergebracht, in dem eine Porzellansammlung aus Capodimonte auf einer Kommode stand. Am Sonntag durfte ich die Fabrik besichtigen. Ihr Vater schenkte mir einen Bügel-BH aus vulgär wirkender Spitze, dabei machte er eine Bemerkung, die schon etwas Belästigendes hatte. Auch Serena suchte sich einen BH aus, und danach zeigte sie mir die Orte ihrer Kindheit. In der Bar am Bahnhof trafen wir uns mit zwei Freunden, mit denen wir einen Joint rauchten und ins Kino gingen. Wir lachten Tränen, und irgendwann ging auch diese Zeit glücklicherweise vorbei.

Kurze Zeit später stellte sich heraus, dass meine Wohnung wegen der geplatzten Leitung unbewohnbar war. Serena sagte, im Grunde sei alles ihre Schuld, und bot mir an, bei ihr einzuziehen. Das war keine Großzügigkeit, sondern sie war wegen ihrer Abschlussarbeit in der Krise und brauchte jemanden, bei dem sie sich abreagieren konnte. Mir machte es nichts aus, ihr zuzuhören, deshalb nahm ich ihr Angebot an.

„Warst du im letzten Semester in Allgemeiner Pathologie?“, fragte sie mich eines Abends.

Diese Veranstaltung war am Nachmittag gewesen, da saß ich schon im Zug nach Grambate.

„Nein, da habe ich nicht teilgenommen."

„Echt Pech. Der Kurs war der Hammer. Er ist … das kannst du nicht verstehen."

„Wer er?", fragte ich.

„Carlo Del Re. Der Prof, kennst du ihn nicht? Wo lebst du eigentlich?"

In dieser Zeit war Carlo gerade dabei, sich in der Herzchirurgie weltweit einen Namen zu machen, seine Artikel wurden in Zeitschriften veröffentlicht, und man lud ihn als Redner auf Kongresse und Tagungen ein. Seine Spezialisierung in Boston hatte er abgeschlossen, genau wie sein Praktikum bei Vera, und er hatte eine originelle und interessante Sicht auf die Roboterchirurgie, was in dieser Zeit in den Wissenschaftskreisen für Aufmerksamkeit sorgte. Er hatte viel Zeit in den USA verbracht und den Posten an der Universität Mailand angenommen, weil er gerne unterrichtete, die noch jungfräuliche und vielversprechende Intelligenz der Studenten mochte. Und er liebte Italien, wohin er aus mehreren Gründen immer wieder zurückkehrte.

„Und warum schreibst du deine Abschlussarbeit nicht bei ihm?"

„Klar, warum fragst du den amerikanischen Präsidenten nicht, ob er morgen mit uns Kaffee trinkt?"

Sie zündete sich eine Zigarette an.

„Die halbe Fakultät möchte bei Del Re ihren Abschluss machen, aber er ist nur ein Gastprofessor, nach sechs Monaten ist er wieder weg. Da müsste ich mich in die Schlange stellen."

„Aber probieren kannst du es doch."

„Unmöglich."

Sie sagte *unmöglich* in einem Ton, der verriet, dass sie es nicht ernst meinte, und nach diesem Gespräch war sie geradezu besessen von dem Gedanken, ihren Abschluss bei ihm zu machen.

„Es muss er sein und kein anderer", sagte sie immer wieder, während sie alles Mögliche ausprobierte, um ihre Kommilitonen auszustechen. Eines Abends kam sie nach Hause und sagte: „Morgen fahren wir nach Portofino."

„Portofino?"

„Wegen *ihm.* Pack etwas Nettes zum Anziehen ein."

Ich wollte das Wochenende in Grambate verbringen, deshalb sagte ich Serena, dass ich keine Zeit hätte, aber ohne einen wirklichen Grund änderte ich meine Meinung und sagte doch Ja. Und das war die Entscheidung, die meinem Leben eine andere Wendung gab.

Heute ist unser Jahrestag, was für uns wie ein Hochzeitstag ist, denn wir sind nicht verheiratet. Nach der Arbeit gehe ich zum Friseur, ziehe ein bronzefarbenes kurzes Kleid mit tiefem Ausschnitt an, in dem ich wie eine griechische Statue wirke. Es klingelt. Der Blumenhändler liefert einen Strauß rote Rosen, die ersten Blumen, die mir Carlo jemals geschenkt hat. Er kommt kurze Zeit später und rollt mit den Augen.

„Mein Gott, wie schön du bist."

Es ist der ideale Abend, um den Plan weiterzuverfolgen. Ich muss ihm sagen, dass ich fast täglich mit seinem Vater telefoniere, dass alles gut ist und ich so schnell wie möglich mit der Behandlung beginnen möchte. Und dann, aber das sage ich ihm natürlich nicht, werden wir eine Tochter haben, die genau so ist wie er, so entschlossen wie er, und wir werden sie zu meiner Mutter bringen und ihr zeigen, dass es all diese Jahre gar nicht gab, dass all dieser Schmerz nie existierte.

„Wohin führst du mich zum Essen aus?"

In Carlos Augen blitzt den Bruchteil einer Sekunde Verlegenheit auf, aber es ist nicht mal Verlegenheit, sondern das Gefühl vor der Verlegenheit, das diejenigen haben, die ohnehin nie verlegen sind.

„Ehrlich gesagt habe ich Nicola, Marta und Sofia zum Essen eingeladen. Mit Mario, der im Krankenhaus liegt, haben sie wirklich viel Stress und …"

„Ah."

„Entschuldige, dass ich dir nicht Bescheid gesagt habe."

Ich ziehe das Kleid aus, schminke mich ab.

„Natürlich, das war eine gute Idee", rufe ich aus dem Schlafzimmer. Auch er kommt herein und zieht sich um. Er ist mager, aber nicht hager oder kantig. Carlos Magerkeit ist nur eine Form, alles Überflüssige fehlt, wie bei einem Bildhauer, der eine Marmorskulptur formt. Große überflüssige Nasen, volle überflüssige Lippen, überflüssiges Doppelkinn. Überflüssiger Bauch, weg mit allem. Carlo ist von der gleichen reinen Schönheit wie Stella.

„Morgen führe ich dich ins schönste Restaurant Roms aus, mein Schatz", sagt er und streichelt mir übers Haar.

„Sehr gerne, mein Schatz."

Die Gäste kommen, ich mache in Gedanken eine Liste der Abfälle: Kleinigkeiten, vorgetäuschtes Interesse, Freundlichkeit in kleinen Dosen, die sie auch heute Abend austauschen und verschlucken werden, noch ekelerregender als Honig, und die sie dann in Form von Exkrementen ausscheiden, genau wie den Rest.

Am Tisch erzählt Carlo, wie er Mario besucht und dann eine halbe Stunde mit ihm geredet hat, weil Sprechen Patienten wie ihm hilft.

„Und was hat er dir gesagt?", fragt Nicola.

„Logisch kam er wieder mit der Geschichte mit dem Führerschein."

„Immer noch? Wenn er mit einer so langweiligen Geschichte kommt, dann stehen die Chancen gut, dass er es schafft", meint Marta.

Die Geschichte mit dem Führerschein kennen alle in- und auswendig, aber sie werden nicht müde, sie zu erzählen. Carlo war vierundzwanzig und hatte immer noch nicht Autofahren gelernt. Alle sagten: „Was? Ein Genie wie du, wie ist das möglich?"

Aber Carlo lernte es einfach nicht.

Eines Abends erzählte er Mario, dass er schon das zweite Mal durch die Fahrprüfung gefallen war. „Bei wem hast du Unterricht?", fragte er.

„In der Fahrschule."

„Die haben keine Ahnung."

Er sagte, er müsse mit ihm auf dem Terminillo üben.

„Auf dem Terminillo?“

„Wenn du da lebend rauskommst, kannst du dein Leben lang Auto fahren.“

Am nächsten Tag fuhren alle in Marios Panda auf den Monte Terminillo. Er fuhr die erste Etappe, dann sagte er zu Carlo, er solle das Steuer übernehmen. Er setzte sich auf den Beifahrersitz und erklärte ihm, was er machen sollte, leidenschaftlich, aber wohlwollend. Er umklammerte für Notfälle die Handbremse und zeigte denen, die hupten, weil sie zu langsam fuhren, den Mittelfinger. Carlo wollte nicht fahren, aber er wollte Mario auch nicht enttäuschen. Er hörte ihm aufmerksam zu, war aber sehr nervös und gab alles, damit sich das Auto vorwärtsbewegte. Auf einer schmalen Straße kam ihm ein Bus entgegen, und er stieg sofort auf die Bremse. Das Auto drehte sich mitten auf der Straße um seine eigene Achse, der Bus verfehlte ihn nur um Haaresbreite, der Fahrer brüllte wütend aus dem Fenster, Mario schrie so sehr auf Carlo ein, dass er heiser war, ließ ihn auf einen kleinen Platz fahren und brachte ihm das Bremsen bei. Hochschalten, Kupplung loslassen, treten, runter vom Gas, verdammt. Mario war nervös, Nicola langweilte sich, aber die Tatsache, dass beide im Auto saßen und auf gewisse Weise ihr Leben riskierten, damit er fahren lernte, kam Carlo wie ein fast rührender Vertrauensbeweis vor. Schließlich setzte sich Nicola ans Steuer und fuhr nach Pian de'Valli. Die reine Gebirgsluft und der Duft nach Bäumen drangen durchs Fenster, und alle waren bester Laune. Mario sagte: „Wir gehen kurz zu Poldo.“ Sie setzten sich in die Trattoria, die ihre Tische unter einer mit Rosen bewachsenen Pergola aufgestellt hatte. Nach dem Mittagessen gab Nicola Carlo die Schlüssel und sagte: „Los, du fährst.“

Carlo wischte sich mit beiden Händen übers Gesicht und setzte sich ans Steuer, er fühlte sich unbehaglich, er war es nicht gewohnt, unsicher zu sein. Er nahm die ersten Kurven, die anderen beiden dösten auf ihren Sitzen. Er versuchte das Auto auf Spur zu halten. Plötzlich tauchte ein Mensch aus dem Wald auf und sprang auf die

Straße. Carlo bremste, voller Angst, dass das Auto wieder ins Schleudern kommen und sie den Abhang hinunterstürzen könnten. Die beiden anderen wachten gerade noch rechtzeitig auf, um eine Frau zu sehen, die die Tür aufriss und sich auf den Sitz fallen ließ. „Fahr los!“, schrie sie Carlo an. Gleichzeitig tauchte ein Mann aus dem Wald auf, der ebenfalls auf sie zurannte. Carlo startete den Panda, wich ihm aus, wie einem Auto, das ihm auf der falschen Straßenseite entgegenkam. Im Rückspiegel sah er, wie der Mann dem Panda hinterherrannte, aber dann mitten auf der Straße stehen blieb.

Die Frau erzählte, der Mann sei ihr Freund. Er war mit ihr zu einer Wanderung in die Berge gefahren, um sich auszusprechen, aber dann hatte er sie bedroht, und als sie weglaufen wollte, war er ihr hinterhergelaufen und hatte sie geschlagen. Sie war etwa so alt wie Carlo und Nicola, mit großen dunklen Augen, einem tätowierten Drachen auf dem dünnen Arm. Sie sprach mit ihnen, als würden sie sich schon ewig kennen. Das Ganze war so merkwürdig, dass niemand bemerkte, dass Carlo immer noch am Steuer saß, ohne Führerschein und ohne eine Ahnung, wo er hinfahren sollte. Nachdem sie ihre Geschichte erzählt hatte, schwieg die Frau eine Weile und kauerte sich auf ihrem Sitz zusammen. Dann stellte sie sich vor, sie war am Pigneto und studierte Psychologie. Sie war direkt, ironisch und ein bisschen unverschämt, aber auf eine sympathische Art und Weise. Als sie wieder in Rom waren, beschlossen sie, alle zu Carlo zu gehen und zu feiern, dass sie trotz Carlos Fahrweise und ihrem gefährlichen Ex alle noch am Leben waren. Sie bestellten Pizzen, und in der Nacht wusste die Frau nicht, wo sie schlafen sollte, und bat Carlo, bei ihm übernachten zu dürfen.

Am nächsten Tag fragte Nicola, wie es gelaufen war. „Sehr gut, Liebe auf den ersten Blick“, antwortete Carlo.

„Wirklich?“

„Ja, für dich. Sie hat mir bis morgens um vier erzählt, wie toll du bist.“

Und noch heute sagt Marta, dass Nicola sie immer wieder überrascht, so wie damals, als sie sich neben ihn gesetzt hat. Und dass das der aufregendste Tag in ihrem ganzen Leben war. Wenn im Frühjahr schönes Wetter ist, fahren wir oft zu Poldo in die Trattoria auf dem Terminillo, um unter der Pergola zu essen, auch Mario ist dabei.

Nicola schaut erst Carlo an, dann senkt er den Blick und sagt ganz leise, als ob es weder für ihn und noch weniger für uns eine Rolle spielen würde: „Ihr wisst doch von der Bewerbung auf die Oberarztstelle."

Carlo legt die Serviette beiseite, schaut ihn an und hält die Luft an.

„Ja, haben sie mit dir gesprochen?"

„Es hat nicht geklappt."

„Oh nein, aber warum das denn?", fragt Carlo betroffen.

Es sieht so aus, als müssten sie den Sohn von irgendwem platzieren, und auch wenn Nicola der Bessere ist, hat er das Nachsehen. Das ist immer so. Nie ist Nicola am richtigen Ort, er hat einfach kein Glück, für Carlo ist das ein Kreuz.

„Das ist ungerecht."

„Das hat mit Gerechtigkeit nichts zu tun, Carlo. Lass nur, das nächste Mal klappt es", sagt Nicola, ohne wirklich daran zu glauben.

Marta hilft mir beim Abräumen.

„Wie geht es Nicola?", frage ich in der Küche.

Sie verzieht den Mund. „Na ja, mit Mario und der Bewerbung, was glaubst du, wie es ihm geht."

„Bei der Bewerbung hat er einfach Pech gehabt, er darf nicht aufgeben."

Marta krempelt die Ärmel hoch, um die Teller abzuwaschen, der Drachenschwanz lugt aus der Bluse hervor. „Er ist nicht wie Carlo. Wenn er nicht Auto fahren kann, geht er nicht auf den Monte Terminillo, um es zu lernen. Er lässt das Auto stehen und fährt Rad."

Nicola ruft nach ihr und deutet auf Sofia, die auf dem Sofa eingeschlafen ist.

„Lass uns gehen."

„Wollt ihr Sofia hierlassen? Ich bin morgen zu Hause", sagt Carlo und streicht ihr übers Haar.

„Aber sie muss in die Schule."

„Komm schon, das macht doch nichts."

Marta meint: „Mal sehen, ob du es dir auch so leicht machst, wenn du selbst ein Kind hast."

Einen Moment halte ich ihre Worte für eine grausame Spitze, aber dann sage ich mir, dass das unmöglich ist. Wenn man unfruchtbar ist, dann fragt man sich, ob die anderen das wahrnehmen. Nicola nimmt Sofia auf den Arm, sie legt ihren Kopf an seine Brust und schläft weiter. Bevor sie gehen, sage ich noch, dass ich überall nach dem blauen Elefanten gesucht, ihn aber nicht gefunden habe.

16

Am meisten fürchte ich mich vor der Messe, bei der Stella gedacht wird, mehr noch als von Müll überschwemmt zu werden oder dass Carlo eine andere Frau kennenlernt und damit den Plan torpediert. Sie findet einmal im Jahr statt, und auch in diesem Jahr habe ich nicht den Mut, ihr fernzubleiben, was für mich besser wäre.

Meine Mutter wartet in der Eingangshalle des Pflegeheims.

„Stella, was machst du denn hier. Habe ich heute vielleicht Geburtstag?"

Wenn die Messe naht, wird sie depressiv, sie bekommt eine höhere Dosis Psychopharmaka und verliert die Orientierung.

„Ich bin Bianca, Mama. Zeit für die Messe."

„Natürlich, wie dumm von mir. Gehen wir."

Sie trägt das aschgraue Kostüm, das sie ihr die wenigen Male anziehen, wenn sie das Haus verlässt. Sie nuschelt beim Sprechen, an den Mundwinkeln läuft ihr etwas Speichel aus dem Mund, den sie ständig mit ihrem Seidentaschentuch abtupft. Wir fahren zum Bahnhof Termini und nehmen den Zug nach Mailand. Sie möchte, dass die Messe in Grambate abgehalten wird, damit wir auf den Friedhof gehen können, und da es das einzige Mal ist, dass sie wirklich einen Wunsch äußert, gebe ich nach. Während der Fahrt versuche ich geistreich zu sein, aber es ist dieselbe Heiterkeit, die man beim Leichenschmaus simuliert, und die Beerdigung ist seit dreißig Jahren die gleiche. Meine Mutter ärgert sich über Menschen, deshalb spreche ich nur über Dinge, die neue Mikrowelle, das Auto, das repariert werden muss. Sie hört mir mit unbewegtem Gesicht zu, völlig unerwartet beginnt sie zu sprechen und rasselt die Liste der Toten herunter.

„Nächste Woche ist Tante Ginas Todestag. Erinnerst du dich an sie?"

Die einzigen Kontakte mit der Außenwelt hat sie über das Telefon, sie spricht mit den Verwandten oder alten Freunden, die ihr mitteilen, wenn jemand gestorben ist.

„Ja, ich erinnere mich. Und was ist noch passiert, auch etwas Schönes?"

„Der Besitzer des Spielzeugladens hinten in unserer Straße ist gestorben, der Vater deiner Freundin."

Meine Freundin ist das Mädchen, das mich an Silvester nicht mit der Barbie hat spielen lassen, ich verstehe nicht, warum sie sie Freundin nennt. Seit diesem Abend haben wir uns nie wieder getroffen, und ich habe keine Ahnung, was aus ihr geworden ist. Ich weiß nur, dass sie, ausgerechnet am Tag des *Unglücks*, mit ihren Eltern nach Amerika geflogen ist, um sich operieren zu lassen, wie es aussieht, hat das ihr Herz geheilt. Ihr Leben hat angefangen, als meines geendet hat, vielleicht haben wir uns auch deshalb nie wieder getroffen.

Wir kommen gegen Mittag in Grambate an und essen etwas in einem Imbiss am Fluss. Dort steht ein Fernseher, es laufen die Nachrichten für geistig Behinderte, die sie immer schaut, und sie bittet den Mann hinter dem Tresen, den Ton lauter zu stellen. Dann schläft sie auf dem Stuhl ein. Liste der Abfälle: zwei Papierservietten, Geflügelknochen, Schalen und Kerne der Tomaten, Brotkrümel, Orangenschalen, eine PET-Flasche. Eine Erinnerung an die Zeit, als alles anders war.

Heute ist der 1. März, Stellas Geburtstag. Wir liebten diesen Tag, feierten, dass der Winter jetzt hinter uns lag, und verbrachten ihn immer bei unserer Großmutter auf dem Land. Wir aßen im Wohnzimmer zu Mittag, wenn es schön war, sammelten wir Radicchio oder spielten Volleyball. Stella würde größer werden und dann auf das alles keine Lust mehr haben, aber ihren letzten Geburtstag, als sie vierzehn wurde, feierten wir noch so. Wir kamen mittags bei unserer Großmutter an, und meine Mutter sagte zu Stella: „Es gibt eine Überraschung, mal sehen, ob du sie findest." Dann sagte sie „warm" oder „kalt". Eiskalt, lauwarm, brennheiß, und schließlich öffneten Stella und ich die Tür zum Heuboden und erblickten ein glänzendes weißes Mofa der Marke Ciao. Stella schrie: „Nein!" und sprang auf den Sattel, auch wenn sie gar nicht fahren konnte. „Warte!", rief mein Vater und stieg ebenfalls auf. Wir sahen sie schwankend auf der Straße neben dem Wassergraben verschwinden. Meine Mutter wartete am Tor, dann ging sie ins Haus, um den Ofen anzumachen und die Lasagne aufzuwärmen, danach kam sie wieder nach draußen. Meine Großmutter und ich starrten auf die Straße, und gerade, als sich in uns die Vermutung breitmachte, es könnte etwas Schlimmes passiert sein, kam uns mein Vater entgegengehumpelt. „Stella ist gestürzt, kommt und helft mir!" Wir alle rannten los, meine Mutter hatte einen so fassungslosen Gesichtsausdruck, wie ich ihn noch nie gesehen hatte. Wir näherten uns dem Graben, aber Stella war schon alleine herausgeklettert, sie war voller Schlamm, die Jacke an den Ellbogen aufgerissen. Unter dem mit Schlamm bedeckten Pony strahlten ihre Augen, und noch nie war sie mir so schön vorgekommen wie in diesem Augenblick. Meine Mutter war nicht wütend, sie regte sich auch nicht über die zerrissenen Kleider oder die Schuhe auf, sie lächelte nur erleichtert. Das Ciao wurde von meinem Vater herausgezogen und sorgfältig gereinigt, dann setzten wir uns an den Tisch, Stella dreckig wie sie war. Meine Mutter war um vier Uhr morgens aufgestanden, um die Lasagne und Rouladen zu machen, Stellas Lieblingsessen. Bei diesen Gelegenheiten gab sie ihr Bestes, das war ihre Art, ihre Zuneigung zu zeigen, vor allem uns Mädchen gegenüber. Und wir mochten das, wir erkannten den emotionalen Wert, der darin lag.

Dann sangen wir „Zum Geburtstag viel Glück", und meine Mutter trug eine filmreife zweistöckige Torte herein, die sie in irgendeiner amerikanischen Zeitschrift gesehen hatte. Stella schaute sie fasziniert an, und mein Vater machte ein Foto, das schönste, das wir von ihr haben. Ihr Blick ist überrascht und zufrieden zugleich, und sie scheint das Leben, die Zukunft zu betrachten. Das Foto ist auch auf ihrem Grabstein. Meine Mutter zündete die vierzehn Kerzen an und sagte zu Stella, sie solle sich etwas wünschen.

Sie pustete, alle Kerzen erloschen und alle klatschten und waren sicher, dass sich der Wunsch bestimmt erfüllen würde.

Nach dem Mittagessen fuhren wir nach Hause und sahen etwas aus dem Briefkasten ragen. Es war eine orangefarbene Gerbera mit einem Kärtchen, das ungeschickt mit einem Klebestreifen am Stiel befestigt worden war. Stella las laut vor: „Stella, ich werde dich immer lieben", und wurde feuerrot. Mein Vater murmelte etwas und steckte den Schlüssel ins Schloss und meine Mutter sagte: „Sieh an, Stella hat einen Verehrer." Dabei klang sie ernst, aber auch amüsiert. Ich machte mich über sie lustig und meinte, alle Jungs in der Schule seien in sie verliebt, aber keiner hatte ihr jemals eine Karte geschrieben, geschweige denn Blumen nach Hause geschickt. Stella rief sofort Liliana an. Sie machten eine unendlich lange Liste von möglichen Kandidaten, wägten ab, wer es gewesen sein konnte und wer nicht, aber keiner schien wirklich infrage zu kommen.

„Wahrscheinlich war es ein Scherz", sagte Stella, und dann ging sie in die Garage und schaute ihr Ciao an. Ich warf einen Blick auf das Fahrrad, das ich zu Weihnachten bekommen hatte, doch ich fand es lange nicht mehr so schön.

Vor dem Schlafengehen ging ich in ihr Zimmer und brachte ihr mein Geschenk, ein Tagebuch mit Schloss. Ich hatte es selbst ausgesucht, es war etwas für kleine Mädchen und nicht für junge Frauen, aber Stella gefiel es. Sie schrieb das Datum auf die erste Seite, dann steckte sie es in ihren Rucksack mit den gelben Streifen und sagte: „Ich wollte schon immer ein Tagebuch."

„Jetzt, mit dem Verehrer, kannst du es gut brauchen."

Stella schüttelte belustigt den Kopf: „Ach was, von wegen Verehrer."

Sie schaute auf die halb verwelkte Pflanze, die sie in eine Plastikflasche gesteckt hatte.

„Und die?"

„Keine Ahnung, wer das gewesen sein könnte."

„Aber wenn du es weißt, sagst du es mir dann?"

„Ja, ich schwöre."

Wir umarmten uns, und ich fing wie aus dem Nichts an zu weinen, nicht mal heute weiß ich, warum eigentlich. Es war das erste Mal, dass ich ahnte, dass Stella erwachsen war und mich bald verlassen würde, oder der unbewusste Neid auf das Mofa und die Blume, während ich nicht mal eine Barbie bekam. Stella wunderte sich nicht, dass ich weinte, und streichelte mir übers Haar. „Komm, du kannst bei mir schlafen."

Wir gingen ins Bad, sie wusch sich den Dreck ab, den sie immer noch an sich hatte, und half mir dann, mir die Füße mit Kernseife zu waschen. Sie fragte mich nach dem Schwimmkurs und ob Carmine mir noch Ärger machte. Ich antwortete und war in Gedanken bei der Blume auf dem Schreibtisch, die mir wunderschön vorkam.

Wir schliefen danach nicht mehr zusammen in einem Bett. Etwas hatte sich verändert, und ich wusste nicht, was, aber dieses verwirrende und nicht einzuordnende Gefühl wurde stärker, und es gelang mir nicht, den Grund oder die Entwicklung zu verstehen.

Am Anfang, unmittelbar nach Stellas Tod, war die Gedenkfeier auf eine eigene Weise angenehm. Ganz Grambate war da, und wir gingen auf den Friedhof, wo Liliana und die anderen Blumen und Karten auf den Grabstein legten. Mit den Jahren vergaßen uns die Leute oder hatten Besseres zu tun, denn wie alles andere auch, verblassten auch die Erinnerungen an Stella, es wäre unsinnig, es näher beschreiben zu wollen. Das, was allen damals als die größte Tragödie ihres Lebens vorgekommen war, wurde etwas Erträgliches und schließlich eine Tatsache wie alle anderen. Es wurde gekaut, verarbeitet und dann ausgeschieden, und heute besuchen nur noch vier Trauergäste die Kirche. Meine Mutter, eine alte Tante, die nur dafür lebte, auf Beerdigungen zu gehen und auf ihre eigene zu warten, ich und natürlich Liliana.

In diesem Jahr ist sie weniger bissig als sonst, sie hat einen unpassenden Haarschnitt und ist stark gealtert. Nach der Messe bleiben wir noch auf dem Kirchplatz stehen und sprechen über das

Wetter und die Rollstuhlbasketballmannschaft, die Liliana trainiert, ich kaufe Orchideen aus Plastik und dann gehen wir auf den Friedhof neben der Kirche. Ich war seit genau einem Jahr nicht da und starre den Hügel voller Grabsteine und die kleinen Lichter an. Schließlich sehe ich die lächelnde Stella, verwirrt und überrascht vor ihrer Geburtstagstorte. Ich werfe die Kunstblumen vom letzten Jahr weg und ersetze sie durch die, die ich gerade gekauft habe, und vermerke alles auf meiner mentalen Liste der Abfälle. Meine Mutter scheint nicht genau zu wissen, wo sie ist, die Mengen an Psychopharmaka, die sie bekommt, scheinen gut zu wirken, sie hört sich in aller Seelenruhe das Geplauder der Tante an. „Lass uns auch zu Ernestina und zu meinem armen Guido gehen", sagt die Tante.

Sie machen eine Runde über den Friedhof, und ich und Liliana bleiben allein zurück. Wir betrachten schweigend Stellas Foto, keine sagt etwas, denn die Messe ist nur ein Vorwand für Oberflächlichkeiten und nicht, um wirklich meiner Schwester zu gedenken. Nach einer Weile zieht sie eine Zeitung aus der Tasche, und ich sehe Carlos Foto. Ich bin etwas verärgert, aber das bemerkt sie nicht.

„Die Bäckersfrau sagt, das sei dein Lebensgefährte. Stimmt das?", fragt sie ganz natürlich.

Ich lächle angespannt.

„Ja."

Meine Familie war jahrelang ein beliebter Gesprächsstoff in Grambate und ist es natürlich auch heute noch. In Grambate ist die Zeit stehen geblieben, man fragt sich immer noch, wie Stella gestorben ist, warum ich nicht mehr bei *Balli & Pupe* bin und, ganz neu, wie es mir gelungen ist, ein Sahnestück wie Carlo zu finden.

„Was für ein unglaublicher Zufall", sagt Liliana leise.

„Was meinst du mit Zufall?"

Liliana zögert, sie kratzt sich den halb abgeblätterten Nagellack vom Zeigefinger und legt die Zeitung auf die Knie. „Hör mal, es gibt etwas, das ich mit dir besprechen muss." Ich betrachte abermals Stellas Foto, ihr sanftes und einladendes Gesicht. Wir stehen vor ihr, wir sind alle drei zusammen, wie so viele Male zuvor. Es ist windig, ich streiche mir die Haare hinter die Ohren.

„Was ist los, Liliana?"

Sie schaut mir in die Augen, mit dem gleichen entschlossenen und inquisitorischen Blick, den sie auch hatte, als sie mich bat, auf ihrer Hochzeit *Unforgettable* zu singen. Sie sagt, dass man vergangene Woche bei Rodolfo einen Tumor festgestellt hat, genauer gesagt, einen Krebs im Herzen. Es sieht ernst aus, in Mailand haben sie gesagt, dass keine Hoffnung besteht, und sie hat sofort im Internet recherchiert und ist auf Carlo gestoßen. Sie wusste nicht, wer er ist, aber im Gespräch mit der Bäckersfrau kam die Sache mit mir heraus. Es ist unglaublich, wiederholt Liliana immer wieder, wie klein die Welt ist, das Unglück ist unendlich groß, aber die Welt ist klein.

Ich schaue wieder zu Stella. Sie lächelt, begeistert von der wunderbaren Schönheit des Lebens. Sie flüstert mir zu: „Alles wird gut."

„Hören wir Carlos Meinung dazu", sage ich, ohne sie anzusehen.

„Würde er das machen?"

„Aber natürlich, so schnell wie möglich."

Meine Mutter und meine Tante kommen zurück, ich sage, dass wir das Taxi zum Bahnhof rufen müssen, doch Liliana bietet uns an, uns zu fahren. Wir steigen in das behindertengerechte Auto und warten, bis sie den Rollstuhl eingeladen hat und losfährt. Wir überqueren den kleinen Parkplatz an der Kirche und fahren am Fluss entlang, dort, wo man Stellas Körper gefunden hat. Ich betrachte durch den Rückspiegel meine Mutter, sie scheint nicht zu bemerken, wo wir sind. Auch Liliana wirkt ganz ruhig. Sie biegt in die Allee zum Bahnhof ein, hält direkt vor dem Eingang und schaltet den Warnblinker ein. Ich öffne die Tür, um auszusteigen, und küsse sie zum Abschied auf die Wangen. Sie bedankt sich, wie bei ihrer Hochzeit.

Zu Hause sortiert Carlo die Post. Ich stelle mich an den Rand der ungewohnten Stille zwischen uns, dann versuche ich sie zu durchbrechen, allerdings ohne es notwendig oder unabdingbar wirken zu lassen.

„Was machst du?"

„Nichts, ich beantworte ein paar Briefe."

Seine Patienten kommen aus der halben Welt, sie setzen sich voller Demut in sein Sprechzimmer, aber bei seiner Verlässlichkeit, seiner Güte und seiner Fähigkeit, eine Wohlfühlatmosphäre zu schaffen, entspannen sie sich fast immer recht schnell. Es ist nicht allein die Tatsache, dass er sie gesund gemacht hat, es ist Zuneigung, die Illusion, sie seien Freunde, etwas, das Carlo sehr achtsam kultiviert. Jeden Donnerstag lässt er per Kurierdienst die Geschenke nach Hause liefern, die man ihm macht, und wir sind uns einig, dass ich sie auf mehrere Päckchen verteile und an Wohltätigkeitsorganisationen spende. Carlo weiß nicht, dass ich stattdessen den Kurier mit einem Glas Rosé in der Hand empfange. Wenn er kommt, gieße ich den Wein ins Klo und bringe die leeren Flaschen zum Glasmüll, entsorge den Schinken und die Trüffel im Biomüll, die Stifte im Restmüll. Das ist die beste Abfallliste der ganzen Woche, sie kostet mich ziemliche Mühe, aber sie gibt mir ein Gefühl, das schon nahe an der größtmöglichen Ruhe, an der Liebe liegt, die ich mir im Moment vorstellen kann.

„Wie ist es gelaufen?", fragt er.

„Gut."

Er legt die Briefe beiseite und schaut mich an, der Brief, den er gerade schreibt, segelt unter den Schreibtisch. Ohne, dass er es merkt, hebe ich ihn auf und werfe ihn in den Papiermüll.

„Ich habe in Grambate eine Freundin getroffen. Oder besser gesagt, nicht wirklich eine Freundin, eine Frau, die ich seit meiner Kindheit kenne, eine Freundin von …"

Ich halte inne.

„Stella?", fragt er.

„Ja. Ihr Mann hat ein Myxom. Es heißt, es sei inoperabel."

Carlo sucht nach dem Brief, an dem er gerade gesessen hat, hebt den Papierstapel hoch, sieht unter dem Stuhl nach.

„Lass ihn nächsten Mittwoch kommen."

„Danke, Carlo."

„Danke dir, ich bin gespannt, ihn kennenzulernen."

„Warum?"

„Es ist selten, mit jemandem aus deiner Vergangenheit in Kontakt zu kommen."

„Da hast du nichts verpasst", sage ich fast unhörbar, und tatsächlich hört er es auch nicht.

Beim Essen sprechen wir über oberflächliche Themen, ich frage ihn nach Mario, er antwortet, dass sein Zustand unverändert und er noch nicht außer Lebensgefahr sei. Seit unserem Streit liegt noch immer ein schmaler Schatten über uns, den wir noch nicht auflösen können, auch wenn keiner von uns das zugeben würde. Nach dem Abendessen bemerke ich, dass der Biomüll voll ist, deshalb gehe ich nach unten, um ihn zu leeren. Neben dem Mülleimer liegt eine tote Katze, jemand muss sie angefahren haben, sie wirkt aber noch unversehrt, bis auf einen Schnitt unterhalb des Bauches, aus dem dunkle, blutige Eingeweide quellen. Sie trägt ein rotes Plastikhalsband und ein Glöckchen, das mir bekannt vorkommt. Ich glaube, ich habe das Tier schon in unserem Garten spielen sehen. Ich beuge mich hinunter, löse das Halsband und lasse es in den Plastikmüll fallen, dann hebe ich die Katze vorsichtig hoch und lege sie in den Biomüll und füge meiner Liste dieses unverhoffte Geschenk hinzu.

17

Serena und ich fuhren im Morgengrauen nach Portofino. Es war ein warmer Samstag im Juni.

In dieser Zeit ging sie mit einem Typ von der Uni ins Bett, der einen Kongress organisierte, an dem auch Carlo teilnehmen würde. Sie hatte sich sagen lassen, in welchem Hotel er wohnte, und dort auch ein Zimmer für uns gebucht, außerdem hatte sie zwei Eintrittspässe besorgt, ich wusste nicht, wie.

Im Auto fragte ich, warum wir nach Portofino fahren müssten, um eine Person zu treffen, die sie auch ganz bequem an der Uni treffen könnte.

„Du weißt doch, dass ich diese Vorlesung zu Kommunikationsstrategien besuche. Gut. Und Überzeugung hat gewisse Techniken."

Serena überholte einen Lastwagen und entging nur haarscharf einem Frontalzusammenstoß mit einem Motorrad.

„Erste Technik: Verknappung. Wir überschätzen Überfluss und unterschätzen das, was knapp ist. Kurz gesagt: Zwischen tausend Studenten bist du nichts, aber als Einzige steigt dein Wert."

Sie fuhr mit einer Hand am Lenkrad, in der anderen eine Zigarette, drehte sich zu mir und schaute nicht mehr auf die Straße. Ich dachte, dass ihre Ausführungen völlig unwichtig waren, da wir ohnehin nicht lebend in Portofino ankommen würden.

„Zweite Technik: Überraschung. Was du nicht erwartest, macht mehr Eindruck. Eine Studentin an der Uni ist normal, aber auf einem Kongress ist sie einzigartig. Dritte Technik: Sympathie. Die nettesten Menschen sind die überzeugendsten, also: Das Ganze darf kein akademisches Treffen sein, sondern muss einen zwanglosen Charakter haben."

Sie warf die Kippe aus dem Fenster, und hinter einer Kurve tauchte endlich eine Villa in ligurischem Stil auf. Unser Hotel.

Auf dem Zimmer wusch Serena sich das Gesicht, machte sich die Haare und setzte sich auf den Balkon und hielt Ausschau nach Carlo.

„Da ist er!“, rief sie plötzlich.

Ich schaute hinunter. Ein Mann war gerade aus einem schwarzen BMW gestiegen und sprach mit dem Parkwächter. Ich konnte ihn kaum erkennen, er war groß gewachsen, elegant, mit dichten dunklen Haaren. Er legte eine Hand auf den Arm seines Gesprächspartners, eine beruhigende Geste, dann stieg er wieder ins Auto.

„Wir gehen mittagessen“, sagte Serena aufgeregt.

Wir eilten in die Eingangshalle, wo die Professoren und die Kongressteilnehmer gerade Platz nahmen und sich begrüßten. Serena schaute sich nach Carlo um.

„Das ist er“, sagte sie leise.

Carlo ging entschlossen auf eine Frau zu, die ihn begrüßte, und drückte ihr freundlich die Hand. Er wirkte sinnlich, ohne sich dessen bewusst zu sein. Der Wunsch, seine Schönheit zu ignorieren, machte ihn nur noch besser aussehend. Die Frau zuckte zusammen, ich bemerkte, dass sie errötete, offensichtlich freute sie sich über das Treffen mit ihm, sie sprachen über etwas, das ich nicht verstand. Dann trat ein älterer Mann auf sie zu. Carlo bewegte den Kopf, um sich die Locke aus der Stirn zu schütteln, die ihm über die dunklen Augen fiel, und lächelte. Ich betrat den Speisesaal und hatte das Gefühl, dass das Gespräch verstummte, weil ihn alle ansahen.

„Warum hast du mir das nicht gesagt?“, flüsterte ich Serena zu.

„Was nicht gesagt?“

„Dass er … *so* ist.“

„Meine Güte, jetzt fang du nicht auch noch an“, sagte Serena ungeduldig. „Alle Frauen liegen ihm zu Füßen, ihnen tropft der Speichel aus dem Mund, was in der Vorlesung wirklich peinlich ist.“

Auch wenn sie beide körperlich nichts gemein hatten, erinnerte mich Carlo an Stella. Vielleicht die Reinheit ihres Blicks oder ihr Lächeln, das sich plötzlich offenbarte und Sicherheit und Frieden vermittelte. Ich dachte, dass ich ihn kennenlernen wollte, aber es war eher eine verborgene Intuition als ein Gedanke, oder etwas, das nicht rational fassbar ist, was die eigenen Handlungen beeinflusst, ohne dass man etwas dagegen tun kann.

Carlo setzte sich. Unser Tisch war auf der anderen Seite des Raums, er nahm uns gar nicht wahr.

„Und jetzt?“, fragte ich Serena.

Ich erlebte sie zum ersten Mal unsicher.

„Del Re ist begehrter als ein Dixi-Klo auf dem Open-Air-Konzert am ersten Mai, meine Abschlussarbeit könnte ich wahrscheinlich eher vom Papst betreuen lassen.“

Wir überlegten, dann griff ich nach einem Messer und steckte es in meine Jeanstasche.

„Komm mit.“

„Wohin?“

„Alles wird gut.“

Wir gingen schweigend in die Garage. Der Parkwächter war mit einem deutschen Pärchen beschäftigt, und Serena und ich hielten Ausschau nach Carlos schwarzem BMW. Mit diesem Auto würden wir unseren ersten Wochenendausflug als Paar machen, kein Jahr nach diesem surrealen Tag.

„Pass auf, dass niemand kommt, behalt den Parkwächter im Auge.“

Ich hatte das gleiche Gefühl wie in der Nacht, als ich mit Stella meinen Ranzen bei Carmine holte. Eine fieberhafte Erregung ohne jede Angst: nur die Entschlossenheit, die ich danach nie wieder gespürt habe. Ich zog das Messer heraus und stach es in Carlos Reifen.

„Bist du verrückt?“, fragte Serena.

„Hilf mir, wir brauchen mehr Kraft.“

Das Messer bog sich, Serena rannte in den Garten und holte einen Stein. Mit ihm klopfte sie auf den Griff, bis ein Loch im Reifen war.

„Gut, gehen wir wieder hoch.“

Wir setzten uns in die Halle und lasen Zeitung.

„Da ist er", sagten wir unisono, als Carlo in die Halle kam, den Schlüssel abgab und dann zur Garage ging. Kurze Zeit später tauchte er wieder auf.

„Können Sie mir rasch ein Taxi rufen?", fragte er den Concierge.

„Natürlich, in dreißig Minuten müsste es da sein."

Carlo schaute mit finsterer Miene auf die Uhr, und wir gingen auf die Rezeption zu.

„Professor Del Re! Wie schön, Sie zu sehen", sagte Serena.

Carlo musterte sie, und Serena stellte sich vor: „Serena Taddei, Allgemeine Pathologie."

„Stimmt, Ihr Gesicht kommt mir bekannt vor. Sie machen Urlaub?"

„Nein. Meine Kommilitonin Bianca hier und ich haben das *außergewöhnliche* Glück, am Kongress teilnehmen zu dürfen." Carlo lächelte mich an, und ich bemerkte, dass sich etwas in seinem Gesichtsausdruck veränderte. Er schüttelte mir die Hand und hielt sie einen Moment länger fest als nötig, dann sagte Serena: „Aber jetzt müssen Sie uns entschuldigen, wir müssen gehen."

Carlo schaute uns erleichtert an: „Entschuldigen Sie die Unverblümtheit, aber ich habe ein Problem mit meinem Wagen, könnten Sie mich mitnehmen?"

Serena legte ihren vertrauenswürdigsten Gesichtsausdruck auf. „Aber natürlich, Herr Professor."

Wir gingen rasch zu Serenas Fiesta. Carlo stieg vorne ein, ich saß hinten und starrte auf seinen Nacken, dort, wo der Schädel in die Schultern übergeht und sich seine unglaubliche Figur abzeichnete. Serena versuchte auf alle erdenkliche Weise das Gespräch auf ihre Abschlussarbeit zu lenken, aber Carlo schaute sich die Landschaft an und wechselte das Thema.

„Ich war noch nie an der Levante, es ist zauberhaft hier."

„Stimmt", antwortete Serena knapp.

„Es ist ein Glück, dass ich wieder hier in Italien lebe", sagte er wie zu sich selbst.

„Warum? Wo haben Sie denn zuvor gelebt?", fragte ich.

Er drehte sich zu mir um. „Erst in Boston, dann in Los Angeles. Ich bin immer noch oft dort."

Er erzählte noch ein wenig von Amerika, bis wir schließlich vor dem Theater ankamen, in dem der Kongress stattfand. Wir ließen ihn am Eingang raus.

„Du warst großartig, das muss ich zugeben", sagte Serena.

„Später nehmen wir ihn mit zurück, und er lädt uns zum Aperitif ein, um sich zu revanchieren", antwortete ich, „wie findest du das?"

Die vierte Technik der Überzeugung ist die wichtigste: die Gegenseitigkeit. Wenn wir jemandem etwas geben, dann fühlt er sich verpflichtet, sich zu revanchieren. Das Gefühl der Schuld ist der kraftvollste Motor jeder menschlichen Handlung, und um das zu wissen, muss man keine Vorlesung in Kommunikation besucht haben.

Wir betraten den Saal gerade rechtzeitig, um zu sehen, wie Carlo seinen Vortrag begann. Er sprach vierzig Minuten und erklärte, was ihn zur Roboterchirurgie gebracht hatte. Er beschrieb seine Arbeit damit, dass er mit der größtmöglichen Präzision vorging, den Fleck sah, den kein anderer sah, und ihn entfernte.

Das Publikum folgte seinen Worten wie in Trance, was weder an seinem Aussehen noch an seinem Charisma oder an dem Gehalt seiner Ausführungen lag. Was sie hypnotisierte, war die Sicherheit, die Carlo vermittelte. Die Vorstellung, dass man in der Zukunft den Tod in die Ewigkeit verschieben konnte oder er nur ein Intermezzo war, eine Abstraktion, die man unter dem Mikroskop betrachten konnte, etwas, das sich beschreiben und eingrenzen ließ, um den gleichen Fehler nicht noch einmal zu machen. Ich hörte ihm mit dem Gefühl zu, etwas wiedergefunden zu haben, von dem ich nicht einmal gewusst hatte, dass ich es verloren hatte: Erleichterung. Eine Art Seelenruhe, das Gefühl, dass die Dinge sich ordneten. Und ich verstand etwas Wesentliches: Ich hatte *Balli & Pupe* verlassen und mich an der Uni eingeschrieben, weil ich tief in mir drin wusste, dass es einen Menschen wie ihn geben musste. Und er würde mir Stella zurückgeben. Endlich war mir klar, was ich zu tun hatte.

Nach der Veranstaltung ging Serena auf Carlo zu und fragte, ob wir ihn ins Hotel zurückbringen sollten. Er bedankte sich höflich und meinte, ein Kollege würde ihn mitnehmen. Dabei schaute er mich an.

Im Auto war Serena stinksauer.

„So eine Scheiße."

„Warte ab, wir haben immer noch heute Abend."

„Er geht sicher mit den Rednern in irgendeinen Luxusschuppen. Das war's dann."

Es tat mir leid, aber irgendwo in mir hatte ich Hoffnung, oder vielmehr Sicherheit, auch wenn ich nicht wusste, warum. Wir gingen ins Hotel und zogen uns zum Abendessen um, das auf der Terrasse mit Blick auf die Riviera serviert wurde. Wir hatten gerade Platz genommen, als plötzlich Carlo auftauchte. Mir kam es vor, als würde mir jemand eine Klinge in den Magen rammen, und aus der Wunde würde ein intensives Gefühl dringen, das sich im Unterbauch verteilte.

Er kam auf uns zu, wir starrten ihn an. „Was macht ihr denn hier? Die Riviera platzt vor Leben", sagte er, verblüfft, uns hier anzutreffen.

„Ebendeshalb", erwiderte ich.

„Darf ich euch zum Abendessen einladen, das ist das Mindeste", sagte er und nahm Platz.

Wir haben später sehr oft über diesen Abend gesprochen, und ich habe ihn immer wieder gefragt, warum er nicht mit den anderen Rednern zu Abend gegessen hat, sondern ins Hotel zurückgekommen ist. Carlo sagt, dass er in dieser Lebensphase nur gearbeitet hat, und er einen ruhigen Abend brauchte. Mit uns zu Abend zu essen war eine willkommene Abwechslung, etwas Außergewöhnliches, wie die Einkäufe, die man im Urlaub macht, man kauft Dinge, die man zu Hause, in der Routine, niemals kaufen würde.

„Ihr habt meine Vorlesung in Mailand besucht, richtig?", fragte Carlo, nachdem er einen gekühlten Gewürztraminer bestellt hatte.

„Ja", antwortete Serena.

Ich schaute ihn mit der monatelangen Erfahrung des Kreuzworträtselmädchens an. „Ich als Externe."

Wir sprachen über die Vorlesung, die Prüfungen, die Seminare. Vor allem Serena sprach darüber, während ich interessiert zuhörte und nur hin und wieder etwas sagte. Ich war die nüchterne junge Frau, die wusste, wann man etwas sagte, und vor allem, wann man besser schwieg. Ich hörte ihm zu, darauf bedacht, keine Signale zu senden, dass ich eine unterwürfige und willenlose Studentin wie all die anderen war, die er jeden Tag vor der Nase hatte, sondern aufmerksam und überlegt.

„Und dann gibt es ja noch die Abschlussarbeit", sagte Serena schließlich mit einem Seufzen.

„Haben Sie schon ein Thema?"

„Ich habe ein Projekt über kardiologische Biomarker", sagte sie sofort und führte die ganze Komödie auf, die sie seit Wochen vorbereitet hatte. Sie erklärte, wie sie ihre Forschung organisiert hatte, wie sie vorgegangen war, überlegte, wie ein Sponsoring aussehen könnte, und konnte auf sämtliche Nachfragen Carlos antworten. Ich dachte, dass es für einen Wissenschaftler aufregend sein musste, jemanden wie Serena vor sich zu haben, mit einer Intelligenz, die bis in die kleinsten Details des Fachgebiets reichte. Und tatsächlich hörte er ihr aufmerksam zu.

„Nicht schlecht", sagte er schließlich. „Wer ist Ihr Betreuer?"

„Sie", sagte Serena ohne jede Spur von Zweifel. Carlo lächelte. Der Kellner kam, und wir bestellten einen Nachtisch, dann schenkte er Wein nach.

„Und wann würden Sie gerne Ihren Abschluss machen?"

„Im Februar."

„Das ist nicht viel Zeit."

„Stimmt, deshalb fangen wir am besten gleich an."

„Von wenigen Ausnahmen abgesehen, nehme ich keine so kurzfristigen Arbeiten an", sagte Carlo und steckte seine Gabel in den Nachtisch. Dann blickte er Serena an. „Möchten Sie eine Ausnahme sein?"

Serena hob begeistert ihr Glas, um anzustoßen, wenige Meter vor uns rauschte das Meer, der Mond stand hell am Junihimmel. Fünfte Technik der Überzeugung: der Rahmen. Unsere Entscheidungen werden von dem Umfeld beeinflusst, in dem wir sie treffen. Wenn uns alles wunderbar vorkommt, fällt uns die Wahl leicht, sie wirkt natürlich.

Wir standen auf und verabschiedeten uns von Carlo, fühlten uns durch den Alkohol und seine Anwesenheit leicht, und ich hörte eine Stimme in meinem Kopf: „Sehr gut, Bianca, jetzt dreh dich langsam zur Kamera und lächle noch mal." Die Stimme gehörte Stella. Carlo schaute mich leicht melancholisch an, die Wehmut des letzten Ferientags, wenn du etwas Besonderes erlebt hast, aber weißt, dass es keine Fortsetzung geben wird.

Als er gegangen war, fiel mein Blick auf etwas hinter einem Tischbein. Es war die zerdrückte Verpackung eines Kaugummipäckchens, wahrscheinlich hatte Carlo sie verloren. Ich spürte den Drang, sie aufzuheben, strich das Papier glatt und ging auf der Suche nach dem Papiermüll ins Erdgeschoss. Es gab keinen. Danach versuchte ich es vor dem Eingang zur Hotelküche, wo ein Angestellter sauber machte.

„Ich muss das hier wegwerfen", sagte ich.

„Neben dem Eingang ist ein Mülleimer."

Ich dachte kurz nach. „Ja, aber der ist für Restmüll. Das ist Papier."

Er schaute mich verblüfft an.

„Gut, dann geben Sie es mir."

„Ich möchte es gerne selbst wegwerfen. Haben Sie einen Papiercontainer?"

Er ließ mich in die Küche und brachte mich zum Container. Er war unordentlich, der Müll war nicht anständig getrennt. Heute könnte ich den Anblick nicht ertragen, aber damals war es noch nicht so wichtig. Erleichtert warf ich das Päckchen weg, mit einem mir unbekannten Vertrauen in mich selbst.

Ich decke den Tisch im weißen Wohnzimmer mit dem Service von Royal Copenhagen. Ich glaube, das ist das einzige Geschenk, das wir jemals von Carlos Mutter bekommen haben. Er kommt nach Hause, und wir essen schweigend zu Abend. Schweigen ist die Antwort auf unsere unvermittelt aufgetauchten Meinungsverschiedenheiten. Nach dem Essen ruft Marta an. Sie möchte über Mario und über Sofias Tanzstunde sprechen und über alle möglichen anderen Nichtigkeiten, bis sie schließlich nach meinem Apfelkuchenrezept fragt. Während ich ihr gerade erkläre, wie das Karamell in die Form kommt, beginnt Carlo abzuräumen. Ich gebe ihm ein Zeichen, dass er aufhören soll, aber er macht weiter, und als ich auflege, ist der Tisch sauber.

„Mario scheint es besser zu gehen, das hat Marta dir doch auch gesagt, oder?", will Carlo wissen.

„Ja. Warum hast du abgeräumt?" Ich habe nicht gesehen, was er weggeworfen hat und wohin, ich kann keine vernünftige Abfallliste machen.

„Um dir zu helfen."

„Ich mache das lieber selbst. Ich weiß, wo die Dinge hinkommen, vielleicht finde ich sie morgen nicht."

„Das scheint mir kein großes Problem zu sein."

„Das ist es auch nicht. Aber vielleicht hast du nicht auf die Mülltrennung geachtet."

Er seufzt ein wenig genervt. „Bianca, ich bitte dich. Wir diskutieren darüber, wer den Tisch abräumt? Das kann doch nicht wahr sein."

Ich weiß, dass er in seiner Welt recht hat, deshalb stimme ich ihm zu. „Stimmt. Möchtest du einen Whisky? Ich bringe dir einen, setz dich."

Ich schiebe Carlo sanft auf das Sofa und gehe in die Küche, um den Müll zu inspizieren. Orangenschalen, Brotkrümel, mehrere Abfälle, die ich nicht identifizieren kann. Vielleicht hat er etwas in den Plastikmüll oder den Restmüll geworfen, aber ich kann ihn nicht fragen. Ich kehre ins weiße Wohnzimmer zurück und reiche Carlo den Whisky. Er sieht mich müde an.

„Komm her“, sagt er. Und dann, wie aus dem Nichts: „Dir geht es nicht gut, oder?“

Ich zucke zusammen.

„Glaub nicht, dass ich das nicht merke. Ich sehe es.“

„Und was genau siehst du?“

Carlo dreht das Glas in den Händen. „Ich sehe, dass dein Perfektionismus zur Manie wird. Ich sehe …“

„Carlo, das ist nicht wahr.“

„Ich sehe, dass die Diagnose, dass du unfruchtbar bist, dich tief erschüttert hat, genau wie unser Streit vor einigen Tagen, du tust dir schwer, einen Konflikt zu bewältigen.“

Ich lasse erschöpft den Kopf sinken. „Nein, es gefällt mir gar nicht, so schwer krank zu sein. Und auch nicht, dass wir bei einem so *essenziellen* Thema unterschiedlicher Meinung sind. Worauf willst du hinaus?“

Carlo trinkt den Whisky aus und macht eine Kunstpause.

„Worauf willst *du* hinaus? Du läufst vor etwas davon, habe ich recht?“

„Wirklich? Und vor was?“

„Vor deinem Kontrollzwang. Vor deiner Mutter. Vor Stella.“

„Stella?“ Ich bin nicht darauf vorbereitet, ihren Namen aus seinem Mund zu hören. Es fällt mir schwer, ihn zu wiederholen. „Was hat Stella damit zu tun?“

„Du sprichst nie von ihr. Sie ist ein Tabu. Ich weiß nicht mal genau, was mit ihr passiert ist, wer sie war.“

Ich fahre mir mit den Fingern durchs Haar, reiße eines aus und halte es zwischen den Fingern, um es in den Biomüll zu werfen. „Dann ist Stella jetzt unser Problem. Sicher.“

Ich wickle das Haar um einen Finger, stehe auf und stelle mich ans Fenster. Er kommt zu mir.

„Nein. Das Problem ist, dass ich manchmal glaube, gar nichts über dich zu wissen.“

Ich schaue in seine glänzenden dunklen Augen, auf das Grübchen an seinem Kinn.

„Du weißt das Wichtigste. Warum willst du auch den Rest wissen?“

„Ich … ich weiß, dass es auch meine Schuld ist. Vielleicht hast du das Gefühl, dass ich abwesend bin, zu sehr auf meine Arbeit konzentriert.“

„Das denke ich nicht.“

„Was denkst du dann?“

Carlo stellt das leere Glas auf den Tisch. In dem Moment schaut er nicht hin, und ich verschlucke das Haar.

„Ich denke, dass ich dich liebe. Und dass ich ein Kind möchte. Ende. Ich bin einfach gestrickt, weißt du?“

„Das stimmt nicht“, sagt Carlo sanft, „ich habe noch nie einen Menschen getroffen, auf den das weniger zutrifft als auf dich.“

Ich starre auf den Jacuzzi auf der Terrasse, am liebsten würde ich mich darin ertränken, genau wie Stella. Dann gehe ich ins Schlafzimmer und betrachte mich im Spiegel. Ich komme mir müde und lächerlich vor.

„Ich gehe schwimmen“, sage ich zu Carlo.

„Gut.“

Bei den Umkleidekabinen im Schwimmbad achte ich darauf, dass mich niemand sieht, und durchwühle die Mülleimer. Es ist das erste Mal, dass ich es in der Öffentlichkeit mache, und ich spüre eine gewisse Trunkenheit, eine erschreckende Freude, genau wie damals, als ich Carlos Reifen durchstochen habe, um ihn kennenzulernen. Ich ordne Haarbüschel zu Biomüll, einen kaputten Flipflop zu Plastik und acht Taschentücher zu Papier. Dann springe ich ins Wasser. Ich schwimme zwanzig Bahnen Delfin ohne Pause und spüre, dass ich noch zwanzig machen könnte. Und noch zwanzig. Als ich das Gefühl habe, dass meine Lungen gleich explodieren, tauche ich auf und schaue auf die Tribüne, wie damals beim Schwimmwettkampf. Stella sitzt dort. Ich begrüße sie, und sie dreht ihren Zeigefinger, als ob sie mir sagen wollte, dass wir uns später treffen. Sie wartet mit ihrem neuen Ciao vor dem Schwimmbad auf mich, mit dem Rucksack mit den gelben Streifen, sie sagt, dass Carlo seine Meinung über Kinder ändern wird, dass sie zurückkommen wird und wir wieder glücklich und dankbar sein werden, am Leben zu sein, wie früher.

18

Die heutige Fokusgruppe diskutiert über ein Online-Datingportal, auf dem man seinen Traumpartner finden kann. Man schreibt sich ein, beschreibt sich in allen Details und beantwortet dann eine unendlich lange Liste von Fragen über die Person, die man sucht. Soll er keinen Alkohol trinken? Vegetarier sein? Aus dem Friaul kommen? Ist es ein Problem, wenn er eine Glatze hat? Wenn er raucht? Ist Sex eine Priorität?

Wenn man die mehr als tausend Fragen beantwortet hat, wird ein Algorithmus mit den Daten gefüttert, und in wenigen Sekunden taucht unter all den Kandidaten dein idealer Partner auf, die exakte Projektion dessen, was du angegeben hast zu sein und zu wollen.

Das Problem ist, dass die Nutzer unzufrieden sind. Sie zahlen viel Geld, um sich einzuschreiben, aber wenn der Algorithmus ihnen den idealen Partner präsentiert, gefällt er ihnen in neun von zehn Fällen nicht. Er raucht nicht, das stimmt, aber er trägt unmögliche Unterhosen. Er ist unterhaltsam in der Öffentlichkeit, aber wenn ihr zu zweit seid, rülpst er laut und erwartet, dass du das tolerierst. Das hat der Algorithmus nicht berechnet.

Die Zielgruppe besteht aus Singles, die einige Dates hatten, aber der oder die Richtige war nicht dabei. Sie sagen, dass der Algorithmus nicht genau genug ist, nicht die *Essenz* der Menschen trifft. Man muss ihn verbessern, damit er die Benutzer besser umreißt, das Unwichtige vom Essenziellen trennt. Sie diskutieren, beschreiben, welche Eigenschaften der andere unbedingt haben muss, um dann festzustellen, dass es diese Eigenschaften nicht gibt. Eine Fünfundvierzigjährige mit schriller Stimme meint, dass die Software den Aspekt der Romantik und den Zufall völlig vernachlässigt und den Moment simulieren müsste, in dem man sich ohne logisch nachvollziehbaren Grund in einen Menschen verliebt.

Für mich ist das alles Schwachsinn. Ich habe Carlo bewusst gewählt, mit Romantik oder gar Zufall hatte das nichts zu tun. Es war die vernünftigste Entscheidung, die ich treffen konnte, um meine Schuld im Zaum zu halten. Und dazu musste ich auf keine absurde Frage einer absurden Software antworten.

Eine Woche nach dem Ausflug nach Portofino sprach ich mit Serena. Es war ein warmer Abend, und sie lag im Bett und las ein Buch für ihre Arbeit. Die Tatsache, dass sie Carlo als Betreuer für ihre Abschlussarbeit gewonnen hatte, verlieh ihr eine merkwürdige Ruhe. Ich holte tief Luft.

„Hast du mit ihm gesprochen?"

„Mit wem?", fragte Serena, den Blick auf das Buch gerichtet.

„Dem Professor."

„Natürlich."

„Und … was hältst du von ihm?"

„Er ist ein ganz Großer, das ist die Wende. Du verstehst das nicht."

Ich schwieg und sah ihr zu, wie sie mit dem Marker einige Sätze unterstrich.

„Ich muss dir etwas sagen."

Ich weiß nicht, warum ich mich ihr anvertraut habe. Das war das erste und einzige Mal, dass ich das Bedürfnis hatte, mit jemandem über mich zu sprechen. Vielleicht weil ich wusste, dass Serena so sehr auf sich konzentriert war, dass sie dem keine Bedeutung beimessen würde.

„Ich glaube, dass er der Mann meines Lebens ist."

Serena hob den Kopf. „Was? Wer?"

„Er."

Sie riss überrascht die Augen auf. „Was für ein Unsinn. Du auch noch. Was findet ihr nur an ihm."

Ich dachte einen Moment nach und sagte dann: „Denkst du nie daran, ein Kind zu bekommen?"

„Um Himmels willen, eher nicht."

„Ich schon. Und wenn ich an meinen Sohn denke, oder besser, an meine Tochter, dann soll sie sein wie er."

Serena schaute wieder in ihr Buch. „Fantastisch. Du hast dich nicht in einen Mann, sondern in einen Genpool verliebt."

Ich lachte. „Vergiss es. Du weißt doch, wie ich bin. Ich bin ein vernunftgesteuerter Mensch."

„Nein, bei dir hat es voll eingeschlagen. Auf jeden Fall ist er jetzt in den USA, keine Ahnung, wo. Den Genpool siehst du vor meinem Abschluss nicht wieder. Streng dich an."

Serena machte ihren Abschluss im Februar, am Ende des Wintersemesters, mit Bestnote, genau wie sie es geplant hatte. Carlo trug einen flaschengrünen Armani-Anzug, und wieder faszinierten mich seine Aura, seine Sicherheit, seine unglaubliche Ähnlichkeit mit Stella. Nach der Bekanntgabe der Note umarmte ich sie, und Serena begann mit ihrer aufgeregten Familie für Fotos zu posieren. Wir sahen uns an und lächelten, wie zwei Menschen, die sich schon irgendwo gesehen hatten, aber nicht recht wussten, wo, aber kurz bevor ich auf ihn zugehen konnte, klingelte sein Handy, und er wandte sich ab.

Bevor ich ging, hörte ich Serena mit ihm sprechen.

„Dienstagabend feiere ich meinen Abschluss. Sie kommen doch auch, oder?"

Carlo dachte nur kurz nach und sagte: „Gerne, warum nicht?"

„Dann brauchen Sie ein Kostüm, ich feiere Karneval."

Ich schloss die Augen. Das war meine Chance, die Gelegenheit würde nicht wiederkommen, ich musste „all-in" gehen wie beim Poker und begann ebenfalls über mein Kostüm nachzudenken. Als ich sonntags bei meinen Eltern war, wartete ich, bis mein Vater das Haus verließ, und ging dann in Stellas Zimmer. Seit dem ersten Selbstmordversuch meiner Mutter hatte ich es nicht betreten. Es roch abgestanden, offensichtlich war auch sonst niemand hier gewesen. Ich öffnete den Schrank und suchte, bis ich es gefunden hatte. Das Silvesterkleid war in eine Zellophanhülle verpackt, perfekt zusammengelegt und gebügelt. Ich zog es vorsichtig aus der

Hülle und betrachtete mich im Spiegel. Ich sah perfekt aus, eine erwachsene Stella, genauso schön und genauso rein.

Am Dienstag kaufte ich mir eine schwarze Perücke, schwarze Netzstrümpfe, schwarze Satinhandschuhe und schlüpfte in Stellas schwarzes Kleid. Ich sah aus wie eine sexy Witwe oder eine Escortdame im Gothic-Look. Ich schminkte mir raffinierte dunkelgraue Smokey Eyes und legte schwarzlila Lippenstift auf. Danach stieg ich in den Bus, um zu Serenas Fest zu fahren, das in einem Hotel im Triennale-8-Viertel stattfand.

Als ich kam, warf ich einen Blick in die Bar, doch Carlo war nicht da. Ich suchte an der Garderobe, in den Toiletten, auf den Sofas. Er war nicht da. Ich setzte mich an die Bar und bestellte einen Gin Tonic. Und dann einen zweiten. Ich konnte nichts anderes tun als warten.

Nach einer halben Stunde traf endlich auch Serena ein, die wie ein Blätterteigtörtchen aussah und mich begrüßte.

„Wie sehe ich aus?"

„Wunderbar."

„Ich habe für dieses Kostüm einer französischen Hofdame aus dem achtzehnten Jahrhundert ein Vermögen ausgegeben. Das verstehst du nicht. Kommst du tanzen?"

„Vielleicht später", antwortete ich und blieb an der Bar sitzen, um weiter auf Carlo zu warten.

Bei seiner Ankunft war ich beim dritten Gin Tonic. Deshalb war ich leicht benommen, als ich ihn hereinkommen sah. Wenn ich Gefühle hätte empfinden können, hätte ich welche empfunden, denn das war das Gefühl schlechthin: der Moment, in dem alles beginnt.

Carlo bahnte sich durch eine Gruppe betrunkener junger Leute den Weg zu Serena. Er beglückwünschte sie, küsste sie auf beide Wangen und sie schloss sich der Polonaise auf der Tanzfläche an. Als sie an mir vorbeikam, rief sie mir zu: „Hast du gesehen? Der Genpool ist da."

Carlo kannte niemanden und stand am Rand, ganz wunderbar fehl am Platz. Er stützte sich einige Meter von mir auf den Tresen und schaute dem Treiben mit distanziertem Interesse zu, wie ein Maler ein Stillleben betrachtet. Dabei wandte er mir sein Profil zu, das Profil ist das Beste an Carlo, gut proportioniert, leicht spitze Nase, klar. Sein Blick wurde einen Augenblick melancholisch und gleichzeitig freundlich, genau wie er noch heute manchmal aussieht, wenn er nachdenkt. Die anfängliche Neugier verwandelte sich rasch in Langeweile, und vielleicht dachte er darüber nach, dass er besser nicht auf ein Fest einer ehemaligen Studentin gekommen wäre, noch dazu merkwürdig angezogen, nur damit sie zufrieden war.

Wieder überkam mich die Gewissheit, dass *er* der einzige Weg war, um Stella wiederzufinden, und ich ging auf ihn zu.

„Seit wann sind Sie da?"

Er sah mich dankbar an. Von Serena abgesehen war ich die Erste, die mit ihm sprach. „Seit einer halben Stunde vielleicht. Ihr könnt mich ruhig duzen, zumindest heute Abend. Wir sind nicht in der Vorlesung."

„Gerne. Aber nur, wenn du mich nicht im Pluralis Majestatis ansprichst."

Er lachte: „Mit ‚ihr' meinte ich euch junge Menschen."

Er benutzte diesen herrlichen, etwas altmodischen Ausdruck „junge Menschen", wie ein Onkel, der auf dem Fest seines halbwüchsigen Neffen nach dem Rechten sieht. Ich mochte das sehr.

„Gut, wir jungen Leute fragen uns, als was du verkleidet bist."

Damals trug er die Haare lang und hatte sie mit Gel nach oben gestylt und nach links gekämmt. Er trug eine exzentrische breite karierte Krawatte, in die er einen Draht gefädelt hatte, sodass sie auch nach links abstand. In der Hand hielt er eine durchgebrochene Zigarette, die ebenfalls nach links zeigte, eine schiefe Brille ohne Gläser auf der Nase, die Bügel neigten sich nach links.

„Ich bin ein Windstoß. Und du?"

Ich betrachtete ihn unter der schwarzen Perücke und richtete mir mit der schwarz behandschuhten Hand die schwarze Schleife an Stellas schwarzem Kleid.

„Ein Oxymoron. Nomen est omen, ich heiße Bianca.“

Er lachte zum zweiten Mal binnen einer Minute. „Genial. Carlo, freut mich sehr.“

„Ehrlich gesagt kennen wir uns schon, du hast Serena und mich in Portofino zum Abendessen eingeladen, aber das ist schon einige Zeit her.“

Etwas, das ich schon kannte, veränderte sich in seinem Blick. „Du bist es! Bianca! Entschuldige, aber ich habe dich mit der Verkleidung nicht erkannt.“

„Solange man mich nicht erkennt, ist alles gut. Das Unglück beginnt, wenn man mich kennt“, sagte ich und lächelte, dabei enthüllte ich meinen abgesplitterten Zahn, das einzig Unperfekte, das ich mir an mir erlaubte.

„So würde ich das nicht sagen“, antwortete er, „als ich dich beim Kongress getroffen habe, hast du mich davor bewahrt, wie ein Trottel dazustehen.“

„Das kann ich toppen. Ich kann dich vor dieser Party bewahren. Was meinst du?“

Er lächelte maliziös. „Einverstanden.“

Damals wusste er noch nicht, dass er es war, der mich vor etwas bewahrte, und dass das der Grund war, warum ich so unverschämt mit ihm flirtete.

Wir verließen rasch das Fest und liefen durch die Straßen mit den großen Ziegelhäusern rechts und links Richtung San Siro. Ich trug hochhackige Stiefel, und hin und wieder tat ich so, als würde ich an den Wurzeln der Platanen hängen bleiben, die sich aus dem Asphalt erhoben. Deshalb reichte mir Carlo seinen Arm, und ich hängte mich ein. Der Abend war sternenklar und mild.

„Woher kommst du?“, fragte er.

„Brianza. Und du?“

„Aus Rom. Aber dort lebe ich nicht mehr und … das ist eine lange Geschichte.“

„Meine auch. Sprechen wir lieber nicht darüber.“

„Möchtest du noch etwas trinken?“

Wir gingen in eine Bar hinter dem Giardino dei Giusti. Die Kellnerinnen trugen Clown-Perücken und servierten Cocktails, weiter hinten war eine kleine Tanzfläche, wo verkleidete Studenten zu Discomusik aus den 1970ern tanzten. Wir setzen uns an die Bar, ich bestellte einen Gin Tonic und er einen Rosé. Er ließ mich von mir erzählen, aber ohne tiefer nachzubohren. Er stellte mir keine Fragen, damals nicht und auch sonst nie, ob ich die aus dem Fernsehen wäre. Heute weiß ich, dass er in den USA war, als ich *Balli & Pupe* machte, und er deshalb keine einzige Sendung gesehen hatte, aber an diesem Abend interpretierte ich das als Romantik, als Vorsicht, um mich nicht in Verlegenheit zu bringen.

Ich erzählte lustige Geschichten von der Biologie-Fakultät, die ich von Serenas Freunden gehört hatte, und wirkte fast wie eine ganz normale junge Frau, als ob mir Stellas Kleid ein wenig von ihrer Art, ihrer Leichtigkeit, ihrem Vertrauen dem Leben gegenüber mitgegeben hätte. Und Carlo gefiel das.

Wir zogen weiter, dieses Mal war die Bar verraucht und leer. Außer uns saß nur noch ein Paar an einem Tisch in der Nähe. Ich sah Carlo an und hatte das Gefühl, ihn schon ewig zu kennen.

„Wie ist dein Leben?", fragte ich, nachdem wir etwas zu trinken bestellt hatten.

„Voll und leer zugleich. Arbeit."

„Und?"

„Und Arbeit. Mehr nicht."

Er sagte das ohne jedes Bedauern. Er erzählte mir begeistert von Boston, von Vera, von den Experimenten mit dem Roboter. Von dem Adrenalinstoß, als er zum ersten Mal im OP war und er den menschlichen Körper offen vor sich gesehen hatte, das pulsierende Herz unter seinen Händen, das gewaltigste und unanfechtbarste Zeichen des Lebens.

„Ich rede sonst nicht darüber", sagte er schließlich etwas verunsichert.

„Du hast zu wenig Zeit, darüber zu reden, du arbeitest zu viel."

„Tatsächlich habe ich zu wenig Zeit für viele wichtige Dinge."

Der Mann am Tisch in der Nähe wurde laut, die Frau brach in Tränen aus. Er sah sie mitleidlos an, stand auf und ging.

„Aua", sagte Carlo.

„Wer weiß, was er gerade erfahren hat", murmelte ich, und das war der letzte sinnvolle Satz, an den ich mich erinnere, dann spürte ich Hitze in mir aufwallen und ohne zu wissen, was los war, fiel ich zu Boden.

So lernte ich Carlo kennen. Unser erster gemeinsamer Abend endete in Serenas Apartment, ich lag auf dem Bett und übergab mich, und er passte auf, dass ich dabei nicht erstickte. Der Pathologieprofessor, die strahlende Hoffnung am Himmel der Robotermedizin, der Prüfer von Doktor Serena Taddei. Und die schönste Studentin der Vorlesung, das ehemalige Kreuzworträtselmädchen aus *Balli & Pupe*, die Studentin, die alle kennenlernen wollten. Und jetzt das. Das war das einzige Mal, dass ich die Kontrolle verlor. Und auch das war offensichtlich unvermeidlich.

Während meiner Ohnmacht träumte ich wie immer von Stella, aber zum ersten Mal brachte ich sie nicht um. Ich war sieben und hatte den Schwimmwettkampf, und draußen regnete es und ich war Erste. Sie saß auf den Stufen und sah zu, umarmte mich und sagte, ich sei großartig gewesen, hätte es geschafft. Ich würde alles dafür geben, diesen Traum wenigstens noch einmal zu haben, aber er kam nie wieder.

Am nächsten Morgen wachte ich auf und sah Carlo, der auf dem schmalen Sessel neben dem Bett schlief, immer noch als Windstoß verkleidet. Ich duschte und ging dann Karnevalsgebäck kaufen. Als ich zurückkam, wachte er gerade auf. „Haben Sie Hunger?", fragte ich.

Jetzt war ich wieder die Studentin, natürlich, gekämmt und sauber, in einem weißen Wolljäckchen und Nadelstreifenhosen. Er war der respektable Professor für Allgemeine Pathologie, der merkwürdig gekleidet war, zerzauste Haare und Mundgeruch vom Alkohol hatte. Das Gefühl, lächerlich zu sein, ist der am schnellsten umkehrbare menschliche Zustand von allen.

„Warum siezt du mich?"

„Weil ich nicht mehr betrunken bin und das Fest vorbei ist. Haben Sie Hunger?"

„Ja, danke. Kann ich mir das Gesicht waschen?"

„Natürlich."

Ich nahm ein sauberes Handtuch aus Serenas Schrank und kochte einen Kaffee.

„Wie geht es dir?", fragte er.

„Besser, danke. Wie haben Sie mich hergebracht?"

„Hör mit diesem Sie auf. Ich habe dich die ganze Nacht in eine Schüssel kotzen sehen, Mädchen, wir sind uns ziemlich nahegekommen, würde ich sagen."

„Wie hast du mich hergebracht?"

„Ich habe Serena angerufen. Sie hat mich darum gebeten. Sie ist zum Frühstück nach Venedig gefahren."

„Und die Schlussel?"

„Sie meinte, sie seien in deiner Tasche. Ich habe in deinen Sachen gewühlt, das tut mir leid."

„Kein Problem, in meiner Tasche ist nichts Interessantes."

„Aber außerhalb der Tasche schon."

Wir tranken Kaffee und aßen Gebäck, dann rauchten wir eine Zigarette, die genauso ekelhaft schmeckte wie jede erste Zigarette, wenn man zu viel getrunken hat. Unsere Gespräche wurden vertrauter, wir ließen uns nicht aus den Augen. Dann schaute er auf die Uhr und meinte, er müsse gehen, und es war klar, dass es ihm leidtat. An der Tür sagte ich, dass ich ihm wirklich dankbar dafür war, was er getan hatte, und dann war es lange still, denn bis zu diesem Moment war alles so merkwürdig gewesen, und jetzt mussten wir irgendwie glaubhaft zur Normalität zurückkehren. Dann sagte ich noch einmal, dass er sehr freundlich gewesen war, dass ich normalerweise nicht betrunken mit Unbekannten ausging und ohnmächtig wurde und ihnen dann zum Dank einen Kaffee machen würde wie dieses Mal. Daraufhin sagte er, dass er mich anrufen würde, wenn er wieder in Mailand wäre, einfach so, nur um zu wissen, ob ich in der Zwischenzeit andere Vollräusche erlebt hätte. Ich schrieb ihm meine Nummer auf die Rückseite eines Kassenbons und steckte ihn ihm in die Tasche.

Er ging die Treppen hinunter, und an der Eingangstür drehte er sich noch einmal um, mit seiner inzwischen eingesunkenen Windstoßtolle. Genau in diesem Moment hörte man ein Radio. *„Unforgettable, that's what you are"*, sang Nat King Cole, und ich sah, wie Carlos Augen feucht wurden. Er würde niemals zugeben, dass ihn so etwas Pathetisches berührt hatte – zwei Frischverliebte schauen sich schweigend an, während ein romantisches Lied gespielt wird –, aber genauso war es. Ich wartete, bis er hinausgegangen war, und blieb auf der Treppe stehen und sang mit. *„That's why, darling, it's incredible that someone so unforgettable thinks that I am unforgettable too."*

Ich beende die Transkription des Interviews über die Dating-Software und gehe in Richtung La Sapienza. Carlo hat heute Vorlesung, und wenn das Wetter schön ist, hole ich ihn ab. Ich setze mich in die letzte Reihe des Hörsaals und warte, bis die Studenten keine Fragen mehr haben, dann machen wir einen Spaziergang durch den Smog und die Gerüche der indischen Take-aways, unter den Gerüsten und den schmutzigen Marmorbalkonen hindurch, vorbei an den schiefen Straßenlaternen. Eine junge Frau schiebt einen Kinderwagen mit einem wenige Monate alten Baby und verkeilt sich mit den Rädern in den Rissen im Asphalt, dabei versucht sie sich durch die auf dem Bürgersteig parkenden Autos hindurchzuschlängeln. Sie spricht mit dem Baby, dem Akzent nach stammt sie aus dem Süden. Sie sagt: „Ich will weg aus Rom, wir ziehen in eine Stadt am Meer, ohne Verkehr."

Ich frage Carlo, ob er Lust hat, in der Bar auf der Piazza dell'Esquilino einen Rosé zu trinken, wo wir üblicherweise immer sitzen, aber er meint, er würde gerne sofort nach Hause gehen. Wir sprechen über oberflächliche und banale Themen, über die es nichts zu diskutieren gibt: Mario, die Fokusgruppe. Wir füllen die Zeit damit, aus Angst, dass wir uns wirklich etwas sagen könnten. Ich summe *Unforgettable*, Carlo hört nicht zu, oder er hört zu und achtet nicht darauf. *Unforgettable.* Man denkt, dass das Wort „unvergesslich“ zwangsläufig mit etwas Schönem verknüpft ist, doch so ist es nicht. Alle unvergesslichen Dinge in meinem Leben sind schrecklich, Carlo ausgenommen. Und jetzt scheint er mir zu entgleiten, wer weiß, wohin.

Zu Hause ruft mich mein Schwiegervater an. Ich gehe ins Gästebad.

„Ich möchte dir sagen, dass wir beginnen werden, meine Liebe.“

„Wie? Und Carlo?“, frage ich leise.

Ich linse durch die Tür, Carlo schaut die Nachrichten im Fernsehen.

„Ich werde mit ihm reden, wenn ihr zum Abendessen kommt.“

„Gut. Sag mir, was ich tun muss.“ Ich spreche schnell und entschlossen, ich bin die Dienstbotin, der man Befehle erteilt, der kleine Soldat, der bereit ist, an die Front zu gehen.

„Untersuchungen, Analysen. Komm morgen vorbei, dann machen wir das. Und du musst eine Psychotherapie anfangen.“

Ich halte inne. „Eine Psychotherapie?“

„Das ist Vorschrift, mein Engel.“

„Psychotherapie? Aber warum?“

„Weil, was Gott verhüten möge, du zusammenbrechen könntest.“

Ich falle ihm ins Wort. „Ich werde nicht zusammenbrechen.“

Er sagt in seinem sanften, aber bestimmten Ton, der keinen Widerspruch duldet: „Bianca, du vertraust mir, denn was ich sage, ist das Richtige, in Ordnung?“

Ich vergrabe das Gesicht in meiner Hand und drücke, bis es wehtut. „Das Richtige für wen?“, würde ich gerne erwidern, tue es aber nicht.

„Gut, Franco, natürlich. Ja.“

Nach dem Abendessen schläft Carlo vor dem Fernseher ein, ich gehe ins Schwimmbad und versuche meinen persönlichen Rekord von einer Stunde zu brechen. Es gibt nichts Schöneres im Sport als die Befriedigung, nach einer noch so großen Anstrengung wieder lebend am anderen Beckenrand angekommen zu sein. Wie im Leben.

19

Der Gehirnklempner, zu dem Franco mich geschickt hat, ist ein unangenehmer Mann um die sechzig, der auf professionelle Weise freundlich ist, aber so distanziert, dass man sich keine Illusionen macht, er könnte wirklich an seinen Patienten interessiert sein. Als ich sein Sprechzimmer betrete, ist er von meinem Aussehen überrascht, aber er zeigt es nicht mit der üblichen Perplexität, sondern legt noch etwas mehr von der Freundlichkeit an den Tag, die er nach den vielen Jahren eiserner Selbstdisziplin innerhalb dieser vier Wände zum Ausdruck zu bringen gelernt hat. Er trägt einen taubengrauen Anzug, der vage an Armani erinnert, einen aber mehr an ein Begräbnis denken lässt. Falls ich das Pech haben sollte, Carlo zu überleben, möchte ich ihn so gekleidet im Sarg liegen sehen.

Er deutet auf einen schwarzen Sessel und spricht mit einer fast hypnotischen Stimme.

„Bianca, ich darf Sie doch Bianca nennen? Diese Gespräche haben zum Ziel, mir zu helfen, die wesentlichen Züge Ihrer Persönlichkeit kennenzulernen."

Ich nicke.

„Ich möchte Sie als Erstes fragen, was Ihr Hauptmotiv ist, weshalb Sie sich ein Kind wünschen."

Es ist alles so einfach. Das Motiv ist, dass ich Stella wiederhaben möchte.

„Ich wollte immer eine große Familie."

„Warum? Ich würde gerne Ihr tiefstes Bedürfnis erfahren."

Ich lächle höflich. „Das würde ich auch gerne. Deshalb bin ich doch hier, oder?"

Ohne seine leichenhafte Miene zu verlieren, schreibt er etwas mit seiner bordeauxfarbenen Parker-Füllfeder in sein Notizbuch. Er schweigt eine Weile und sagt dann: „Natürlich, Sie haben recht. Vielleicht ist es zu früh, sich mit diesem Thema zu beschäftigen.

Ich gehe recht schnell vor, wissen Sie, da der Professor mir gesagt hat, dass die Zeit drängt."

„Stimmt."

„Möchten Sie über Ihre Familie sprechen?"

„Carlo ist meine Familie."

Er fragt mich nach der Beziehung zu Carlo, nach den Konfliktthemen unserer Beziehung. Ich erkläre ihm, dass Carlo und ich *nie* streiten, aber dass wir seit Kurzem eine Auseinandersetzung zum Thema Perfektionismus haben, nachdem er mir vorgeworfen hat, von dem Bedürfnis besessen zu sein, alles unter Kontrolle zu haben.

„Glauben Sie, dass er recht hat?"

„Ganz ehrlich?", sage ich freundlich. „Nein. Ich mag Ordnung und Harmonie, aber das ist keine Krankheit, denke ich."

Er schreibt weiter, für ihn muss das ein wichtiger Moment sein: Jetzt erkennt er das Unbehagen, das hinter der offensichtlichen Normalität jedes Lebens steckt. Er schaut mir in die Augen, achtet aber darauf, mich nicht zu verunsichern, seine emotionale Taubheit ist noch größer als meine.

„Geben Sie mir ein Beispiel dafür, was Carlo mit *Perfektionismus* meint", sagt er mit einer Grimasse, die ein Lächeln sein soll.

„Zum Beispiel eine aufgeräumte und saubere Wohnung."

„Gibt es Rituale, nennen wir es einmal so, mit denen Sie Dinge unter Kontrolle halten? Wie etwa Gegenstände immer wieder sauber machen, sie richtig anordnen, zum Beispiel."

Ich erzähle ihm von meiner Liste der Abfälle, irgendetwas muss ich ihm ja geben. Er ist interessiert, fragt, ob das ein häufig genutztes Ritual ist, ob ich es in besonderen Situationen mache, was ich dabei denke. Er fragt mich immer wieder, was ich denke, ohne sich vorstellen zu können, dass ich gar nicht so viel denke und fast immer das Gleiche: die Liste der Abfälle, meine Mutter, Carlo. *Das Unglück.*

Ich weiß nicht, ob es im Leben einen exakten Moment gibt, in dem etwas unvermeidlich wird. Der Punkt zwischen dem Davor und dem Danach, an dem man sagen kann, dass ich vorher noch etwas hätte verändern können, hinterher aber nicht mehr. Ich weiß aber, dass das *Unglück* eine Summe von vorausgegangenen Anzeichen hatte, die auf den ersten Blick nichts miteinander zu tun hatten, die aber nach und nach abgelaufen sind, wie eine Kettenreaktion, wie die Abfälle, die ich jeden Tag sorgfältig trenne. Der erste Schritt war der Pakt, den ich wegen des Schwimmkurses mit Stella geschlossen hatte, als ich ihr schwor, bis zum Ende durchzuhalten, und dann trainiert habe, um dieses Ziel auch zu erreichen. Ich schwimme Delfin, die anstrengendste und technisch herausforderndste Disziplin, aber auch die beeindruckendste. Alle Bewegungen müssen minutiös koordiniert werden, die Muskeln müssen unter ständiger Kontrolle stehen. Halten, Zug, Abstoß. Öffnung, atmen. Wiederholung, Wende. Zurück, wieder von vorne, bis der Körper wie eine Welle nicht mehr am Wasser klebt. Ich habe gelernt, an nichts zu denken, nur an die körperliche Anstrengung, nichts stört meinen Geist. Je besser ich würde und je mehr ich das Schwimmen hasste, desto stolzer würde Stella auf mich werden, ich würde meine Barbie bekommen und damit wäre die Sache vorbei. Am Ende des Kurses sagte man uns, dass es einen Wettkampf geben würde. Alle bekamen eine Spezialstrecke zugeteilt, ich die 200 Meter Delfin. Stella war die Erste, der ich es erzählte. Sie schaute mich ebenso aufgeregt an wie damals, als wir die Silvesterfeier veranstalten durften. Sie meinte, sie könne es kaum erwarten, und es würde sicher ein unvergesslicher Tag werden. Und so war es auch.

Der Wettkampf fand am 11. Juni statt, die Nachrichten bezeichneten diese Woche als die heißeste seit fünfzig Jahren. Ich bereitete mich gerade vor, als der Himmel sich zuzog. „Sie haben für heute Regen gemeldet", sagte meine Mutter und blickte nach draußen. Sie hatte sich geschminkt, so wie ich es mochte, die Lippen rot und die Augen betont, und trug ein leichtes geblümtes Kleid mit einem Gürtel in der Taille. „Mädchen, seid ihr bereit?"

Auch Stella wandte den Kopf Richtung Himmel. „Ich kann nicht mitkommen", sagte sie plötzlich und sah zu Boden, „ich habe vergessen, dass am Montag die Abschlussprüfung ist, ich muss lernen."

Ich war so betroffen, dass ich nicht einmal antworten konnte, und schaute zu meiner Mutter, in der Hoffnung, sie würde etwas sagen.

„Die Prüfung ist am wichtigsten. Wie hast du das nur vergessen können? Komm, Bianca."

Ich griff nach der Schwimmbadtasche und blickte zu Stella, die unbeweglich auf der Schwelle stand. Sie umarmte mich und flüsterte mir sanft ins Ohr: „Alles wird gut."

Im Auto dachte ich nach und kam zu dem Schluss, dass Stella sich einen Scherz erlaubt hatte. So war meine Schwester, sie mochte Überraschungen, ich war mir sicher, dass sie schließlich doch auf der Tribüne sitzen und mich anfeuern würde. Sie hatte es mir versprochen, und Stella machte *nie* einen Fehler.

Delfin war die letzte Disziplin, und ich saß in der Umkleide und wartete, bis ich dran war. Es stank nach Chlor und nach ungewaschenen Füßen. Die Grausamkeit eines Wettkampfs für ein Kind, das Sport hasst, lässt sich kaum in Worte fassen: Alle sind euphorisch und aufgeregt, Kinder, Trainer, Eltern, aber man selbst empfindet nur eine unendlich große Einsamkeit und Fremdheit. Man spürt die Aufregung der anderen und bei sich selbst nur Angst und den Wunsch zu verschwinden. Dazu kamen der Gestank und der Dreck im Umkleideraum, die übereinandergeworfenen Bademäntel.

Meine Mutter kam, um nach mir zu sehen. „Alles in Ordnung?"

„Ja. Ist Stella gekommen?"

„Stella ist zu Hause und lernt, das weißt du doch."

Ich begriff, dass sie wirklich nicht kommen würde. Es war ihr wichtiger zu lernen, als meinen Wettkampf zu sehen, dabei wusste sie, dass ich ihre Unterstützung brauchte. Ich hasste sie. Die Liebe, die grenzenlose Bewunderung, die ich für sie hatte, wurde im Bruchteil einer Sekunde zu einem Feuerball brennender Abneigung, der alle anderen Gefühle auslöschte. Stella machte nie einen Fehler, aber dieses Mal schon. Sie war egoistisch und gemein, und ich schämte mich, dass ich ihr so oft vertraut hatte. Hass mit Scham gemischt ist ein unerträgliches Gefühl, und tatsächlich konnte ich es nicht aushalten. Ich beschloss, dass ich den Wettkampf nicht machen würde. Sobald meine Mutter wieder auf der Tribüne saß, suchte ich nach einem Seitenausgang und schlüpfte in Badeanzug und Schlappen hinaus, ohne dass mich jemand sah.

Der Seelenklempner gießt sich aus einer Kristallkaraffe, die auf dem Schreibtisch steht, etwas zu trinken ein. Er nimmt die Brille ab und setzt sie wieder auf, fragt nach anderen unwichtigen Dingen bezüglich der Abfallliste. Habe ich schon einmal mit jemandem darüber gesprochen? Geht es nur um Abfälle, die ich selbst produziere, oder auch um die von anderen? Was genau liste ich auf? Wissen Sie, Herr Doktor, vor allem *diesen* Tag würde ich gerne dort auflisten.

Bei meiner Flucht aus dem Schwimmbad war es halb vier, aber draußen war es dunkel. Der Himmel war pechschwarz, und ich lief ziellos umher, bis ich erst einen, dann einen zweiten Tropfen auf der nackten Schulter spürte. Plötzlich prasselte der Regen als graue Masse auf mich herab. Ich versuchte ins Schwimmbad zurückzugehen, aber ich konnte die Häuser nicht mehr erkennen, ich rannte blindlings weiter, glitt aus und fiel zu Boden. Ich blieb einfach liegen und ließ mich von den Wasserfluten durchnässen, bis der Wolkenbruch zu Ende war.

Ich eilte ins Schwimmbad zurück, ohne eine Vorstellung zu haben, wo ich war und wie viel Zeit vergangen war. Ich betrat es durch den Hintereingang, stellte mich erschöpft unter die Dusche und in diesem Moment rief man mich zum Wettkampf auf. Was ging hier vor? Ich wusste kaum, wo ich war, dachte an gar nichts mehr und sprang ins Wasser. Halten, Zug, Abstoß. Öffnung, atmen. Wiederholung, Wende, zurück. Wieder von vorn. Kurz bevor der Schmerz in den Armen unerträglich wurde, berührte ich den Beckenrand und hob den Kopf aus dem Wasser. Ich hatte gewonnen. Ich schaute zur Tribüne. Stella war nicht da.

„Die Liste der Abfälle und die anderen Themen, die wir angerissen haben, könnten auf eine beginnende Zwangsstörung hinweisen“, sagt der Psychotherapeut gerade.

Ich tue so, als würde mich das interessieren, und frage nach. Er erklärt mir, dass diese Störung mit immer wiederkehrenden Gedanken einhergeht, die unangenehm sind. Das Bedürfnis nach Ordnung ist einer davon, aber es gibt auch viele andere, wie zum Beispiel die irrationale Angst vor Bakterien oder die Angst, für körperliche Schäden einer geliebten Person verantwortlich zu sein.

„Interessant“, sage ich. „Und wie äußern sie sich?“ Ich versuche Zeit zu gewinnen, damit er mich nichts mehr fragen kann.

„Da gibt es ganz unterschiedliche Ausprägungen. Sehen Sie den roten Sessel?“ Er deutet auf einen Sessel zu meiner Linken. Es ist ein Vanity Fair von Poltrona Frau oder eine gut gemachte Replik, ein Stück, das 4.000 Euro kostet. „Ich habe einen Patienten, der ihn nicht einmal ansehen kann. Er verbindet die Farbe Rot mit Blut und glaubt, er würde krank, wenn er etwas Rotes auch nur berühren würde. Das ist nur ein Beispiel.“

Meine freundliche Maske löst sich auf. Hierher kommen Psychopathen, völlig Verrückte. „Ich habe ganz konkrete Ängste, Tod, Schuld, nicht so etwas Absurdes wie ein roter Sessel.“

Die Veränderung meines Tonfalls lässt ihn ungerührt. „Sicher, aber wir müssen herausfinden, was dahintersteckt, denn diese beginnende Zwangsstörung könnte nur die Spitze des Eisbergs sein.“

Er ist überzeugend und professionell. In meiner Fokusgruppe würde man ihn als Meinungsführer bezeichnen, er beeinflusst die Meinung anderer, ohne dass sie es bemerken. Zum Glück ist die Stunde vorbei, deshalb muss ich ihm nicht sagen, dass ich ihn bezahle, weil unter all dem wirklich ein Eisberg liegt, eine immense Eiswüste, die alles gefühllos macht, betäubt und unempfindlich gegen den Schmerz werden lässt. Es ist kein Flammenmeer, das sich jeden Tag mehr ausbreitet, wie ein Waldbrand, wenn niemand eingreift, wie in einer unbewohnten Stadt. Liste der Abfälle: eine nicht zu beziffernde Menge an Tinte, zwei Blatt Papier. 600 ml

Benzin für das Taxi. Körperausdünstungen, Schweiß, Hautschuppen und Haarschuppen, die während unseres Gesprächs zu Boden gefallen sind.

Im Taxi sage ich mir, dass diesem Mann Empathie und Emotionen fehlen, sonst könnte er nicht so ruhig die Last des Leids von anderen ertragen. Oder er ist tot. Nur die Toten haben kein Mitleid für die Lebenden, genau wie Stella.

Zu Hause habe ich keine Lust zu kochen oder den Tisch zu decken, ich lege mich aufs Sofa und zappe durch die Programme. Ich warte jeden Tag darauf, dass Carlo die künstliche Befruchtung anspricht, aber er tut es nicht. Er schiebt es auf, hofft, dass ich des Wartens müde werde, die Zeit vergeht und er irgendwann sagen kann: „Es ist eben so", wie er es mit hoffnungslosen Fällen macht. Aber bei ihnen versucht er alles, bei mir nicht. Warum? Als Carlo heimkommt und das Abendessen nicht bereitsteht, schaut er mich fragend an. Ich schweige.

„Wollen wir eine Pizza bestellen?", fragt er.

Mein Blick sagt: „Ich will glücklich sein, aber ich bin es nicht", und ich antworte: „Gerne."

Beim Abendessen sind wir freundlich zueinander und schmieren glaubhaft eine Schicht gute Manieren über unsere Unzufriedenheit. Ich betrachte unser Penthouse, das einem Filmset ähnelt. Die Arco-Lampe passt mit ihrem metallischen U perfekt zum weißen Wohnzimmer, der cremefarbene Teppich unter den Pflanzen, auf dem man wunderbar barfuß laufen kann, der Jacuzzi, in dem Carlo noch nie war. Wie kann er so tun, als wüsste er nicht, dass ich das alles nur für ihn mache. Er mag ein sicheres, aufrichtiges, erfolgreiches Leben, das er hier glaubhaft in Szene setzen kann. Damit er zufrieden ist, habe ich dieses Haus in eine Ikone der Geometrie und der Harmonie verwandelt, es Perfektionismus oder Kontrollzwang zu nennen ist viel zu einfach. Ich stehe auf, gehe in die Küche, nehme ein Bier aus dem Kühlschrank und feuere es auf die Arbeitsplatte. Das Glas bricht und hinterlässt einen langen Kratzer, ich lege mich mit dem Kopf nach unten zwischen die

Scherben. Er kommt angerannt, um mir zu helfen. „Hast du dich geschnitten?"

„Zum Glück nicht."

„Wieso bist du gefallen?"

„Ich habe das Gleichgewicht verloren", sage ich ganz natürlich.

Nach dem Abendessen warte ich, bis Carlo ins Schlafzimmer gegangen ist, und hole das lange Küchenmesser aus der Schublade, mit dem wir das Fleisch schneiden. Ich stecke die Klinge in den Kratzer, den ich auf der Arbeitsplatte gemacht habe, und vergrößere ihn, bis er aussieht wie ein Mund, der mich verschlingt oder mich grausam anlächelt. Dann werfe ich das Messer in den Müll wie eine Mordwaffe und setze es auf die Liste.

20

Fünf Tage nach Karneval rief mich Carlo aus Los Angeles an. Für ihn war es Morgen, in Mailand war es schon fast dunkel, und ich war allein in der Wohnung. Serena war auf Mauritius, die Reise hatte sie zum Abschluss geschenkt bekommen.

„Am Mittwoch bin ich in Mailand. Möchtest du mich noch einmal retten?"

„Vor was dieses Mal?"

„Lebensmittelvergiftung, du weißt ja, wie Abendessen als Single enden können."

Ich lud ihn in die Wohnung ein, kochte Spaghetti mit Muscheln und Rogen, Barsch und eine Bayerische Creme aus drei Schokoladensorten, noch heute Carlos Lieblingsdessert. Er brachte eine Rose und eine Flasche Rotwein mit, was er sofort bedauerte, als er sah, dass es Fisch gab.

„Ich gehe noch mal los und kaufe einen Weißwein."

„Der Rotwein passt auch", antwortete ich und meinte damit: „Von jetzt an wird alles passen, und auf diese Sicherheit wirst du nicht mehr verzichten wollen."

Er sagte, dass er in den letzten Tagen mehr als nötig an mich gedacht hatte.

„Du bist mir nichts schuldig", erwiderte ich, „deshalb bedeutet *mehr als nötig* nichts Besonderes. An was genau hast du gedacht?"

„Wie ich mich von dir verstanden fühle. Das ist doch verrückt."

„Was ist daran verrückt?"

„Wir kennen uns doch kaum."

„Was hat Kennen mit Verstehen zu tun?"

Carlo goss den Wein ein und schaute mir in die Augen, mit einer Hingabe, die schon alles andere erahnen ließ: Noch bevor wir uns lieben, werden wir uns vom anderen *versorgt* fühlen. Nach dem Dessert und dem Wein nahm Carlo mein Gesicht zwischen seine

Hände, seine Geste war sanft, aber entschlossen. Er legte seine Stirn an meine und küsste mich langsam, als wollte er mich nie wieder gehen lassen.

Nachdem Carlo gegangen war, wusch ich die Flasche aus, die er mitgebracht hatte, und stellte die Rose hinein, um sie aufzuheben. In gewissem Sinne war sie bereits das endgültige Zeichen für das, was ich in Zukunft für ihn sein würde: eine Rinde aus dunklem Glas, die aber durchlässig war, ein widerstandsfähiges, aber auch empfindliches Material, sodass man die Essenz spüren konnte, darin eine Blume, die mit der Zeit welken, aber nichts von ihrer Schönheit und ihrer ursprünglichen Bedeutung verlieren würde.

Am nächsten Tag sagte er, er wolle mich wiedersehen. Wieder trafen wir uns bei Serena, dieses Mal war er schlechter Laune.

„Ich habe die ganze Nacht über uns nachgedacht. Das geht so nicht."

Ich schaute ihn zögernd an. „Und warum?"

„Du bist eine Studentin, und ich bin dein Professor."

Ich lachte. „Ja und?"

„Das erscheint mir nicht korrekt."

„Seit wann ist Korrektheit ein Zeichen für Anziehung?"

„Ich müsste dich bitten, mich heimlich zu treffen. Das gefällt mir nicht."

Er sagte, er würde zu einem Kongress nach China und dann nach Australien reisen und sich danach melden, wenn er klarer sehen würde.

Am Tag danach ging ich ins Studentensekretariat und exmatrikulierte mich. Ich ließ mir ein unterschriebenes Formular geben, das ich Carlo per Mail schickte. Darunter schrieb ich: „Ich bin keine Studentin mehr. Wann sehen wir uns?"

Ein paar Tage hörte ich nichts von ihm, dann kam eine Mail.

„Du bist verrückt. Was hast du getan?"

Ich antwortete: „Ich wäre verrückt, dich gehen zu lassen. Wann sehen wir uns?"

Nach drei Tagen kam eine weitere Mail, die er um drei Uhr morgens australischer Zeit abgeschickt hatte.

„Ich kann dich nicht vergessen, du verfolgst mich und doch habe ich mich noch nie so frei gefühlt. Du gibst mir Rätsel auf, und dennoch habe ich das Gefühl, ich wüsste alles von dir."

Ich antwortete: „Ich habe dir schon gesagt, ich bin ein Oxymoron. Wann sehen wir uns?"

Er antwortete: „Morgen. Ich bin auf dem Rückweg nach Italien."

Ich holte ihn in Linate ab. Als er mich sah, lächelte er spontan und glücklich, kam rasch auf mich zu und küsste mich.

„Du bist hier, ich habe dir so viel zu sagen."

Ich streichelte ihm über das Gesicht, und mir wurde bewusst, dass ich mich zum ersten Mal reich fühlte. Nicht aus finanziellen Gründen, sondern reich an Wichtigkeit, an Liebe, an Möglichkeiten, an Leben.

Heute Abend essen wir bei meinem Schwiegervater zu Abend, und Carlo lässt mich spüren, wie verärgert er darüber ist. Ich schminke mich im großen Bad, zwischen den glänzenden Fliesen und den beleuchteten Spiegeln.

„Ich habe letzte Nacht von meinem Vater geträumt. Er war jung und gut aussehend. Ich kann mich nicht mal mehr an sein Gesicht erinnern, so lange habe ich ihn schon nicht gesehen."

Carlo steht in der Tür.

„Wir waren auf einer Art Brücke, ein Viadukt vielleicht. Und er meinte, lass uns springen, zusammen, und so nahmen wir uns bei der Hand und sprangen. Ein irgendwie befreiender Traum."

Er hört mir überrascht zu.

„Denkst du oft an deine Eltern? Du sprichst so selten von ihnen."

„Ich denke oft daran, wie es wäre, eine *echte* Familie zu haben. Ich denke darüber nach, rede aber nicht darüber."

Mein Schwiegervater lebt in einer luxuriösen Villa im Coppedè-Viertel. Er begrüßt uns mit großem Tamtam und stellt uns die mit Schmuck behängte Russin vor, mit der er seit einem Jahr zusammenlebt. Sie ist jünger als ich und fast genauso attraktiv: Carlos Vater ist noch immer der gleiche eitle Erotomane wie früher.

Die Villa ist noch luxuriöser, als ich sie in Erinnerung hatte. Die Russin hat überall Nippes verteilt, und das Wohnzimmer sieht aus wie bei einer Versteigerung des Besitzes verarmter Adliger. Franco mag Exzesse, das hat er immer so gehalten, aber bei sich selbst hat er immer guten Geschmack bewiesen, vielleicht die einzige Nebenwirkung, die der jahrelange Umgang mit der römischen Aristokratie bei ihm hinterlassen hat. Er trägt einen maßgeschneiderten Nadelstreifenanzug und rückt mir den Stuhl am kristallglänzenden Tisch zurecht.

Carlo ist angespannt, die Konversation überlässt er mir. Mein Schwiegervater scheint sich wohlzufühlen. Er erzählt, dass er zwei Bypass-OPs hatte und jeden Winter einen Monat in Thailand verbringt, um seine Batterien wieder aufzuladen. Als die Russin aufsteht, um zum Rauchen auf den Balkon zu gehen, sagt Franco mit leiser Stimme, dass sie nicht gerade die Frau seines Lebens ist, aber er sie berauschend findet.

„Mit sechzig bleiben mir nur Geld, Macht und der Wunsch nach Jugendlichkeit. Und sie hat alles, damit ich das nie vergesse."

Das Hausmädchen bringt ein Barschtatar mit Zitrusfrüchten herein, und Franco fragt Carlo, ob er etwas von seiner Mutter gehört habe.

„Seit ein paar Wochen nichts mehr. Und du?"

„Ich noch etwas länger. Ich weiß, dass ich Fehler gemacht habe, aber ich konnte nicht anders."

Carlo hebt den Blick, während sein Vater mit ruhiger Stimme weiterspricht. „Ich habe sie geliebt und sie mich, aber, Carlo, sie wollte mich verändern, und damit zerstört man in der Liebe alles."

Carlo nickt, überrascht über das Geständnis. „Und warum hast du ihr das nie gesagt?"

„Weil ich ihr Geld brauchte und akzeptiert habe, dass sie aus mir den Mann machte, den sie brauchte, um ihn ihrer schrecklichen Familie vorzustellen. Ein Fehler."

Carlo trinkt den Prosecco aus und gießt sich noch ein Glas ein. „Und deshalb hast du sie ständig betrogen? Deshalb warst du immer weg?“

Die Russin und ich sehen uns erschrocken an, sie steht auf und sagt: „Entschuldigt mich bitte“ und geht in die Küche.

Franco antwortet ohne jede falsche Scham: „Ich könnte dir jetzt sagen, zum Teil stimmt das, denn wenn eine Frau einem das Gefühl gibt, nicht gut genug zu sein, ist es leichter, sich seine Befriedigung anderswo zu holen.“ Seine Stimme klingt jetzt etwas anders. „Aber in Wahrheit hätte ich sie auch sonst betrogen. Ich habe noch nie einen Grund dafür gefunden, warum ich mein Sexualleben nur mit einer Frau teilen sollte, von der moralischen Pflicht, ihr kein Leid zuzufügen, einmal abgesehen. Ich habe ihr Lügen erzählt, um sie nicht leiden zu lassen. Dazu sind Lügen doch gut, oder?“

„Lügen sind zu gar nichts gut“, sagt Carlo.

„Wenn du wissen willst, warum ich so oft nicht da war“, sagt er und trinkt einen Schluck Wein, „ich habe mich in dieser Zeit sehr um meine Karriere gekümmert, aber ich war mir sicher, Carlo, ich war mir sicher, dass ihr mich trotzdem lieben würdet.“

„Niemand spricht von Liebe, Papa.“

„Um was geht es denn dann? Du hast dich ungeliebt gefühlt, aber Liebe ist für mich nicht, dich zu fragen, wie es in der Schule war, oder mich über irgendeinen Quatsch zu unterhalten. Für mich war es Liebe, dich zum Schießen mitzunehmen und dir die wenigen Dinge beizubringen, von denen ich etwas verstehe, Mut, Instinkt, Entschlossenheit. Du hast etwas anderes erwartet? Das tut mir leid. Aber mach nicht den Fehler, Liebe mit der Art und Weise zu verwechseln, in der man sie zeigt.“

Die Russin kommt mit dem Dessertwagen zurück. Es gibt unzählige Möglichkeiten, das Thema zu wechseln, aber keiner von beiden nutzt sie.

„Ist Liebe auch, mich zu etwas zu zwingen, was ich hasste, nur damit du Mama nicht widersprechen musstest?“

Er lacht. „Zwingen? Von allen Menschen, die ich kenne, bist du derjenige, der am wenigsten zu etwas gezwungen wurde. Ich habe dir Vorschläge gemacht, was man in der Regel als Vater macht. Das wirst du mit deinem Kind eines Tages auch so machen.“ Er hebt die Augenbrauen, sein Blick ist voll berechnendem Vertrauen in die Welt, und fügt dann hinzu: „Apropos Kinder, das steht wohl noch nicht an?“

Carlo will gerade etwas sagen, aber ich komme ihm zuvor. „Das ist ein schwieriges Thema.“

Franco tupft sich die Lippen mit der Serviette ab, er ist ganz ruhig. „Schwierig, weil ihr keine Kinder wollt? Oder weil ihr keine haben könnt?“

„Beides. Leider können wir keine Kinder bekommen, das stimmt“, sage ich.

Carlo wirkt ein wenig erschrocken, doch ich spreche weiter. „Aber wir haben noch die Chance einer künstlichen Befruchtung.“

Mein Schwiegervater versenkt seinen Löffel in seinem Sorbet. „Warum?“

Carlo sagt ernst: „Das ist eine lange Geschichte, über die wir heute Abend besser nicht reden.“

„Ich habe gesundheitliche Probleme“, erwidere ich.

„Oh“, gibt Franco in heiterem Ton zurück, „wenn ich euch von all den gesundheitlichen Problemen erzählen würde, die ich Tag für Tag löse, dann würden wir bis morgen früh hier sitzen.“

„Und genau das teile ich nicht, diese Verbissenheit“, sagt Carlo.

„Richtig. Ebenjene Verbissenheit, die dazu führt, einen Tumor am Herzen von Menschen zu entfernen, die alle schon aufgegeben haben.“

Mein Schwiegervater ist ein Teufel, ein Schauspieler, er hat das gleiche Charisma wie Carlo, nur gepaart mit mehr Arroganz.

„Mit dem Unterschied, dass ich niemandem etwas vormache. Ich nähre nicht die irrationalen Sehnsüchte meiner Patienten, indem ich ihre Emotionen ausnutze.“ Er schaut mich an. „Wenn ich deinen Job machen würde, würde ich diesen Paaren als Erstes erklären, dass ihre Beziehung immer vor dem Kinderwunsch steht."

Auch Franco sieht mich an. „Das kannst du ihnen ruhig erklären, mein Sohn, aber ein Kind wird dennoch das bleiben, was sie sich am meisten wünschen."

„Genau das ist der Punkt, die Vernunft, die Qualität hinter diesem Wunsch. Für diese Menschen ist das Kind, das nicht kommen will, der Retter: Es wird alles Schlechte verschwinden lassen. Und das ist eine verzerrte Sicht auf die Welt."

„Du bist ein Philosoph. Die Medizin heilt diejenigen, die leiden, und die Unfruchtbarkeit ist tatsächlich ein Leiden."

Die Russin rutscht auf dem Stuhl herum, als hätte sie eine Tarantel gestochen, eines der wenigen Lebenszeichen, die sie an diesem Abend überhaupt von sich gibt. Sie meint, sie habe einen Wadenkrampf und müsse aufstehen. Ich begleite sie auf den Balkon, der Himmel ist sternenklar.

„Ein wunderbares Abendessen, ihr werdet einiges wegwerfen müssen", sage ich.

„Pardon?"

„Ich habe alles probiert, aber nichts zu Ende gegessen. Sieh mal." Bevor sie etwas sagen kann, gehe ich in die Küche und hebe den Deckel des Mülleimers. Ganz oben liegt der Rest meines Tatars, dazu ein Haufen anderer Abfälle. Müll gibt es überall, in den Slums genauso wie in den Villen der Superreichen. Es gibt nichts Demokratischeres als Müll. Ich tippe mit Genuss auf das Tatar, das unter meinem Finger zusammenfällt. Die Russin schaut mich an und weiß nicht, was sie tun soll. Vielleicht würde sie mich fragen, ob ich den Verstand verloren hätte, wenn wir uns nur besser kennen würden, aber sie wirft mir nur einen verwirrten Blick zu. Irgendwann frage ich sie: „Spricht Franco nie von Carlo?", und sie sagt, dass er oft von ihm spricht, dass er ihn sehr liebt. Dann fügt sie mit melancholischem Gesichtsausdruck hinzu, dass sie ihren Sohn in Moskau gelassen hat. Ich hoffe, sie verliert nicht gerade jetzt die Fassung, denn ich möchte den Rest des Gesprächs zwischen Carlo und seinem Vater nicht verpassen. Zum Glück zündet sie sich sofort eine Zigarette an und meint: „Was für ein wunderbarer Frühlingsabend."

„Menschen machen sich gerne Illusionen", sagt Carlo gerade, „und daraus machst du ein Geschäft."

„Nein", gibt Franco zurück, „Menschen wollen gewinnen, und um zu gewinnen, sind sie zu allem bereit." Sein Lächeln erlischt, und er sieht Carlo an. „Darüber sind wir uns doch einig, oder?"

Im Auto ist Carlo ernst und still. Vielleicht ahnt er, was für mich offensichtlich ist: Sein Vater ist sein Ebenbild, nur dass er mit den Jahren alle negativen Seiten zu unterdrücken gelernt hat, den Konkurrenzkampf, die Hybris, die Fähigkeit zu lügen. In gewissem Sinne ist sein Vater nur die aufrichtigere Variante von ihm selbst.

„Es hat mit deinem Vater zu tun, oder?", frage ich nach einer Weile.

„Was?"

„Die künstliche Befruchtung. Dein Vater macht Geschäfte damit, und du möchtest ihm nicht recht geben."

„Wie meinst du das?", fragt er erschöpft.

„Er könnte es versuchen. Du hast gesagt, du willst eine zweite Meinung einholen. Aber nicht von deinem Vater. Damit er etwas begreift."

Carlo macht eine ungeduldige Geste und sagt: „Bianca, ich bin doch kein Kind mehr."

„Kinder sind wir alle. Wie es scheint, steht deine Entscheidung ja schon fest."

„Um Gottes willen! Ja … nein."

„Danke für die Klärung. Jetzt muss ich nur noch verstehen, ob ich mit zwei so gegensätzlichen Lebenskonzepten weitermachen will."

Carlo dreht sich bestürzt zu mir um. „Soll das Erpressung sein?"

„Ich denke nicht. Aber ich muss darüber nachdenken, und ich kann nicht garantieren, dass das nicht schmerzhaft sein wird."

„Gut, dann ist es eben keine Erpressung. Aber seltsam, genauso sieht es für mich aus. Ich muss sagen, dass du mir damit nicht hilfst."

Für Carlo ist es eine völlig neue Erfahrung, dass ich ihm nicht helfe.

„Dann sag mir, wie ich dir helfen kann. Ich werde alles tun."

„Gut, dann setz mich nicht unter Druck."

„Dich unter Druck setzen?" Ich starre ihn an und spüre, dass ich lauter gesprochen habe, als ich wollte. „Habe ich das richtig verstanden? Wir sind ewig zusammen, ich habe dich nie um etwas gebeten und jetzt, wo du dich mit deinem Vater auseinandersetzt wie ein pubertierender Jugendlicher, geht dir plötzlich die ganze Vorstellung von Familie am Arsch vorbei?"

Carlo sieht mich entsetzt an, ich werde sonst nie vulgär. „Das meine ich nicht."

„Ich bin noch nicht fertig. Dein Vater liebt dich, und du nutzt jede noch so lächerliche Gelegenheit, um ihn schlechtzumachen."

„Das stimmt nicht."

„Oh doch. Und du bist nicht in der Lage, ihm seine Schwächen zu verzeihen." Ich spanne den Abzug und schieße. „Du hast ihm jetzt nicht verziehen, genauso wenig, wie du ihm vor zwanzig Jahren verziehen hast, als du deiner Mutter gezeigt hast, dass er sie betrügt."

Carlo schlägt wütend mit der Faust auf das Lenkrad. „Was hat das damit zu tun?"

Ich lehne die Stirn an die Scheibe und schweige.

„Ich denke darüber nach", sagt er, als wir zu Hause sind. „Gib mir Zeit."

„Wir haben keine Zeit, Carlo."

Zeit ist eine Fata Morgana, es gibt sie nicht, und sobald du weißt, dass du unfruchtbar bist, erkennst du plötzlich ihr Wesen: Sie ist eine Guillotine, die für immer die unbeständige Bewegung deiner Hoffnungen kappt, ein wildes Tier, das sich in deine Tage verbeißt und sie zerfleischt, sodass sie keinen Sinn mehr haben.

21

Rodolfo und Liliana kommen am frühen Nachmittag mit dem Zug an. In Termini bemüht sich der Schaffner, Liliana über die Rampe aus dem Zug aussteigen zu lassen, und schaut sie dann an, als wolle er sagen: „Viel Glück." In Rom kann man als Behinderter nicht überleben, und der Gedanke, dass Liliana sich nicht wohlfühlen könnte, macht mir schon seit Tagen Sorge, aber auch, dass sie Carlo gegenüber peinliche Themen wie meine Kindheit oder das *Unglück* anschneiden könnte.

Rodolfo kümmert sich um den Rollstuhl, zieht die Bremse an. Er ist schnell und präzise, seit Jahren gehört das zu seinem Alltag. Lilianas Krankheit oder vielleicht auch nur das Alter haben den sanften Gesichtsausdruck, den er als Kind hatte, weggewischt, seine Züge sind härter und abweisender geworden. Muss ich ihn küssen, umarmen, ihm die Hand geben? Er schaut mich flüchtig an, und sein Körper verschließt sich so offensichtlich, dass er mir zu meiner Erleichterung nicht zu nahe kommen wird. Er senkt den Blick, seine Schultern sacken ein, als erwartete er den Angriff eines Raubtiers. „Hallo Rodolfo", sage ich und strecke ihm die Hand entgegen. Seine Stimme ist dünn, seine Finger sind voller Narben und mit Pflastern bedeckt, das ist das Einzige, was an den Jungen aus meiner Kindheit erinnert.

Liliana lächelt mich breit an, sie beugt sich nach vorn, während ich sie begrüße und küsse, während er geistesabwesend auf die Werbeplakate auf der anderen Seite der Gleise blickt. Als Liliana ihn anspricht, zuckt er zusammen. „Nimm die Koffer", sagt sie, und er greift schweigend danach.

„Soll ich dir helfen?", frage ich.

Ohne mich anzusehen, antwortet er: „Nein."

Ich bringe sie zum Behindertentaxi auf der Piazza dei Cinquecento, das ich für sie reserviert habe, und das sie ins Gemelli-Krankenhaus zu Carlo bringen wird. Liliana schaut durch das Fenster auf die Imbisskioske und die pakistanischen Souvenirshops, die Palazzi im Liberty-Stil und die Rollläden mit Graffitis.

„In Rom kommt man sich wie ein Tourist vor, auch wenn man hier wohnt, oder?“, fragt sie.

„Ja, es ist eine Stadt, die man nicht greifen kann, man fühlt sich nie ganz zu Hause.“

„Ich war schon lange nicht mehr in Rom“, sagt sie wie zu sich selbst, „als ich in der Nationalmannschaft war, haben wir oft hier gespielt, aber das ist vorbei.“

Es klingt, als würde sie von einer magischen Welt sprechen, einer glorreichen Epoche, die für immer vergangen ist.

„Als ich in der Nationalmannschaft war, bin ich durch die ganze Welt gereist“, sagt sie noch einmal.

Der Taxifahrer meint, dass eine, die die ganze Welt bereist habe, sich Rom durchaus sparen könnte, Rom sei ekelhaft. Sie antwortet, dass letztendlich alles ekelhaft sei.

„Außerdem reist Rodolfo nicht gerne“, sagt sie, als wäre er gar nicht da.

Rodolfo fährt herum, und zum ersten Mal sagt auch er etwas: „Vor zwei Jahren waren wir auf den Malediven.“

Liliana sagt: „Aber wegen der Krankheit sind wir jetzt nur noch zu Hause. Aber das passt schon, oder?“

Wir fahren am Tiber entlang, Liliana bittet den Fahrer, an einem Kiosk anzuhalten, und schickt Rodolfo Zigaretten holen.

„Was für ein Typ ist Carlo? Rodolfo ist Ärzten gegenüber misstrauisch.“

Rodolfo ist allem gegenüber misstrauisch, das ist offensichtlich, aber das ist ein anderes Problem.

„Er ist großartig, du wirst sehen, ihr werdet euch wohlfühlen.“

Der Taxifahrer parkt vor der Kardiologie und lässt Liliana aussteigen und bringt sie zur Rampe am Behinderteneingang. Bevor sie hochgehen, schauen sie mich an, ich weiß nicht, wie ich mich verabschieden soll.

Was sagt man zu einem Mann, der gleich erfährt, ob er leben oder sterben wird?

Zu Hause ist es merkwürdig heiß, vielleicht weil Akio den ganzen Tag den Ofen anhatte. Ich versuche die Klimaanlage einzuschalten, aber sie springt nicht an, und die Kontrollleuchte blinkt. Um sieben höre ich, wie der Krankentransport vor dem Haus hält, sie sind da. Der Aufzug ist zu klein, deshalb hilft ein Krankenträger Liliana in den Sitz des Behindertenaufzugs und läuft dann die vier Stockwerke hoch bis ins Penthouse. Ein zweiter Träger klappt den Rollstuhl zusammen und stellt ihn in den Aufzug. Ich stehe oben und warte auf sie. Die Träger helfen Liliana, sich wieder in den Rollstuhl zu setzen, anschließend verabschieden sie sich wortreich von Carlo. „Einen schönen Abend, Professore. War uns ein Vergnügen, Professore."

„Vielen Dank", sagt Liliana, „es tut mir leid, Sie behelligt zu haben, das hätte Rodolfo auch machen können, er ist das gewohnt."

Ich versuche zu erahnen, wie die Untersuchung verlaufen ist, indem ich ihre Stimmung beobachte, aber ihr Staunen über den Luxus unserer Wohnung überlagert alles. Liliana rollt mit dem Rollstuhl zwischen den Möbeln herum und betrachtet alles ganz genau. Carlo begleitet sie und führt sie freundlich durch die Räume.

„Das ist eine Elfenbeinstatue, die wir bei einem Antiquitätenhändler in China gekauft haben. Ein Krieger, siehst du? Diese Skulptur stammt von einem Künstler hier aus dem Viertel."

Liliana betrachtet die Stickereien auf den Sofakissen, den offenen Kamin im japanischen Stil, der mitten im Raum steht. Sie sucht in den minimalistischen Regalen nach Zeichen unseres Lebens und starrt sie an wie in einem Stummfilm oder einem Mausoleum. Auf der Suche nach einem Foto von Stella oder einem Zeichen meiner Vergangenheit steckt sie überall ihre Nase hinein. Aber sie findet nichts.

„Das sind wir vor einigen Jahren. Wir lieben dieses Foto, es war unsere erste gemeinsame Reise."

Liliana kommt in die Küche, betrachtet die Schranktüren aus Beton und Carbonfasern. Unsere Küche ist hochtechnisiert, mehr wie ein Raumschiff, aber trotzdem einladend. Sie rollt um die Kochinsel aus altem Buchenholz, auf der jetzt eine Reihe von farbenfrohen und duftenden Gerichten stehen. Dann fährt sie ins weiße Wohnzimmer zurück.

„Es ist doch okay, wenn ich mich umsehe? Ich bin selten in einer solchen Wohnung."

Carlo breitet die Arme aus, als würde er seine Umgebung beherrschen. „Aber natürlich, ich freue mich, wenn es dir gefällt."

Schließlich rollt Liliana an den Tisch. Ich bringe die Häppchen, öffne den Champagner, Rodolfo trinkt das erste Glas, ohne auf uns zu warten.

„Wie war es?", frage ich Carlo, als wir alleine in der Küche stehen. Er lässt den Zeigefinger kreisen, um mir zu verstehen zu geben, dass wir später darüber reden.

„Kann ich darüber sprechen? Ist es gut, wenn ich nachfrage?"

„Besser nicht. Sie werden darüber reden, wenn sie wollen", sagt er leise.

Rodolfo fühlt sich noch unbehaglicher als am Bahnhof. Er wirkt verloren, er knabbert mit den Zähnen an den Fingern, um die Haut an den Nägeln abzubeißen. Ich habe den Ofen angeschaltet, um den Braten mit karamellisierten Feigen warm zu machen, es wird noch heißer in der Wohnung.

„Meine Güte, in Rom ist es schon Sommer", sagt Liliana. Sie zieht die Jacke aus, unter der sie nur eine leichte Bluse trägt. „So ein schöner Abend, lasst uns anstoßen."

Sie hebt das Glas, genau wie Carlo und ich, Rodolfo zögert, doch dann hebt auch er seines.

„Auf die Gesundheit!"

Ich serviere die Suppe mit Steinpilzen und Gambas, die Akio gemacht hat.

„Die Suppe ist köstlich", sagt Liliana, „hast du sie gekocht, Bianca? Rodolfo, etwas Wein." Rodolfo gießt ihr Champagner nach, wie ein Automat, eine mechanische Puppe, die auf die Kommandos seiner Frau hört. Sie trinkt einen Schluck und schaut ihn an.

„Entschuldigt, es wirkt vielleicht unhöflich, aber mein Mann weiß nicht, was er sagen soll. Small Talk liegt ihm nicht, das ist nicht böse gemeint."

Rodolfo wird feuerrot und murmelt: „Ja und?"

Carlo fährt sich mit der Serviette über die Lippen. „Das muss dir nicht unangenehm sein, ich mag introvertierte und nachdenkliche Menschen."

Rodolfo reißt sich den Daumennagel ein. „Gut. Ja. Danke."

Liliana lässt sich noch ein Glas Champagner eingießen. Auch Rodolfo trinkt, und ich gehe in die Küche, um eine zweite Flasche zu öffnen. Ich fühle mich leicht benommen, vom Alkohol, von der Hitze, und hoffe, dass Carlo den Abend gut zu Ende bringen wird, denn ich weiß nicht recht, ob ich die Kraft dazu haben werde. Ich reibe die Trüffel über das Risotto und bringe es ins Esszimmer. Liliana isst schnell, wischt den Teller mit Brot sauber. Sie erzählt, dass sie von einer Schule eingeladen wurde, eine Rede zu halten, als Beispiel für die Jugend, und meint, dass sie am liebsten gesagt hätte, dass sie das genaue Gegenteil von dem ist, wie ein Jugendlicher sein sollte, aber dann darüber gesprochen hat, wie schön es war, all die Spiele zu gewinnen. Wir tun so, als würden wir ihr zuhören, und plötzlich blickt sie erst Carlo und dann mich an und fragt: „Ihr liebt euch sehr, oder?"

Wir schauen uns verlegen an.

„Ob wir uns lieben?", antwortet er etwas verunsichert. „Natürlich. Ich würde für diese Frau sterben."

„Sterben?", sagt Liliana und wird plötzlich lauter. „Das können alle. Aber würdest du für sie *töten*?"

Carlo sieht sie entsetzt an.

„Wahre Liebe ist es nur, wenn man für den anderen töten würde, oder? Was meint ihr?"

Ich fülle die Gläser und versuche die Unruhe beiseitezuschieben, die sich in mir breitmacht.

„Also, Carlo", sage ich mit gezwungenem Lachen, „würdest du für mich töten?"

„Selbstverständlich. Das habe ich schon: Meine Freiheit, meine Ruhe sind dahin."

Alle lächeln, selbst Rodolfo. Er scheint etwas sagen zu wollen, holt Luft, sagt dann aber doch nichts. Es ist ermüdend.

„Denn ich würde für Rodolfo *töten*, wisst ihr?", sagt Liliana und wird wieder ernst. „Im Knast bin ich ja schon, oder?"

Ich flüchte mich in die Küche und bringe den Braten auf den Tisch. Liliana betrachtet ihn begeistert.

„Bianca, ich bin sprachlos. Deine Mutter war ja schon eine gute Köchin, aber du stellst sie in den Schatten."

„Möchtest du Feigensauce oder nur Fleisch?", frage ich rasch.

„Nur Fleisch, danke."

Carlo greift nach der Sauciere. „Nein, Liliana, tut mir leid, aber diese Feigensauce musst du probieren." Er gibt zwei Löffel davon über Lilianas Fleisch, achtlos und fast übergriffig, was ich gar nicht von ihm kenne.

„Na, wenn der Professor das sagt. Heute ist alles, was der Professor sagt, das Evangelium."

Ich entdecke ein Haar auf Lilianas Teller. Es gehört mir, und ich weiß nicht, wie es dorthin gekommen ist, ich habe wie immer gut aufgepasst. Noch bevor ich etwas tun kann, spießt sie ein Stück Fleisch auf und isst es, mit dem Haar.

Carlo beobachtet Liliana und Rodolfos zerstörte Finger. Ich plaudere über alles und nichts, aus Angst, Liliana könnte etwas Unpassendes sagen. Und das tut sie tatsächlich.

„Wann wollt ihr Kinder haben?", fragt sie mit vollem Mund.

Ich habe Kopfschmerzen, mir ist heiß, ich bin erschöpft. Ich versuche eine Abfallliste zu machen, aber sie verschwimmt, wie der ganze Rest.

„Bald, sehr bald", sage ich, „nicht wahr, Carlo?"

„Sicher", sagt Carlo mit schon etwas schwerer Zunge.

„Sehr gut, was ist schon eine Ehe ohne Kinder?", doziert Liliana. „Natürlich gilt das nicht für uns. Wir können ja nicht, aber wer kann, der *muss*."

Sie wirft ihrem Mann einen verächtlichen Blick zu, den gleichen Blick, den sie Stella immer zugeworfen hat, wenn sie ihr den Vorwurf machte, schöner und glücklicher zu sein als sie.

„Ich bin nicht unzufrieden darüber, keine Kinder zu haben", sagt Rodolfo, der Alkohol scheint ihn zu entspannen.

„Ich auch nicht, aber das ist egal. Meine Mutter hätte so gerne Enkel gehabt, das sagt sie mir immer wieder."

Mir ist schwindlig, ich habe nichts gegessen, vielleicht mein Blutdruck. Ich muss ins Bad, will den Tisch jedoch nicht verlassen, ich darf die Position nicht aufgeben. „Alle Mütter möchten irgendwann Großmütter werden, keine Ahnung, warum."

„Deine Mutter wird sich sehr freuen, wenn sie einen Enkel bekommt, nicht wahr?"

Mit großer Mühe fragt Rodolfo Carlo etwas zu seiner Arbeit. Während Carlo antwortet, streckt er seinen Kopf vor, um zu zeigen, dass er durchaus zu einem Gespräch fähig ist, dabei beißt er die Haut am Daumen ab, sodass es blutet wie damals in der Grotte. Er tupft das Blut mit dem Ärmel seines Pullovers ab, auf dem sich rasch ein roter Fleck ausbreitet.

Ich bemerke, dass Liliana noch ein Glas Wein möchte, sie streckt sich Richtung Flasche, aber sie erreicht sie nicht. Ich bewege mich nicht, sie wendet sich an Rodolfo, doch der ist mit Carlo im Gespräch und tut so, als höre er sie nicht. Liliana streckt sich noch weiter, bis sie die Flasche erreicht und sie umstößt. Die Geste ist so präzise, dass ich einen Moment lang glaube, sie habe es mit Absicht gemacht. Der Wein fließt über die saubere Tischdecke, der Fleck wird unaufhaltsam größer, der Wein weicht das Brot und die Servietten auf. Rodolfo schaut sie mit kühlem Blick an, dann beginnt er sauber zu machen, das Blut seines Fingers mischt sich mit dem Wein auf der Decke.

„Oh Gott, entschuldigt, ich bin so ungeschickt. Ich kann meine Bewegungen nicht mehr koordinieren", sagt sie leichthin.

„Macht nichts, wir wechseln die Decke."

In der Küche öffne ich den Biomüll und hole die Köpfe und die Schalen der Gambas heraus, ich kann sie nicht kauen und schlucke sie ganz. Dann nehme ich eine Flasche Alchermes aus dem Schrank und setze sie an. Der Kontrast zwischen süß und salzig verursacht mir Übelkeit, aber ich atme tief durch, damit sie wieder vergeht.

Im Wohnzimmer ist es drückend heiß, noch immer blinkt die Kontrolllampe der Klimaanlage, vielleicht sollte ich das Fenster öffnen, aber um es zu erreichen, müsste ich Liliana zur Seite schieben, und das möchte ich nicht. Sie scheint die Einzige zu sein, die sich wohlfühlt. Sie schaut auf das Bücherregal und sagt: „Die Statue ist aus Elfenbein, oder? Ist sie sehr alt?"

„Gefällt sie dir?", fragt Carlo sofort. „Ich schenke sie euch."

Ich schaue Carlo verblüfft an. „Das ist ein besonderer Abend, das Geschenk ist eine Erinnerung an uns." Er wirkt erschöpft.

„Wie großzügig von dir, lass uns anstoßen."

Es gelingt mir zu sagen: „Nein, ich möchte nicht, danke." Aber sie lässt nicht locker. „Wir stoßen an." Rodolfo füllt die Gläser. „Prost!"

Vor mir verschwimmt alles, Lilianas Stimme scheint von weit her zu kommen, wie aus einer anderen Dimension. Ich schaue auf die Uhr, es ist zehn, nur das Dessert fehlt noch. Ich wanke in die Küche.

Während die anderen das Minz-Parfait kosten, wird es auf einmal still, nur die Dessertgabeln auf den Tellern sind zu hören. Ich hoffe auf eine Pause, atme langsam aus. Liliana betrachtet mich aufmerksam.

„Du hast immer noch den kaputten Zahn, du hast ihn nicht richten lassen. Warum eigentlich?"

Sie wartet meine Antwort nicht ab. „Das war gut. Dieses unperfekte Detail macht dich noch schöner. Weißt du noch, wann er dir abgebrochen ist?"

Panik steigt in mir auf, mein Hals ist wie zugeschnürt.

„Nein."

„Dann hört zu. Es war an einem Wintermorgen, Stella und ich …"

Plötzlich Stellas Namen zu hören ist so, als ob ein Raubtier mit seinen Krallen einen Schleier wegrisse, aber der Schleier lebt, er wird weggerissen, es tut weh und er fleht um Gnade.

„Wir waren bei euch zu Hause, wahrscheinlich waren wir zwölf oder dreizehn. Erst machten wir Hausaufgaben, aber dann langweilten wir uns, und ich sagte zu Stella: ‚Warum verkleiden wir uns nicht mit den Sachen deiner Mama?' Alle in Grambate fanden eure Mutter toll, in der Messe am Sonntag sah sie aus wie eine Schauspielerin. Diese Hüte, dieser Lippenstift, die Mäntel. Ich wollte mir unbedingt ihre Kleider ansehen."

Ich schaue zu Carlo und kann nichts sagen, auch er ist wie erstarrt. Rodolfo beißt auf dem Nagel des rechten Zeigefingers herum.

„Stella sagt Nein, sie weiß, dass ihre Mutter sehr auf ihre Sachen achtet und man sie nicht einmal ansehen darf, da ist sie ganz klar. Stella sagt Nein, aber dann denkt sie noch einmal nach und sagt Ja."

Ich kann mich nur vage an diesen Nachmittag erinnern. Die Geschichte kann stimmen, vielleicht erfindet Liliana sie auch nur, aus purer Grausamkeit, um diesen Abend noch katastrophaler scheitern zu lassen.

„Stella geht die Treppe hoch und kommt mit einem Korb voller Kleidung wieder zurück. Schminke, Ohrringe, Hüte, Seidenschals, sogar ein Echthaartoupet, wie man es damals hatte. Wir beginnen uns zu verkleiden, und du hast uns beobachtet. ‚Willst du dich auch schminken', fragt Stella, aber du sagst: ‚Nein, Mama will das nicht.' Du hast den Fernseher angemacht, während wir Haarnadeln und Ohrringe und Lidschatten ausprobieren. Stella geht immer wieder ins Bad, um sich im Spiegel anzuschauen. Wir sehen gar nicht mehr aus wie wir, sondern wie junge Mädchen. Dann sagt Stella: ‚Wir müssen aufräumen, Mama kommt gleich zurück.' Wir waschen uns die Schminke ab und legen die Kleider zurück. ‚Wenn Mama erfährt, dass ihr die Sachen genommen habt, wird sie böse', sagst du. ‚Wie soll sie davon erfahren? Ich bringe alles wieder in

Ordnung.' Aber in diesem Moment dreht sich der Schlüssel im Schloss, deine Mama kommt und du springst vom Sofa wie von der Tarantel gestochen und läufst ihr entgegen. Stella fürchtet, dass du alles verrätst, deshalb", Liliana beginnt hysterisch zu lachen, „entschuldigt, dass ich lache. Es war so lustig. Stella läuft dir hinterher und hält dich auf wie ein Rugbyspieler. Ihr beide fallt zu Boden, und in eurem Wohnzimmer steht dieser alte Marmortisch. Du fällst mit offenem Mund auf die Marmorplatte, dein halber, gerade neuer Schneidezahn bricht ab. Ihr werdet beide bestraft. Stella bekommt nach dieser Geschichte eine Woche Hausarrest. Das weiß ich noch gut."

Ich spreche langsam und betone jedes Wort. „Merkwürdig, Liliana, aber ich kann mich an diese Geschichte gar nicht mehr erinnern. Man hat mir immer erzählt, ich sei gefallen, und das war's."

„Wirklich? Du warst noch sehr klein, vielleicht sechs, auf keinen Fall älter."

Carlo fragt, ob jemand Kaffee möchte. Und völlig unerwartet ergreift Rodolfo das Wort und sagt entschlossen: „Danke, keinen Kaffee. Ich bin sehr müde, ich muss ins Bett."

„Natürlich", sagt Liliana.

Carlo ruft den Krankenwagen, dass er sie wieder abholt, dann steckt er den Elfenbeinkrieger in eine Papiertüte. „Bitte", sagte er und reicht sie Liliana.

Wir verabschieden uns, Liliana möchte uns mehrmals umarmen und küssen. Ich habe den Gedanken, dass der Krankenwagen nie kommen wird und sie nie wieder gehen werden. Dass mein Leben jetzt mit ihnen weitergehen wird.

Aber dann klingelt es endlich, die Sanitäter sind da. Wir verabschieden uns völlig erschöpft, noch auf der Treppe hören wir, wie Liliana Rodolfo Befehle erteilt.

Die Wohnung ist plötzlich wieder still, was etwas Ungewöhnliches, Unnatürliches hat. Carlo und ich ziehen uns schweigend aus, er geht ins Bad und putzt sich die Zähne.

„Es tut mir leid", sage ich, „Liliana und Rodolfo … nicht gerade die angenehmsten Gäste. Als Kinder waren sie nicht *so*."

Carlo setzt sich aufs Bett und massiert sich das Gesicht, dabei schließt er die Augen.

„Vergiss sie einfach", sagt er, aber ich sehe, dass auch er völlig erschöpft ist. Ich kann noch immer ihre Anwesenheit spüren, wie der Staub, der auf den Wänden, den Möbeln, einfach überall liegt. Ich fahre mir rasch mit der Zunge über meinen abgebrochenen Zahn, ich schneide mich, meine Zunge fängt an zu bluten und ich renne ins Bad.

„Was ist?", fragt Carlo.

Ich spucke das Blut ins Waschbecken und versuche eine minimale Abfallliste zu machen, aber es gelingt mir nicht. Ich gehe ins Schlafzimmer und schlucke die Mischung aus Speichel und Blut herunter.

„Ich habe mir auf die Zunge gebissen, nichts Schlimmes."

Wir gehen ins Bett, Carlo knipst die Nachttischlampe aus. Er sucht nach meiner Hand und drückt sie. Wir beide warten, dass der jeweils andere etwas sagt.

„Wie war die Untersuchung?", frage ich schließlich.

Er wägt seine Worte sorgfältig ab. „Rodolfo ist ein hoffnungsloser Fall. Es gibt keinerlei medizinische Indikation für einen Eingriff, die Gefahr von Komplikationen ist zu groß."

Ich warte, bis dieser Satz mich wie eine Kugel durchbohrt, aber ich empfinde keinen Schmerz.

„Das heißt", ich halte inne, „nicht mal mit einem Roboter?"

Carlo dreht sich zu mir und hält weiter meine Hand.

„Der Roboter, darüber habe ich auch schon nachgedacht. Er ist ein sehr risikoreicher Patient, ich weiß nicht, ob das ein guter erster Fall wäre, um …"

„Natürlich."

Es geht um seine Karriere, und mit Sicherheit will er sie nicht wegen Rodolfo Berti aufs Spiel setzen. Wir liegen eine Weile schweigend im Dunkeln. Ich warte, bis Carlos Atemzüge ruhig und gleichmäßig werden, bis er zu schlafen scheint. Aber er ist wach.

„So hast du dir also den Zahn abgesplittert", sagt er nach einer Weile wie zu sich selbst, „du hast immer gesagt, dass du dich nicht erinnern kannst."

Ich spüre, wie Rodolfo und Liliana neben uns liegen, unbeweglich, unempfindlich gegen den Schmerz, das Unbehagen, gegen alle kleinen fiesen Lebensumstände.

„Das stimmt auch, ich erinnere mich nicht."

Ich kann auf Kommando aufwachen. Mein Körper ist eine Maschine, bei der ich jeden noch so kleinen Mechanismus kontrollieren kann, wie damals, als ich den Schwimmwettkampf gewonnen habe. Ich gehe in die Küche, streife die Latexhandschuhe über und versenke die Hände im Müll. Ich höre leise Schritte und halte inne, dann gehe ich zum Schlafzimmer. Carlo schläft. Dann begreife ich. „Gut, ihr könnt kommen", sage ich.

Liliana, Rodolfo und Stella setzen sich in die Küche und schauen mich neugierig an, sie sind ungekämmt und rot im Gesicht, wie bei unserem Ausflug ans Meer. Sie lächeln.

„Was machst du?", fragt Liliana.

„Pst!", sagt Stella und legt den Finger auf die Lippen.

Ich lege eine Plastikfolie über den Tisch, dann breite ich den Müll darauf aus, Stück für Stück, sorgfältig getrennt. Ich entscheide mich, dass es am besten ist, sie nach dem Geruch zu sortieren oder ihrem Zustand. Ich halte sie mir unter die Nase, rieche, dann probiere ich alle, die mir zweifelhaft erscheinen. Meine Zunge wandert über einen Apfelrest mit Fisch, der langsam faulig wird. Der ekelerregende Geschmack der Gambas und des Alchermes steigen in mir auf, zusammen mit dem Blut in meinem Mund. Wieder schnüffle ich. Es ist der Geruch des Lebens, wenn wir die Schminke wegnehmen, die wir darüber legen, um es zu verschönern. Es ist der Geruch nach Stella, die neben Liliana sitzt und mich zufrieden anschaut.

22

Im Morgengrauen fahren wir nach Florenz, wo Serena um elf in der Kirche Santa Felicita sull'Arno heiratet. Jedes Mal, wenn ich auf eine Hochzeit gehe, kommt mir einen kurzen Augenblick lang Lilianas Hochzeit in den Sinn, und ich habe immer die irrationale Angst, dass mich jemand irgendwann bitten wird, auf die Bühne zu gehen und *Unforgettable* zu singen. Würde mich Carlo retten, wenn es jetzt so wäre? Bis vor wenigen Wochen war ich mir ganz sicher. Aber heute denke ich, dass er mich vielleicht erschießen würde, wie das Schwein bei Marios Verwandten, damit ich nicht mehr leiden muss.

Wir warten auf dem Ponte Vecchio auf die Brautleute und betrachten die Boote auf dem Arno. Serena kommt in einer Kutsche mit vier Pferden und begrüßt alle, dabei tut sie so, als wüsste sie nicht, dass man sie fotografiert. Sie trägt in etwa das Gleiche wie auf ihrer Abschlussfeier, viele Schichten Crêpe-Georgette, um ihren durch exzessives Rauchen und amerikanisches Junkfood ausgemergelten Körper zu verdecken. Der portugiesische Musikologe ist noch älter und hinfälliger, als ich ihn mir vorgestellt hatte, aber Serena sieht ihn verzaubert an und küsst ihn leidenschaftlich, nachdem er ihr aus der Kutsche geholfen hat. Das Alter und das verblühende Leben geben ihrem Ego Sicherheit. Sie weiß, dass die einzige andere Frau, mit der sie sich irgendwann noch herumschlagen muss, eine Pflegerin sein wird, und das ist Balsam für ihren Konkurrenzsinn. Ich denke, dass ich im Grunde auch gerne alt wäre, damit das Einzige, woran ich noch denken muss, der nahende Tod ist.

Das Fest findet in der Villa Medicea in der Nähe von Prato statt. Die Lakaien servieren den Aperitif im riesigen Park und mischen sich dann unter die Gäste im Saal, wie Verkehrspolizisten in Armani. Die Tische sind nach Verdi-Opern benannt, wir sitzen an

Nabucco, zusammen mit den Verwandten väterlicherseits aus der Ciociaria, die in einer unverständlichen Sprache miteinander kommunizieren.

„Wie geht es meinen super Trauzeugen?"

„Hervorragend."

„Oh mein Gott, ihr seht wunderbar aus."

„Das verdanken wir Bianca", sagt Carlo.

„Tja, dieses Mädchen war schon immer verrückt nach dir, Professor, das verstehst du nicht", antwortet Serena, „weißt du, was sie zu mir gesagt hat, noch bevor sie dich überhaupt kannte? Dass sie einen Sohn haben will, der genauso ist wie du."

Ich schaue Serena unschuldig an. „Ach was, das habe ich wirklich gesagt?"

„Na klar, am Anfang haben wir ihn Genpool genannt, erinnerst du dich nicht mehr?"

„Gen, was?", fragt Carlo.

„Genpool, sehr witzig."

„Tatsächlich?"

„Gut, meine Lieben, amüsiert euch, das geht alles auf mich. Au revoir!"

Serena schwebt an einen anderen Tisch und lässt zwei witzige Bemerkungen fallen, und Carlo fragt: „Stimmt das? Hast du das wirklich gesagt? Ohne mich zu kennen?"

„Pfft, kann sein, aber wer weiß das noch so genau", antworte ich anmutig und zucke mit den Schultern. „Was ist dabei, ein Kind von jemandem zu wollen, den man liebt?"

„Aber du kanntest mich doch gar nicht."

„Das hat mir gefallen", sage ich und achte darauf, dass niemand unseren Disput bemerkt. „Aber ich vergaß, Kinder sind für dich ja eine Strafe Gottes, wenn wir eins haben wollen, werde ich bei der Geburt sterben wie im Mittelalter."

„So ist das nun wirklich nicht."

Nach der Vorspeise gibt es eine kleine Tanzrunde. Carlo trifft Serenas Freund, den Nobelpreisträger, dieses Mal habe ich keine

Lust, an seiner Seite zu sein, und flüchte mich in den Garten der Villa. Der Tag ist mild, aber hier draußen ist niemand. Ich sehe, wie Carlo mir durch die Scheibe zuwinkt, ich solle wieder reinkommen, aber ich drehe mich um und gehe auf einen kleinen Eichenhain zu. Ich lege mich auf die Wiese, strecke die Beine aus, mein Kleid liegt unordentlich im Gras. Ich denke an die Tonnen von Mist, die es gebraucht hat, um diesen herrlichen Park zum Blühen zu bringen, und lege den Kopf ins Gras, es ist so warm, so entspannend, dass ich die Augen schließe.

Als ich sie wieder öffne, sehe ich Carlo über mir, der mir die Hand auf die Stirn legt.

„Bianca! Alles in Ordnung?"

„Ja, ich glaube, ich bin eingeschlafen."

Er schaut mich verwundert an. „Wie bitte?"

„Ich brauchte frische Luft, vielleicht habe ich zu viel getrunken."

„Ich habe dich überall gesucht. Ich habe mir Sorgen gemacht."

„Es tut mir leid", sage ich leichthin.

„Mir auch." Carlo ist wütend und geht rasch auf die Villa zu. Im Saal wird bereits der zweite Gang serviert, unsere Teller sind kalt. Wir setzen uns.

„Wenn du betrunken bist, bringe ich dich ins Hotel."

„Nein, es geht schon wieder gut. Dieser Braten mit der Dattelsauce ist gut, nicht wahr?"

„Mir ist der Appetit vergangen."

Wieder eine Tanzrunde. Carlo und ich stehen auf, und ohne mich anzusehen, geht er Richtung Tanzfläche. Serena kommt auf uns zu. „Wo wart ihr denn?", ruft sie angetrunken. „Ich habe euch noch nicht mal meinen Mann vorgestellt."

Serenas Ehemann schaut uns erschrocken an. Schon den ganzen Tag werden ihm Menschen vorgestellt, die er am nächsten Tag vergessen haben wird.

„Also, das ist Bianca, meine beste Freundin. Habe ich dir eigentlich erzählt, wie wir uns kennengelernt haben?"

„Schon tausend Mal, *querida*."

„Und habe ich dir erzählt, wie wir Carlo kennengelernt haben."
„Genauso oft."
Carlo lächelt, sie geben sich die Hand.
„Gütiger Himmel, Carlo war ein Gott", sagt Serena, „kannst du dir das vorstellen? Wir saßen in seiner Vorlesung und waren verzaubert. Wir lernten wie die Bekloppten für seine Prüfungen, weil wir gut dastehen wollten, nicht wegen der Noten, sondern wegen *ihm*."
„Serena übertreibt", sagt Carlo verlegen.
„Kurz gesagt, wir hätten uns zu *Tode* geschuftet, nur um ihn nicht zu enttäuschen. Denn er war ein Bastard, bei der Prüfung nahm er dich auseinander."
„Oh ja, Carlo war ein Arsch", schalte ich mich ein.
„Aber genau das hat uns gefallen", fügt Serena hinzu, „er hat alles für uns gegeben, und dafür mussten auch wir ihm *alles* geben. Es war, als würde er sagen: Ihr habt es verdient, dass man euch ernst nimmt."
„Das ist doch gut, oder?", fragt José.
„Natürlich. Aber kurz gesagt hieß das, dass ich mit Bestnoten zu ihm kam, die er mir aber nicht gegeben hat. Verstehst du?"
„Es war nahezu unmöglich, von ihm die Bestnote zu bekommen", sage ich.
„Wie war denn dein Durchschnitt bei ihm?", fragt Serena.
„Bei seiner Prüfung? Das ist eine lange Geschichte, die erzähle ich dir irgendwann mal."
Er wirft mir einen schnellen Seitenblick zu und kann sich ein Lächeln nicht verkneifen.
Wir waren schon eine Weile zusammen, keiner wusste davon. Ich war so diskret, wie er es sich gewünscht hatte: Eine Studentin zu daten war ihm unangenehm, er wollte nicht, dass auch nur der Hauch eines Schattens auf seine Karriere fallen könnte. Ich hatte mich wieder an der Uni eingeschrieben, und eines Abends fragte er mich, warum ich noch keinen Abschluss gemacht hätte.
„Mir fehlt eine Prüfung."

„Welche?"

„Deine."

„Und worauf wartest du?"

„Ich fürchte, dass es dir unangenehm sein könnte. Wie würdest du dich denn verhalten?"

Carlo lachte. „Niemand weiß etwas von uns. Komm schon, du darfst deine Ziele nie aus den Augen verlieren."

Genau deshalb bin ich mit dir zusammen, dachte ich, aber das sagte ich nicht und fing an zu lernen.

Drei Tage vor der Prüfung kam er aus Los Angeles zurück und bat mich, ihn am Bahnhof abzuholen. Das war eine Ausnahme, normalerweise trafen wir uns im Hotelzimmer oder an irgendwelchen einsamen und menschenleeren Orten. Aber wir hatten uns eine Woche nicht gesehen, was ihm wie eine Ewigkeit vorkam, und als er aus dem Zug stieg, küsste er mich auf dem Bahnsteig. Und genau das sah eine Studentin, die im Februar durchgefallen war und zu denen gehörte, die ihre eigene Mutter verkauft hätten, um von Carlo bemerkt zu werden. Sie war grün vor Neid. Binnen zwei Stunden wusste die ganze Biologie-Fakultät, dass Professor Del Re mit seinem tadellosen Ruf eine Affäre mit der Tänzerin von *Balli & Pupe* hatte, die in wenigen Tagen bei ihm eine Prüfung mit einem voraussehbaren Ergebnis ablegen würde. Am Vorabend sagte ich, ich würde von der Prüfung zurücktreten, aber er wollte das nicht. Doch auch er machte sich Sorgen, das konnte ich sehen.

Am nächsten Morgen kam ich zur Prüfung. Die eitle Soubrette, die auf die Fragen desjenigen antwortete, der gleichzeitig ihr Liebhaber war – zu spektakulär, um es sich entgehen zu lassen, deshalb erwartete ich, die gesamte Fakultät dort vorzufinden. Das Auditorium maximum war brechend voll, und Carlo sah mich an, er rührte mit einem Holzstäbchen in seinem Kaffee. Ich lächelte ihn so beruhigend an, wie ich konnte, auch er lächelte, trank seinen Kaffee und warf den Becher in den Müll. Dabei blieb ihm eine schmale Spur Kaffee im Mundwinkel haften, und er fuhr rasch mit der Zunge darüber, um sie wegzuwischen.

„Möchten Sie mit einem selbst gewählten Thema beginnen?", fragte er.

Die Studenten grinsten.

„Ja. Aber den Anwesenden sollte es auch gefallen."

Carlo schaute mich verblüfft an. „Warum?"

„Wenn es Ihnen nichts ausmacht, dann sollten mich meine Kommilitonen befragen."

Carlo lächelte strahlend, er bewunderte mich für die Idee, er war ebenso beglückt wie erleichtert.

„Das scheint mir eine hervorragende Idee zu sein. Wer fängt an?", fragte er. Keiner sagte ein Wort. „Gut, dann suche ich die Kandidaten aus." Er deutete auf einen blonden jungen Mann, der zu den Grinsern gehört hatte. „Welche Frage wollen Sie stellen?"

Er wurde feuerrot. „Keine Ahnung."

„Los."

„Die Onkogene?", sagte er unsicher.

„Sehr gut."

„Nun", begann ich, „die Okogene sind Gene, die für die Kodifizierung von Eiweißen zuständig sind, die das Wachstum und die Zellteilung steuern und die Zelle potenziell in Richtung eines neoplastischen Phänotyps schicken. Entdeckt hat man das Onkogen neunzehnhunderteinundsiebzig."

Ich sprach weiter, bis Carlo mich unterbrach und einen anderen Studenten bat, mich zu befragen, und dann noch einen. So ging es weiter, ich machte keine Fehler, verwechselte nichts. Halten, Zug, Abstoß, Öffnung, atmen. Wiederholung, Wende. Zurück und wieder von vorne. Am Ende erteilte Carlo einer jungen Frau in der ersten Reihe das Wort. Es war diejenige, die uns am Bahnhof gesehen hatte.

„Möchten Sie auch eine Frage stellen?"

„Gerne", sie dachte einen Moment nach, „was ist die Tarui-Krankheit?"

Ich schaute sie entsetzt an. Das war ein Randthema bei der Zuckerbildung, irgendwo in den Anmerkungen, so klein geschrieben wie die Geschäftsbedingungen bei einem Handyvertrag.

„Gut“, sagte ich und stockte. Dann sah ich Carlo an. „Die Tarui-Krankheit?“

Im Hörsaal war es totenstill.

„Die Tarui-Krankheit oder auch Glykogenose Typ 7 ist eine seltene Krankheit, die auf dem muskulären Isoenzym der Phosphofruktokinase beruht. Sie kommt vor allem bei Japanern und aschkenasischen Juden vor. Die Krankheit existiert bei Erwachsenen und bei Kindern.“

Diese nahezu unbekannte Krankheit, die unheilbar ist und für die es keine Medikamente gibt, wurde das Siegel unserer Beziehung, des blinden Vertrauens, das er seit diesem Moment in mich hatte, ohne jemals zu zweifeln, bedingungslos.

„Also“, sagt Serena, „Leute, ich werfe den Brautstrauß, stellt euch auf, du auch, Bianca, wer weiß, vielleicht heiratet dich der Professor.“

Ich stelle mich mit den anderen Singles in die Reihe auf der Bühne, Serena wirft den Strauß und trifft einen Kellner, der daraufhin die Digestifs über das Kleid der Brautmutter schüttet. Alle lachen. Es ist der komische Höhepunkt des Festes, ich suche Carlos Blick, aber er schaut mich nicht an.

Nach viel Beifall, Erinnerungsfotos und den Säckchen mit den Dragees ist es an der Zeit zu gehen. Ich habe Kopfschmerzen, bin erschöpft, ich habe eine ellenlange Abfallliste vor mir, die Bonbonniere in den Glasmüll, die Dragees in den Biomüll, die Einladung in den Papiermüll. Carlo startet den Motor, fährt los und sagt dann: „Am Dienstag werde ich Rodolfo mit dem Roboter operieren.“

„Was?“

„Ich habe schon mit Vera gesprochen.“

Ich blicke ihn an, sein klares Profil, die langen Wimpern, die leicht zittern.

„Hör mal, du musst dich nicht verpflichtet fühlen. Rodolfo … so gute Freunde waren wir nicht.“

„Ich mache es nicht für dich. Ich mache es, weil ich es mache.“

Er macht es für mich, aber nicht, weil Rodolfo mein Freund ist. Er macht es, um die letzten Erinnerungen zu retten, die ich an Stella habe.

Als ich mit den Ausführungen über die Tarui-Krankheit fertig war, drehte sich Carlo zu den Studenten um und sagte: „Jetzt müssen Sie mir sagen, welche Note ich dieser Studentin geben soll."

Es war kurz still, dann sagte einer: „Die Höchstnote!", und ein zweiter stimmte ein: „Die Höchstnote!", und schließlich riefen alle wie im Fußballstadion: „Die Höchstnote, die Höchstnote!"

Carlo nickte. „Ihre Kommilitonen, die sehr wohlmeinend sind, würden Ihnen gerne die Bestnote geben." Er griff nach meinem Notenheft und öffnete es. „Aber das erste Onkogen wurde neunzehnhundertsiebzig und nicht einundsiebzig entdeckt, so wie Sie es ausgeführt haben."

Er schaute ins Publikum und sagte: „Kein Ausgezeichnet, aber ein Sehr gut."

Jemand rief: „Bravo!", und alle applaudierten. Ich lächelte mein Kameralächeln und wartete, dass Carlo meine Note eintrug. Ich hörte den Applaus, der mich in die vergangenen Monate zurückbrachte, in denen ich im Fernsehen herumgestöckelt war, dachte an die Dummheit, vor der ich mich zu retten hoffte, an die Scham, die ich empfunden hatte, und vielleicht auch ein wenig an das Schuldgefühl meiner Mutter gegenüber. Er kaufte mich frei von Zweifel, von Einsamkeit und von der Furcht, sein Leben könnte auch nur ein klitzekleines bisschen befleckt werden.

Alles, was danach kam, gab es nur aufgrund der Dankbarkeit, die wir füreinander empfanden.

23

Heute ist Rodolfos OP. Carlo ist im Morgengrauen aufgewacht, er hat sich die ganze Nacht unruhig im Bett hin und her gewälzt. Er hat schon viele schwierige Eingriffe gemacht, und einige sind auch schiefgegangen, aber er hatte die Situation immer im Griff, das Risiko war immer kalkuliert. Dieses Mal jedoch tappt er im Dunkeln, ein falscher Schritt und all seine Anstrengungen, die ihn bis hierher gebracht haben, sind dahin. Er hat Angst.

„Viel Glück. *Alles wird gut*", sage ich.

Auch die Fokusgruppe hat heute mit dem Thema Angst zu tun. Die EU hat festgelegt, dass auf Bierdosen ein Warnhinweis aufgedruckt wird, und die Firmen wollen wissen, wie sie der Verunsicherung der Kunden entgegenwirken können.

Ich finde, das ist leicht. Man muss die Menschen nur davon überzeugen, dass es besser ist, an einem Herzinfarkt zu sterben als an Krebs oder an Alzheimer oder an jeder anderen Krankheit, die mit Schmerz und langem Leiden verbunden ist. In Wirklichkeit kann man sich ruhig das Herz-Kreislauf-System ruinieren, das ist eine Investition in die Zukunft. Das Problem hat ohnehin nur der, der übrig bleibt, wenn überhaupt. Eines der Targets schlägt vor, ein Wettspiel mit Preisen auf die Dose zu drucken, damit man auf die Hinweise der EU nicht mehr achtet. Sie diskutieren, dass der Preis eine Reise oder ein Smartphone sein müsste. Was gibt es Besseres für einen Sterbenden als mehr Speicherplatz oder eine Kreuzfahrt? „Sie entscheiden", sagt der Experte, „denken Sie an die effektivste Strategie, damit die Verkäufe nicht nach unten gehen. Der Kunde möchte genau das."

Alles darf nach unten gehen, nur nicht die Verkaufszahlen. Ich denke an *Balli & Pupe* und die Einschaltquoten, von denen wir abhängig waren. Die Zahlen bestimmten die Laune und das Schicksal der Beteiligten, die höchsten Quoten bescherten ihnen einen fast erotischen Genuss. Am Anfang lief die Sendung sehr gut, dann zeigte ein Konkurrenzkanal zeitgleich ein Dating Game, in dem die Kandidaten im Dunkeln Dates ausmachten, ihre Partner wurden per Algorithmus ausgewählt, der auf dem chinesischen Horoskop basierte. Die Quoten gingen nach unten. Das ganze Studio überkam eine düstere Verzweiflung, Guia Nocentini drohte mit ihrem Weggang, und die Drehbuchautoren mussten sehr schnell eine Lösung suchen. Es gab eine Sitzung nach der anderen, und am Ende entschieden sie sich, auf mich zu setzen. Es wurde der Vorschlag gemacht, dass ich eine eigene Rubrik bekommen sollte oder einen Teil der Moderation übernehmen könnte. Dann meinte einer: Warum lässt sie nicht das Kleid fallen, während sie den Buchstaben umdreht? Ich war noch minderjährig, mehr Nacktheit war nicht erlaubt. „Genial", sagten die anderen und sprachen mit mir darüber.

Ich dachte an meine Mutter, an ihre Strenge und ihre gute Erziehung.

„Nein, das geht nicht."

Der Autor war verblüfft.

„Und wenn sie dir anböten, den Pirelli-Kalender zu machen?"

„Das würde ich ablehnen, das machen viele."

Er verzog den Mund. „Sie lehnen ab, weil Ihr Agent Ihnen sagt, das sei besser fürs Image, sicher nicht, weil Sie sich schämen."

„Ich schäme mich nicht, ich finde es nur geschmacklos."

Er betrachtete meinen Lurex-Bikini und die falschen Wimpern, dann wählte er eine Nummer. „Die Königin des guten Tons meint, das sei geschmacklos." Er lachte über etwas, das sein Gesprächspartner sagte. „Du kannst gehen, Bianca."

Ich wollte unbedingt mit meiner Mutter sprechen. Ich fragte sie, ob sie die heutige Sendung gesehen hatte, aber sie meinte, dass sie jetzt immer zur Sendung mit dem chinesischen Horoskop zappte und gar nichts mehr verstand.

Bei *Balli & Pupe* waren sie jetzt nicht mehr so freundlich. Alle waren nervös wegen der Quoten, und vielleicht hatten die Autoren auch verbreitet, dass ich nicht kollaborierte. Anfangs grüßten sie mich noch mit einem Lächeln und fragten, wie es in der Schule war, auch wenn es niemanden interessierte, und ich spürte, dass mir diese Vertrautheit gefiel, sie waren die Einzigen, die sie mir entgegenbrachten, und das war besser als nichts. Ich hielt zwei Wochen durch, dann ging ich zum Autor und sagte, ich sei bereit, die Träger fallen zu lassen. Er sagte: „Sehr gut." Er tat nicht mal so, als sei er überrascht.

Die Kostümbildnerin befestigte den rechten Schulterträger mit einem Faden, der reißen würde, wenn ich den Arm hob, um das Kästchen des Kreuzworträtsels umzudrehen. Doch einen Moment, bevor ich auf Sendung gehen musste, wollte ich es nicht mehr. Ohne nachzudenken ging ich zum Telefon. Sie nahm beim dritten Klingeln ab, und ich beschrieb ihr heulend, was ich machen sollte, aber nicht wollte.

Meine Mutter schwieg, dann sagte sie deutlich: „Das ist tatsächlich nicht sehr … dekorativ. Das Dekor ist wichtig."

„Es kann sein, dass sie meinen Vertrag auflösen."

„Was sagt der Regisseur?"

„Dass ich es machen muss, wenn ich Karriere machen will."

„Die Karriere ist wichtig."

Ich fasste Mut und stellte die Frage, wegen der ich angerufen hatte: „Aber was würdest du von mir denken, wenn ich es machen würde?" Im Hintergrund hörte ich das Dating Game mit dem chinesischen Horoskop in voller Lautstärke, und als ich spürte, dass sie Luft holte, um mir zu antworten, legte ich auf und verspürte ein unerwartetes Gefühl des Friedens, auch wenn darin keine Erleichterung lag. Ich spürte, dass ich kurz davor war zu weinen, aber ich beherrschte mich, um das Make-up nicht zu ruinieren. Und in diesem lautlosen Weinen lag eine untröstliche Verzweiflung, die letzte Emotion in meinem Leben, an die ich mich erinnern kann.

Ich ging wieder zum Set, wo das Team schon nach mir suchte und mich auf die Bühne schickte. Der Applaus vom Band verebbte.

„Freunde, und jetzt das Kreuzworträtsel“, rief Guia Nocentini.

„Schau in die Vier“, sagte der Regisseur im Kopfhörer. Ich lächelte engelsgleich in die Kamera.

„Mit uns spielt Antonella aus Como. Bist du bereit, Antonella?“

„Und wie. Zwei vertikal.“

„Sehr gut. Der Begriff ist: nicht zu beseitigender Fleck.“

Schuld.

„Muttermal.“

„Sehr gut, du hast eine Goldmünze gewonnen.“

Ich ging zum Kästchen, das ich umdrehen musste, der Moment war gekommen. Der Regisseur sagte: „Nur Mut, mein Schatz. Jetzt.“ Ich dachte an meine Mutter, die die Sendung sah. Ich drehte das Kästchen und hob den anderen Arm, der Bikini blieb, wo er war. Guia Nocentini wirkte ein bisschen enttäuscht.

„Möchtest du weitermachen, Antonella?“

„Ich mache weiter, *danke.* Zwölf horizontal.“

„Eine berühmte Band.“

Schuld.

„Oh, ich weiß nicht. Kannst du mir einen Tipp geben?“

„Mmh ... sie singen *Piccola Katy.*“

„Die Pooh!“

„Genau!“

„Bianca, verdammt, worauf wartest du?“, schrie mir der Regisseur ins Ohr. Ich klatschte, drehte das Kästchen um – mit dem linken Arm.

„Ich mache weiter, Guia. Sieben horizontal.“

„Junges Mädchen, bleibt nicht lange schmutzig.“

Das ist ganz einfach. *Stella.*

„Oh Gott, das weiß ich nicht. Wirklich.“

„Ach, schade. Es war *Schuld.* ‚Die Hände in Unschuld waschen‘, weißt du?“

Ich machte ein bedauerndes Gesicht und sah ganz deutlich meine Mutter vor dem Bildschirm vor mir. Sie lächelt, auch sie kennt die Antwort. Sie greift nach der Fernbedienung, um das Programm zu wechseln, überlegt es sich noch mal und legt sie auf die Sessellehne. Plötzlich denkt sie an Stella, die Wäscherei, an uns Mädchen, um die sie sich kümmern und die sie in die Schule schicken muss. Die Abschlussprüfung von Stella und meinen Schwimmwettkampf, und dann hören alle Gedanken auf, wie immer. Sie schließt die Augen, fragt sich, was sie als Nächstes probiert, ein Messer oder Pillen oder sich mit Anlauf vom Balkon stürzen.

Ich hob den rechten Arm und tat so, als würde ich winken. Der Träger riss, und ich tat so, als wäre ich überrascht, und bedeckte meine Brust mit der Hand. Der Regisseur sagte: „Sehr gut, mein Kind“, und ich rannte hinter die Kulissen.

Die anderen meinten, es wäre super gelaufen, der Regisseur machte mir Komplimente. Ich zog mich in der Kabine um, ohne die Tür zu schließen, und streifte das Kleid über, das ich für *Unforgettable* trug. Der Moment, in dem meine rechte Brust zu sehen war, endete in den Nachmittagsnachrichten und den Boulevardblättern, die Quote von *Balli & Pupe* stieg wieder. Das Trash-TV ist eine Bestie, die sich von ihren Exkrementen ernährt, und je dicker sie sind, desto besser überlebt es, deshalb ist es unsterblich. Ich fragte nicht, ob meine Mutter die Szene gesehen hatte, und sie verlor nie ein Wort darüber.

Nach Arbeitsschluss rufe ich auf Carlos geheimer Nummer an, die nur ich kenne. Er nimmt nicht ab. Es ist das erste Mal, dass das passiert, seit wir uns kennen, und meine Unruhe wächst. Ich setze mich ins Auto, um ins Schwimmbad zu fahren, dann ändere ich meine Pläne und fahre Richtung Tiburtina. Ich parke vor dem Gemelli und setze mich auf die Bank vor der Kardiochirurgie. Als er endlich kommt, ist es fast dunkel.

„Carlo“, sage ich.

Er zuckt zusammen. „Du?“

„Und?“ Ich gehe auf ihn zu.

Das Parfüm, das er heute Morgen aufgetragen hat, mischt sich mit Schweiß, er wirkt nachdenklich. Er spricht, als ob die Worte in einem Meer aus noch viel wichtigeren und ernsteren Fragen vergraben wären. „Ich habe den Tumor entfernt. Es war schwer."

Ich streiche ihm über das Gesicht, das kleine Grübchen auf der Wange. „Hast du es geschafft?"

Er schüttelt den Kopf. „Der Eingriff hat zehn Stunden gedauert, und es gab sehr ernste Komplikationen." Er schaut mich nicht an.

„Wie ernst?"

„Wie ich vorausgesehen hatte. Es gab auf Höhe der Mitralklappe Infiltrierungen, die schwer zu entfernen waren, es kam zu einer Mitralinsuffizienz und einem pulmonar-kardiogenen Ödem."

Ich schlage mir die Hand vor den Mund. „Und jetzt?"

„Jetzt liegt er im Koma. Ich kann keine Voraussage treffen."

Ich greife nach seiner Hand, sie ist eiskalt. „Carlo, denk jetzt nicht daran."

Er beißt die Zähne zusammen, ich kann seine Kiefermuskeln sehen. „Doch, das tue ich. Diese Maschine hat zwei Millionen Euro gekostet, Vera, ich, der Klinikdirektor, wir alle haben der ganzen Welt ein Versprechen gegeben."

Ich sage nichts und sehe ihn nur an.

„Jetzt warten alle ab, was passiert. Und wenn es nicht gut …"

„Chirurgische Eingriffe können gut und weniger gut verlaufen", unterbreche ich ihn, „die Alternative war, ihn gleich sterben zu lassen."

Das Handydisplay leuchtet auf, Carlo überfliegt die Nachricht.

„Entschuldige, aber heute Abend gehe ich mit Nicola aus, ist das schlimm?"

„Nein, natürlich nicht."

Er steigt auf das Motorrad und fährt davon, ohne sich noch einmal umzusehen. Es war nicht klug, dass Rodolfo Mazingas Probelauf war, die erste unvernünftige Entscheidung, die Carlo in seinem Leben getroffen hat.

Ich steige ins Auto, um ins Schwimmbad zu fahren, dann überlege ich es mir anders und fahre auf den Ring. Ich passiere die

Mautstation Trionfale, fahre auf einen kleinen Parkplatz Richtung Maglianella. Ich klaube die Abfälle auf und reihe sie auf wie Trophäen, an den Leitplanken ordne ich sie nach Größe, nach Funktion und nach Art des Materials. Sechzehn Papiertaschentücher, drei PET-Flaschen, eine Schaumstoffschale, eine Spritze, 21 Zigarettenkippen, ein Kondom, Reste einer Decke, eine Slipeinlage. Ich finde auch zwei Exkremente, die ich vorsichtig aufhebe und zum Biomüll sortiere. Ein Auto hält, ein junger Mann muss pinkeln. Es wird ihm niemand glauben, dass er eine wunderschöne Frau gesehen hat, die Scheiße von der Straße aufliest, mitten in der Nacht, in einem Mantel von Valentino und zwölf Zentimeter hohen roten High Heels.

24

Die Berater bitten mich während einer Sitzung der Fokusgruppe in den Konferenzraum, zum allerersten Mal, seitdem ich hier arbeite. Die Zielpersonen sind sieben elegant gekleidete Blondinen. Ein Berater zeigt mir zwei Autos.

„Welchen Unterschied siehst du zwischen den beiden, Bianca?"

„Keinen."

„Konzentrier dich."

„Keinen."

Die Blondinen nicken. Die Berater reichen mir ein Foto.

„Und wenn du Vorschläge machen müsstest, was dieses Auto attraktiver machen würde?"

Attraktiver? Es ist eines dieser SUV-Schiffe, die mit Warnblinkanlage auf den Behindertenparkplätzen stehen, einer der größten Angriffe auf den guten Geschmack, der mir einfällt. Ich denke fünf Minuten nach und sage dann: „Eine andere Farbe?"

„Du kannst gehen, Bianca. Danke."

Am Nachmittag erfahre ich, dass man mich gerufen hat, weil ich in höchstem Maße zu den Zielpersonen gehöre, attraktive Frauen, die nichts von Autos verstehen. In diesem Fall sind wir die sekundären Zielpersonen: Wir kaufen nicht selbst, sondern sind der Grund, warum der Kauf getätigt wird. Männer kaufen große Autos primär, weil sie auf Frauen wie mich Eindruck machen wollen, doch für Frauen wie mich sehen diese Autos alle gleich aus, und wir können ein Modell für 80.000 Euro nicht von einem für 20.000 Euro unterscheiden. Dieses klassische Problem bei Produkten ist gewaltig. Die Berater müssen daran arbeiten, dann wird eine Lösung entwickelt. So funktioniert Marketing, es gibt für alles, was man sich vorstellen kann, eine Lösung. Es ist ein Allheilmittel, eine Art moderne Religion, mit vielen Riten und wenig Schuldgefühlen.

Ich sage mir, dass auch der Kadaver dafür bezahlt wird, das Problem zu erkennen und es zu lösen. Die Psychotherapie ist ein Marketinginstrument, das auf das Leben angewandt wird, und dieser Vergleich lässt mich fast mit guter Laune vor seiner Praxis ankommen. Ich nehme auf dem roten Sessel Platz, und der Verblichene fragt mich als Erstes, ob ich mich für eine ängstliche Person halte. Ich verneine, deshalb möchte er wissen, wer die ängstlichste Person ist, die ich kenne, und ich antworte, meine Mutter, deute ihre Selbstmordversuche an etc. Er reicht mir ein Blatt und bittet mich, eine Situation zu zeichnen, die ich für beängstigend halte. Ich skizziere einen Mann in einem Rollstuhl, der auf Bahnschienen steht, im Hintergrund kommt ein Zug.

„Was stellt das Bild dar?", fragt der Leichnam.

„Nichts Besonderes, das ist ein alter Witz."

„Den kenne ich nicht."

„Natürlich, der ist uralt."

„Wirklich nicht, erzählen Sie ihn bitte."

Ich hasse es, Witze zu erzählen, ich hasse Menschen, die Witze erzählen, und vor allem hasse ich diejenigen, die einen Witz hören wollen.

„Nun, ein Rollstuhlfahrer passiert einen Bahnübergang und bleibt in den Schienen hängen."

Der werte Verstorbene macht ein belustigtes Gesicht, auch wenn es noch gar nichts zu lachen gibt.

„Er schaut sich um und sieht das Bahnwärterhäuschen. Deshalb schreit er: ‚Bahnwärter!' Aber niemand antwortet. Er ruft noch mehrere Male: ‚Bahnwärter!', aber der Bahnwärter antwortet noch immer nicht. Da sieht er in der Ferne den Zug kommen. ‚Bahnwärter!', schreit er immer lauter, aber nichts passiert. Der Zug ist noch einen Kilometer entfernt. ‚Bahnwärter!', keine Antwort. Der Zug ist einen halben Kilometer, dreihundert Meter, hundert Meter entfernt. ‚Bahnwärter! Bahnwäääääärter!', nichts. Der Zug ist kurz davor, ihn umzufahren, da geht endlich die Tür auf, und der Bahnwärter erscheint. ‚Was gibt's?' Und der Mann: ‚Hör dir den Knall an!'"

Der Sarg lacht, als würde er den Witz nicht kennen, denn es ist unbestreitbar ein Zeichen von Höflichkeit, wenn man trotzdem lacht, und er möchte freundlich sein, während er mich auffrisst.

„Warum ist für Sie die Situation, dass jemand um Hilfe ruft und ein anderer ihn nicht hört, mit Angst verbunden?"

„Das ist es nicht. Der andere sieht, dass etwas Schlimmes passieren wird, kann aber nichts tun, um es zu verhindern."

„Oder ihm wird klar, dass jemand ihn retten könnte, er es aber nicht tut."

„Es ist nur ein Witz, Doktor", sage ich, „ich sehe da keine allegorischen Bedeutungen."

„Aber interpretieren, das ist meine Aufgabe."

Meine Aufgabe ist es, Interviews zu transkribieren, na und? Deshalb lasse ich die Leute trotzdem nichts sagen, was sie gar nicht gesagt haben. Ich transkribiere, interpretiere aber nicht. Ich habe nicht den Anspruch, zu wissen, was hinter den Worten liegt. Worte sind Worte, sonst würde man sie Tatsachen nennen. Kurz vor Ende der Stunde will er wissen, ob ich Fragen hätte.

„Ja, eine, wenn ich darf. Warum glauben Sie, dass ich mich mit dem Mann auf den Schienen identifiziere?"

Der Kadaver setzt die Brille ab. „Das habe ich nie gesagt, ehrlich gesagt glaube ich eher, dass Sie sich mit dem Bahnwärter identifizieren."

Die Sitzung ist beendet, und auch wenn sie es nicht wäre, würde ich ihm nicht die Wahrheit sagen. Denn wenn überhaupt, bin ich der Zug.

Zu Hause ziehe ich mich um, lege die Bluse und die Strumpfhose auf die antike venezianische Kommode, und als ich den Slip abstreife, entdecke ich einen klitzekleinen Blutfleck. Da ist sie, die Zeit.

Ich rufe Carlo auf der Geheimnummer an, vielleicht ist er im OP, er spricht ganz leise.

„Ich habe meine Tage."

„Bianca."

„Bianca, Bianca, Bianca. Mehr sagst du nicht? Bianca, was? Bianca ist ein Wort, ein Bild, kein *Mensch*, oder nicht?"

„Du denkst nicht klar."

„Und du? Du hast einen Mann operiert, der wahrscheinlich gestorben wäre, in der Hoffnung, dass er überlebt."

„Und das war ein Fehler."

„Das stimmt nicht. Du versuchst alle zu retten, nur *mich* nicht. Warum?"

Carlo bemüht sich nicht, seine Verärgerung zu verbergen. „In zehn Minuten muss ich in den OP. Findest du, dass das der richtige Moment ist?"

Während er weiterredet, lege ich auf. Ich bin immer noch nackt. Ich lege den Slip und alles, was ich getragen habe, in eine Plastiktüte. Dann ziehe ich mich an und bringe die Tüte zu den Mülltonnen, entscheide mich anders und lege sie in den Kofferraum. Ich nehme ein Oxycontin, um den Schmerz zu betäuben, der mir von den Nieren nach unten kriecht, und fahre ziellos umher. Ich spüre, wie die Gebärmutterschleimhaut sich löst, vom Uterus nach unten sinkt, immer tiefer.

Ich fahre nach San Giovanni, dann nach Pigneto, wo ich die Casilina in Richtung Stadtrand nehme, die Häuser werden immer grauer, bis ich Tor Bella Monaca erreiche. Ich fahre auf dem Viale dell'Archeologia zwischen den riesigen Wohnhäusern und den Betonhochhäusern herum und bleibe vor einem Beet stehen, das aussieht wie nach der Explosion einer Atombombe. Ich lege den Slip und die Kleider dort ab und zünde sie an. Ein paar Schritte weiter steht ein junger Mann, der sich gerade einen Schuss gesetzt hat, und betrachtet abwesend das Feuer, dann wirft er die Spritze dazu. Wir stehen nebeneinander und schauen in die Flammen, ähnlich fasziniert wie Nero, der die Stadt angezündet hat, die man ihm anvertraut hatte. Abfallliste: ein paar Gramm Asche.

25

Rodolfo ist aus dem Koma erwacht. Seit gestern Nachmittag hat sich die Situation verbessert, alle sind optimistischer, am Abend sind die Parameter wieder in der Norm und er kann die Intensivstation verlassen. Die Nachricht ist geheim, aber jemand aus dem Gemelli muss doch etwas nach außen getragen haben, denn heute Morgen titeln die Zeitungen: „In Rom wird die Geschichte der Herzchirurgie neu geschrieben". Carlo ist benommen, er wirkt wie betrunken. Das Telefon steht nicht still, Nicola, sein Vater, Vera und andere Amerikaner, die ich nicht kenne, rufen an. Sogar Serena meldet sich aus den Flitterwochen, und er reicht mir das Telefon weiter: „Kauf dir was Warmes für den Nobelpreis, in Schweden ist es arschkalt."

Carlo wartet darauf, dass ich ihm gratuliere, Stolz und Empathie zeige. Aber ich sage nur: „Besser so, ich freue mich für ihn." Dann tue ich so, als müsste ich etwas am Telefon kontrollieren. Bevor ich zu meiner Sitzung mit dem Kadaver gehe, ruft mich mein Schwiegervater an.

„Ich habe die Untersuchungsergebnisse. Wie läuft die Therapie?"

„Sehr gut."

„Und Carlo, die OP? Er ist ein Genie."

Ich tue so, als hätte ich keinen Empfang, und lege auf.

Der Tote schaut mich mit seiner düsteren Freundlichkeit an. „Heute möchte ich über Ihre Familie sprechen. Können Sie mir etwas über Ihre Eltern erzählen?"

Die Psychotherapeuten sind überzeugt, dass alle Schwierigkeiten der Menschheit mit den Eltern zu tun haben. Wenn der Sohn eines Diebs ein Dieb wird, dann hat das mit der Nachahmung des Modells zu tun. Wenn der Sohn eines Diebs Polizist wird, dann hat es mit der Rebellion gegen das Modell zu tun. Die Eltern sind immer verantwortlich: Wann wird er verstehen, dass sie in meinem Fall die Opfer sind?

„Meine Eltern kommen aus Grambate, aus der Brianza“, sage ich, „meine Mutter lebt inzwischen in Rom, mein Vater in Bukarest.“

„Bukarest?“

„Er ist mit der ehemaligen Pflegerin meiner Mutter durchgebrannt, nachdem sie sich mit einem Küchenmesser das Leben nehmen wollte.“

Der Tote nickt, rückt die Brille zurecht und schreibt alles mit.

„Sind Sie ein Einzelkind?“

„Nein, das heißt, ja.“

„Ja oder nein?“

„Ja, Herr Doktor. Ich bin ein Einzelkind.“

„Warum haben Sie erst Nein gesagt?“

Warum entgleitet alles, was wirklich wichtig ist, unserer Kontrolle? Ich habe den Lapsus nicht verhindern können, und der Beruf dieses Mannes ist es, die Unsicherheit in einem Wort und dem Tonfall, in dem es ausgesprochen wurde, zu erkennen. Ich wollte noch nicht von Stella sprechen.

„Jetzt bin ich ein Einzelkind, aber ich hatte eine Schwester. Sie starb, als sie vierzehn war.“

„Sie sprechen nur darüber, wenn Sie wollen.“

Ich reibe die Hände über die Beine und bleibe mit einem Ring in meiner Cavallini-Strumpfhose hängen. Es gibt eine Laufmasche. Strumpfhosen gehören zu den Dingen, die einen menschlichen Fehler am wenigsten verzeihen. Nylon: Plastikmüll.

„Ich möchte nicht, aber ich werde trotzdem über sie sprechen. Deshalb sind wir doch hier, oder?“

Er nickt.

„Meine Schwester war sieben Jahre älter als ich. Möchten Sie wissen, wie sie als Lebende war oder wie sie als Tote geworden ist?“

„Mich interessiert alles.“

„Dann sollte ich mit der Magic-Hair-Barbie anfangen.“

Ich erzähle ihm vom Schwimmen, von meinem Hass, weil sie am 11. Juni nicht bei meinem Wettkampf war, wie ich vom Schwimmbad weggelaufen und in das Unwetter geraten bin und wie ich mich gefühlt habe, als ich siegte. Es ist das erste Mal, dass ich davon erzähle, und er schaut mich mit unbewegtem Gesichtsausdruck an: Es ist die emotionale Reinigung, die mich weitersprechen lässt. Ich weiß, dass nichts von dem, was ich sage, ihm wehtun oder ihn treffen kann. Ich bin etwas Abstraktes, das man analysieren muss, eine Aufgabe wie Carlos Kranke: ein Nichts mit einer Seele, ein Wesen, das man heilen muss.

Nach dem Wettkampf gingen meine Eltern und ich auf den Vorplatz vor dem Schwimmbad, von einem Baum war ein riesiger Ast abgebrochen, der wie durch ein Wunder nicht auf den Regata gefallen war. „Heute ist unser Glückstag", sagte meine Mutter.

Wir kamen nach Hause, aber Stella war nicht da, auch ihr Mofa nicht. Sie wollte gar nicht lernen, das hatte ich immer gewusst, und mir wurde klar, dass ich noch nie jemanden so sehr gehasst hatte. Der Hass auf Stella breitete sich brennend in meinem Magen aus und versengte alle anderen Gefühle.

„Wo ist Stella?", fragte ich.

„Was weiß ich?", antwortete meine Mutter und holte das Bügelbrett aus der Abstellkammer. Als sie gerade die letzte Hose der Kunden zusammengelegt hatte, klingelte es an der Tür. Polizei.

Meine Eltern verstanden nicht gleich, was passiert war. Sie reagierten mit gefasster Überraschung, meine Mutter zog sich um und wurde sofort aktiv. Ohne ein Wort brachte sie mich zu meiner Großmutter, ich wurde ins Wohnzimmer vor den Fernseher gesetzt, und sie saßen in der Küche, um meiner Großmutter alles zu erzählen. Ich hörte, wie sie verzweifelt aufschrie, und sah, wie sie sich auf den Boden kniete. „Jetzt nicht, Mama", sagte mein Vater, und dann gingen sie. Und anstatt sie zu fragen, was passiert war, stellte ich den Fernseher lauter und versuchte an gar nichts zu denken, aber das half nicht, mich vor dem zu schützen, was plötzlich auf mich einprasselte.

Wir können den Tod nur oberflächlich erfassen, Eindrücke, die wir aus dem Leben entliehen haben, um dem Ende einen Sinn zu geben, Überzeugungen, die wir zusammensetzen, um zu überleben, und so war es auch an diesem Tag. Meine Eltern kamen mitten in der Nacht wie in einer Art Trance zurück. Die erste Reaktion auf den Tod ist Ungläubigkeit, und dann Gewalt: Als sie mich sah, hielt meine Mutter mich so fest, dass sie ihre Fingernägel in meinen Rücken bohrte und mir wehtat. Aber sie sagte nichts zu mir, und ich sagte nichts zu ihr. Ich wusste nicht, dass das der Beginn der großen Leere sein sollte, der Leere der Worte, der Gesten, der Dinge, der Leere, die langsam in unsere Seelen eindrang, sie verschluckte und dann in Fetzen wieder ausspuckte. Meine Großmutter fragte: „Habt ihr etwas gegessen?", und öffnete eine Dose Thunfisch, die wir direkt aus der Dose aßen. Nur wenige Stunden zuvor hatte der Wettkampf stattgefunden, aber es kam mir wie eine Ewigkeit vor. Niemand dachte mehr daran, dass ich gewonnen hatte, und auch nicht an die Barbie, die sie mir versprochen hatten. Ich wollte Stella sehen. Ich hatte ihr vergeben, es war unwichtig, dass sie nicht beim Wettkampf gewesen war, sie sollte zurückkommen. Aber sie kam nicht, und das war vielleicht der Moment, in dem ich begriff, dass sie nie mehr wiederkommen würde.

Meine Großmutter ließ mich auf dem Sofa schlafen, half mir, mich auszuziehen. Am nächsten Tag sagte sie, es sei etwas Schreckliches geschehen, und ich müsste alles tun, um brav zu sein. Meine Eltern waren nicht greifbar. Sie kamen zurück zu meiner Großmutter, ruhten sich kurz aus, ließen sich auf Stühle und Sofas fallen, dann brachen sie wieder auf, um die Angelegenheiten mit der Polizei oder dem Bestatter zu klären. Sie hatten Angst vor mir, als ob die Tatsache, dass sie noch eine zweite Tochter hatten, sie daran erinnerte, was mit der ersten geschehen war, sie wieder in die Realität zurückbrachte, dabei wollten sie in diesen Tagen nur, dass die Realität ihnen aus den Händen glitt, nicht wieder auftauchte, nicht einmal von ferne. Und dann war die Beerdigung und danach gar nichts mehr.

Das Schuljahr war vorbei, und man schickte mich zu einer Tante meines Vaters nach Pavia. Im September kam ich nach Grambate zurück, meine Mutter hatte den Sommer in der Psychiatrie verbracht, mein Vater sah aus wie eine viel ältere Version von sich selbst, völlig erschöpft, und Stella war nicht mehr da.

Der Sarg hörte aufmerksam zu. Er nahm die Brille ab und legte sie auf den Schreibtisch.

„Würden Sie mir erzählen, wie Stella gestorben ist? Nur so weit, wie Sie möchten."

„Ich kann Ihnen sagen, was man weiß, und das ist nicht viel."

Das, was man mit Sicherheit weiß, ist, dass Stella unmittelbar nach uns das Haus verlassen hat. Die Nachbarin grüßte sie, als sie auf ihr Mofa stieg. Sie hatte ihre K-Way-Jacke an und den gestreiften Rucksack, sie war die Letzte, die sie lebend gesehen hat. Nach dem Unwetter fand die Polizei das zerbeulte Ciao an einer Brücke, die damals wegen Bauarbeiten gesperrt war, und kurz danach fanden sie auch Stella. Sie trieb mit dem Gesicht nach unten im Fluss, sie hatte sich im Schilf verfangen, deshalb hatte die Strömung sie nicht mitgerissen. Ihre Haare waren zu einem Pferdeschwanz zusammengefasst, die Jacke lag wie ein Fächer auf dem Wasser. Der Rucksack war irgendwo im Fluss verschwunden und wurde nie wieder gefunden. Darin war auch ihr geheimes Tagebuch, das ich ihr zum Geburtstag geschenkt hatte. Jahrelang dachte ich, dass mir wenigstens das hätte bleiben sollen. Es gehörte mir, ebenso sehr, wie es Stella gehörte.

Das, was man *fast* sicher weiß, ist, dass Stella das Unwetter voll erwischte, als sie über die Brücke fuhr, sie auf dem nassen Asphalt wegrutschte und gegen den Betonpfeiler prallte, mit dem das Geländer renoviert werden sollte, und dann in den Fluss fiel. Sie war sehr schnell unterwegs, zu schnell bei diesem Wolkenbruch, und keiner konnte sich erklären, warum.

Man fand auch nicht heraus, wohin sie unterwegs war. Die Brücke führte zu einem Einkaufszentrum am Stadtrand, wo sie kein Geschäft interessierte und sie auch niemanden kannte. Außerdem war die Brücke unbefahrbar, und sie bei diesem Wetter zu benutzen war völlig verrückt. Aber sie hatte es so geplant. Die Lehrer sagten aus, dass es am Montag gar keine Prüfung geben sollte, so wie sie behauptet hatte, und es war klar, dass Stella gelogen hatte, um allein zu Hause bleiben und machen zu können, was sie wollte.

Ihr Tod blieb in der Schwebe, ein unbegreifliches, undurchdringliches Nichts, bar jeder Wahrscheinlichkeit, Lichtjahre von jeder Logik entfernt. Und so blieb es für immer.

Ich halte inne und blicke erschöpft den Leichnam an. Er macht den empathischsten Gesichtsausdruck, zu dem er fähig ist, ohne wirklich dazu fähig zu sein.

„Sie vermischen zwei Traumata, Bianca: den Tod Ihrer Schwester und das Nicht-Wissen, wie und warum es geschehen ist", sagt er, „das Zweite verschärft das Erste, denn es verhindert, dass Sie mit diesem Erlebnis abschließen und es in funktionaler Weise bearbeiten können."

„Ich glaube nicht, dass es etwas gibt, womit ich den Tod meiner Schwester auf *funktionale* Weise bearbeiten kann", widerspreche ich.

„Nein, aber es könnte helfen, Sie mit der Realität der Fakten zu verbinden, statt mit dem aktuellen albtraumhaften Status."

Er nimmt eine beruhigende Haltung ein, vielleicht möchte er mich glauben lassen, dass es eine Lösung gibt, aber die einzige Lösung hängt nicht von mir, sondern von Carlo ab, und Carlo möchte nicht kollaborieren. „Ich geben Ihnen eine kleine Hausaufgabe. Wenn Sie sich Stellas Tod vorstellen, dann versuchen Sie sich das Geschehen so genau wie möglich auszumalen, in jedem Detail."

Wem oft schwindlig ist, der hat dafür zwei Gründe. Ablehnung der Leere oder Anziehung der Leere.

„Ich muss es mir nicht vorstellen, ich weiß es bereits ganz genau."

Der werte Verstorbene zieht die Augenbrauen hoch, das einzige Lebenszeichen, das sein sphinxhaftes Gesicht mir vermittelt. „Bitte?"

Ich lächle freundlich. „Es ist, wie ich es Ihnen gesagt habe, oder? Stella hat im Sturm die Kontrolle über das Mofa verloren. Sie war aus Gründen auf der Brücke, die nur sie kennt. Jugendliche machen komische Dinge. Würde das Wissen etwas ändern?"

Die Stunde ist vorbei, er meint, darüber würden wir das nächste Mal sprechen. Ich sollte darauf hoffen, dass er in den nächsten Tagen stirbt, damit ich ihn nie wiedersehen muss. Das verschafft mir eine gewisse Erleichterung. Zwischen mir und dem Grab gibt es keine Verbindung, nur Geld, und Geld ist nützlich: Man tauscht Geld gegen Aufmerksamkeit, ein Gut gegen ein anderes. Und um einen Ersatz für Gefühle zu haben, mit dem man sehr viel einfacher fertigwerden kann.

Zu Hause, in unserer riesigen Wohnung, achten Carlo und ich darauf, dass wir uns aus dem Weg gehen, wir meiden uns und bemühen uns dabei, es den anderen nicht merken zu lassen. Carlo wartet immer noch darauf, dass ich ihn nach Rodolfo frage.

„Sofia kommt", sagt er schließlich.

„Gut."

An der Tür fragt Nicola nach Details zu Rodolfos Genesung, Sofia zieht ihn zum Bällebad.

„Schau mal, Papa, wie schön. Kaufen wir auch eins?"

Das Bad nimmt fast den ganzen Raum ein. „Ist das nicht ein bisschen übertrieben, Carlo?"

„Warum?"

„Weil du sie verwöhnst."

Nicola ist gegen das Verwöhnen, er ist gegen Kompromisse, gegen die verlogene Fassade, dass ein Mensch genau so, wie er ist, wichtig ist und damit zufrieden sein kann. Im Privaten wie im Beruflichen.

„Was interessiert dich das?", antwortet Carlo. „Ihr verwöhnt sie eben nicht. Ich bin nicht der Vater."

Nicola schaut Sofia, die in die Bälle taucht, mit seinem strengen und melancholischen Blick an.

„Letztens haben sie in der Schule über den Vatertag gesprochen. Weißt du, was sie gesagt hat? ‚Meinen Vater kennt ihr schon, den seht ihr ja immer in der Schule, deshalb erzähle ich euch etwas über meinen Onkel Carlo, der ist viel interessanter.'"

Ich bin verblüfft, aber Carlo bricht in ein zufriedenes Lachen aus. „Und du bist eifersüchtig? Dass sie mich mag, ist doch etwas Schönes, oder?"

In der Nacht meine ich, Sofias ruhigen Atem zu hören, aber ich weiß nicht, ob das überhaupt möglich ist, die Tür ist zu, aber ich höre es, und das Geräusch hämmert in meinem Kopf, bis es unerträglich laut wird. Ich stehe auf. Auf ihrem Bett liegen noch die Bilder, die sie mit Carlo gemalt hat, Herzen, Häuser, lächelnde Menschen. Ich knülle sie zusammen, reiße sie in kleine Stücke und werfe sie in den Papiermüll. Dann betrachte ich Sofia, versenke meine Nase in ihre Haare, die auf dem Kissen liegen. Ich atme tief den Geruch von Kinderköpfen ein, wenn sie einige Tage nicht gewaschen wurden. Auch Stella hat so gerochen. Ich höre noch immer ihren Atem und weiß, dass es mich die ganze Nacht nicht schlafen lassen wird, ich lege ihr das Kissen auf die Nase, damit sie nicht mehr atmet, aber sie bewegt sich und wacht sogar fast auf. Ich lasse mich langsam ins Bällebad sinken, drehe mich auf den Bauch und finde mich mit Sofias Atemgeräusch ab.

26

Heute spricht die Fokusgruppe über eine besondere Sorte von biologischen Eiern, die produziert werden, ohne die männlichen Küken auszurotten.

Die männlichen Küken der Hühner sind nicht kommerziell nutzbar. Kurz nach ihrer Geburt kontrolliert ein Typ die klitzekleinen Öffnungen, eine nach der anderen, und trennt die Männchen von den Weibchen. Die Männchen werden lebendig in einen Fleischwolf geworfen, und heraus kommt ein riesiger Brei, der als Futter für andere Haustiere, zum Beispiel Hunde, dient. Einige werden lebendig und am Stück eingefroren und dann an Rassekatzen verfüttert, damit sie ihre Instinkte nicht verlieren. Die Masse an Abfällen macht mich fast schwindlig. Es gibt sieben Milliarden männliche Küken pro Jahr, ein Küken pro Erdbewohner, Neugeborene miteingeschlossen. Die Apotheose des Wegwerfens, die Beseitigung dessen, was nicht perfekt oder unökonomisch ist und nicht dem Fortschritt dient.

Ein multinationaler Konzern hat eine Technik entwickelt, mit der sie mit neunzigprozentiger Sicherheit sagen können, welches Geschlecht das Küken im Ei hat. Die männlichen Eier werden in einer Art Massenabtreibung beseitigt, sodass nur weibliche Küken geboren werden.

„Wenn die Technik eine Sicherheit von neunzig Prozent hat, dann bedeutet das, es werden noch zehn Prozent männliche Küken geboren werden“, gibt eine Zielperson zu bedenken.

„Ja, aber sie werden nicht ermordet, sondern als Bruderhähne aufgezogen“, antwortet ein Berater.

„Bruderhähne?“, fragt eine sehr junge Frau, die offenbar nicht die Hellste ist.

„Bruderhähne, genau. Sie werden kastriert und gemästet, damit sie mehr und weicheres Fleisch bekommen.“

„Besser so."

„Was der Kunde wissen muss, ist, ob Sie bereit sind, die Mehrkosten für ein *cruelty-free*-Ei zu bezahlen? Und wie viel?", fragt der Berater.

Das Unbehagen über die Ausrottung von Küken wird in einer Summe gemessen. Zwei Cent pro Ei? Zu viel, zu wenig? Was ist der exakte Preis für schlechtes Gewissen? Wie viel Geld ist ein Gefühl wert?

Ich fahre auf die Via Flaminia, biege in die Via Maresciallo Pilsudski ein und parke in einer Seitenstraße zwischen kleinen pastellfarbenen Mehrfamilienhäusern hinter der portugiesischen Botschaft.

Der Tote lässt mich auf dem roten Vanity Fair Platz nehmen und bittet mich dann, die Gefühle zu verbalisieren, die ich das letzte Mal hatte, als ich über Stella sprach. *Gefühle verbalisieren*, der übliche Gehirnklempner-Quatsch.

„Ich war müde und erschöpft."

„Das verstehe ich. Und die Gefühle?"

„Das habe ich gerade gesagt."

„Sie haben von Müdigkeit gesprochen, das ist kein Gefühl. Trauer, Angst, Wut … das sind Gefühle. Es fällt Ihnen nicht leicht, sie zu erkennen, richtig?"

Wir sprechen von meiner Gefühllosigkeit, als sei sie ein Problem und nicht die einzige Möglichkeit zu überleben, und dann fragt er aus dem Nichts: „Was mögen Sie an Carlo besonders?"

Alles. Sonst hätte ich mein Leben nicht der Möglichkeit geopfert, mir Stella zurückzugeben.

„Seine Intelligenz. Warum?"

Der Leichnam stellt eine zweite außergewöhnliche Frage. „Glauben Sie, dass es eine Verbindung zwischen Stella und Carlo gibt, auch wenn sie sich nie kennengelernt haben?"

„Ich weiß nicht. Was glauben Sie?"

„Ich glaube schon. Träumen Sie manchmal Szenen, in denen beide vorkommen?"

Fast jede Nacht. Und meistens kann ich sie nicht auseinanderhalten. „Ja."

„Erzählen Sie mir den letzten Traum."

Es ist dunkel. Stella, Carlo und ich laufen in Grambate am Flussufer entlang, auf der Höhe des Schilfs, in dem man Stella gefunden hat. Stella und Carlo plaudern heiter miteinander, zwischen ihnen herrscht immer eine erstaunliche Übereinstimmung. Stella ist jünger, als sie heute wäre, aber älter als bei ihrem Tod, während Carlo und ich unser jetziges Alter haben. Wir erreichen die Brücke, von der sie gestürzt ist, und wir sehen die Leiche eines Mannes in einem schwarzen Mantel, der ein Kind an der Hand hält. Stella wird bleich, nimmt meine Hand und ruft: „Lauf weg, Bianca! Renn!" Carlo ist nicht mehr da, ich bemerke, dass ich nichts mehr sehen kann, ich bin blind. Wir rennen durch die Dunkelheit, das Unwetter bricht los. Ich weiß nicht, warum wir rennen, aber ich bin überzeugt, dass der Mann dem Kind wehtut, und schreie: „Ich muss zurück und das Kind retten!" Aber Stella hört nicht zu, deshalb muss ich sie umbringen. Ich schubse sie, sie fällt, aber ihr Schrei wird vom Regen übertönt. Dann wache ich auf.

Der Verblichene denkt einen Moment nach. „Die erste Interpretation Ihres Wunsches, das Kind zu retten, ist der Wunsch, sich von Stellas Tod zu befreien."

„Aber das Kind wurde nicht gerettet."

„Genau, und Sie glauben, das ist Ihre Schuld. Wie bei Stella."

Ich schaue ihn schweigend an, dann sage ich, jedes Wort betonend: „Stellas Tod könnte meine Schuld gewesen sein?"

„Nein, aber das denken Sie. In Ihren Erzählungen taucht das immer wieder auf. Warum?"

Ich habe das Gefühl, von einem Zug überfahren zu werden, jeder Knochen ist gebrochen, aber ich lebe, wie immer. Alle Tragödien überlebt zu haben ist die schlimmste Tragödie meines Lebens. Und seit zwanzig Jahren bemühe ich mich, nicht an das zu denken, was ich jetzt sage: „Niemand weiß von unserem Pakt. Stella ist tot, weil sie mir die Barbie kaufen wollte, die sie mir nach dem

Wettkampf schenken wollte, und sie ist so schnell gefahren, weil sie Angst hatte, zu spät zu kommen."

Der Leichnam legt den Stift auf den Schreibtisch, dann wirft er mir einen aufmunternden Blick zu. „Versuchen Sie mir das genauer zu erklären."

Es ist nicht mehr der Schwindel, vor der Leere zu stehen, dieses Mal ist es, wie sich hineinzustürzen. „Stella hat gewartet, bis die Geschäfte geöffnet haben, und ist dann losgefahren, um die Barbie zu kaufen, die sie mir versprochen hatten. Sie wusste, dass meine Eltern es vergessen würden, deshalb hat sie beschlossen, sich darum zu kümmern, sie wollte mich überraschen. Sie ging zum Spielzeugladen am Ende der Straße, aber der war zu, denn zu dieser Zeit war der Inhaber mit seiner Tochter in den USA, wo sie am Herzen operiert wurde."

Ich sehe dieses schreckliche Mädchen genau vor mir, das mich an Silvester nicht mit ihrer Barbie hat spielen lassen, ich erinnere mich, wie sie mit Koffern das Haus verlassen hat, um mit ihren Eltern in die USA zu fliegen, drei Tage vor dem *Unglück.*

„Dann fuhr Stella Richtung Schwimmbad, um den Wettkampf zu sehen, aber die Barbie ließ ihr keine Ruhe. Irgendwann fiel ihr das Einkaufszentrum jenseits der Brücke ein, in dem gerade ein Spielzeuggeschäft eröffnet hatte, und sie fuhr Richtung Fluss. Aber als sie an der Brücke ankam, war die wegen Bauarbeiten gesperrt. Sie hätte einen riesigen Umweg fahren müssen, um zum Einkaufszentrum zu kommen. Und noch während sie nachdachte, brach das Unwetter los, und die Bauarbeiter verließen die Baustelle, um sich vor dem Regen zu schützen."

Ich halte einen Moment inne und schließe die Augen. Schon ewig rekonstruiere ich diese Szene und setze jedes Detail an seinen Platz. Ich könnte ganz genau Stellas Gesicht beschreiben, als sie erkannte, dass die Brücke leer und meine Barbie in greifbarer Nähe war.

„Stella überlegte nicht lange und nahm die Brücke, es schüttete. Sie hatte es eilig, weil sie fürchtete, nicht rechtzeitig zu kommen, um mir die Barbie zu geben. Es ist eigentlich undenkbar, aber sie machte es trotzdem. Sie konnte nichts sehen, sie fuhr, sie stürzte."

Ich versuche mich mit dem Toten zu verbinden, zu denken, was er denkt, während eine Unbekannte vor ihm sitzt und sich so entblößt, ohne einen wirklich vernünftigen Grund. Ohne Hoffnung auf Rettung. Er wartet, bis ich fertig bin, und sagt dann: „Es kann so gewesen sein. Möglich ist es."

Er gießt sich aus einer Flasche aus seinem Schreibtisch etwas zu trinken ein. „Aber auch wenn es so war, Bianca, gibt es überhaupt keinen Grund, dass der Unfall *Ihre Schuld* war. Das ist ein völlig unsinniger emotionaler Druck."

Er erzählt mir die gleichen dummen Selbstverständlichkeiten, die jeder sagen würde. Dass wir nicht glauben sollten, das Leben der anderen unter Kontrolle zu haben. Dass das Gefühl, verantwortlich für die Schicksalsschläge des Lebens zu sein, eine Verzerrung der Realität ist, ein Wunderglaube. Dass sich Stella ganz und gar freiwillig für das entschieden hat, was sie gemacht hat. Ich höre ihm geduldig zu und gebe ihm recht. Wenn ich Schmerz empfinden könnte, würde ich sagen, dass dieses Treffen mit der Leiche von allen das schmerzhafteste, aber auch das lächerlichste ist.

Ich steige ins Auto, es ist Feierabendverkehr, und es geht nur langsam voran, wie in einem Leichenzug. Ich lasse das Fenster herunter, damit ich so viel Smog wie möglich abbekomme, er sich in meine Kleidung setzt, durch meine Haut bis in die Muskeln und schließlich bis ins Herz dringt. Abfallliste: Abgase, Feinstaub, Zellen, die für immer verbrennen. Die Schranke des Parkplatzes hebt sich, ich parke ein. Es ist merkwürdig, in einem Krankenhaus zu sein und nicht meine Mutter zu besuchen, die so tut, als wolle sie sich umbringen. Ich bewege mich unsicher, weiß nicht recht, was ich tun soll. Ich frage nach der Zimmernummer, sie sagen, ich solle mich beeilen, die Besuchszeit sei gleich vorbei. Ich stehe vor der Zimmertür, Liliana ist nicht da, vielleicht ist sie im Hotel und ruht sich aus. Rodolfo Berti liegt mit geschlossenen Augen im Bett. Er trägt einen grauen Schlafanzug, der aus der Zeit vor der Krankheit stammen muss, als er noch stabiler war, auf dem Formica-Nachttisch liegen ein Thermometer und eine Packung Kleenex. Er atmet geräuschvoll, als müsste er alle Luft, die ihn umgibt, einziehen, in einem Arm steckt eine Kanüle, über den anderen ist er an irgendeine Maschine angeschlossen, die sein Leben in Signalen und Diagrammen und Pieptönen abbildet. Ich denke daran, wie er mich mit in die Grotte genommen hat, um mir zu sagen, dass er in meine Schwester verliebt ist, mit gesenktem Blick und einem blutigen Finger, kurz bevor sie im Fluss ertrunken ist. Ich weiß noch, wie gut er aussah.

Rodolfo öffnet die Augen. Ich lächle ihm unsicher zu, trete langsam näher und murmle: „Wie geht es dir?"

Er bewegt die Lippen, flüstert etwas, das ich nicht verstehe.

Ich trete noch zwei Schritte näher, in meinem Bauch spüre ich einen stechenden Schmerz. „Wie bitte?", frage ich. Wieder bewegt er die Lippen, bemüht sich, hörbar zu sprechen. Jetzt verstehe ich ihn.

„Stella."

Ich weiche zurück, als hätte ich einen Dämon oder ein Gespenst gesehen.

„Stella, verzeih mir."

Ich starre ihn wie versteinert an.

„Stella, verzeih mir."

Ich drehe mich um und renne durch die Krankenhausflure. Draußen kann ich wieder atmen, mich plötzlich aber nur noch mit Mühe bewegen, als ob ich kiloweise Beton getrunken hätte. Ich schaffe es ins Auto und fahre ins Einkaufszentrum Roma Est, ich weiß nicht, wie. Halten, Zug, Abstoß, Öffnung, atmen. Pause, Wende. Ich schmeiße irgendwelche Sachen in den Einkaufswagen, Fleisch, Putzmittel, Tiefkühlkost. Kleine Sachen, große Sachen, teure Sachen, billige Sachen. Sachen, die nach den unfehlbaren Regeln der Ausbeutung für mich produziert wurden und die ich nicht nutzen werde. Ich laufe zu den Containern für Restmüll und werfe alles weg. Ich öffne die Packungen mit dem Fleisch und bohre die

Finger in die blutige Masse, ich lasse das exklusive Sushi in den Biomüll rutschen, der morgen nach Verwesung riechen wird. Ich schlage die Eier auf, eins nach dem anderen, und denke daran, dass jedes doppelt so viel wert ist, weil in jedem auch der Kadaver eines zermahlenen männlichen Kükens steckt. Welchen Preis hat das Schuldgefühl? Ich hebe den Deckel hoch und stecke meinen Kopf und meine Arme hinein, in dem grotesk mutigen Akt, auch mich selbst ein für alle Mal auf die Abfallliste zu schreiben. Jemand bleibt stehen, dann noch jemand, es bildet sich ein kleiner Kreis. Jemand schreit. „Was machen Sie denn da?", aber niemand kommt mir zu Hilfe. Ich knie mich auf den Rand des Containers, zerreiße mir den Rock von Bulgari und schiebe auch meinen Oberkörper hinein. Mit dem Gesicht streife ich eine ekelerregend stinkende Tüte, ich übergebe mich zwischen die Tüten und katalogisiere auch das unter Biomüll. Dann klettere ich hinaus, wische mir die Hände an meinem Mantel ab und höre die Leute sagen, dass die Penner heute besser gekleidet sind als Firmenchefs. Kurz bevor ich ins Auto steige, beginnt es zu regnen, die Tropfen dringen durch meinen Mantel, meine Jacke, bis auf die Haut und bleiben dort. Meine Haut ist eine undurchdringliche Hülle, mein Herz eine Festung auf einem Felsen, aus der keiner ausbrechen kann. Ich kann alles ertragen, denn ich ertrage seit Jahren die Schuld, meine Familie zerstört zu haben.

27

Heute Nacht verkaufte Stella rotes Fleisch an einem Stand in der Markthalle von Grambate. Sie rührte es um, hob es mit beiden Händen hoch, um es den Kunden zu zeigen. Meine Mutter meinte, von rotem Fleisch zu träumen würde Unglück bringen, in diesem Fall würde mit Sicherheit jemand sterben. Aberglaube. Ich weiß genau, woran Stella mich erinnern möchte: Es geht nicht darum, dass jemand stirbt, sondern dass heute der Eisprung fällig ist. Bis zum nächsten Zyklus sind es vierzehn Tage.

Ich stehe auf und denke an Stella und an ihr Glück: Sie starb, ohne zu wissen, was der Tod ist. Sie ist das Küken, das geschreddert wird, nicht der Bruderhahn, der kastriert und gemästet wird, um später nach einem Leben voller Leid qualvoll zu sterben. Ich ordne meine Gedanken und versuche mich an etwas zu erinnern, wo sie wirklich gelitten hat. Die Geschichte mit der Katze fällt mir ein. Und selbst die war vielleicht kein Leid, sondern nur eine Erfahrung.

Es war Samstag, und es hatte geschneit. Wir waren mit Liliana im Jugendzentrum, außer uns war keiner da. Stella spielte im Tischtennisraum Gitarre. Zu dieser Zeit hatte sie eine große Leidenschaft für die Gitarre und nahm sie überallhin mit. Nach einer halben Stunde tauchte Rodolfo Berti auf. Seit der Silvesterfeier hatten wir uns nicht mehr gesehen, und wir begrüßten ihn freundschaftlich, aber er schaute zu Boden. Er legte eine Plastiktüte auf den Tisch und sagte rasch: „Da ist etwas." Dann lief er davon. Die Tüte bewegte sich. Stella öffnete sie vorsichtig und ein schwarzweißes Kätzchen kam heraus.

„Wie süß, leg es mir in den Arm", sagte Liliana.

„Aber es ist viel zu klein, es kann gar nicht überleben", sagte Stella und lief Rodolfo hinterher. Sie rannte quer über den Fußballplatz, um ihn einzuholen, ich sah sie über das weiße Schneequadrat laufen. Das Bild hat sich mir eingebrannt. Sie hob sich deutlich vom glänzenden Weiß ab und lief auf etwas zu. Sie holte Rodolfo ein, und sie unterhielten sich einen Moment.

„Dieser Idiot versteht sicher nicht mal, was sie sagt", meinte Liliana.

„Warum sagst du, dass er ein Idiot ist?"

„Er redet nichts. Einer, der nichts redet, ist entweder stumm oder dumm."

„Aber jetzt spricht er doch."

„Eben. Stumm ist er nicht."

Stella gestikulierte und schüttelte den Kopf. Sie versuchte Rodolfo am Arm festzuhalten und ihn mitzuziehen, aber er schubste sie weg und verschwand.

„Siehst du? Er lässt einfach die Katze hier und haut ab", meinte Liliana.

„Vielleicht ist er beschäftigt."

„Nein, er will mich einfach nicht sehen, er findet mich doof, das weiß ich."

Stella kam wütend zu uns gelaufen.

„Nichts. Er sagt, er hat sie auf der Straße gefunden und sie hierhergebracht, damit sich jemand um sie kümmert."

Liliana betrachtete das Kätzchen, das jämmerlich miaute.

„Vielleicht hat es einer verloren, als er die anderen ertränkt hat. Mein Vater hat die Kätzchen meiner Tante letzten Monat auch im Fluss ertränkt."

Stella streckte einen Finger nach dem Kätzchen aus, es schnupperte daran und hörte auf zu miauen.

„Und wer behält es jetzt?", fragte Liliana.

„Meine Mama will keine Katze", sagte Stella traurig.

Meine Mutter sagte, dass die Haare Dreck machen würden und unhygienisch wären. In der Wäscherei hätte sie einen Haufen Wäsche voller Katzenpisse, und die würde man nie wieder richtig hinkriegen.

„Dann nehme ich sie. Was hat Rodolfo gesagt?", fragte Liliana.

„Nichts weiter. Nur, dass er sich nicht um die Katze kümmern kann."

„Aber ihr habt eine halbe Stunde geredet."

Stella hörte ihr gar nicht zu, sie dachte nur an die Katze. Sie streichelte sie und lächelte.

„Wie schön sie ist. Schade, dass ich sie nicht behalten kann."

Am nächsten Tag kam Liliana mit finsterer Miene zu uns.

„Die Katze ist krank, sie frisst nicht." Sie reichte Stella die Tasche mit der Katze.

Sie sah noch mitgenommener aus als am Vortag und bewegte sich kaum noch. Hin und wieder öffnete sie den Mund, als wolle sie miauen, aber es gelang ihr nicht.

„Papa sagt, wenn sie zu sehr leidet, muss er sie im Fluss ertränken."

Stella und ich zuckten zusammen.

„Man muss den Kopf in eine Tüte stecken, damit sie es nicht merkt. Ich bin noch mal zu euch gekommen, damit ihr euch verabschieden könnt."

Stella nahm das Kätzchen in die Hand und strich ihm mit dem Daumen über die Schnauze. Es öffnete einen Moment die Augen, dann schloss es sie wieder.

„Wir behalten sie", sagte Stella.

Sie richtete in der Garage ein Körbchen her und polsterte es mit weichem Wollstoff aus. Aus dem Medizinschrank holte sie eine Spritze, zog die Nadel ab und begann Milch in kleinen Tropfen in ihren Mund zu spritzen. Das schien der Katze zu gefallen, sie sperrte das Maul auf und wartete auf die Milch, dann leckte sie sich über die Schnauze.

Als Stella am Abendbrottisch von der Katze erzählte, wurde meine Mutter wütend.

„Bist du verrückt? Erst wollte Liliana die Katze, und wenn es ihr zu anstrengend wird, drückt sie sie dir auf."

„Das Kätzchen braucht Pflege, und das kann sie nicht, weil sie im Rollstuhl sitzt", antwortete Stella.

„Ach was, sie will sie nicht mehr, weil sie stirbt."

Stella wirkte überrascht und traurig.

„Aber ob sie stirbt … weiß man doch gar nicht."

Meine Mutter bemerkte, wie sich ihre Augen mit Tränen füllten, und beruhigte sich wieder.

„Gut, behaltet sie in der Garage, ich will nichts mit ihr zu tun haben."

Am nächsten Tag kümmerten Stella und ich uns den ganzen Tag um die Katze, aber nach einer Weile begann sie die Milch, die wir ihr mit der Spritze gaben, wieder zu erbrechen. Stella wusch geduldig alles wieder sauber, aber ich hatte schnell genug. Erbrochenes fand ich ekelhaft und ich fand es ungerecht, dass alle eine schöne schnurrende Katze hatten und wir nur eine halbtote.

Die Katze lebte noch zwei, drei Tage, dann fraß sie gar nicht mehr.

An diesem Abend sagte Stella am Abendbrottisch, dass sie die Katze zum Tierarzt bringen müsste. Meine Mutter meinte, daran sei gar nicht zu denken, und Stella sagte nichts mehr. Später kam sie in mein Zimmer.

„Wir müssen den Tierarzt bezahlen. Wir verkaufen auf der Straße unsere Spielsachen."

Ich betrachtete den Korb, in dem alle meine Spielsachen lagen. Ich griff nach der Puppe mit den Haaren aus Wollfäden und legte sie zurück. Ich nahm einen Ball und einen Plüschhund heraus, aber jedes Mal konnte ich mich nicht entscheiden. Schließlich wählte ich einen alten abgegriffenen Bären, dem schon ein Auge fehlte, und reichte ihn Stella.

„Ich verkaufe den."

Am nächsten Tag bauten wir vor dem Haus den Stand auf. Immer, wenn jemand stehen blieb, positionierte ich mich vor meinem Bären, damit ihn niemand kaufte.

„Wie viel haben wir eingenommen?", fragte ich am Abend und legte den Bären in den Korb zurück.

„Dreitausend Lire."

„Und wie viel kostet der Tierarzt?"

„Zwanzigtausend."

Am nächsten Tag ging Stella mit der Gitarre in die Musikschule, und als sie zurückkam, zeigte sie mir triumphierend zwei Zehntausend-Lire-Scheine.

„Wie hast du das gemacht?"

„Ich habe die Gitarre verkauft", sagte sie einfach.

Ich war verstört, sagte aber nichts. Sie nahm mich an der Hand, und wir liefen zur Garage. Die Katze war gerade gestorben.

In der Mittagspause klingelt das Telefon. Es ist Nicola, der Carlo sprechen möchte.

„Er ist im OP. Soll ich ihm etwas ausrichten?"

Ich höre ein kurzes Seufzen, dann sagt Nicola: „Mein Vater ist heute Morgen gestorben."

Ich denke an Stella und an den Traum mit dem roten Fleisch von heute Nacht, dann denke ich daran, wie sehr Carlo die Nachricht treffen wird.

Ich rufe mir sofort ein Taxi ins San Camillo. Ich laufe durch den Flur mit den Sterbezimmern und sehe im Vorbeigehen die Gruppen von Trauernden, die vor den Särgen stehen. Marios Zimmer ist das letzte, ganz hinten. Nicola hat Augenringe und sieht aus, als wüsste er nicht, wie er sich unter den vielen Verwandten, die ihm die Hand schütteln, zurechtfinden soll. Er ist auf den Tod und die Umstände nicht vorbereitet, auf die Unannehmlichkeiten, die er mit sich bringt. Als er mich sieht, nimmt er mich in den Arm.

„Danke, dass du gekommen bist."

„Ich habe Carlo noch nicht erreicht."

Ich begrüße Marta und Marios Brüder, wir schauen uns zerknirscht an, und dann tue ich das, weshalb ich hierhergekommen bin. Mario ist dünner und älter als das letzte Mal, als ich ihn auf dem Land gesehen habe. Er trägt eine Schildpattbrille, einen himmelblauen Kaschmirpulli, blaue Hosen, schwarze Socken, Unterwäsche, die ich natürlich nicht sehen kann. Wer hat entschieden, was er tragen soll? Wer hat all diese Dinge gekauft? Den Ehering am Finger, geschnürte Wildlederschuhe. Die Brillengläser kommen in den Glasmüll, der Rest in den Restmüll, denke ich. Und ein Körper, ein Mensch: Organe, Muskeln, Knochen, Haare, Nervengewebe und Bindegewebe. Etwa fünf Liter Blut, das nun stillsteht. Alles Biomüll.

Nicola sagt, dass es ein plötzlicher Herzstillstand war. Wieder nehme ich ihn in den Arm, rufe Carlo auf der Nummer an, die nur ich kenne. Ich erkläre ihm, was passiert ist. Er schweigt eine Weile, dann sagt er: „Nein." Und ich höre, dass er weint.

Carlo kommt nach Hause, er wirkt verloren und als wolle er fragen: „Warum?" Wie Kinder es tun. Nachdem ich ihm von Marios Tod erzählt hatte, ist er ins San Camillo gefahren und bei ihm geblieben, bis sie das Sterbezimmer geschlossen haben. Beim Hereinkommen sucht er meinen Blick, kommt instinktiv auf mich zu. Ich setze mich neben ihn, berühre ihn aber nicht. Er riecht sauber, festlich, nach schönen Dingen, und gibt mir das beruhigendste Gefühl, das ich jemals empfunden habe.

„Du fehlst mir", sagt er irgendwann.

„Du mir auch."

„Dann versuchen wir doch, uns wiederzufinden."

Er streckt den Arm aus, streicht mir über die Haare, krault mir den Nacken, genau wie Stella. Ihre Ähnlichkeit ist schier unerträglich. Ich stehe rasch auf.

„Ich habe ein Hühnchen auf dem Herd, ich schau mal, dass es nicht anbrennt."

Er beobachtet mich voller Sehnsucht, als ob er ein fernes Land vermissen würde, ein Paradies, in dem er gelebt hat und das nun zerstört ist. Und er hat zugelassen, dass das passiert.

Nach dem Abendessen gehe ich schwimmen, und als ich zurückkomme, schläft er schon. Ich gehe ins Schlafzimmer, ohne Licht zu machen, schaue so lange ins Dunkel, bis sich meine Augen daran gewöhnt haben, bis ich ihn deutlich erkennen kann. Ich setze mich aufs Bett, betrachte ihn und streiche ihm übers Haar. Du musst die Leere spüren, die ich um dich entstehen lasse, mein Schatz. Du musst sie jedes Mal spüren, als ob du sie vorher nicht wahrgenommen hättest, jedes Mal, wenn du dachtest, dass deine Beziehung nicht so werden würde wie alle anderen, ein Leichnam, der nur noch durch die Last des gegenseitigen Gejammers und der Ungleichheit der Bedürfnisse am Leben gehalten wird. Du musst spüren, dass alles so zerbrechlich geworden ist, dass deine Freundin aus reiner Bitterkeit sterben könnte, dass die Enttäuschung das warme Meer, in dem du immer geschwommen bist, einfrieren lassen könnte. Dass der Überdruss, mit dem du nie etwas zu tun haben wolltest, die Langeweile, das Unverständnis, die Unsicherheit, die Paranoia, die schlechte Laune, das Gefühl der Einsamkeit sich nun auch dir zeigen: Es reicht, einmal kurz nicht aufgepasst zu haben. Die Kette, die uns verbindet, hat dich befreit, und das darfst du nie vergessen, denn dein Glück hängt nicht von dir, sondern von *mir* ab.

28

Die Messe für Nicolas Vater findet in Bufalotta in einer modernen Kirche mit futuristischer Architektur statt, die entfernt an eine Autobahnraststätte erinnert. Wir sitzen in der ersten Reihe, und Carlo hält Sofias Hand fest umklammert. Ich sehe, wie er ihr mit dem Daumen sanft über den Handrücken streicht. In den traurigsten Momenten, wenn der Priester vorne predigt oder die Leute am Altar ihre Rede halten, drückt er sie ganz fest. Sofia wollte Schwarz tragen, weil ihre Freundinnen gesagt haben, dass man sich bei Beerdigungen so anzieht. Nicola betrachtet sie flüchtig und wirkt während der Messe abwesend, irgendwie zornig. Marta enthüllt hingegen eine unvermutete mystische Seite, betet mit geschlossenen Augen und singt die Lieder und die Hallelujas mit Inbrunst mit.

Auch Carlo liest ein paar Sätze über Mario vor. Er erzählt Begebenheiten aus der Vergangenheit, die allen ein Lächeln entlocken, denn Carlo kann Menschen auch in verzweifelten Momenten trösten. Er erinnert daran, wie Mario ihm auf dem Terminillo das Autofahren beigebracht hat und wie er am Vorabend seiner Prüfung mit riesigen Kannen voller Kaffee bei ihnen aufgetaucht ist, damit sie lernen konnten, und sich dann vor den Fernseher gesetzt hat, weil auch er viel zu aufgeregt war, um zu schlafen. Alle in der Kirche lachen und weinen.

Wir bringen ihn nach Prima Porta, und als die Zeremonie zu Ende ist, bittet uns Nicola darum, bei dem Mittagessen zu helfen, das er für die Familie organisiert hat. Wir folgen der Kolonne der Autos bis zum Haus in der Via della Bufalotta, in der Mario gewohnt hat, und ich helfe Marta, die Tartes und den Rotwein zu servieren. Wir unterhalten uns über Beiläufiges, tauschen Höflichkeiten über das Geschehene aus, es wirkt alles nicht falsch, aber auch nicht echt. Das ist der Tod, wie wir ihn uns vorstellen, wenn wir mit ihm zu tun haben und ihn nicht vermeiden können. Für den, der zurückbleibt, ist der Tod nicht etwas ganz und gar Wahres, aber auch nichts Falsches. Carlo hält sich abseits, er erledigt berufliche Telefonate, die nicht einmal heute ausbleiben. Sofia sitzt mit den Cousins und Cousinen in einer Ecke, der Größte hat ein Handy und alle scharen sich um ihn.

Als auch der letzte Verwandte gegangen ist, lassen wir uns erschöpft auf die Sessel im Wohnzimmer sinken. Nicola betrachtet den Barwagen und findet eine verstaubte Flasche Cynar. „Das ist der einzige Alkohol, der übrig geblieben ist", sagt er, „trinkt." Er gießt mir und Carlo ein Glas ein, Marta lehnt ab. Er erzählt, wie Mario bei der Eisenbahn Maschinist war.

„Manchmal hat er mich morgens mitgenommen. Er setzte mir die Eisenbahnermütze auf und tat so, als würde ich den Zug steuern. Wir fuhren in Termini auf die Strecke Rom–Arezzo, und in Settebagni kam ich mir vor wie der König der Welt."

„Ich bin mit meinem Vater am Schießstand gewesen", sagt Carlo.

Nicola sieht ihn neugierig an. „Wirklich? Das hast du mir nie erzählt. Und was habt ihr dort gemacht?"

„Er hatte sich in den Kopf gesetzt, dass ich schießen lernen sollte. Er half mir, das Ziel anzuvisieren, und sagte: ‚Schieß, wenn der Abzug dich ruft.' Und ich wartete auf den Ruf des Abzugs, aber er blieb stumm wie ein Fisch, da kam gar nichts."

Das erste Mal, seitdem ich ihn kenne, spricht Carlo mit einem gewissen Wohlwollen über seinen Vater. Ich schaue ihn verwundert an, aber er bemerkt es gar nicht.

„Nichts weiter."

Nicola trinkt den Cynar aus und meint, dass es in diesen surrealen und schmerzlichen Tagen auch eine gute Nachricht gebe. Er schaut flüchtig zu Marta, und ich stelle sofort den Zusammenhang zwischen der hormonbedingten Ruhe und der Tatsache her, dass sie keinen Alkohol trinkt.

„Wir bekommen ein Kind", sagt sie einfach.

„Wie bitte?"

Carlo ist verblüfft, dann lächelt er strahlend und nimmt erst Marta und dann Nicola in den Arm. Lange.

„Weiß Sofia es schon?“, fragt er leise. Sofia schaut im anderen Zimmer fern.

„Niemand außer euch weiß es. Und Mario. Aber er wird schweigen.“

Wir lächeln.

„Marta hat vor zwei Tagen den Test gemacht, und genau in diesem Moment haben sie aus dem San Camillo angerufen. Er hatte einen Herzinfarkt, ihr müsst sofort kommen. Ich bin hingefahren, er lag auf der Intensivstation, ich sagte, halte durch, ich will dir etwas Schönes sagen, du bekommst einen Enkel. Ich weiß, dass er mich nicht mehr gehört hat, aber auf irgendeiner Ebene hat er es sehr wohl mitbekommen.“

„Er hat es gehört, und ich glaube, dass er sehr zufrieden gegangen ist“, sagt Carlo.

Er ist noch wütender gegangen, ganz klar, denn er hat begriffen, dass er seinen Enkel nicht zur Welt kommen sehen würde. Aber das sage ich nicht, um diese wunderbar festliche Atmosphäre nicht zu zerstören.

„Und wie geht es dir, meine Liebe?“, frage ich.

Marta erzählt von der Übelkeit und den üblichen Sorgen der Schwangeren. Ich frage mich, ob sie von unseren Problemen weiß. Vermeiden sie die Frage, warum wir *noch* keine Kinder haben, aus Mitgefühl, aus Desinteresse oder aus Oberflächlichkeit?

Marta steht auf und geht ins Bad. Carlo sieht zu Nicola. „Woher wusstet ihr, dass ihr noch ein Kind haben wollt?“

Nicola gießt sich noch einen Cynar ein. „Carlo, du hast einen Fehler, das habe ich dir immer gesagt. Du willst immer alles wissen, alles kontrollieren, aber weißt du, das macht das Leben einfach so. Mario war an Weihnachten noch strahlend wie die Sonne und zwei Tage später ist er tot, was gibt’s da zu verstehen?“

Carlo antwortet nicht.

„Du stehst nicht einfach eines Morgens auf und weißt, dass du ein Kind haben willst. Du spürst nur, dass es so besser wäre. Besser als was? Das weiß ich auch nicht, Carlo.“

Marta kommt ins Wohnzimmer zurück und seufzt.

„Das ist ganz schön chaotisch hier. Ich würde gerne ein bisschen aufräumen, bevor wir nach Hause gehen."

„Gut, Marta. Aber lass uns erst noch ein wenig ausruhen."

„Lass es uns so machen", sagt Carlo, „ihr kümmert euch um das, was zu tun ist, und Sofia kommt mit uns. Morgen bringen wir sie euch wieder. Okay?"

Auf dem Tisch liegen dreckige Servietten, Krümel, Salamihäute, benutzte Zahnstocher. Ich greife danach und stopfe alles in meine Tasche. Marta fragt erschreckt: „Was machst du denn da?"

„Ich helfe euch beim Aufräumen", sage ich.

Im Auto ist Sofia still, sie spielt mit ihrem Nintendo und kümmert sich nicht um uns. Ich weiß, was du deinen Eltern gegenüber fühlst, was du dabei empfindest, hin und her geworfen zu werden, während sie an den Tod denken müssen, während sie vermeiden, mit dir zu sprechen, weil sie glauben, dass du monatelang Dinge tun kannst, die du hasst, wie das Schwimmen, aber nicht fähig bist, über den Tod zu reden. Ich kenne die Übelkeit, die du wahrnimmst, und die du, zumindest zum Teil, nie wieder loswirst.

Carlo schaut durch den Rückspiegel auf Sofia und streckt den Arm nach hinten, um sie am Knie zu kitzeln. Er kann ihre Trauer nicht ertragen.

„Ich habe eine Idee, mein Vögelchen. Wir könnten in den Vergnügungspark fahren, was meinst du?"

„Ist das nötig?", erwidere ich, „vielleicht möchte Sofia sich lieber ausruhen?"

„Sie kann sich zu Hause ausruhen. Nur kurz, komm schon."

Carlo fährt auf die Nomentana und parkt auf dem Parkplatz eines älteren Vergnügungsparks am Ufer des Aniene, ganz in der Nähe von Marios Haus. Das Wetter ist schlecht, es wird regnen und wir sind fast die einzigen Besucher.

„Da sind wir", sagt Carlo bemüht heiter.

Wir gehen durch den Park, zwischen grinsenden Puppen hindurch, Carlo und Sofia steigen ins Riesenrad. Ich sehe ihnen zu, wie sie nach oben und unten schweben, in der immer gleichen hypnotischen Bewegung, Carlo sagt etwas zu ihr, sie stützt die Ellbogen auf das Fensterbrett der Kabine. Sie nickt, wirkt aber nicht sehr überzeugt.

„Es fängt bald an zu regnen, lass uns nach Hause fahren", sage ich, als sie aussteigen.

Carlo nickt. „Nur noch eine Fahrt. Wohin sollen wir gehen, mein Vögelchen?"

Sofia schaut sich um und deutet auf ein zweistöckiges Gebäude hinter einer Reihe von Büschen. Die Fassade sieht aus wie ein mittelalterliches Schloss, auf dem Dach sitzt eine riesige schäbige Hexenpuppe.

„Ins Geisterhaus."

„Sehr gut, ins Geisterhaus."

Sie lösen die Tickets und verschwinden im Tunnel. Außer ihnen ist keiner da.

„Gehen Sie sich die Geister nicht anschauen, werte Dame?", fragt der Mann an der Kasse.

„Ich sehe sonst schon zu viele, danke."

Ich setze mich auf die Bank vor dem Haus und starre auf die Hexe auf dem Dach. Mein Eisprung war vor vier Tagen. Das Fibrom wächst, ich spüre, wie es sich in meinen Eingeweiden ausbreitet, sich immer deutlicher in verborgene Spalten meines Körpers schiebt. Ich stehe auf und laufe zwischen den Fahrgeschäften herum. Ich finde Flaschen, Eisverpackungen, Plastikfetzen. Ich stecke alles in die Tasche, zu den Abfällen, die ich aus Marios Wohnung mitgenommen habe, dann gehe ich zurück zum Geisterhaus. Der Himmel ist pechschwarz. Carlo kommt mir außer Atem entgegen.

„Wo warst du? Ist Sofia bei dir?"

Seine Augen sind weit aufgerissen, er atmet schwer.

„Sofia?"

„Ich habe sie im Dunkeln an der Hand gehabt, aber dann wollte sie alleine gehen, und plötzlich war sie nicht mehr da."

Wir fragen den Mann an der Kasse, der träge den Kopf von seiner Zeitung hebt, er hat nichts gesehen. Carlo geht wieder ins

Geisterhaus, ich mache eine Runde, wir treffen uns am Eingang. Der Himmel wird immer schwärzer.

„Bianca, verdammt, sie kann doch nicht einfach verschwinden."

„Aber nein, sie muss hier irgendwo sein, bleiben wir ruhig."

Wir trennen uns, rennen zwischen den Fahrgeschäften herum, fragen die wenigen anderen Besucher, ob sie ein schwarz gekleidetes Mädchen gesehen haben. Vor der großen Hexe treffen wir uns wieder, Carlo ist außer sich.

„Wenn ihr etwas passiert ist, bringe ich mich um", murmelt er. Er rettet jede Woche Menschen vor einem schrecklichen Schicksal, er kennt verzweifelte Situationen, wie man sie sich schlimmer kaum vorstellen kann. Aber die Vorstellung, dass ein Kind in einem Vergnügungspark verschwindet, lässt ihn in Panik verfallen. Das habe ich nicht erwartet, und es verunsichert mich.

„Bleib vernünftig, Carlo. Ihr kann nichts passiert sein." Ich streiche ihm über die Schulter, um ihn zu beruhigen, aber er schiebt meine Hand weg.

„Das kann ich Nicola nicht *auch* noch antun", schreit er, „verstehst du?"

Er geht zum Mann an der Kasse und bittet ihn, Sofia über den Lautsprecher ausrufen zu lassen, der Mann verkündet, dass ein achtjähriges Mädchen vermisst wird, schwarz gekleidet, und dass die Eltern am Geisterhaus auf es warten.

„Wir sind nicht die Eltern", sage ich, dann sehe ich zu Carlo, der leichenblass ist und sich mit den Fingern durch die Haare fährt. Plötzlich steigt auch in mir Unruhe auf.

„Wir trennen uns noch einmal. Dort hinten haben wir noch nicht gesucht." Ich renne am Zaun zum Aniene entlang und rufe Sofias Namen. Im Zaun entdecke ich ein Loch, vielleicht von einem Tier oder einem Landstreicher, der nachts im Vergnügungspark übernachtet. Eine perfekte Öffnung für ein Kind, das ans Ufer klettert und in den Fluss fällt. Mir bleibt kurz die Luft weg. Ich beuge mich hinunter und schlüpfe vorsichtig durch das Loch im Draht. Dann laufe ich am Ufer entlang, schaue ins graue Wasser des Flusses und endlich sehe ich sie. Sofia schwimmt mit dem Gesicht nach unten, die Haare treiben auf der Wasseroberfläche zwischen dem Schilf und den Wasserpflanzen.

Ich versuche die Luft einzuziehen, um nicht zu ersticken. Ich versuche „Sofia“ zu sagen, aber ich bekomme nichts heraus.

Sofia hält etwas in der linken Hand, das ich nicht erkennen kann. Ich schaue genauer hin, es ist eine Barbie mit langen blonden Haaren. Dann hebt sie den Kopf und dreht ihn zu mir, sie strahlt.

„Stella“, sage ich erleichtert.

Stella lächelt mich an. „Ganz ruhig. Ich bin nur ein Gespenst.“

„Ich weiß. Wo ist Sofia?“

Sie lacht. „Sofias Mama bekommt ein Kind. Und du?“

„Ich weiß es noch nicht. Hilf mir. Sag mir, wo sie ist, bitte.“

„Alles wird gut“, sagt Stella und verschwindet im Wasser.

Blitze zucken und Donner ist zu hören. Ich gehe in den Park zurück, es schüttet. Carlo sitzt erschöpft auf der Bank.

„Ich rufe die Polizei“, sagt er.

„Gut.“ *Alles wird gut.*

In diesem Moment klingelt das Telefon. Es ist Nicola, Sofia ist mit ihnen in Marios Wohnung. Sie ist alleine aus dem Geisterhaus gekommen, hat uns nicht mehr gefunden, hat Angst bekommen und ist zu Fuß nach Hause gelaufen.

Wir fahren sofort zu ihnen, erschöpft, durchnässt, hinterlassen dreckige Fußabdrücke auf dem Boden. Sofia schläft auf dem Sofa, Nicola und Marta schauen uns schweigend an.

„Es tut mir leid, ich habe nur einen Moment nicht aufgepasst“, sagt Carlo.

Nicola sieht ihn feindselig an.

„Musste es unbedingt ein *Vergnügungspark* sein? Am Tag der Beerdigung ihres Opas?“

Seine Worte klingen ungewöhnlich hart. Ich spüre etwas Merkwürdiges, als ob Marios Tod etwas zwischen ihnen gelöst hätte, wie es oft passiert, wenn der Vater stirbt und die Söhne um das Erbe streiten. Ich hoffe, dass ich mich irre, und versuche diesen makabren Gedanken beiseitezuschieben.

„Sie war traurig“, sagt Carlo.

„Heute sind wir alle traurig. Na und?“

Carlo vergräbt das nasse Gesicht in den Händen.

„Vielleicht hat auch sie das Recht auf ein bisschen Trauer“, fährt Nicola fort, „sie meinte, sie habe sich verlaufen, weil sie an ihren Opa gedacht hat und nicht mehr wusste, wo sie hinmusste.“

„Gut“, schalte ich mich ein, „es ist alles gut gegangen. Das war für alle ein schwerer Tag.“

„Das ist es nicht“, sagt Carlo und steht auf, „Nicola ist sauer, weil ich Sofia verwöhne. Darum geht es.“

Nicola beugt sich empört vor. „Bravo. Ich versteh es einfach nicht. Meinst du wirklich, dass ihr etwas fehlt?“

Carlo fährt herum, seine Augen treten fast aus den Höhlen. „Ihr fehlt deine Fröhlichkeit, Nicola.“

Nicola ist erschüttert. Die Melancholie in seinem Blick verwandelt sich in Wut.

„Was weißt du schon von meiner Fröhlichkeit?“

Carlo will etwas sagen, aber er unterbricht ihn.

„Ich bin nicht so reich und so wichtig wie du, das stimmt. Man schenkt mir keine Spielzeuge für zwei Millionen Euro, damit meine Karriere noch besser läuft. Na und? Meinst du, davon hängen Fröhlichkeit und Glück ab?“

„Das ist es nicht.“

„Was ist es dann? Was weißt du schon von meinem Glück?“

Nicola wird laut, Carlo auch, er schließt die Augen, als ob er etwas Wesentliches sagen möchte. „Ich weiß, was ich wissen muss. Ich weiß“, seine Stimme zittert, „ich weiß, dass ich dir dein Glück verbaut habe.“

Wir alle schweigen, ich schaue Carlo verständnislos an.

„Hört zu, ich wollte nicht, dass Mario von dieser Geschichte erfährt“, sagt er fast drohend.

Wir setzen uns und hören zu.

29

Ich rufe die Sekretärin des Verblichenen an und sage, dass ich ihn dringend sprechen muss.

„Ich kann Sie jetzt nicht verbinden, warum brauchen Sie das Gespräch?"

Ich habe noch nie jemanden in meinem Leben gebraucht, nicht mal Carlo und ihn schon gar nicht. „Ich bin Bianca Lombardi. Bitte vereinbaren Sie so schnell wie möglich einen Termin. Das ist ein Notfall."

„Kommen Sie heute Nachmittag um fünf."

Die heutigen Zielpersonen müssen Fotos eines Models in fleischfarbener Unterwäsche ansehen und feststellen, was ihnen am attraktivsten erscheint, das heißt, um es in Umsatz zu sagen (was die Zielpersonen aber nicht wissen), zu entscheiden, worin sie am nacktesten aussieht. Die Marketingstrategie ist, die meistfrequentierten Kreuzungen der Stadt mit sechs mal drei Meter großen Plakaten des Models zu versehen und so viele Unfälle wie möglich zu provozieren, weil die Fahrer sich von dem Anblick einer riesigen nackten Frau haben ablenken lassen. Die Angelegenheit wird in die Presse kommen und viral gehen, aber das haben die Berater ihnen nicht erklärt, denn die Zielpersonen hätten sie dann vielleicht unmoralisch finden können. Sie würden sich schuldig fühlen, wenn sie wüssten, dass sie nicht über BHs sprechen, sondern darüber, ob sich Leute in ihren Autos verletzen könnten. Ich denke an Carlo und an seine absurde Geschichte, die er uns gestern erzählt hat, an seine Schuld.

Ein Berater kommt herein, um mir ein Interview zum Transkribieren zu reichen. „Weißt du, was auf der Toilette passiert ist?", fragt er.

Ich ziehe mir die Kopfhörer ab. „Nein."

Er verzieht angeekelt den Mund. „Jemand hat den Müll aus dem Eimer geholt und ihn auf dem Waschbeckenrand geordnet."

Ich setze einen mitfühlenden Blick auf. „Müll?"

„Müll. Taschentücher, Binden und sogar ein benutztes Tampax."

„Sag bloß."

„Wir glauben, dass es jemand von der Gruppe heute Morgen war. Das Tampax", er presst sich die Hand auf den Mund, als müsse er sich übergeben, „da sind Bissspuren drauf. Der Typ hat *draufgebissen*", sagt er den Tränen nahe.

Ich setze die Kopfhörer wieder auf und sage wie zu mir selbst: „Das war kein Tampax, das war ein OB Mini."

Er schaut mich verärgert an. „Sei froh, dass du Witze darüber machen kannst, für mich ist das unglaublich."

Um fünf betrete ich die Praxis des Sargs, der mich ansieht, als wäre er mitfühlender als sonst.

„Was ist passiert?"

Ich ordne meine Gedanken, um die besten Worte zu finden. Ich finde sie nicht.

„Carlo hat etwas gebeichtet, von dem niemand etwas wusste. Er hat, als er sehr jung war, ein Auswahlverfahren gefälscht. Und das hat ihm seine Karriere geebnet."

Der Leichnam verliert kein bisschen seiner Schlaftablettenmiene. „Erklären Sie mir das genauer."

Ich erzähle ihm, was uns Carlo gestern anvertraut hat. Darüber, wie Nicola und er die Aufnahmeprüfung an der Cattolica für die Spezialisierung in Boston gemacht haben, wie Carlo klar geworden ist, dass seine schriftlichen Leistungen nicht gut waren und er die Chance seines Lebens flöten gehen sah. Die Università Cattolica war gerade dabei, einen milliardenschweren Vertrag mit der Versicherung seiner Mutter abzuschließen, und Carlo wusste das. Er überlegte eine ganze Nacht, zerrissen zwischen Unsicherheit und dem Bewusstsein, dass er sich das nie verzeihen würde. Dann griff er zum Telefon und rief seinen Vater an. Er fragte, was er an seiner Stelle tun würde, und sein Vater antwortete: „Soll ich deine Mutter anrufen, oder machst du das?"

Carlo rief sie an und bat sie, mit dem Rektor zu sprechen. Es war nicht schwer, den Preis der Versicherung zu drücken. Ihn *merklich* zu drücken.

Bei genauerem Nachdenken verlangte Carlo ja nicht irgendwas, in gewissem Sinne war es sogar gerecht, alle wussten, dass er der Bessere war und die Stelle verdient hatte, nur am Tag der schriftlichen Prüfungen war er nicht auf der Höhe gewesen. Und auch wenn Nicola gewonnen hätte, hätte er mit seinem Perfektionismus, seiner Besessenheit und seiner Kompromisslosigkeit alles ruiniert. Nicola hätte es ohnehin nicht geschafft, das sagte sich Carlo immer wieder, während er das Einschreiben las, das die Uni ihm geschickt hatte, um ihm mitzuteilen, dass er die Stelle bekommen hatte.

Er flog in die USA in dem Bewusstsein, noch schlimmer zu sein als alle, die er immer verachtet hatte. Aber er tat nichts dagegen, dass es so war, und erntete alle Früchte: Erfolg, Geld, die beste Frau, die man sich vorstellen konnte. Die Bewunderung seines besten Freundes.

„Versuchen Sie auszudrücken, was Sie empfinden. Ist es Groll darüber, dass er Ihnen nie etwas gesagt hat? Wut? Hass?"

„Enttäuschung. Und die Furcht, mich geirrt zu haben. Ich dachte, Carlo sei der beste Mensch auf der Welt, und stattdessen ist er ein Lügner und so unaufrichtig wie alle anderen auch."

Für meinen Plan kann ich einen mittelmäßigen Mann nicht brauchen.

Der Tote fragt nach: „Und warum wiegt die Enttäuschung der Erwartungen so schwer?"

„Weil das Leben aus Erwartungen besteht. Es ist eine Mischung aus Erwartungen, Vorahnungen, Vorhaben, die uns helfen, die Angst zu überwinden, die Zukunft könnte genauso schlimm sein wie die Vergangenheit. Und es gefällt keinem, wenn die Zukunft in die Brüche geht."

„Gut. Wie stark belastet die Enttäuschung Ihre Beziehung? Nicht so sehr? Sehr?"

„Sie überdeckt alles."

Plötzlich bin ich zu müde, um weiterzusprechen. Ich erkenne im Leichnam die gleiche falsche Komplizenschaft wie bei allen anderen Menschen, die glauben, mich zu verstehen, ich finde das grotesk. Er ist Lichtjahre von mir entfernt, er kann mir nicht bei der Entscheidung helfen, ob Carlo der richtige Mann ist, um Stella zurückzubekommen.

Ich nicke freundlich, während er weiterspricht. Es verschafft mir eine gewisse sadistische Freude zu wissen, dass er mich nicht wiedersehen wird, aber das nicht weiß. Er spricht weiter, als würde er mich bald wiedersehen, mit Ernsthaftigkeit, mit unsinnigem Eifer. Bevor ich gehe, fällt mein Blick auf den roten Vanity Fair. Er trieft vor Blut.

Carlo ist zu Hause. Das erste Mal, seitdem ich ihn kenne, hat er sich einen Tag frei genommen, er liegt im Bett, die Rollläden sind heruntergelassen, es ist erschreckend still.

„Bianca, bist du das?"

Ich sehe, dass er geweint hat. Der berühmteste Chirurg der Welt, die Hoffnung der Kardiochirurgie weint, weil er Schuldgefühle hat, seinen besten Freund betrogen zu haben, und weil er es erst gestanden hat, als es zu spät war. Er wird ihm nicht verzeihen.

„Wie geht es dir?"

„Komm her."

Er nimmt mein Gesicht in seine Hände und drückt meinen Kopf auf seine Brust.

„Nicola will mich nie wiedersehen."

Dazu hat er auch jeden Grund, denke ich, aber das sage ich nicht. Sondern: „Das stimmt nicht. Gib ihm etwas Zeit."

„Du verachtest mich für das, was ich getan habe, oder? Das hättest du nicht erwartet."

Ich habe viel größere Schuld als du, mein Schatz, auch wenn du dir das nicht im Mindesten vorstellen kannst.

„Wie könnte ich dich verachten?"

Seine Augen leuchten kurz auf. „Siehst du? Du sagst nur einen Satz, und schon geht es mir besser."

Du brauchst nicht viel. Es reicht dir, wenn ich da bin, du bist genügsam, und doch willst du alles.

„Es geht weiter. Oder?“, fragt er nach einer Weile.

Ich antworte nicht und lasse meinen Kopf auf seiner Brust liegen. Zum ersten Mal spüre ich, dass Carlo ist wie ich, genau wie ich. Zerbrechlich, weich, nicht darauf vorbereitet, mit Schuld umzugehen. Der Fleck auf seinem Herzen ist ein Krater, der sich ausbreitet wie ein See aus Pech, bis er darin ertrinkt.

Ich gehe ins Schwimmbad, und mir kommt eine Idee, die einzig mögliche. Ich besuche nicht wie üblich den luxuriösen Schwimmklub, sondern ein kleines heruntergekommenes Schwimmbad im Souterrain hinter der Via Labicana. Ich ziehe mich auf einer der beschmierten Plastikbänke aus, unter dem Rand kleben Kaugummis. Ich denke noch einen Moment nach, dann sage ich mir: „Warum es nicht endlich tun?“ Ich springe ins Wasser, halte die Luft an und beginne zu schwimmen: Halten, Zug, Abstoß, Öffnung, atmen. Pause, Wende. Als meine Lungen schier explodieren, zwinge ich mich dazu, unter Wasser einzuatmen. Das Wasser dringt mir durch die Nase und den Mund, ein schrecklicher Schmerz bis in den Gaumen, die Lungen, einen Moment habe ich das Gefühl, in Ohnmacht zu fallen. Aber dann gewinnt der Überlebensinstinkt, und ich tauche auf. Ich hebe den Kopf aus dem Wasser, ich huste und übergebe mich und verstehe einmal mehr, dass der Wunsch zu sterben nichts damit zu tun hat, es wirklich zu tun.

30

Heute Morgen ist Vera aus den USA gekommen. Carlo holt sie in Fiumicino ab, dann bringt er sie ins Gemelli, um Mazinga anzuschauen, und anschließend gehen sie nach Trastevere zum Mittagessen. Sie werden über sich sprechen, über die Zukunft, über das Geschäft, Menschen zu retten, über Kinder. Vera hat vier Kinder aus drei Ehen, und Carlo sagt, dass sie ihr Lieblingsthema sind. Er wird ihr zuhören und nichts zu sagen haben.

Als ich das Zimmer meiner Mutter betrete, bemerke ich, dass sie anders ist als beim letzten Mal. Sie empfängt mich fast herzlich und möchte draußen im Park am See spazieren gehen. Sie zieht ein halb gegessenes Brötchen aus der Tasche ihres Morgenmantels und verfüttert die Krümel an die Enten. Zwischen endlos langem Schweigen scheint sie immer wieder Momente der Klarheit zu haben. Das ist normal, das gehört zur Krankheit, und ich mache mir bewusst, dass ich nicht weiß, was ich antworten soll. Seit Jahren bin ich nicht mehr daran gewöhnt, ein Gespräch mit ihr zu führen, vielleicht ist es mir sogar lieber, wenn sie schweigt.

„Und Carlo?", fragt sie plötzlich.

„Carlo?"

Meine Mutter hat sich noch nie für Carlo interessiert.

„Warum ist er heute nicht mitgekommen?"

Ich sage ihr, dass er Dienst hat und sie grüßen lässt, auch wenn beides gelogen ist.

„Ich mag Carlo", sagt sie.

Ich schaue sie verblüfft an. „Wirklich?"

„Ja. Er macht die richtigen Dinge."

„In gewissem Sinne."

„Er ist einer, der auch die falschen Dinge richtig macht. Ich weiß nicht, ob das verständlich ist."

Die Enten warten darauf, dass wir Brotkrümel werfen, und als sie merken, dass wir nichts mehr haben, wedeln sie mit ihren Federn am Bürzel und schwimmen davon. Wir gehen in den Speisesaal, es ist Mittagessenszeit.

„Liliana hat mich angerufen“, sagt sie aus dem Nichts.

Vor meinem inneren Auge erscheint Liliana, die im drückend heißen weißen Wohnzimmer sitzt. Ich erlebe noch einmal ihre Grausamkeit.

„Wirklich? Und warum?“

„Sie hat mir von Rodolfo und dem Eingriff erzählt. Warum weiß ich davon nichts?“

Ich antworte nicht.

„Da habe ich mir gesagt, sieh an, wir haben jemanden in der Familie, der Leben rettet. Wenn er herkommt, wirkt er immer so bescheiden.“

Ich sehe die Krankenschwestern mit den Essenswagen kommen und sage erleichtert zu meiner Mutter, dass ich gehen muss. Sie setzt sich an den Tisch, legt graziös die Serviette auf die Knie, als wäre sie völlig gesund. Ich beuge mich hinunter, um sie zu küssen, und gehe. Und kurz bevor ich zu weit weg bin, um es nicht mehr zu hören, sagt sie rasch: „Und Liliana hat gesagt, dass ihr bald ein Kind haben werdet.“

Ich bin wie gelähmt und weiß nicht, was ich sagen soll. Sie versenkt den Löffel in der Gemüsesuppe.

Auf dem Weg nach Hause halte ich beim Blumenhändler hinter San Pietro in Vincoli und kaufe eine Zeder, die ich mir auf die Terrasse liefern lasse. Zedern scheinen im Topf schwer zu pflegen zu sein, deshalb werde ich mich besonders gut um sie kümmern, aber vielleicht wird sie nicht mal bis zum Sommer überleben. Pflanzen und lebendige Dinge bilden eine extra Abfallliste, die ich nur hin und wieder vervollständige und besonders sorgfältig führe. Auf ihr kann ich die Leere noch deutlicher wahrnehmen, auf der anderen ist es der Wert der Gefühle.

Ich reibe die Blätter der Zeder ab, gieße sie, und wenig später kommt Carlo. Er sieht gleichermaßen verwirrt und beseelt aus, während er auf das Sofa sinkt.

„Wie ist es mit Vera gelaufen?", frage ich.

„Trinken wir einen Rosé? Ein großes Glas für mich."

Er erzählt mir, dass Vera eine Privatklinik eröffnen will, um die Robotertechnik in der Kardiochirurgie noch weiter voranzubringen. Sie wird über nahezu unbegrenzte finanzielle Mittel verfügen, Carlo wird alles bekommen, was er möchte, über alles selbst entscheiden können. Nie wieder Auseinandersetzungen mit dem öffentlichen Gesundheitswesen, keine Rechenschaftsberichte, keine Mittel zu verwalten, niemanden um Geld bitten müssen, damit die Kasse stimmt. Das Team, das er sich wünscht, alles, was er sich wünscht.

„Mir schwirrt der Kopf", sage ich.

„Frag mich mal."

„Wo willst du anfangen?"

„Bei einer sicheren Bank. Mein erster Anästhesist wird Nicola."

Er leert das Glas in einem Zug.

Ich schaue Carlo an, ich weiß nicht recht, was ich fühle, denn im Normalfall fühle ich gar nichts. Aber ich verstehe, dass der Kadaver doch recht hat. Ich dachte, Enttäuschung sei eine Welle, die alles mitreißt, aber stattdessen ist sie eine feine Klinge, die sich in deine Überzeugung bohrt, die immer ihren Platz findet und bald gar nicht mehr wehtut. Ich wusste nicht, dass Überzeugungen so rasch zusammenbrechen können. Ich wusste nicht, dass die Enttäuschung so viel Einfluss haben könnte, wenn sie einmal da ist.

Er kommt auf die Terrasse und deutet auf den Jacuzzi. „Was ist das?"

„Das steht schon seit Wochen da."

Er streicht über das glänzende Holz der Wanne. „Ich habe ihn nicht mal bemerkt. Warum hast du ihn aufbauen lassen?"

„Du hast gesagt, es würde dir gefallen."

Er streichelt mir über das Gesicht, ich drücke mich an ihn und küsse ihm das Brustbein. Er ist überrascht über die warme und vertraute Geste, er hält mich fester, ich drehe die Düsen auf und beginne mich auszuziehen. Der Abend ist warm, fast sommerlich. Das Auftauen fühlt sich wie ein Wasserfall aus Honig an, ich tauche ein, bade darin, befreie mich von allem Schmerz.

Danach betrachtet er mich im bläulichen Schein des Mondes.

„Ich wusste nicht, dass du dir so sehr ein Kind wünschst. Und ich frage mich, ob ich für dich tatsächlich nur ein Genpool bin", sagt er leise.

„Mach das nicht, das ist dumm."

Er schließt die Augen und bewegt den Rücken in Richtung der Massagedüse. „Ich brauche dich, Bianca."

Ich weiß.

„Ich dich auch."

In einer Woche bekomme ich meine Tage. Am Plan wird festgehalten. Eine andere Richtung gibt es nicht.

31

Heute begleitet Carlo Vera in den Petersdom und ins Getto, danach werden sie bei uns zu Abend essen. Ich rufe meinen Schwiegervater an und frage, ob er schon etwas vorhat. Voller Begeisterung nimmt er meine Einladung an. Ich stelle überall Blumensträuße auf, sodass die Wohnung wie ein moderner Friedhof aussieht, stecke Kerzen in die Leuchter und decke den Tisch im blauen Wohnzimmer mit Silberbesteck. Halten, Zug, Abstoß, Öffnung, atmen. Pause, Wende. Ich öffne den Kühlschrank und nehme einen leichten Verwesungsgeruch wahr, den es in meiner Vorstellung über mein Leben nicht geben darf. Vielleicht ein Käse, der der Abfallliste entkommen ist, oder ein Fach, das Akio beim Putzen übersehen hat. Ich rufe sie an und entlasse sie. Sie sagt: „Ja, Signora" und stellt keine weiteren Fragen.

Ich koche Polenta e osèi, ein Gericht, das Carlo als Kind immer bei seinen Großeltern im Veneto gegessen hat, damals war es sein Lieblingsessen. Der Fleischer hat mir Singvögel fertig gemacht: Lerchen, Rotkehlchen, Buchfinken. Ich rupfe sie, schneide den Schnabel und die Beine ab, dann spieße ich einen nach dem anderen auf und sehe dabei zu, wie die kleinen skelettierten Körper präzise zerquetscht werden.

Mein Schwiegervater und seine russische Verlobte stehen vor der Tür, sie sind viel zu früh, aber nach seinem Selbstverständnis kann er gar nicht stören. Er trägt eine Melone, was ihm etwas Exzentrisches gibt, er wirkt wie jemand mit Alzheimer im Anfangsstadium, mit dem Lächeln eines Weihnachtsmanns. Er war schon lange nicht mehr bei uns und betrachtet das Parkett und die Bilder, die Vielzahl an unsinnigen Elektrogeräten in der Küche, unsere wenigen Dekogegenstände.

„Vera Brown kommt auch, die Vorstandsvorsitzende von …"

„Ja, ich weiß."

„Woher weißt du das?“

„Carlo hat es mir gestern gesagt.“

Dann sprechen sie miteinander? Rufen sich an? Ich würde ihn das gerne fragen, aber ich habe keine Zeit, ich muss den Champagner aus dem Kühlschrank holen und die Tabletts mit dem Aperitif vorbereiten. Auf dem Fernseher in der Küche läuft Guia Nocentini, die gerade über ihre neue Realityshow spricht, in der zehn Frauen darum wetteifern, einen Multimilliardär zu heiraten, der seine Ex-Frau umgebracht hat, aber unter Führungsaufsicht auf freiem Fuß ist. In den 1990er-Jahren hatte der Fall für Furore gesorgt. Er hatte sie mit dem Yogalehrer im Bett erwischt und sie seinen Alligatoren im Park seiner Villa in Bellagio zum Fraß vorgeworfen.

„Unser Oscar ist anspruchsvoll, er sucht eine schöne, intelligente und romantische Frau“, sagt die Nocentini.

Sie reißt die Augen auf. Sie sucht mich.

„Gebildet, sympathisch und natürlich … *treu*.“ Sie kichert. „Nun, willst du die nächste Frau von Oscar Brandi Morante werden?“

„Nein, ganz sicher nicht.“

Es ist nicht das erste Mal, dass Guia Nocentini versucht, mich ins Fernsehen zurück zu locken. Sie hat nie verstanden, warum ich meine Karriere einfach so, ohne Grund, aufgegeben habe.

„Denk darüber nach, vielleicht verändert sich dein Leben.“

„Mein Leben hat sich schon durch Carlo verändert. Unerbittlich.“

Carlos Vater betritt gut gelaunt die Küche.

„Was machst du, sprichst du mit dem Fernseher? Ich dachte, ich sei der Irre in der Familie.“

„Schau mal.“

Guia Nocentini spielt ihre pathetischste Karte aus.

„Ich weiß, dass du es im Grunde deines Herzens beweisen möchtest. Wenn du wirklich denkst, dass du die ideale Frau für unseren Multimilliardär bist, dann schick eine SMS an die eingeblendete Nummer.“

Carlos Vater blickt mich fragend an.

„Sie verfolgt mich, sie möchte, dass ich wieder zum Fernsehen gehe. Aber ich möchte nicht."

„Wie, sie verfolgt dich?"

Die Nocentini sieht mich weiter an. „Ich warte auf dich. Vergiss nicht, ich warte genau auf *dich*."

„Bitte, erzähl Carlo nichts davon", flüstere ich meinem Schwiegervater zu, aber er scheint mich nicht zu verstehen. Ich richte das letzte Törtchen auf dem Tablett an und hebe es anmutig hoch. „Kannst du es ins Wohnzimmer bringen?"

Carlo und Vera kommen gut gelaunt zurück, sie legt ihre Jacke auf das Sofa, als wäre sie zu Hause, und umarmt mich. Sie sagt auf Englisch, dass er *sehr* oft über mich gesprochen hätte. Sie ist klein und weniger ehrfurchtgebietend, als ich sie mir vorgestellt habe, sie sieht gar nicht so einflussreich aus, wie sie ist. Ich stelle mir vor, wie sie das abstoßende amerikanische Frühstück macht, mit Pfannkuchen und Ahornsirup, und mit den vier Kindern am Sonntag am Tisch sitzt. Und dann stelle ich mir vor, wie sie mit Carlo schläft. Es ist das erste Mal, dass ich mit jemandem zu tun habe, der Sex mit ihm hatte, und ich sehe sie nackt zwischen den Laken in ihrer Villa in Los Angeles vor mir. Ich spüre keine Eifersucht und auch keine Verlustangst, sie sehen aus wie zwei unschuldige Tiere, die sich fortpflanzen wollen.

„Ich freue mich, dich kennenzulernen", sage ich in meinem holprigen Englisch, „Carlo hat mir schon viel über dich erzählt."

Carlo schaut meinen Schwiegervater an.

„Du bist auch da."

„Ja, Bianca hat mich eingeladen."

„Danke, dass du gekommen bist", sagt er zu seinem Vater.

Er tritt auf mich zu und küsst mich sanft. „Ich liebe dich", flüstert er mir ins Ohr. Als er die Polenta bemerkt, wirft er mir einen fast gerührten Blick zu, voller Liebe oder Hingabe oder Dankbarkeit, wer kann das schon unterscheiden?

Sie sprechen auf Englisch über die Klinik und den Roboter, über Zeit, Verfahren und Geld. Franco ist stolz, er fragt Carlo auf

Italienisch, ob er schon über sein Team nachgedacht hat, und Carlo erzählt von Nicola.

„Nicola?"

„Nicola. Auch wenn ich nicht weiß, ob …"

„… er annehmen wird?" Franco lacht. „Bei Gott, das wird er. Er wird Nein sagen, du wirst ihn bitten, gar nicht so sehr, und am Ende wird er es sich anders überlegen."

Er dreht sich zu mir, während er in ein Rotkehlchen beißt.

„*Alle* überlegen es sich am Ende anders."

Vera fängt an, von ihren Kindern zu sprechen. Sie zieht das Handy heraus, zeigt Kinderfotos, wir machen begeistert „Oh!". Sie sind übergewichtig, einfach schrecklich, aber sie sieht sie voller Liebe an.

„Lasst uns alle zusammen ein Foto machen", sagt Franco. Wir rücken eng zusammen, er streckt das Telefon vor sich und macht ein Selfie. Carlo lächelt verlegen, halb betrunken, eingekeilt zwischen ihm und Vera.

Danach möchte Vera ins Hotel zurück.

Carlo bietet ihr an, sie zu begleiten, aber sie lehnt ab. „Du bleibst hier bei deiner Familie." Das klingt wie eine Abtretung, als ob ich ihr dafür danken sollte. Ich helfe ihr in die Lederjacke, wir umarmen uns und sagen mehrmals, wie froh wir sind, uns kennengelernt zu haben.

Franco geht auf die Terrasse, um frische Luft zu schnappen.

„Nicht schlecht", sagt er und deutet auf den Jacuzzi.

„Gefällt er dir?"

„Sehr. Würde es euch sehr stören, wenn ich reinginge?"

Er zieht sich aus und lässt sich ins heiße Wasser gleiten. Nur sein Kopf ragt aus der Wanne, Carlo schaut ihn belustig an.

„Ich freue mich, dass du das Leben genießt, Carlo. Das ist das Einzige, was zählt."

Er schließt die Augen und schiebt sich Richtung Massagedüse. „Und ich freue mich, dass du bessere Entscheidungen treffen kannst."

Die Russin hilft mir beim Abräumen, aus dem weißen Wohnzimmer höre ich Bruchstücke ihrer Unterhaltung. Carlo sitzt neben der Wanne.

„Die Güte einer Entscheidung ist umgekehrt proportional zum Risiko, das sie mit sich bringt. In der Medizin ist das so“, sagt er.

„Sehr gut. Und warum hast du den armen Kerl nicht einfach sterben lassen, statt mit dem Roboter Lotterie zu spielen?“

Carlo steht auf und stützt sich auf das Geländer. „Ich habe es für Bianca getan. Er ist ihr Freund.“

„Nein, du hast es gemacht, um zu *gewinnen*. Das ist das einzige Ziel derer, die Lotterie spielen.“

„Glaub mir. Ich habe es für Bianca getan.“

Ich höre sie weiter über ihre Arbeit sprechen, dann kommen sie zu Skrupeln, vergebenen und wiedergewonnenen Chancen. Sie sprechen über den Masochismus, den man braucht, um diesen Job zu machen. Über Verantwortung, Last, Einsamkeit.

„Merkwürdig, dass dir meine Arbeit nicht gefällt“, sagt Franco, „denn sie ist genau wie deine. Wir beide stöbern das Leben dort auf, wo es nicht mehr zu sein scheint. Wir sehen es, wo es keiner mehr sieht. Oder nicht?“

Carlo will etwas sagen, als plötzlich etwas Ungeheuerliches geschieht: Leise, mit geschlossenen Augen in der Wanne sitzend, entschuldigt sich Franco. Er sagt, dass er wegen der Arbeit zu abwesend, zu anmaßend oder zu kaltherzig seiner Familie gegenüber gewesen sei und erst jetzt begreife, welche Folgen diese Fehler hatten. „Im Leben macht man viele Fehler“, sagt er leise, „aber man kann sie wiedergutmachen. Das weißt du, oder?“

Carlo fährt mit den Fingern über die Blätter des Zitrusbaums. Vielleicht möchte er etwas sagen, aber seine Worte bleiben ihm im Hals stecken, so überrascht ist er über dieses Nachgeben. Und er versteht, dass das gar kein Nach-, kein Aufgeben ist, weit gefehlt, es ist ein Sieg, der ambitionierteste im Leben seines Vaters.

Franco klettert aus der Wanne und hüllt sich in den lupenreinen Bademantel, den ich ihm zurechtgelegt habe. Beide gehen in das weiße Wohnzimmer, sie setzen sich und schweigen, und auf Carlos Gesicht erkenne ich ein unverkennbares Gefühl: Erleichterung.

Bevor Franco und die Russin gehen, kapselt er sich ab. Er schaut mir beim Abräumen zu, abwesend und still. Wie ein kleiner Fleck diesen Abend reiner Liebe, nur für ihn gedacht, beschmutzen kann. Und er denkt, dass er diesen Fleck nicht tolerieren kann, das kann man ihm ansehen.

32

Carlo bringt mir das Frühstück ans Bett, das erste Mal überhaupt, seitdem wir uns kennen.

„Muss ich mir Sorgen machen?“

„Das musst du entscheiden. Ich muss dir zwei Dinge sagen.“

Er setzt sich aufs Bett und greift nach meinen Händen.

„Gut oder schlecht?“

„Das Erste ist, dass ich dich heiraten möchte. Haben wir am Sonntag schon was vor?“

Ich sehe Carlo fragend an. „Hast du den Verstand verloren?“

„Verstehe, du willst einen offiziellen Antrag.“

Er zieht einen Cartier-Ring aus der Schlafanzugtasche, mit einem fast schon unangenehm großen Brillanten, und kniet sich neben das Bett.

„Möchtest du mich heiraten?“

Ich lache laut und hell und lasse mir den Ring überstreifen.

„Ja, ich will.“

„Das Zweite ist, dass ich für nächste Woche einen Termin in der Klinik meines Vaters ausgemacht habe.“

Einige Sekunden schlägt mein Herz schneller. Ich presse mir die Hand auf den Mund, dann umarme ich Carlo, mit dem gleichen Lächeln wie Stella. Es strahlt Unschuld aus, der vielsagendste menschliche Gemütszustand.

„Was soll ich sagen?“, stammle ich.

„Nichts.“

Er erklärt mir, dass er in diesen Wochen sehr viel mit seinem Vater und danach mit seinen Kollegen aus der Gynäkologie gesprochen hat, im Gemelli und auch in den USA. Er hat nicht mit mir darüber geredet, um keine falschen Hoffnungen zu wecken. Aber er hat sich ein Bild gemacht, die Situation ist schwierig, aber nicht hoffnungslos.

„Wenn wir uns entscheiden und wenn es funktionieren sollte, dann musst du dich ständig überwachen lassen. Die gesamte Schwangerschaft an Maschinen verbringen, in kompletter Ruhe, neun Monate im Bett. Am Ende der fünfunddreißigsten Woche dann ein geplanter Kaiserschnitt, damit der Fötus nicht zu groß wird und dir die Gebärmutter zerreißt und das Kind auf die Intensivstation muss. Für den Fall, dass vorher alles gut geht."

„Alles wird gut."

„Möchtest du das?"

„Ja."

Ich nehme ihn in den Arm. Er legt seinen Kopf zwischen meine Brüste, dann schlafen wir miteinander, unser Sex kann uns nicht zu Stella zurückbringen und zum ersten Mal kommt er mir unnütz und deshalb befriedigend vor. Wir sind in Sicherheit, von aller Last der Existenz befreit, endlich berühren wir fast den Rand des Beckens und heben den Kopf aus dem Wasser. Fast am Ziel.

Ich denke sogar, dass das der Beginn dieses berühmten Glücks ist, von dem alle sprechen.

33

Carlo hat Wort gehalten, und morgen um zehn haben wir einen Hochzeitstermin auf dem Standesamt. Er hat einen befreundeten Stadtrat angerufen, der uns einen Termin im Reigen der Hochzeiten auf dem Campidoglio verschafft hat, und sich bei Brioni in der Via Barberini einen Nadelstreifenanzug machen lassen, der einfach sensationell aussieht. Und er hat Nicola gebeten, sein Trauzeuge zu sein. Nicola hat geantwortet, dass er sich nach allem, was passiert ist, darüber wundert, er aber aus Respekt vor mir zur Zeremonie kommen wird. Carlo hat am Telefon gelächelt. Ich habe ein traumhaftes Kleid von Atelier Aimée gekauft, mit einem Blütenregen aus Chantilly-Spitze, in dem ich wie eine ätherische Fee aussehe. Als Trauzeugin habe ich Serena gewählt und Carlo gesagt, dass man die Nacht vor der Hochzeit nicht mit dem Bräutigam verbringen darf, und bin zu meiner Mutter gegangen.

Die Heimleiterin empfängt mich mit einem trüben Gesichtsausdruck.

„Gut, dass Sie da sind. Ich wollte Sie gerade anrufen."

„Was ist passiert?"

„Ich weiß es nicht, sehen Sie selbst."

Meine Mutter sitzt unbeweglich vor dem Fernseher in ihrem Zimmer. Ich begrüße sie, lege ihr eine Hand auf den Arm, aber sie schaut mich nicht einmal an.

„Sie reagiert auf gar nichts. Sie will nichts essen. So geht es seit gestern."

„Mama?", frage ich. Sie antwortet nicht. Sie lächelt einer dümmlichen Szene im Fernsehen zu. Ich drehe den Ton leiser und frage noch einmal: „Mama?"

Die Euphorie über Lilianas Anruf ist angesichts des Bewusstseins der eigenen Situation erloschen. Sie hat keine Kraft mehr, daran zu glauben, dass wirklich etwas Schönes geschieht, und hofft nur noch darauf, in den zweiten Stock verlegt zu werden, zu den Verrückten im Endstadium, die keinen Bezug zur Realität mehr haben. Aber sie weiß nicht, dass das alles ein Ende haben wird. Das *Unglück*, der Verlust, das Gefühl des Verlassenwerdens: alles vorbei.

„Ich heirate morgen", sage ich der Direktorin, „ich habe es ihr nicht gesagt, um sie nicht aufzuregen, aber ich möchte, dass sie zur Zeremonie kommt."

Sie schüttelt den Kopf.

„Ich weiß nicht, wir werden sehen. Versuchen Sie, es ihr zu sagen, vielleicht erholt sie sich."

Wir sind allein, die Krankenschwestern haben ihr schon das Nachthemd angezogen, auch wenn es erst sechs Uhr abends ist.

„Ich möchte dir etwas zeigen", sage ich.

Ich ziehe das Hochzeitskleid aus dem Koffer und ziehe es an. Ich mache mir einen Pferdeschwanz wie Stella, lege den Kirschlipgloss auf, den sie immer hatte. Wir sind nicht zu unterscheiden.

„Kommst du morgen zu meiner Hochzeit?"

Sie beobachtet mich schweigend. Vielleicht hält sie mich für Stella, genau wie Rodolfo im Krankenhaus. Vielleicht will auch sie meine Schwester um Verzeihung bitten, für etwas, von dem ich nichts weiß.

„Kommst du?"

Das Abendessen kommt. Als die Schwestern mich im Hochzeitskleid sehen, sind sie wie erstarrt.

„Signora Bianca, wir haben Ihnen auch etwas zu essen mitgebracht."

„Danke, sehr nett."

Ich zerreiße die Verpackung des Bestecks, Plastikmüll. Ich probiere die Gemüsesuppe und den Kartoffelbrei, meine Mutter isst nichts. Wir sitzen auf dem Bett und schauen fern, dann schließt sie die Augen und legt den Kopf auf das Kissen, als wolle sie jeglichen Kontakt unterbinden. Ich gehe ins Bad und ziehe das Kleid aus.

Als ich nackt bin, spüre ich das unverwechselbare Ziehen, das meine Tage ankündigt. Die Klaue eines Raubvogels, der mir die

Eierstöcke ausreißen möchte, der Biss eines Drachens unter die Nieren. Bevor ich noch irgendetwas denken kann, spüre ich den Schmerz eines Peitschenhiebs im Bauch und knie mich auf den Boden. Meine Mutter schläft, ich möchte die Krankenschwester rufen, aber es gelingt mir nicht, deshalb bleibe ich zusammengekrümmt sitzen, nackt, die Arme um die Unterschenkel geschlungen, und hoffe plötzlich, ich würde sterben. Ich schaffe es, meinen Arm nach meiner Tasche auszustrecken, finde die Schachtel Oxycontin und nehme eine, sofort danach eine zweite Tablette. Ich warte, bis der Schmerz nachlässt, und bleibe sitzen, dann nehme ich noch eine Tablette und beiße mir in dic Faust, bis es blutet. Ich würde alles geben, damit dieser Schmerz aufhört, alles andere ist egal. Ein Intermezzo, über das ich lachen werde, wenn alles vorbei ist. Ich zittere und schwitze und lecke das Blut an meinen Handgelenken auf, ich weiß, dass ich den Schmerz nicht mehr lange ertragen werde, und kurz bevor ich ohnmächtig werde, vergeht der Schmerz, es ist so schön, dass ich nach all den Jahren weinen muss. Meine Periode ist da, ich wische das schwarze Rinnsal ab, das mir die Beine hinunterläuft und einen Fleck auf mein Hochzeitskleid macht, das noch am Boden liegt. Ich suche ein Tampon und nehme noch zwei Oxycontin.

Endlich ist der Schmerz vorbei. Allein das Ende des körperlichen Schmerzes ist ein Grund zu leben, eine Dimension, in der es kein Gut und kein Böse gibt, sondern nur die reine Freude, nichts von dem, was wir Leben nennen, ist noch da. Ich lege mich auf das Sofa neben dem Bett meiner Mutter, das Blut tropft, bis ich in einen See aus Milch tauche, in dem ich nichts sehe und nichts spüre, und meine Einsamkeit ist süß, wie Honig, der über meine Haut fließt und den ich ablecke, dankbar darüber, dass ich am Leben bin. Stella kommt, wie immer. Sie ist festlich gekleidet, sie trägt das schwarze Kleid von Silvester, und die Haare sind zu einem Pferdeschwanz zusammengebunden.

„Wie schön du bist“, sagt sie, „was für ein schönes Fest.“ Ich sehe mich um, festlich gedeckte Tische mit Leinenservietten, Silber und

Gestecken aus Pfingstrosen, Rosen und Orchideen. Mitten im Raum sitzen meine Mutter und mein Vater an einem Tisch. Sie sprechen leise miteinander und streicheln sich lächelnd über das Gesicht. Dann ruft jemand: „Hoch leben die Brautleute!“ Alle klatschen. Stella flüstert mir ins Ohr: „Stoßen wir an, meine liebe Braut. Nur wir zwei.“

Wie immer lässt sie alles wunderbar erscheinen, sie gießt Wein in zwei Gläser. „Auf uns. Habe ich dir jemals gesagt, dass du ein glückliches Leben haben wirst?“

Ich drehe mich zum Tisch meiner Eltern. Meine Mutter trägt ein blaues Baumwollkleid mit einem Faltenrock, das sie auch bei Stellas Firmung getragen hat. Sie schaut mich glücklich an, mir fällt auf, dass sie mir ähnlichsieht, wenn sie lächelt. Das habe ich noch nie bemerkt.

Stella klatscht in die Hände, alle stimmen ein. Dann ruft jemand: „Ein Kuss der Brauteltern!“ Und meine Eltern küssen sich vor allen. Sie legen sich gegenseitig die Hände auf die Wangen, ich habe das noch nie gesehen. „Stella, du bist das Beste, was mir je passiert ist“, sage ich.

„Wo ist denn der Bräutigam?“, fragt sie, und bevor ich antworten kann, stelle ich fest, dass er verschwunden ist. Ich hole tief Luft und gehe auf meine Mutter zu: „Ich habe eine wunderbare Nachricht. Stella kommt zurück.“

„Ist sie alt oder jung?“, fragt sie ungläubig.

„Jung, sie wird neu geboren.“

Alle klatschen wieder, sie sind gerührt. Ich sehe Stella durch das Fenster. Sie läuft über ein schneebedecktes Feld, in ihrem Silvesterkleid. Ich betrachte sie ohne Neid, ohne Schuldgefühle, sie dreht sich um und wartet auf mich, wir nehmen uns bei der Hand und laufen bis zur Brücke über den Fluss, das Weiß des Schnees in den Augen und die Haare über dem Gesicht und alles ist weit weg, wie durch Watte. Ich sehe die Barbie lächeln. Meine Mutter sieht ganz ruhig aus im strahlenden Weiß. Und Stella, Stella, und dann gar nichts mehr.

34

Ich liege im Bett und weiß nicht, wo ich bin. Ich öffne die Augen und schließe sie wieder, öffne sie von Neuem und hoffe, das ist ein Traum, der sich auflöst, aber alles bleibt, wie es ist. Um mich herum ist es weiß und sehr still. Ich denke, dass ich vielleicht tot bin, dass endlich Stella kommt, aber dann sehe ich Carlo neben mir sitzen. Sowie er merkt, dass ich die Augen offen habe, greift er nach meiner Hand und fängt fast an zu weinen, sagt, dass er mich noch nie so geliebt hat, so zerbrechlich angesichts der Zerbrechlichkeit des Lebens, und er mir dankbar ist, dass ich am Leben bin.

Langsam nehme ich Kontakt mit der Realität auf, die Realität ist vor allem mein Körper. Ich trage einen glatten blauen Kittel, der nach Desinfektionsmittel riecht. Ich habe eine Infusion im Arm, einen Katheter, und kann mich kaum bewegen. Carlos Telefon klingelt, er sagt: „Ich bin sofort zurück, mein Schatz“, und geht. Im Nebenbett liegt eine Frau in meinem Alter und schaut mich aufmunternd an. „Mir ist das Gleiche passiert, aber man kann trotzdem noch Kinder bekommen. Du kannst beruhigt sein.“

Bevor ich begreife, was sie gesagt hat, kommt Carlo mit meinem Schwiegervater ins Zimmer zurück. In dem surrealen Wirbel, in dem ich mich befinde, schaue ich sie verwirrt an, bis Franco mir übers Haar streicht und fragt: „Wie geht es dir, mein Schatz?“

„Schlecht“, sage ich. Ich kann kaum sprechen, jeder Atemzug schmerzt furchtbar.

Franco streichelt mich weiter.

„Sie geben dir jetzt noch ein Schmerzmittel, mach dir keine Sorgen.“

„Oh doch“, ich hole tief Luft, und meine Stimme bricht. „Oder?“

Carlo und sein Vater zögern, aber schließlich schaut mein Schwiegervater mir in die Augen und sagt: „Die Krämpfe, die du gestern bei deiner Mutter hattest, erinnerst du dich?“

Ich erinnere mich vage. Der Moment, in dem ich das Gefühl hatte, es zerreißt mich, und dann das warme Nichts.

„Ja."

Er holt Luft. „Das war eine Eileiterschwangerschaft."

Im Fernsehen läuft eine Realityshow, die ich noch nie gesehen habe, ich höre Applaus und das Jubeln des Publikums. Ich spüre, wie mein Herz fast zerspringt, aber ich sage nichts.

„Der Embryo hat sich im Gebärmutterhals statt in der Gebärmutter eingenistet, wegen der Endometriose."

„Ich war schwanger?"

„Ja", sagt Carlo leise.

Ich warte, dass sie weitersprechen.

„Du hast starke innere Blutungen gehabt und wurdest notoperiert. Die Nacht hast du auf der Intensivstation verbracht."

Erst jetzt komme ich auf die Idee, nach meinem Bauch zu tasten, ich spüre einen Verband und gespannte Haut.

Mein Schwiegervater versucht zu seiner Jovialität zurückzufinden. „Aber jetzt bist du außer Lebensgefahr. Sicher war das nicht."

In der Show sitzen drei Männer und zwei Frauen in einer Badewanne voller Schaum und Blüten, alle sind nackt. Ich blicke auf die schwarzen Balken über den Brüsten der Frauen, die falsche Heiterkeit, mit der sie sich gegenseitig nass spritzen.

„Aber das macht eine weitere Schwangerschaft nicht schwieriger, oder?"

Franco lässt sein Lächeln ganz langsam verblassen, um mich nicht zu schocken.

„Hör mir zu, hör mir genau zu, mein Engel."

Carlo greift nach meiner Hand. Er wirkt erschöpft.

„Diese unterbrochene Schwangerschaft hat eine schwere Blutung ausgelöst. Es gab eine Not-OP, sie haben ihre Sache gut gemacht. Aber", er hält kurz inne, „sie haben deine Gebärmutter nicht retten können, Bianca."

„Wie bitte?", frage ich kraftlos.

„Sie mussten dir die Gebärmutter entfernen“, sagt Carlo schließlich, „es gab keine andere Möglichkeit.“

Ich schaue ihn ungläubig an. Er hat gerötete Augen, umklammert meine Hände. Dann zieht er sie an sein Gesicht und küsst sie. „Es tut mir leid, es tut mir so leid.“

Ich drehe mich zu der anderen Frau um, die meinem Blick ausweicht.

35

Man hat mich vor drei Wochen entlassen, ich kann wieder fast ohne Schmerzen laufen. Akios Abwesenheit und meine erzwungene Bettruhe haben ihre Spuren hinterlassen, alles ist unordentlich und schmutzig, die Wohnung wirkt vernachlässigt. Der Zitrusbaum ist vertrocknet, die Abfälle häufen sich ungetrennt in den Eimern.

Carlo ist da und zu gebrauchen, er kann mit meiner Zerbrechlichkeit besser umgehen, als ich dachte. Wir haben nicht mehr über das Thema gesprochen, wir haben freundlich die Blase des Todes respektiert, die uns beschützt, denn wenn sie platzt, wissen wir nicht, wohin wir flüchten sollen. Er macht mir einen Kamillentee, setzt sich aufs Sofa und schaut mich mit seinem wunderbaren Gesicht an. Ich betrachte ihn, wie er sich auf etwas konzentriert, worauf er sich nicht mehr konzentrieren kann. Ich weiß nicht, was schlimmer ist, mein gescheiterter Plan oder die Tatsache, dass ich in dem einzigen Moment, wo alles möglich schien, fast gestorben wäre.

„Essen wir zu Abend?", fragt er.

„Sicher", sage ich und stehe auf.

„Ich mache das."

Er geht in die Küche und kommt mit einem Brett mit Roquefort zurück. Er stellt es auf der Sofalehne ab, vorher räumt er die Zeitschriften zur Seite.

„Wer weiß, warum Akio verschwunden ist", sagt er.

Ich konzentriere mich. Ich kann mich nicht erinnern.

„Keine Ahnung."

Wir essen auf dem Sofa, im Schneidersitz, nehmen uns die Käsestücke mit den Fingern und wischen uns den Mund mit Küchenrolle ab. Danach gehe ich in die Küche, das Spülbecken ist voller schmutziger Teller und ich beginne, die Spülmaschine einzuräumen. Carlo kommt sofort und nimmt mir die Teller aus der Hand.

„Streng dich nicht zu sehr an", sagt er.

„Ach was, es geht mir gut."

Sein Ton ist mitfühlend, aber ohne Mitleid.

„Es geht dir gut, aber du brauchst Ruhe, du musst dich erholen."

„Ich habe doch gesagt, es geht mir gut."

Er lehnt sich theatralisch gegen den Kühlschrank und presst sich die Faust gegen die Stirn.

„Bianca", sagt er seufzend, „das stimmt nicht. Gib dir ein wenig Zeit."

Sein Vater hat ihm von der Psychotherapie erzählt, ganz klar. Er hat erzählt, was dabei herausgekommen ist, die Schuldgefühle, die Manien, die Zwänge.

„Wie du meinst."

Ich setze mich aufs Sofa und schaue auf die Terrasse. Der Zitrusbaum lässt die letzten Blätter fallen.

Ich gehe im Morgengrauen, ohne ihn zu wecken. Das Taxi fährt durch die noch schlafende Stadt. Die Tatsache, dass ich Rom nie wiedersehen werde, lässt mir die Stadt das erste Mal fast lebenswert erscheinen.

36

Bevor ich zum Bahnhof fahre, halte ich beim Pflegeheim an. Ihr geht es nicht besser als beim letzten Mal, sie spricht nicht und zeigt keinerlei Lebenszeichen. Die Direktorin sagt mir verärgert, dass sie mit Sicherheit in den zweiten Stock verlegt werden muss.

„Die Arme", erwidere ich erleichtert und freue mich für sie. Dann erkläre ich ihr, dass ich aus beruflichen Gründen länger ins Ausland muss, dass ich sie für viele Monate, vielleicht Jahre nicht besuchen kann. Ich hinterlasse detaillierte Anweisungen für den hoffentlich nicht eintretenden Fall, dass sie sterben und ich nicht auffindbar sein sollte. Ich bestimme das Kleid, das sie tragen soll, übergebe ihr einen Scheck für die Begräbniskosten und das Foto, das auf den Grabstein kommen soll. Es zeigt sie in einem der letzten Momente, in dem sie glücklich war: der Tag, den wir am Meer verbracht haben, als Rodolfo Berti mich in die Grotte mitgenommen und vergeblich versucht hat, meiner Schwester zu sagen, dass er in sie verliebt ist. Meine Mutter betrachtet amüsiert etwas in ihrer Blickrichtung, sie trägt ein karmesinrotes Kleid und hält mit einer Hand ihren Hut fest, den ihr der Libeccio vom Kopf wehen möchte. Sie ist schön, wie in meinen besten Erinnerungen. Ich küsse sie auf die Haare, sie öffnet einen Moment die Augen und schließt sie dann wieder. Während ich wieder ins Taxi steige, ruft Carlo an. Ich sage ihm, dass es mir gut geht und ich ihn in ein paar Tagen anrufen werde, um ihm alles zu erklären. Dann werfe ich das Handy in Richtung See. Es versinkt mit einem lauten Platsch im Wasser, und die Enten fliegen schnatternd auf.

Auf dem Bahnhof Termini kaufe ich mir ein neues Handy und rufe Serena an, um sie zu fragen, ob ich einige Zeit in ihr Einzimmerapartment in Mailand ziehen kann, in dem wir als Studentinnen gewohnt haben. Ich bitte sie, mir keine Fragen zu stellen, und das macht sie auch nicht. Sie teilt mir nur mit, dass José und sie ein

Kind erwarten und sie sich sehr freuen. Das verstehst du nicht, Bianca, sagt sie, und sie hat recht. Ich kann es nicht im Entferntesten verstehen.

Am frühen Nachmittag komme ich in Mailand an, es ist eiskalt, wie im späten Frühling. Ich kaufe noch im Bahnhof ein, dann fahre ich mit der Straßenbahn zu Serena. Die Stadt sieht ganz anders aus, als ich sie in Erinnerung habe. Die Geschäfte, die ich kannte, haben Shops von Chinesen Platz gemacht, die Bar, in der ich das Karnevalsgebäck für Carlo gekauft habe, ist eine Online-Poker-Spielhalle geworden. Das macht mir klar, wie sich die Orte angesichts des immer weiter wachsenden und vielgestaltigen Unglücks der Bewohner verändern können.

Die Stadt ist groß und anonym genug, dass ich mich wie eine Fremde fühle. Seit der OP ist der körperliche Schmerz verschwunden, aber der Drang nach dem Betäuben der Sinne durch das Oxycontin ist so groß, dass ich manchmal noch ein paar Tabletten nehme. Ich esse wenig und nur Junkfood, das wenig kostet und satt macht. Ich liege viele Stunden im Bett und betrachte die Abfälle im sauberen und aufgeräumten Zimmer. Ich habe keine Ahnung, wo ich in einer Woche sein werde, noch nicht mal am nächsten Tag. Ich weiß, dass ich mich auf das Oxycontin verlassen kann, es wird das tun, womit meine Mutter so oft gescheitert ist, aber zuerst muss ich noch etwas erledigen, die letzte der wenigen Notwendigkeiten in meinem Leben.

Ich nehme den Zug nach Grambate, dann ein Taxi. Der Fahrer ist Pakistani und sagt kein Wort, er wirkt unglücklich. Ich lasse mich vor die Reinigung bringen, die jetzt ein arabisches Take-away ist, dann weise ich ihn an, langsamer zu fahren. Wir passieren das Schwimmbad, die Brücke, auf der Stella gestorben ist, dann biegen wir in die Straße zu unserem Haus ein. Das Spielzeuggeschäft unserer Nachbarn gibt es schon lange nicht mehr, es gibt nichts mehr, was noch so ist wie in meiner und Stellas Kindheit. Aus den Gärten sind Parkplätze geworden, die Häuser wurden abgerissen. Wer wird die riesige Abfallliste machen, was damals war und jetzt nicht mehr ist?

Ich betrete den Garten, der mit Unkraut überwuchert ist, schiebe das Garagentor auf. Dort steht noch immer der weiße Regata, verrostet und mit Spinnweben überzogen. Er wirkt kleiner und bescheidener, als ich ihn in Erinnerung habe. Ich gehe auf den Hof zurück und betrete dann, nach was weiß ich wie vielen Jahren, mein Elternhaus.

Es ist ein komisches Gefühl, als hätte ich das Haus nie verlassen, und doch ist es wie gänzlich neu. Es riecht abgestanden und muffig, auf seine Art berauschend. Ich öffne den Rollladen in der Küche, Licht fällt auf die staubbedeckten Möbel. Die Mädchen, die hier gewohnt haben, sind verschwunden, ganz plötzlich, jetzt ist es still, es herrscht diese besondere Leere, die nur Kinder mit ihrem egozentrischen Geschrei füllen können, das man dann für immer vermissen wird. Unser Haus war voller Leben, auch wenn ich es jetzt nicht mehr wahrnehmen kann.

Ich schaue mich um, alles ist wie immer, die Gläser in der Vitrine, das blaue Tuch, das meine Mutter auf das Sofa gelegt hat, um den Bezug zu schützen, und in das mein Vater mit seiner Zigarette sofort ein Loch gebrannt hat, was zu einem fürchterlichen Streit führte. Als ich klein war, wirkte dieses düstere Haus einladend, ich mochte den Flur im Erdgeschoss, wo ich wahrscheinlich laufen gelernt habe. Ich liebte den Garten, der jetzt voller Gestrüpp ist. Bei schönem Wetter holte Stella die Holzschaukel aus der Garage und hängte sie an einen Ast im Kirschbaum, dann schubste sie mich an, bis ich mit den Füßen die Blätter des Baums berührte. Ich fühlte mich unerschütterlich.

Ich öffne auch die Läden der anderen Zimmer, aber nicht die Fenster, damit der Geruch des Hauses nicht verfliegt. Ich öffne alle Schränke und Schubladen. In einer Schublade finde ich die Schneekugel, die Stella bei ihrem letzten Schulausflug in die Berge gekauft hat. Dann die Fernsehzeitungen meiner Mutter, mit den Programmen aus den 1990er-Jahren, *Balli & Pupe*, die Talkshows, Nachthemden, die Psychopharmaka.

Ich beginne die Gegenstände zu ordentlichen Haufen auf dem Fußboden zu ordnen. Die Schneekugel kommt in den Glasmüll, die Zeitungen zum Papier, die Tabletten müssen in der Apotheke entsorgt werden. Ich gehe ins Schlafzimmer. Im Schrank rechts hängen die penibel gebügelten Hosen meiner Mutter, links die Röcke und die Blusen. Vorsichtig hole ich alles heraus und lege es aufs Bett. Auf die eine Seite die Sommersachen, auf die andere die Mäntel. Ich ziehe die Schubladen mit den Strumpfhosen, den Andachtsbildchen, dem vertrockneten Nagellack und den Schallplatten auf, die einmal meinem Vater gehört haben. Es ist unglaublich, wie viele Gegenstände man im Laufe seines Lebens anhäuft. Ich werde mich um die größeren Schubladen kümmern und mir überlegen müssen, wie und wo ich sie sortiere, eine immense Arbeit, aber ich habe mein Leben lang Zeit. Die endgültige Abfallliste. Die beste, die ich jemals gemacht habe.

Es gibt keinen Strom im Haus, als es dunkel wird, muss ich meine Arbeit abbrechen. Ich mache mir Platz auf dem Ehebett, nehme ein Oxycontin und schlafe zusammengekrümmt zwischen Hunderten von kleinen und großen Dingen, die meiner Mutter gehört haben. Bei Sonnenaufgang leere ich Regalbretter und Schubladen. Ich hole eine Schachtel vom Schrank und finde das in eine Plastikhülle eingepackte Kleid, das Stella an Silvester getragen hat und später ich auf dem Karnevalsfest. Ich ziehe es an. Ich möchte so gut wie möglich aussehen, heute ist ein wichtiger Tag.

In diesem Moment höre ich von unten ein Geräusch, jemand klopft mehrmals an die Tür. Jemand möchte rein. Ich sage mir, dass das unmöglich ist, dass in diesem Haus alle tot sind und dass es die Lebenden sind, die noch viel toter sind, warum sollte man hierherkommen? Aber das Klopfen hört nicht auf. Ich gehe die Treppe hinunter, öffne einen Spaltbreit die Tür und stehe vor Liliana.

Sie ist verblüfft, ich war für sie immer eine wunderbare Frau mit dem gleichen Blick wie Stella, doch jetzt steht sie einer verkleideten Leiche gegenüber. Aber sie wirkt entspannter als beim letzten Mal, sieht besser aus.

„Störe ich?“, fragt sie, und ohne die Antwort abzuwarten, rollt sie ins Haus.

„Ich bin vorbeigekommen und habe die offenen Läden gesehen. Ich wusste, dass du hier bist. Außerdem hat Carlo angerufen, er ist verzweifelt, er sucht dich seit Tagen. Er hat mich gefragt, ob ich weiß, wo du bist."

„Und was hast du gesagt?"

Sie antwortet nicht, sondern sieht sich um, voller Bewunderung betrachtet sie die aufgehäuften Gegenstände.

„Und Rodolfo?"

Sie schaut mich an. „Weißt du es nicht?"

„Nein."

„Er ist vor drei Tagen gestorben."

Ich vergrabe mein Gesicht in den Händen. „Was?"

„Carlo trägt keine Schuld, auf keinen Fall. Er hat es immerhin versucht, nicht wahr?"

„Dann ist der Eingriff nicht …"

„… erfolgreich gewesen? Nein."

Ihre Stimme ist kalt, ohne jedes Gefühl. Sie rollt weiter durch die Räume und betrachtet aufmerksam die Gegenstände, als wären sie das Einzige, was sie interessiert.

„Diese Kreuzstickerei, mein Gott, wie gut ich mich daran erinnere. Du und Stella habt sie gemacht, oder? Und die Kuckucksuhr. Und der niedrige Tisch, da ist er, der Tisch, an dem du dir den Zahn abgesplittert hast."

„Liliana, warum bist du hier?"

Sie bleibt stehen.

„Um dir das hier zu geben." Erst jetzt bemerke ich eine Plastiktüte in ihrer Hand. „Von Rodolfo."

Ich greife unsicher nach der Tüte, darin liegt ein gestreifter Rucksack, genau wie der, der mit Stella untergegangen ist und den man nie gefunden hat. Ich starre Liliana verständnislos an, sie ist ganz still, während ich den Reißverschluss des Rucksacks aufziehe und ihn öffne. Darin liegt das geheime Tagebuch, das ich Stella zu ihrem Geburtstag geschenkt habe, und das Portemonnaie, das sie benutzte, wenn sie ins Jugendzentrum ging oder sich etwas kaufen wollte, etwas zum Spielen oder eine ihrer Mädchenzeitschriften. Ich verstehe nicht, habe den Eindruck, ich träume oder bin wie meine Mutter und kann Realität und Vorstellung nicht mehr voneinander unterscheiden. Oder sterbe ich? Nein. Ich bin schon tot. Ich sehe alles von oben, ich sehe all das, was ich jahrelang sehen wollte. Ich lege das Tagebuch auf den Boden und ziehe auch ein rechteckiges Päckchen aus dem Rucksack. Ich drehe es zwischen meinen Händen, meine feuchten Hände hinterlassen Flecken auf dem Geschenkpapier. Am Ende reiße ich die vergilbten Klebestreifen ab, zerreiße das Papier. Die Magic-Hair-Barbie lächelt mich mit ihrem strahlenden Lächeln an. Unter all den Dingen, die in den letzten Jahren geschehen sind, ist sie die Einzige, die sich ihre strahlende Schönheit bewahrt hat.

Liliana sagt mit ihrer klaren, nüchternen Stimme. „Stella mochte ihn. Sie hat es mir nie gesagt, ich weiß nicht, warum. Wir haben uns doch alles erzählt, oder?"

„Keine Ahnung", bringe ich heraus. „Und weiter?"

„Sie sind heimlich zusammengekommen. Damals, als wir am Meer waren, weißt du noch? Nein, das weißt du nicht mehr."

„Doch."

Ich sehe noch deutlich, wie Rodolfo auf Stella unter dem Sonnenschirm zugeht und sie zusammen wegschlendern, wie ich sie überrasche und diesen blöden Satz mit dem Eis sage und dann abhaue.

Liliana schließt die Augen.

„Niemand wusste davon. Außer mir, aber erst viele Jahre später."

Ich stelle mir vor, wie sie sich mit ihrem Eis in der Bar gegenübersitzen. Stella greift nach Rodolfos Hand und lächelt ihn liebevoll an, ohne Angst und Unbehagen, der Wind fährt ihr durchs Haar. Er errötet ein bisschen und bringt sie dann zu einer Sanddüne hinter der Bar, auch er lächelt.

„Warum erzählst du mir das, Liliana?", frage ich, während die Übelkeit langsam in mir aufsteigt, in die Brust, in den Kopf, überallhin. Sie antwortet nicht auf meine Frage und spricht weiter.

„Sie haben es niemandem gesagt, weil Stella mir nicht wehtun wollte. Sie war besessen von meinem Unglück. Deshalb haben sie sich heimlich getroffen, in dem geheimen Tagebuch haben sie sich Briefe und kleine Nachrichten geschrieben." Sie deutet auf Stellas Tagebuch auf dem Boden. „Wenn sie sich getroffen haben, haben sie das Tagebuch ausgetauscht und gelesen, was der jeweils andere geschrieben hat. Wie man das als Jugendliche so macht, oder?"

Ich betrachte Liliana. Man kann ihr keine Regung vom Gesicht ablesen, sie spricht, ohne mich dabei anzusehen, starrt auf die Abfälle. Vielleicht hat sie darin etwas entdeckt, an das sie sich erinnert und von dem sie dachte, es sei für immer verloren. Ich hole das Oxycontin aus der Tasche und nehme eine Tablette.

„Bis zu *diesem* Nachmittag. Auch damals haben sie sich heimlich getroffen. Am Fluss, als das Unwetter kam."

Der Moment, in dem ich aus dem Schwimmbad abgehauen bin. Durch den Seiteneingang, und ich meine Schwester mit ganzer Seele gehasst habe.

„Soll ich weitererzählen?", fragt Liliana.

Nein. „Ja."

„Rodolfo gibt ihr das Tagebuch, aber er ist schlecht gelaunt, das Versteckspiel nervt ihn, er ist wütend. Er sagt, dass ich die Wahrheit erfahren muss, aber Stella will nicht."

Sie löst den Blick von den Sachen, und das erste Mal, seitdem sie hier ist, schaut sie mir in die Augen. „Sie hatte ein schlechtes Gewissen, sie war schön und glücklich, während ich behindert war und ohne irgendeine Hoffnung im Leben. Aber schau, das Gegenteil ist passiert. Ich war bei den Paralympics, ich habe geheiratet. Während sie …"

„Liliana, Schluss damit, bitte."

„Warte, noch ist nicht Schluss. Rodolfo wird richtig sauer. Der Regen prasselt nur so herunter, und er nimmt ihr den Rucksack weg, schreit, dass er mir alles sagen wird, und wenn ich ihm nicht glaube, wird er mir das Tagebuch zeigen. Er startet das Mofa, Stella fährt ihm mit dem Ciao hinterher, sie will das Tagebuch zurück. Er sieht nichts, es regnet, er weint, er ist wütend und verzweifelt. Er fährt auf die Brücke zum Einkaufszentrum, und genau in dem Moment, als Stella ihn fast packen kann, hört er ein Krachen. Sie ist gestürzt, er bleibt stehen, um ihr zu helfen, sie steht auf, sie scheint den Verstand verloren zu haben, sie schlägt ihn und schreit, er solle ihr den Rucksack zurückgeben, und er …"

Sie hält plötzlich inne. Da liegt ein Haufen mit Stellas Sachen, Hefte, Bücher und die Plastikflasche mit der getrockneten Blume, die Stella zum Geburtstag geschenkt bekommen hat.

„Er sagt, dass er nichts gemerkt hat, er hat sie weggeschubst, um sich zu verteidigen, sie ist ausgerutscht und in die Tiefe gefallen, im Regen, sie hat nicht mal geschrien."

Liliana dreht noch eine Runde durch das Zimmer, fährt zur Treppe und schaut nach oben, zu unseren Zimmern, zum Bad, wo meine Mutter sich das erste Mal das Leben nehmen wollte.

„Es schüttet, und er weiß nicht, was er machen soll. Er steigt auf das Mofa und weiß nicht, wohin. Dann fährt er zu mir."

Sie hält inne, und ich schaue sie wortlos an. Liliana greift nach der getrockneten Blume, die Blütenblätter fallen zu Boden.

„Als sie mich angerufen und mir erzählt hat, dass sie eine Blume bekommen hat, wusste ich sofort, dass sie von Rodolfo war, aber ich habe nichts gesagt. Warum? Weil ich sie geliebt habe. Ich habe sie sehr geliebt, Bianca. Ich habe *sie* geliebt, ihre Schönheit, ihre Freude, nicht Rodolfo. Ich war eifersüchtig."

Ich nicke. Sie lächelt kalt und gezwungen.

„Du fragst dich sicher, wie ich ihn nach dieser Geschichte heiraten konnte." Liliana zeichnet einen unsichtbaren Kreis in die Luft. „Wie ich akzeptieren konnte, dass jemand nur aus Mitleid und Schuldgefühl bei mir bleibt, aus keinem anderen Grund."

„Nein, Liliana, ich frage mich gar nichts."

„*Alle* sind zusammen, weil sie sich schuldig fühlen, Bianca. Wegen der Affären, der Egoismen, der kleinen Spitzen, die man austauscht, um zu überleben. Ist meine Geschichte etwa schlimmer als die anderen?"

Ich setze mich auf einen Stapel alter Zeitschriften meines Vaters, mit halb nackten Frauen, die auf riesigen Motorrädern sitzen. Als sie begreift, dass ich nichts dazu sagen werde, rollt sie zur Tür und nimmt den getrockneten Blumenstängel mit.

37

Ich sitze auf dem Boden, den Rücken an die Wand gelehnt, und schaue durch die dreckige Scheibe auf einen Streifen Himmel. Ich kann mich nicht bewegen. Das Oxycontin schenkt mir eine süße watteweiche Schläfrigkeit, ich schließe die Augen und weiß nicht, wie viel Zeit vergangen ist. Als es wieder klopft, zucke ich zusammen. Wahrscheinlich Liliana, die vergessen hat, mir etwas zu sagen, ich habe nicht die Kraft, sie noch einmal zu sehen, aber ich weiß, dass sie nicht aufgeben wird, wenn ich die Tür nicht öffne. Aber es ist Carlo, der mich freundlich, erleichtert, fast glücklich ansieht. Ich weiche zurück. ich möchte, dass er verschwindet, dass ich verschwinde. Aber er verschwindet nicht, sondern kommt auf mich zu, unsicher, wie man sich einer streunenden Katze nähert, die jeden Moment aus dem Fenster huschen könnte.

„Warum bist du hier?", frage ich, aber er antwortet nicht. Wir setzen uns auf die Sessel im Wohnzimmer, schieben die Pakete mit den Abfällen beiseite, die ich schon gepackt habe, ich warte, dass er etwas sagt, mich beschimpft, mir Vorwürfe macht, dass ich einfach verschwunden bin, aber er sagt nichts. Ich sehe seine Schönheit, die ich vergessen hatte, und die mich plötzlich trifft wie beim ersten Mal, als ich ihn in Portofino gesehen und beschlossen habe, dass ich Stella wieder auf die Welt bringen würde, für meine Mutter oder vielleicht auch für mich. Schließlich sagt er doch etwas. Er hat seine schmeichelnde Stimme, entschlossen, aber freundlich.

„Ich wollte nur sehen, wie es dir geht. Ich möchte dich nicht zwingen, nach Hause zu kommen, ich möchte dich zu gar nichts zwingen."

Ich schaue ihn nicht an. „Ich werde nicht nach Hause zurückkommen, Carlo."

Er blickt zu Boden. „In Ordnung."

„Wie ist Rodolfo gestorben?"

„Hämorrhagie mit Herzbeuteltamponade. Eine Folge des Eingriffs."

„Und kannst du die Klinik trotzdem eröffnen?"

Er lächelt. „Das ist nicht wichtig."

Wir schweigen eine Weile. „Geh jetzt bitte", sage ich.

Er steht auf und geht zur Tür, bevor er das Haus verlässt, hält er inne, dreht sich um und rennt die Treppe nach oben. Ich stelle mir vor, wie er sich im Haus umschaut, in dem ich aufgewachsen bin, wie er sich das vorstellt, was ich ihm vorenthalten habe. Auch ich gehe nach oben, lege mich auf Stellas Bett. Ich schließe die Augen. Eine Ewigkeit später öffne ich sie wieder, es ist bereits dunkel.

Carlo sitzt auf dem Bett, er liest etwas auf seinem Handy, und als er sieht, dass ich wach bin, schaltet er das Gerät aus und schaut mich an. Ich bin blass, ungeschminkt, ungekämmt, ich habe mich seit Ewigkeiten nicht geduscht, mein Gesicht ist von den Medikamenten aufgedunsen und mein Speichel klebt an meiner Wange, ich bin meilenweit von der Person entfernt, in die er sich verliebt hat. Ich lasse mich nach hinten fallen, ich spüre einen schwachen Schmerz im Unterbauch. Diesen Schmerz habe ich seit Jahren nicht gespürt, auch keine Trauer oder Selbstmitleid, alles Gefühle, die jetzt in mir explodieren und eine Art Trost, eine Art Liebe zu sein scheinen.

„Geh jetzt", sage ich schwach. Carlo nickt und geht die Treppe hinunter.

Als ich höre, wie die Tür sich hinter ihm schließt, hebe ich die noch halb eingepackte Barbie vom Boden auf. Aus der Verpackung segelt ein Kassenbon zu Boden. Man kann kaum noch etwas lesen, aber das Datum ist deutlich zu erkennen, der 30. Mai 1988, der Tag nach dem Ausflug ans Meer. Und der Name des Geschäfts, der Spielzeughändler am Ende der Straße.

Ich nehme sie aus der Packung, streiche ihr übers Haar, es ist weich und seidig, wie ich es mir in der Silvesternacht vorgestellt habe, als alles begonnen hat. In der Tasche habe ich eine Flasche Mineralwasser, ich gieße es in eine Tasse und mische den

Zaubertrank an, damit ihre Haare glatt werden. Seit zwanzig Jahren warte ich auf diesen Moment, meine Hände zittern, alles verschwimmt. Ich tauche den Kopf der Barbie ins Wasser und fahre mit den Fingern über die Haare, warte darauf, dass sie glatt werden, dass das Wunder geschieht. Die Barbie schaut mich mit ihrem glücklichen und für jegliche Katastrophe des Lebens unempfänglichen Blick an, ihre nassen Haare rollen sich zu kleinen Locken. Ich warte, bis ich endlich begreife, dass sie niemals glatt werden.

Ich fahre mit den Fingern noch einmal durch die Locken, und dann lege ich sie sanft in den Plastikmüll.

Sie strahlt mich aus dem Müll an.

Die Drucklegung erfolgte mit freundlicher Unterstützung durch
die Abteilung für deutsche Kultur in der Südtiroler Landesregierung.

AUTONOME PROVINZ BOZEN SÜDTIROL
PROVINCIA AUTONOMA DI BOLZANO ALTO ADIGE
Deutsche Kultur

TransferBibliothek CLXVI

Die Originalausgabe ist 2021 unter dem Titel *Il valore affettivo* bei Giulio Einaudi editore in Turin erschienen.

Das Umschlagmotiv stammt von Daria Patrilli:
Dual Nature © Daria Petrilli | Licensee Chiara Roilo – www.dariapetrilli.eu, facebook #dariapetrilliofficial, instagram: @dariapetrilliofficial.

Lektorat: Joe Rabl

Umschlaggestaltung und grafische Gestaltung: Dall'O & Freunde
Druckvorbereitung: Typoplus, Frangart
Printed in Europe

ISBN 978-3-85256-860-7

www.folioverlag.com

E-Book ISBN 978-3-99037-132-9